有爱的青春陪伴者

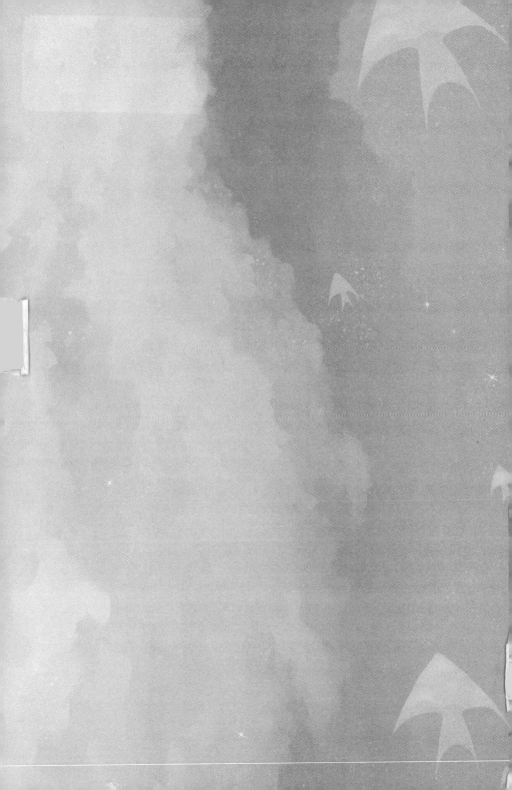

时
玖
远 —— 著

东岸观洋 2

花山文艺出版社

河北·石家庄

图书在版编目（CIP）数据

东岸沉浮·2 / 时玖远著. -- 石家庄 ： 花山文艺出版社，2024.6
ISBN 978-7-5511-7112-0

Ⅰ．①东… Ⅱ．①时… Ⅲ．①长篇小说－中国－当代 Ⅳ．①I247.5

中国国家版本馆CIP数据核字(2024)第017856号

书　　名：**东岸沉浮·2**
　　　　　DONG'AN CHENFU·2

著　　者：时玖远

责任编辑：林艳辉
特约编辑：雪　人　听　听
封面设计：刘　艳
内文设计：唐卉婷
图片绘制：遐屿璐
美术编辑：陈　淼

出版发行：花山文艺出版社（邮政编码：050061）
　　　　　（河北省石家庄市友谊北大街330号）

销售热线：0311-88643299/96
印　　刷：长沙鸿发印务实业有限公司
经　　销：新华书店
开　　本：880㎜×1230㎜　1/32
印　　张：11
字　　数：383千字
版　　次：2024年6月第1版
　　　　　2024年6月第1次印刷
书　　号：ISBN 978-7-5511-7112-0
定　　价：45.00元

第一章 / 她回来了

他要订婚了。

1

夏天的雨来得猝不及防，小径的冷风越发凛冽，一排矮矮的冬青树似乎比秦嫣走的那年更加茂密，家门口的石子小道秦嫣儿时一天总能来回跑上很多趟。

秦嫣的目光犹如一泓清水，里面倒映着那座被大叶植物环绕的黑色房子。离开东海岸的这两年，她曾无数次在梦里回到这个地方，她变回了小小的她，趴在柔软的地毯上和那个安静的少年悠然地度过晨升暮落。

很多次醒来，她都觉得童年的记忆像一场梦，随着时间的推移越来越遥远。她伸出手掌对着那座黑色的房子，外墙早已爬满了绿油油的爬山虎，整座房子已经看不出原来的面貌，可在秦嫣的脑中，过去的一切全部涌了回来。

她的手掌渐渐握紧，仿佛在将自己的人生牢牢握在手里。

秦嫣停下脚步。雨似乎又大了一些，打湿了她身上那件雕花裙，她捏着手上的邀请函转身离开小径，再次绕到南家的正门，按响了门铃。

没一会儿，芬姨来开了门。当看见站在门口的这个高挑姑娘时，芬姨一时间都没认出来。

秦嫣半长的黑发蓬松微卷，淡雅的象牙白的束腰镂空雕花裙，衬得她气质出众，可当她笑起来时，那双月牙状的眼睛清透甜美，和从前一样。

芬姨瞳孔骤然放大，惊喜地笑了："秦嫣，真的是你？你什么时候回来的？"

秦嫣朝芬姨笑道："昨天。想我吗？"

芬姨激动得语无伦次："我最近还和你荣叔念叨，你去国外读书，寒暑假也不知道回来看看，去年过年都没回来，也不知道你过得怎么样。"

秦嫣笑着张开手："你看我过得怎么样？"

芬姨露出欢喜的笑容："漂亮了，差点儿没认出来，是个大姑娘的样子了。快进来，出门也不带把伞，你看身上都有点儿湿了。"说着，芬姨一边掸着秦嫣肩膀上的水珠，一边拉着她进门。

秦嫣这时才侧头打量起芬姨。不过两年的时间，芬姨的头上爬上了些许银丝，好像突然之间老了许多，看得秦嫣心头发紧。

快进家门前，秦嫣突然停下脚步握着她的手说："南虞给你气受了？"

芬姨的眼神有些闪躲，只拍了拍秦嫣的手背，说："他们是主家，有些要求也是应该的。"

秦嫣的眼神暗了几分，默不作声地跟着芬姨进了南家。本来躺在客厅沙发上的南舟懒散地问了一句："谁啊？"说完回过头往门口扫了一眼。

当看见一袭白裙、恬静温婉的秦嫣站在门口时，南舟条件反射地从沙发上弹了起来，愣愣地看着她，有些激动有些紧张又有些不知所措地说："你是，你是秦嫣？"

秦嫣转过头看见南舟眼里的兴奋，目光淡然地朝他点了下头："南舟，你好。"

南舟穿着宽松的T恤和短裤，一时间连手都不知道该往哪儿放，眼里尽是掩饰不住的激动，对着秦嫣傻笑。

秦嫣收回目光，不再看他。

此时，南虞听见动静从厨房走了出来，看见来人是秦嫣也愣了一下。毕竟自己儿子曾经对她做过不光彩的事，南虞在面对这个姑娘时，多少有些不自然。

秦嫣倒是落落大方地和她打了声招呼："下午好，南阿姨。"

南虞面子上还算客气："是隔壁的秦嫣吧？真是女大十八变。芬姨，去泡杯花茶。"

芬姨刚准备进厨房，南虞又对她嘀咕了一句："客人来了不去弄点心，在这儿杵着像什么样，这点儿事都做不好。"

她刚说完，秦嫣一把拽住芬姨的手腕对南虞说："不用麻烦了，我今天是来送生日宴的帖子，爸爸这两天比较忙，所以我亲自过来一趟。"

秦嫣很清楚爸爸根本就没有邀请南家。一来这次的生日宴事关她的婚姻大事，秦文毅不可能邀请南禹衡；二来秦文毅自从南舟那件事后，对南虞他们一家反感得很，更是不可能邀请这一家子。秦嫣这样说，无非是给彼此一个台阶。

南虞也有些诧异，她清楚隔壁秦家对他们的敌意，只不过秦嫣含笑的样子让她无法拒绝，于是接过帖子说："提前祝贺你，我们会准时过去。"

秦嫣点点头没再说什么。这时，芬姨转过身对她说："禹衡在楼上，你要不要跟他打个招呼？"

秦嫣的笑容凝在脸上，她的目光顺着长长的楼梯向上看去，停留了几秒，最终还是收回视线，对芬姨道："听我哥说，他现在身体不好？"

芬姨面露担忧："去年年中的时候吧，脏器突然出现衰竭的现象，庄医生已经在尽力治疗了。"

南虞在旁说道："禹衡这孩子就是命苦，前途才有点儿起色吧，身体又垮了。"她说着，漫不经心地推了下自己的儿子，"你上楼看会儿书去。"

秦嫣听着这些话，喉咙有点儿发涩。

她转头对芬姨说："既然南禹衡身体不好，我就不上去打扰他了。后天的生日宴，帮我转告他，如果他身体可以的话……"

芬姨眼里尽是复杂的神色，只能将秦嫣送到门口。

秦嫣再次走出那座承载着她无数记忆的黑色房子，穿过院子里的大叶植物，在走到门口的时候，她回头望向那个熟悉的窗口，看见窗帘微微动了一下。

她凝望了良久，转身回到家中。

当天晚上秦文毅在书房待到很晚，秦嫣十点多从房间出来时，听见爸爸在楼上咳嗽，她轻手轻脚地走到三楼。

秦文毅书房的门虚掩着，门缝里飘出浓重的烟味。

秦嫣几步走到书房门口，刚准备推开门，却听见秦文毅在打电话，声音有些急切："他想动我又不是一天两天了，从货物源头动不了手，现在就卡运输这道坎。你也知道，德国那边的货，晚几天交付就会全烂在手上，我再让他这样搞几次，直接就要宣告破产了！我现在也是被逼得没有办法，只能找靠谱的合作方，我约了周总明天晚上吃饭。"

秦文毅："对，他带儿子，希望能解决运输问题吧……行，后天早点儿来。"

秦嫣靠在书房门口的墙上，一直等到爸爸打完电话后她才敲门。秦文毅的声音从里面传出："进来。"

秦嫣推开门走了进去："爸，这么晚还不睡啊？"

秦文毅见是秦嫣，掐灭了烟站起身绕过书桌，眉眼覆上一层悦色："马上就睡了。你怎么还不睡？时差还没调整过来？"

秦嫣耸耸肩："有点儿。"

秦文毅看了看自家女儿，欲言又止地说："对了，明晚我约了周总一家人吃饭，我听说他儿子周涵原来和你在一个学校，是吗？"

秦嫣拧着眉想了想。秦文毅摆摆手："没事，你明天打扮一下跟我出席，说不定见到面就想起来了。"

秦嫣扫了眼爸爸桌上的一堆文件和烟灰缸里的烟头，拢了拢睡衣："早点儿睡吧，晚安。"说完她便转身往外走。

秦文毅犹豫了一下，叫住了她："小嫣，明晚的饭局会让你不舒服吗？"

秦嫣平淡地说："为什么会不舒服？正好见见校友。"

秦文毅打量了一番女儿的神色，随后点点头："去吧。"

2

第二天傍晚，秦嫣选了一条简约大方的香槟色半身长裙，一头柔顺光亮的长发披在肩上，看上去柔美动人。

她随着秦文毅和林岩走进包间，里面三人全站了起来。

秦嫣一进包间，周涵便对她露出一口洁白的牙齿。

秦嫣望着他和煦的笑容，突然记起他来——刚上初一时她和这个学长比过军棋，果然是老校友，随后秦嫣也对他露出浅浅的微笑。

包间璀璨的水晶灯打在秦嫣明艳的脸上，一头柔顺的黑发让她看上去恬静美好。

周涵的妈妈第一眼看见秦嫣就喜欢得不得了，笑着招呼说："林岩啊，秦嫣跟你真是一个模子里刻出来的，都是美人坯子。快来，坐这儿。"

周妈的热情让林岩有些顾虑，怕秦嫣心里会不舒服，不禁朝女儿看去。不过秦嫣表现得落落大方，几步走过去和周妈妈打着招呼，乖巧地坐在她旁边的位置上。

他们一坐下，周总就调侃道："我这个儿子也才从英国回来，听说这次你家女儿回国能见上一面，高兴坏了。"

周涵嘴边挂着笑意，有些不好意思地问秦嫣："喝饮料吗？"

秦嫣侧头对他笑道："红酒吧。"

周涵有些意外，忙给秦嫣倒上红酒，轻声在她旁边说："真的好多年没见到你了。我一毕业就去英国了，听说你现在在波士顿挺有名的？"

秦嫣低头拿起酒杯："只是参加过几次演出罢了，谈不上有名。"

旁边的周妈妈听见，立马接道："我儿子还特地给我看了秦嫣在波士顿音乐厅的表演视频，听得我热血澎湃啊。秦嫣现在也是了不起的华人音乐家了，你们可真会教女儿。"

秦文毅和林岩听见周妈妈的恭维，说了几句客气话，然后提到明天生日宴上秦嫣会表演大提琴，周妈妈表示十分期待。

席间气氛融洽，相谈甚欢，周妈妈还摸了摸秦嫣的头发，满是看准儿媳妇的欢喜。

秦嫣话很少，坐在周妈妈身边含着淡笑，不时附和一两句。

吃到一半，她离席说要去洗手间。刚出包间，她脸上的笑容便淡了下来。

从洗手间出来的时候，周涵站在走廊上，秦嫣几步朝他走去："你怎么在这儿？"

"等你一起。"

回包间的路上，秦嫣随口问道："你家是做运输的？"

周涵说："承接一些国际运输。"

"主要做空运还是海运？"

"海运为主，空运也做。"秦嫣点点头，没再说话。

周涵却突然问道："明天的生日宴，你准备好了吗？"

秦嫣侧过头有些不解，周涵局促地说："我是说关于我们。"

秦嫣停住脚步，转过身看着周涵，明亮的眼睛一眨不眨："你喜欢我吗？"

她的问题太直接，让周涵怔了一下。便是这个当口，秦嫣向他伸出手："欢迎你来我的生日宴。"

周涵看着秦嫣，她的嘴边扬起弧度，眼里的光像团明媚的火焰，在走廊忽明忽暗的灯光下妖媚极了，晃了周涵的眼。

也许是喝了点儿红酒的缘故，他情不自禁地伸出手，却在快要握到秦嫣白皙柔软的手时，秦嫣蓦地一收，留给他一个意味深长的眼神，推门进了包间。

周涵盯着那抹香槟色的倩影，僵在半空的手收了回去，摸了摸下巴，玩味地笑了。

第二天就是秦嫣的生日宴，东海岸各路人马早早就来了。当年秦文毅在所有人都不看好的情况下一意孤行创办了养老机构。最开始的几年，东海岸的人都认为他疯了，不仅没有人看好他，甚至整个东海岸的人都开始排挤他，毕竟因为他，金羽计划才会被搁置。

有那么两年的时间，秦文毅成了整个东海岸的公敌，人人瞧见他都会挤对他两句。

可正是在秦嫣出国的这两年里，东海岸发生了一件大事：有人暗地里推动城区旅游改造计划，目标多次直指红枫山。红枫山依山傍水占着地理优势，旅游项目一旦落成，红枫东岸便会被迫拆除，东海岸将不复存在。

当时上山区的三大家族都出面周旋，却徒劳无功。

最终旅游项目和养老机构的扩建起了冲突，城区的老人们一封"保卫家园"的联名信直接递到上面，明确拒绝城东商业化，让南城的老人们"老有所居"的话题成了当时所有市民关注的热点。

最后民意胜利了。

东海岸的人谁也没料到，当年秦文毅看似发疯的举动，却成了保住东海岸的筹码。

后来，秦文毅被市里选为十大城市杰出贡献者之一，他在东海岸的话语权也与日俱增。

秦嫣离开的这两年里，秦家的房子里里外外重新翻修过，当年她房间里的滑梯早就没了，大厅的楼梯也改成了旋转的，二楼中间的镂空设计让大厅更加敞亮，秦嫣靠在二楼精致的欧式围栏旁就能看见一楼的宾客。

她走的那年太匆忙，匆忙到连成年礼都没有举办，今年是她二十岁的生日，秦家隆重大办。秦嫣看着大门外不时停下的高档轿车，忽然感觉这一切都很恍惚。

他们刚搬来东海岸的时候，她才三岁，那是她在东海岸的第一个生日宴，爸爸也如今天这般邀请了整个东海岸的人，可那一年来的客人只有隔壁那个清冷的少年，他为她带来了一份珍贵的礼物——一本《小王子》。

儿时的秦嫣并没有读懂小王子随风流浪的命运，直到她飞去大洋彼岸，在无数个夜晚对着那本彩色绘本一遍又一遍地翻看，才体会到那种经年累月的寂寞和刻骨铭心的沉痛。

时隔十七年，她再一次在东海岸举办生日宴，然而这一次，连那种秦嫣根本叫不上名字的邻居都来了。可直到生日宴开始，她依然没等来十七年前将她从滑梯上抱下来的少年。

3

宴会开始前，南虞一家三口都来了。南虞的丈夫吕治辰家里虽然也是经商的，不过他自小在家族里就比较平庸，加上后天自己又不努力，所以并不得势，和南虞结婚后，家里大小事基本都是南虞做主。

秦文毅看见这一家子后，脸上的笑容渐渐敛了下去。

他这一整天都有种不踏实的感觉。他了解他的小女儿，虽然一直乖巧听话，但有自己的想法，就连当年被送出国起初都是那么抗拒，最终还是接受了他们的安排。当他上个月打电话让她回来补办成年礼时，她竟然一口答应了。

东海岸的孩子都知道成年礼意味着什么，虽然秦文毅从来没有在秦嫣面前把话说破，但他知道自己女儿心中有数，包括昨天和周家见面，他也一直在留心观察女儿的情绪。让秦文毅意外的是，秦嫣举止自然得体，没有流露出任何抗拒的表情。

越是这样，秦文毅心里越有种不踏实的感觉。他清楚自己女儿的脾性，秦嫣看似柔和的外表下实则性子刚烈，当年就因为他算准了她，用一句"你会害死他"，逼得她退步。

他明白女儿即使心里再苦再痛，也不想害了南禹衡，不过短短两年时间，难道秦嫣真的已经放下一切了？

秦文毅一直心存疑虑，这一刻看见南虞一家，他的疑虑变成了担忧，因为他根本没有邀请这一家人来。

此时的秦嫣身着一袭蔷薇粉锦绸礼服靠在墙边，锦绸外的纱轻盈精致，让她看上去美艳动人，却又笼罩着一层淡淡的忧伤，好似浸在一层薄雾之中。

秦智走上二楼，双手随意搭在护栏上，侧过头用一种很瘆人的笑容看着秦嫣。

秦嫣眨了下眼，转过头对他说："你老是盯着我笑什么？"

秦智挑了挑眉："我高兴啊，老头子最近看到我就念叨，叫我回公司上班，现在终于有人回来气他了，他短时间内应该不会烦我了。"

秦嫣也笑了："你认为我会怎么气他？驳了那家人的面子？"

秦智不置可否，他从来不认为秦嫣会答应这门亲事。

秦嫣倒是忽然问道："你现在到底在外面搞什么啊？"

秦智随口应了句："和几个兄弟合伙搞了个小公司。"具体情况秦智没再多说。

秦嫣会这样问，是因为去年秦智突然给她打了笔钱，说是他赚的第一桶金，不过秦嫣并不缺钱用，虽然她出国后几乎没让秦文毅打过钱。

秦嫣刚到那边的前几个月在一家西餐厅拉琴，赚的钱足够养活自己，她形象好、气质佳，又拉得一手好琴，没几个月便被当地很有名的独立音乐经纪人劳恩斯看中，找秦嫣磨了小半年时间，她才同意与他合作。

只是没想到她在波士顿音乐厅的首秀让她一举成名，之后便开始接洽一些商业和公益性质的演出。

在那样的地方，有才华的人从来不缺舞台，只需要一架完美的桥梁，而劳恩斯便是那架完美的桥梁。他用了一年的时间便把秦嫣成功推上了国际舞台，她的名声甚至传回了国内，她在波士顿音乐厅演出的视频被人上传到国内的视频网站后，点击量疯狂攀升。

然而这一切对秦嫣来说，不过是用自己的双手养活了自己。

秦嫣转过头看向楼下觥筹交错的场景，压低声音问秦智："爸的生意出了问题，你清楚吗？"

秦智有些诧异，回道："他没和我说。"

两人沉默了一瞬，秦智很快反应过来："所以今天那个人……"

"周涵。"

秦智微微蹙起眉："周涵？"

秦嫣回过身靠在护栏上："嗯，从前景仁的那个周涵，家里搞外运的。"

秦文毅做了这么多年外贸生意，秦智当然清楚进出口业务的外运是多么重要的一个环节。

他随即看向秦嫣："你打算怎么办？"

秦嫣很平静地回视他："生意上的事爸没告诉我，还是我前天无意中听见他打电话说的。至于和周涵的事，他从头到尾也没正面提过，大概怕我抵触，所以这几天也在试探我的反应，我要真不答应，爸当然不可能因为生意上的事情勉强我，但是……"

秦嫣淡粉色的唇角划过一抹意味不明的笑意："我怎么能明知爸有困难，坐视不理呢？"

秦智侧眸睨着秦嫣，他此时此刻竟然对这个和他从小一起长大的妹妹产生了一种捉摸不透的感觉。

就在这时陆凡走了上来，她匆匆瞥了眼秦智，而后对秦嫣说："人到得差不多了，阿姨让我告诉你还有十分钟下去。"

秦智转身先下了楼。

他走后，秦嫣看着陆凡，对她伸出手。陆凡是秦嫣出国后唯一一个保持联系的朋友，虽说不在一个国家，可陆凡这两年一直很关注秦嫣的演出，每次秦嫣表演的时候，她都跟小迷妹一样两眼冒光，这点倒是和从前一样。

终于又可以现场看秦嫣拉大提琴，陆凡还是比较期待的，下午早早就到了秦嫣家。

高中毕业后，陆凡去了中央音乐学院，走上了音乐的道路，如今虽然依旧头发短短的，倒也比原来会打扮自己了，露背礼服穿在身上有点儿小性感的味道，钢牙拿掉后，秦嫣才发现其实陆凡的容貌很清秀，只是原来那副假小子的模样实在容易让人忽视。

秦嫣盯着旋转楼梯上秦智的背影，冷不丁地对陆凡说："他这辈子恐怕是不会放下她了。"

陆凡的眼神也向着秦智看去。秦嫣收回视线望向陆凡："趁早放下吧。"

陆凡倏地回过头，对上秦嫣了然的笑，心底生出一股酸楚，声音也变得有些异常："你，你怎么会知道？"

秦嫣一把攥住她："得了，你那点儿心思。我记得很早以前我和裴毓霖还不熟的时候，你就已经看出来她对我哥有意思了，女人一般对情敌都是比较敏感的，我懂。"

秦嫣笑着将陆凡往自己房间里拽，陆凡却浑身僵硬，感觉连路都走不好了。

直到进了房间，陆凡才问秦嫣："不是下楼吗？回房干吗？"

秦嫣弯下腰拿东西，纱质裙摆落在地毯上，陆凡看着她的背影问道："对了，你让我把南禹衡的动向告诉你，这两年我发给你的材料你到底看了没啊？从来没见你回过邮件。"

秦嫣站起身，手上抱着一个长方形的盒子，一双灵动的大眼微微眯了起来，闪着精光盯着陆凡："南禹衡这么谨慎低调的人，他那边一涉足工业电器领域，你这边就能掌握信息……"她笑了笑，将手中的盒子递给陆凡，"我们认识这么久了，你好像从来没喊我去过你家呢。"

陆凡尴尬地挠挠头，秦嫣的目光太具穿透力，让她不大自然。

秦嫣见陆凡那副局促的样子，莞尔一笑："不逗你了，你先帮我拿下楼，我一会儿下去。"

陆凡不解地将盒子打开，顿时一惊："你难道……"

秦嫣对她摆了个"嘘"的手势，推着她的肩出了门，在她耳边嘱咐了几句。

秦家去年完成了别墅的整体翻修，如今家里各处都实现了智能化。秦文毅看时间差不多了，简单说了几句，轻拍了下手，大厅的灯光逐渐变暗，一幅巨大的投影出现在正中，上面滚动着秦嫣从出生到牙牙学语，再到蹒跚学步的照片。所有宾客含着微笑看着影像里可爱的小人儿。

秦嫣从小就对音乐非常敏感，幼儿园毕业典礼上已经能表演难度较高的独舞，随着投影一幕幕播放，一个可爱的小女孩儿也渐渐变成亭亭玉立的小女生。

最后播放的是秦嫣初三毕业那年文艺会演的视频，这段视频还是秦文毅当年举着摄像机全程拍摄下来的。

视频播放完毕，整个大厅突然陷入一片黑暗，人们脑中的印象还停留在少女清纯娇小的身姿上。

突然，一束光瞬间移到旋转扶梯，众人随着光束将目光移了过去，在期待的目光中，秦嫣提着裙摆从楼梯上徐徐走下。

蔷薇色礼服上的一针一线用手工勾勒出花草，亚光的珠串点缀出浓郁的古典气息，下身自然垂坠的纱裙一直盖到脚踝，在楼梯上轻轻拂过，如丛林深处走出的曼妙仙子，高跟鞋每踏一步，便足底生花般勾勒出完美曼妙的身形。

微卷的长发轻盈柔软，颊边的秀发绾在脑后，露出饱满光洁的额，让人眼前一亮。

虽然东海岸的人都见过她，可所有人的印象都停留在影片的最后一段，那时的秦嫣还只是一个青涩的小女生。

然而如今，已然完全长开的她，流露出的惊艳让宾客们过目不忘。

很多人都说秦嫣长得像林岩，但比起林岩清丽出尘的容貌，秦嫣则更加明艳动人，她身上有一种无法忽视的光彩，只一眼就能吸引所有人的目光。

秦嫣每下一层台阶，目光就要游移一圈。场边的光线变暗了，后排的宾客她看不大清楚，不过也依稀看见了很多熟悉的面孔，从小到大她认识的很多人今天都来了，端木翊、钟藤……连裴毓霖都来了。秦嫣倒是没想到裴毓霖能来，她此时挽着一个男人面无表情地盯着秦嫣，秦嫣的眼神从她身上扫过，很快收了回来。

秦嫣听陆凡说，自从那次广播事件以后，她在学校大不如从前，纵使家世再显赫，也无法改变她糟糕的处境。那之后她的名声在东海岸越来越差，没人想和她沾上关系，更别说联姻了。裴毓霖的父母没办法，为了家族声誉草草给她找了一户人家订了婚，才总算让那些流言蜚语消停。

秦嫣的裙摆滑过最后一层台阶，漂亮的天鹅颈微微抬着，对所有宾客绽放出最温婉得体的笑容，然后缓步走到场中央，那束光也紧紧跟随着她。

秦嫣今年二月份去波士顿音乐大厅演出的事情早已传回了东海岸，那是世界最高规格的舞台之一。

她如今在音乐道路上的发展已经超乎了所有人的想象，整个东海岸的人都很期待这位从这里走出去的年轻大提琴家和这场国际级别的表演。

可当光束随着她的身影照亮场中的木桌和木椅时，众人都迷惑不解，他们并没有看见大提琴，深色的木桌上，有什么东西被一块绒布盖着，不得窥见。

大家纷纷好奇地抻长脖子，秦文毅放下手中的香槟低语了一句："这丫头要干吗？"

说完他刚准备往场中走，被林岩一把拉住："你现在去像什么样子，看看吧。"

此时的秦嫣已经走到木桌前，目光淡静如雾，平和地面对所有宾客优雅颔首，随后她拂了下裙摆悠然落座，在万众瞩目之下一把掀掉了那块绒布，入眼的便是一张浑厚苍劲的古琴。

4

当所有人看见木桌上放着的那张古琴时，都露出诧异的神色，场边一阵骚动。端木翊穿着一身白色西装，把自己打扮得跟白马王子一样，自我感觉良好地甩了甩头发，问秦智："你不是说你妹拉大提琴吗？她怎么还会这个？"

秦智挑了挑眉梢："没什么奇怪的，她九岁摸着吉他就能弹，这方面她有点儿变态。"

此时的秦嫣已经抬起手，手臂微提之间随着呼吸的韵律将修长的手指落于七弦之上，随着她一连串行云流水的拨弄，手起手落便传来了清婉流畅的琴音，声音凄婉，动听动情，她微垂的秀发落在细腻的颊边，袖口薄纱轻扬，美得楚楚动人，让人脑中不自觉出现"蒹葭苍苍，白露为霜。所谓伊人，在水一方"的词句。

古典的曲子透着淡淡的哀伤，好似这个弹琴的女子周身也蒙上一层缥缈的纱，无尽的花瓣落于身旁，一世红装，一曲离觞。

她微动的身姿和眉眼间的忧愁打动了场边的看客，音入人心，流转共鸣，整个大厅弥漫着清幽哀思。

就在这时，滚轮碾压在大理石地面的声音传入了秦嫣耳中，声音很轻，但她依然敏感地捕捉到了，手指微拂之间倏地朝着声音传来的方位抬眸望去。

光阴似箭，当年那个清俊的少年早已在悄无声息中变成了沉稳内敛的男人，可无论他怎么变，秦嫣依然能感觉到他的到来，他的目光，甚至他浅薄的呼吸，他的一切无声地交织在她如水的眼瞳中。

南禹衡穿着浅灰色的西装，每一处都透着不着痕迹的矜贵和质感，他的轮廓越发立体，皮肤却透着有些病态的冷白，让他看上去更加清冷。

那双深邃的眸子看向秦嫣时，她的心绪微乱，手指的律动也随着心跳无声地加快。

然而同时，秦嫣看见了他身后正推着轮椅的姑娘。那个姑娘虽然个子高挑，但脸上写满了稚嫩，看上去岁数不大，一双好奇的眼睛有些不安分地到处打量。

秦嫣眼眸沉了几分，不动声色地收回视线，再次加重指间的力道，一首《为霜》被她弹得缠绵惊鸿。

此时那个姑娘停住了脚步，侧过身子走到南禹衡身旁。他抬了下手，女孩儿便弯下腰将脸凑到南禹衡面前，不知道南禹衡跟她说了句什么，那个娇俏的小姑娘嘴角翘起弯弯的笑意。

秦嫣没有抬头，眼眸里的光微动，双手一散一按，几下极为快速的拨弦之后，整个大厅突然就响起了危险的《十面埋伏》，随着短促带有冲破力的弦音，大厅内好似顿时弥漫起硝烟，把沉浸在凄美婉转旋律中的人们猝不及防地拉了回来。

南禹衡幽深的眼眸里溢出细碎的流光，嘴角浮现似笑非笑的弧，漫不经心地盯着那个杀气腾腾的女子。

时急时缓的弦音让所有人心跳加快，仿佛耳边就是铿锵有力的战鼓和漫天飞扬的尘沙，曲子一出来便让人有了画面感。

可无论弦音多么惊心动魄，场中女子依然稳如泰山，绚色的纱轻逸脱俗，随着她剧烈的起伏折射出耀眼的冷光，仿若周身布满了兵器，她整个人隐在苍翠的竹林深处，眼波流转之间便飞出一片片锋利的竹叶，直直地飞向场边某个人。

这样一个瘦弱的女子，体内像是能爆发出无穷的力量，当她的手指触碰到乐器的刹那，气场全开，璀璨夺目。

南禹衡安然地坐在轮椅上，他的膝盖上盖着一条深色的绒毯，右手攥着轮椅把手，修长的拇指微微摩挲了一下，而后收紧。

另一边的端木翊不禁打了个寒战，对秦智说："我怎么感觉你妹要杀人啊？这曲子怪恐怖的，听得人毛骨悚然。"

秦智默不作声地将目光移向南禹衡的方向，没接话。

随着一连串凄切悲壮、行云流水、时缓时急的弹奏，弦音戛然而止，秦嫣抬头的瞬间，场内掌声雷动。

这是一首难度极高的古琴曲，无论从完整度和技巧方面都极其考验表演者，秦嫣虽然没有用大提琴演奏，但一曲古琴同样让人震撼。

秦嫣缓缓站起身，没有再朝南禹衡的方向看，而是走到秦文毅的身边。

秦文毅虽然对于女儿没有选择大提琴演奏感到诧异，但看见此时场内众人纷纷投来赏识的目光，也觉得秦嫣这一手古琴并不亚于大提琴。

秦文毅含笑道："周涵在那里。马上就是开场舞了，你有什么问题可以先和我沟通。"

秦嫣低眉拿了一杯浅色的香槟，平淡地说："听爸的安排。"

秦文毅也看见了南禹衡，但见秦嫣没有要过去打招呼的意思，便也没再多说什么，到一边招呼客人去了。

林岩到底不放心，走过来对秦嫣说："你爸的意思，不是非要你和周家怎么样，你如果待会儿有什么想法，最好事先告诉我们。"

秦嫣抬起头回道："我知道，我没什么想法。"

林岩这才松了口气。

秦嫣端着香槟朝陆凡走去，虽然感觉不少目光落在她的身后。不过她并没有回身确认那些目光的主人，而是几步来到陆凡面前，端了一杯香槟给陆凡，看似在轻松地闲聊，实则语气沉闷："推他的女人是谁？"

虽然秦嫣背对着南禹衡，但她在问什么，陆凡心如明镜。

陆凡往那边瞥了一眼，面色尴尬地说："你没认出来啊？"

秦嫣皱了皱眉，浅酌了口香槟："我认得？"

陆凡抿了抿唇："裴毓沁啊，裴毓霖的妹妹，裴家的小女儿。"

秦嫣惊诧地拿开高脚杯："那个小姑娘？都长这么大了？"

陆凡嘀咕了一句："那不能就你长，人家不长啊。"

秦嫣回身扫了眼裴毓沁，恰好看见周涵正在和南禹衡说话。她倒是忘了，周涵和南禹衡也是老相识了，而那个裴毓沁始终站在南禹衡身旁握着轮椅的扶手，百无聊赖地左顾右盼。

秦嫣收回视线，问陆凡："怎么回事？"

陆凡局促地放下酒杯："不是我不告诉你，我也是你回国前才听说这事。"

"说。"秦嫣眼里已经明显浮上一层凉意。

"裴家最近频繁到南家走动，说是想尽快让南禹衡和裴毓沁订婚。"

秦嫣无声地侧过身子将手中的香槟一饮而尽后，往桌上重重一放，深吸了一口气："她才多大！"

陆凡赶忙接着说道："跟她多大没关系，你还记得我一年前给你发的资料吗？我发给你的时候，南禹衡可能早就胜券在握了，我听说接下来几年国内工业电器拼的就是集成到本体的转型。你想，他虽然没有工厂，但他手上握的是什么？是能推动这个产业翻盘的核心。"

"我跟你说过，南禹衡一直和正庆集团有接触，你说我都能查到的事，裴家查不到吗？南禹衡一旦敲定跟正庆合作，不出五年，裴家底下的产业都要玩完，他们不急吗。"

"不过听说这件事是裴毓霖怂恿的，她家人倒是还有点儿顾虑，毕竟南禹衡那身体……"

"哼。"秦嫣冷噒一声，"裴家没儿子，以后家产都是裴毓霖的，她还真是为了前途连自己妹妹都搭进去了，是不是巴不得她妹妹明天嫁给南禹衡，后天南禹衡就挂了，她坐享其成啊？"

陆凡看着秦嫣眼中的怒意叹了一声："不好说，裴毓霖自己的婚事就够她烦的了，她肯定不想家族事业再出问题，以后连傍身的东西都没有。"

秦嫣攥起拳头，语气冰冷："好一个一箭双雕，她还是那么恨我。"

说完，她侧过头朝裴毓霖看去，正巧裴毓霖穿着华贵的礼服也朝她看来，眼中是掩饰不住的冷蔑。

当年裴毓霖做的那些事虽然是范筱萧捅出来的，但多少也因秦嫣而起，以裴毓霖的脾气，这口恶气怕是不出不痛快，八成还一直惦记着，加上这么多年对秦智爱而不得，自然见不得秦嫣能得偿所愿。

秦嫣心里清楚，裴毓霖把她妹妹塞给南禹衡，除了家族利益外，不排除是给她添堵。

陆凡靠在桌边说："裴家的意思是越快订婚越好，订了婚后面的事才有立场和南禹衡谈。也不知道南禹衡现在是什么意思，不过客观来讲这对他是好事，钟家对他一直抱有敌意，端木家不跟他来往，要是和裴家结了亲，南禹衡在你们东海岸也算稳扎稳打了。"

陆凡说完，又有些讪讪地补充道："当然我就瞎分析啊，你要不自己问问他。"

秦嫣看见秦文毅对她招手，示意舞会要开始了。她扭过头笑着对陆凡说："问？我问他什么？他要真想结这门亲，我问了也没用，如果他不想，我不用问，他也不会答应。就像我一样。"

说完，秦嫣拂了下裙摆，朝着秦文毅走去。

第二章 / 生日宴会

"我嫁！"

1

东海岸已经有好一阵子没有女孩儿举办成年礼了，所以今天的秦家格外热闹。偏偏秦家这个小女儿自小样貌出众，成绩也是出类拔萃，在东海岸他们这辈年轻人中，暗地里仰慕她的男孩儿不在少数。

例如端木家的儿子，他从小跟在秦嫣后面的事情世人皆知，钟藤在成年礼上也是弃了裴毓霖选择了秦嫣。虽然现在看来这些都是孩子们儿时的闹剧，然而正是因为从前那些闹剧，才让今天这场生日宴备受关注。

没有人事先收到风声，所以都不知道秦家人是怎么安排的，更不知道这个让很多年轻男孩儿心仪的女孩儿会选择哪位白马王子。

说到白马王子，就不得不提到端木翊，他今天特地穿了一身白衣，在人群中极其扎眼，就怕秦嫣找不到他。

舞会开始前，端木翊火急火燎地逼问秦智他妹有没有说什么，秦智嘴紧得很，说不知道。他虽然清楚秦文毅相中的是周涵，但毕竟秦嫣没有明确表态，他的确不知道。

端木翊拉了拉领口的小领结，他很少穿这么正式，勒得脖子难受，对秦智说："我昨天晚上练舞练到两点半，目测最大的威胁就是那个病秧子，还好病秧子现在腿脚不好，不能跳舞，我就安心了。"

秦智斜他一眼："人家不是腿脚不好，是身体弱。"

端木翊摆摆手，一甩飘逸的刘海儿："反正都是一个意思，纵观场中基本上看不到我端木翊的对手，我相信我从小没白疼你妹。"

秦智被他逗笑了："你有病啊，你昨晚跟谁练舞练到两点半？"

端木翊有些不好意思地说："跟我家大黄。"

秦智直接笑喷了："你家厨子？"

端木翊赶紧看了看周围："你小声点儿，我不要面子的？也不知道大黄教我的舞步靠不靠谱。"

端木翊一脸紧张既期待又兴奋。

结果音乐声响起，秦嫣忽地转身背对着他，并没有朝着端木翊这个方向，端木翊情急之下喊了声："我在这儿！"

场内顿时一阵哄笑。端木明德的老脸都要被端木翊丢光了，秦智嫌弃地往旁边挪了点儿。

秦嫣当然也听见了端木翊的叫声，她回过头去朝端木翊笑了笑，然后又背过身去。

端木翊的脸顿时就拉了下来，跳脚道："你妹什么意思？她怎么还往病秧子那边走？人家腿都站不起来了还拖着人家跳舞，不行不行，我得赶紧把你妹拉回来，别搞出人命。"

秦智伸手把端木翊拉回座位上："好好待着吧，小心你老爹削你。"

秦嫣轻如鸿毛的蔷薇粉纱微微荡漾，婀娜的姿态随着高跟鞋清脆的响声朝着场边走去，所有人都屏息凝神地等待。

然而秦嫣的目光并没有落在谁的身上，她只是低垂着眸看着脚下的路，轻盈灵动的发带隐在蓬松的发髻之间，闪着柔媚的光泽，衬得她姣好的面容娉婷秀雅。

裴毓沁站在南禹衡身旁，痴痴地低喃了一句："秦嫣姐现在可真美。"

便是这么轻声的话语飘进了南禹衡的耳中，让他幽暗的视线更加深邃，明明有些寒意的身子此时此刻却微微发热。

芬姨今天也难得收拾了一番，此时正站在南禹衡的侧后方，心情复杂且激动。激动是因为她看着长大的小姑娘如今出落得如此出众，复杂是因为这么好的姑娘不能光明正大地站在自家南禹衡身边。

秦嫣在众人的目光注视下走到了场边，才将一直低垂的视线缓缓抬起，她自始至终没有去看南禹衡一眼，而是在距离几位男士几步之遥的地方停了下来。

站在南禹衡身旁的周涵用一种热切的目光牢牢盯着秦嫣，眼里的期待不言而喻。

秦嫣莞尔一笑，几步从南禹衡身前走过，而后看似不经意地停顿了一下。南禹衡的指节瞬间收紧，秦文毅和林岩也出了一身冷汗，端木翊差点儿掀桌子，所有人的心脏都跟着提了起来。

以南禹衡现在的身体情况，秦嫣如果邀他共舞，怕真是东海岸最惊悚的事了。

好在，秦嫣只是微微停顿了一下，便缓步走到了南禹衡身旁的周涵面前，抬起明媚含笑的双眼，将纤细的右手递给了他。

南禹衡的眼眸暗了下去，发紧的指节握了起来。芬姨默不作声地轻拍了下他的后背。

秦文毅和林岩松了口气，唯独端木翊眼珠子好似要弹出来，骂道："这冒出来的又是谁啊？"

秦智微微蹙起眉，越来越有种雾里看花的感觉。

东海岸的其他人也纷纷侧身打听周涵的身份。

至于周涵本人，看着面前白净的手背，心中狂喜。昨晚包间门口的一幕还让他有些摸不准秦嫣的想法，直到这一刻秦嫣就站在他面前，将手交给他，他才确定自己不是在做梦。随即他牵起秦嫣的手，露出意气风发的笑，来到场中。

秦嫣与周涵面对面颔首，场中响起传统的舞曲，周涵牵起秦嫣的手，脸上始终挂着掩饰不住的喜悦笑容。

周涵在英国学医，回国后暂时在南城军区总院就职，他身上有一股极淡的消毒水味，笑起来阳光清爽，修长干净的手指像是外科大夫特有的标志。握住秦嫣的刹那，他的脑中映出那年在景仁舞台上，秦嫣淡定从容地用大提琴和长笛演奏的场景。

那个画面一直刻在周涵脑海中，纵使他后来去了英国也没有一个女孩子让他如此惊艳过。而今天的秦嫣第二次惊艳了他，此时此刻他热血沸腾，身体中的每个细胞都在雀跃。

随着舞动的步伐，他有些激动地说："我以为，你不会朝我走来。"

秦嫣扬唇一笑："哦？那你以为我会走向谁？"

周涵尴尬地说："不知道。以前在景仁就听说端木翊一直在追你，后来好像钟藤也挺喜欢你的，我看那时候你们初中部有不少小男生放学后在学校门口看你，你那时候身边总是有很多人。"

秦嫣低眸掩着笑意："你还真……"真够憨厚的，说了一堆人，偏偏绕过了最关键的。

被提到的钟藤此时正坐在不起眼的角落，拿着酒杯眼里透着凉意，一边喝着酒一边看着场中一对璧人。

男的眉清目秀，女的优雅动人，看着倒也般配。

周涵的舞步略显生硬，秦嫣每一步都不着痕迹地迁就着他，让这场舞跳得挥洒自如，极为养眼。

这不免让钟藤想到他成年礼的舞会上，这个女人可是用尽心思让他丑态百出。思及此，钟藤不免感到窝火，端起烈酒就灌下了肚。

二刚西装笔挺地立在钟藤的身旁。自从钟藤进了他母亲蒋华珠蒋家下面的企业后，二刚便跟着钟藤做事。

此时二刚见钟藤猛灌酒，便低声劝道："都喝了多少杯了，少喝点儿。"

"滚！"

二刚还想劝两句，钟藤侧过头眼神一凛："听不懂？"

二刚不敢再劝。钟藤嘴边挂着阴冷的弧度，再次灌下一杯酒。

场中，秦嫣的腰身在周涵的手掌之间，他的目光越来越炙热，不大好意思地说："我舞跳得不太好，还得麻烦你一直让着我。"

秦嫣笑道："我在国外的时候，他们那边每周都有舞会，不过我不是经常参加。"

"一定有不少外国男孩儿追你吧？"

秦嫣摇了摇头："可能我比较迟钝。"

她余光微瞥，说道："对了，你和南禹衡好久没联系了吧？"

"是有好久了，不过也会偶尔通电话，聊一些生意方面的事。"

秦嫣的目光迎向他："南禹衡和你们家有生意往来吗？"

说着，秦嫣脚步顺势向右移动，带着周涵在场中转了半圈，让他背对着南禹衡，这样南禹衡便看不见他的口型。

周涵说："我们家和他没什么生意往来，倒是和南家有些合作。"

秦嫣眼底暗藏着盘算："对哦。你家不是主要做海运吗，具体是什么性质的？"

周涵见秦嫣挺感兴趣的，便简单地和她聊起："主要是货代和船代，比如一些货物的进出口清关、报关，和南家那边合作的就是船代，包括检疫、拖车、装卸货，等等。"

秦嫣听明白了，爸爸如果和周家合作，货代这一块能解决不小的麻烦。

她眼珠子微微一动，旋即问道："你们和南家的谁合作？"

周涵想了想："南灏，你听过吗？我其实也不是很清楚，南家关系乱得很，每条航线背后的势力归属都不一样，我爸这些年好像一直和南灏走得比较近，他手下的船主要做中欧那条线。"

秦嫣不动声色地掀了下眉梢，中欧航线，德国。

她眼帘微垂，长长的睫毛掩住眼中快速交替的思绪。

不知不觉，舞曲结束了。秦嫣华丽转身，顺势将周涵拉回场中央，将他往自己面前轻轻一拉，周涵弯下腰，秦嫣凑到他耳边说了句话，周涵顿时大骇，猛地扭头朝南禹衡看去。秦嫣重重捏了下他的手，把他的视线强行拉了回来，而后优雅地向后退了一步，轻拉起裙摆对他微微屈膝，然后毫不犹豫地转身离去。

2

秦嫣离场后，周涵也魂不守舍地退了场，周围顿时热闹起来，人们把酒言欢，推杯换盏。

秦文毅身边围了不少人，虽然他的生意近年来发展平平，但他创立的养老机构让他在整个南城备受拥戴。

秦嫣刚走到场边，陆凡赶紧去找她，匆匆问道："你没事吧？"

秦嫣莫名其妙地转过头："我能有什么事？"

"你刚才停在南禹衡面前，我差点儿一口气没喘上来，被你吓死了。"

秦嫣嘴角挂着玩味的笑意转身去，看见芬姨刚要推着南禹衡到一边，裴家人立马碰了碰站在旁边想拿东西吃的裴毓沁，裴毓沁一脸不情愿地丢下吃的跑去南禹衡身后，芬姨无法，只好让到一边。裴毓沁到底年纪小，这种场合不能和同龄女孩儿聚在一起，脸上多少挂着些百无聊赖的神情。

尽管如此，今晚裴毓沁还是受尽了关注。

住在东海岸的人都知道，南家的这位向来清清冷冷，这还是第一次看见他身边跟着个姑娘。虽然南禹衡始终没有表态，但看裴家那迫切的态度，众人都暗自猜测，恐怕用不了多久，东海岸又会多一桩喜事。

因为其他人实在想不到一个吊着半口气的南禹衡，有姑娘愿意跟他，还是上山区裴家的姑娘，他有什么理由拒绝。

秦嫣往南禹衡那边瞥了一眼便转身朝侧厅走去，还没走到过道，角落里忽然有个人站起身，挡住了她的去路。

秦嫣脚步微顿，看着面前的男人。要不是那有些阴冷的剑眉星目，秦嫣差点儿没有认出来。

从外表来看，这些年钟藤的变化是所有人中最大的。他本就比秦智他们大一届，去年已经进了蒋氏集团，如今倒也不像从前那样发型张狂打扮随性，他穿着深黑色的西装，犀利的眼睛似黑夜中蛰伏的鹰，带着一丝狩猎的危险性朝秦嫣走来。

钟藤白色衬衫领口微微敞开,细长的眸子含着些许醉意,还没到秦嫣近前,她就闻到了一股酒气,不禁蹙起眉想绕过他往里走。谁料路过钟藤身边的时候,或许是酒劲儿上来了,突然一把抓住秦嫣的胳膊,硬生生将她扯到自己身前。

秦嫣不动声色地打量了他一番,语气疏离冷淡:"钟少还真够给我面子的,跑到我的生日宴上喝得酩酊大醉,现在还扯着我不放,有何贵干?"

钟藤见她跟自己说话了,干脆松开手俯下身仔细盯着她。

秦嫣被他盯得有些不自然,便撇过头去。

钟藤嘴角浮上一丝笑意:"你这个人心也够狠的。"

秦嫣不解地望向他。

钟藤眼里涌动着理不清的情绪:"一走两年杳无音信,是外国的水养人,还是外国的帅哥让你挑花了眼?"

他阴阳怪气的话让秦嫣不想跟他再掰扯。

她刚抬步,钟藤再次挡在秦嫣面前,眼神颇冷地说:"我以为你回来干吗呢,搞了半天还不是听从家里安排。怎么,看见姓南的都站不起来了,赶紧撇清关系?"

秦嫣倏地抬头死死瞪着钟藤,他那双盛气凌人的眸子让秦嫣平复已久的心脏狠狠拧了一下。

她脑中忽然闪现出那年深巷的记忆,闪现出钟藤是如何折磨南禹衡的。钟藤折磨的不仅是南禹衡的肉体,还在摧残他的傲骨,凌虐他的尊严。

那时的秦嫣只能眼睁睁地看着钟藤撒野,却做不了任何事。那是她这辈子最绝望的时刻,此时,久违的恨意从心底再次迸发出来。

她声音没有丝毫温度地说:"他不是你这种人配提的。"

钟藤听见这句话怔了一下,随之而来的便是更加旺盛的怒火,凶残的气息当即压了下来。他嘴边挂着狰狞嗜血的笑意:"我不配?我偏要提,他就是个废物,我现在过去给他一拳,你看他能拿我怎么办。这就是你看上的男人,连男人都不算。"

秦嫣看着钟藤,冰冷的嘴唇紧紧抿着,胸口上下起伏,拳头紧紧放在身侧。她侧过头深吸一口气,再转头时,嘴边已然挂上一抹冷到极致的笑容:"手给我。"

钟藤皱起眉。

秦嫣的面容像蕴在朦胧烟雨中,透出绝美的光影,声音似清透的水滴浸入心田,带着让人无法拒绝的诱惑。纵使钟藤感觉到她的反应不太对劲儿,但看见她朝自己伸出手时诱人的笑容,他的记忆仿佛刹那间回到了当年的舞会，那时的他明明知道面前的少女在戏弄他，可秦嫣一次又一次笑着向他伸出手时，他还是会心甘情愿地将手交给她。

秦嫣见他没有反应，又向他凑近一步，放轻声音再次对他说："手给我。"

她身上清甜的香味让钟藤魂牵梦萦了无数个春秋，这三个字从秦嫣口中说出来就像带有魔力，钟藤的大脑根本控制不住自己的行为，鬼使神差地将手伸给了秦嫣。

秦嫣握住钟藤的瞬间，唇边的笑容骤然变冷，她的手腕如鬼魅的蛇，顺着钟藤的手背迅速上移抓住他的小臂，趁势背步，左手按住他的肩胛骨，拽着他的手背快速转体，周身猛然发力，将他过背凶狠地摔了出去。

砰的一声响彻整个大厅，秦嫣拽起裙角利落飒爽地翻身，单膝牢牢压住钟藤的背脊，提起他的右臂狠狠往后一折，咔嚓一声伴随着钟藤的惨叫，一切快如闪电，随后她放开钟藤错位的胳膊，爽利地站起身。

整个大厅的人都处于静止状态，众人惊恐地看着秦嫣，只见她微微昂起头，露出修长的天鹅颈，像个不可一世的女王，拂了拂裙摆对众人优雅颔首，一秒切换成了淑女，仿佛刚才的行为只是她习以为常的表演。

随后她缓步走到不远处的周涵身旁，用温柔的声音轻声说道："刚才忘了告诉你，我有暴力倾向。"

在周涵不可置信的眼神中，她淡然转身，扬长而去。

霎时间，这场生日宴随着主人公的离去炸开了锅，这大概是东海岸近几十年来的大事件。

南禹衡扶着轮椅转了方向，眼里拂过一抹意味不明的光，嘴角挑起似笑非笑的弧度对芬姨说："我们回去吧。"

芬姨还和众人一样处于惊吓中，她甚至不敢相信刚才那个身手利落的女子是秦嫣，这和她印象中的秦嫣完全判若两人。

芬姨推着南禹衡离开秦家后，一路上脸色煞白。倒是坐在轮椅上的男人手指有规律地敲打在轮椅把手上望着皎洁的明月，心情不错的样子。

秦家一时乱了套。

钟家大人今天都没来，只有钟藤一个人赴宴，彼时他疼得在地上打滚，裴家人只能帮忙送去医院。

混乱中，裴毓沁并没有注意到南禹衡已经离开了。

大概是场面有些混乱，大人们让女孩儿先回家。有几个姑娘正准备回去，喊裴毓沁一道走，她跑去问裴毓霖，裴毓霖让她先回家。于是，裴毓沁便上了东海岸其他女孩儿家的车子。

车上还有三个女孩儿，其中一个和裴毓沁同龄，另外两个则要比她们大上好几岁。

这个年纪的女孩儿聚在一起难免八卦，大家都问裴毓沁是不是要和南禹衡订婚了。

裴毓沁不像她的姐姐裴毓霖那么沉得住气，见别人兴奋地怂恿她说，她便没忍住告诉了她们，说她和南禹衡可能不久就会订婚了。

几个女孩儿在车上瞎起哄，弄得裴毓沁也挺不好意思的。

坐在副驾驶座的小芸回过头看向裴毓沁："你姐姐告诉过你，南禹衡身体的事吗？"

这句话让车内的人安静下来，裴毓沁回道："我知道他身体不太好。"

小芸和另一个大几岁的姑娘对视一眼，跟裴毓沁说："不是身体不好……你没想过南禹衡长这么好看，为什么东海岸没有人愿意嫁给他吗？"

裴毓沁有些急切地问："为什么？"

"他不能跟你生小孩儿的。"

裴毓沁似懂非懂地看着小芸。

另一个大几岁的姑娘忍不住插道："就是他不能像正常男人那样，你要嫁给他，你就得守一辈子活寡。"

裴毓沁这时才反应过来，突然陷入沉默。

前面的小芸接着说道："是啊，就是这个意思。太可怜了，你家人真要把你嫁给南禹衡吗？你可要想清楚了。"

裴毓沁旁边坐着的同龄女孩儿听她们这么说，不禁同情裴毓沁，便拽了拽她："你要么再和你家人说说吧，我今天看南禹衡一直坐在轮椅上都没站起来过，你要是嫁给他，不会还得照顾他吧？那不得累死。"

几个女孩儿你一言我一语，说得裴毓沁都快哭了。

当天晚上的生日宴比预计的时间要提早结束，秦文毅清楚秦嫣不会轻易在这种场合对钟家那小子动手，虽然不妥，但想到刚才那小子浑身酒气、胡言乱语的样子，秦文毅也恨不得揍他一顿，便也没再去找秦嫣询问缘由。

秦嫣回房后没有再出来。

大约深夜两点多，秦嫣突然听见楼下有汽车发动的声音，她探出头看了一眼，秦文毅的汽车在黑夜中迅速掉头，不知道去了哪儿。

秦嫣和秦智同时打开房门走下楼，两人在客厅看见林岩，问她出了什么事。

林岩脸上尽是担忧，说秦文毅刚才突然接到电话，好像是什么货出了点儿问题，过去周旋了，林岩让他们先上楼睡觉，明天再说。

秦嫣和秦智便一道上了楼。

秦嫣刚准备进房，突然侧了下身子问秦智："爸的生意出事，恐怕不是偶然吧。你知道是谁吗？"

秦智沉默了几秒，回了三个字："不确定。"

秦嫣琢磨着这三个字，看来秦智心里是有点儿数的。

她没再多问，推开门，秦智却飘来一句："这两年练得不错。"

3

因为时差，秦嫣自从回国后一直睡得不大安稳，迷迷糊糊到了早晨，干脆起床换上一套利落的运动服出去晨跑。

临出门前她还特地看了眼爸爸的车子，好在回来了，她这才放心往山道上跑。

虽然南城的夏天很热，但东海岸隐在红枫山上，一大早空气宜人，倒令人神清气爽。

彼时每家每户都在沉眠，东海岸的街道一片安静宁和，相比昨晚觥筹交错的华丽盛宴，秦嫣更喜欢宁静祥和的东海岸。

这两年她养成了晨跑的习惯，因为常年练习柔道，她特别注意保持体能训练。

久违的红枫山在晨曦之中渐渐苏醒，她穿过斑驳的树影，路过山间清澈的湖畔，沿着山道往上跑去，一直跑到半山腰的石亭她才停下脚步，俯瞰整个东海岸瑰丽美好的早晨。丝丝凉风吹干了她额上的汗珠，高高的马尾衬得她精神饱满。

秦嫣歇了一小会儿，又沿着原路往回跑。可还没跑到家门口，她就发现走时安静宁和的街道上此时站满了人，还有越来越多的人往南家拥去，不知道发生了什么事。

昨天晚上对于有些人来说，注定是个不眠之夜。

裴毓沁回到家中后，在房间辗转难眠，好不容易等回了父母，哭得那是肝肠寸断，说自己不想嫁给南禹衡，不想守活寡。

裴家父母到底心疼女儿，虽然事关家族生意，但看见自己小女儿这么伤心，便答应这件事先缓一缓再说，以此稳住裴毓沁的情绪。

谁料当天夜里，裴毓霖冲进裴毓沁的房间对她说，让她先答应和南禹衡订婚，反正现在她还小，以南禹衡的身体情况，说不定根本熬不到他们结婚，到时候既能帮得上家里，对她也没什么损失。

一番话下来哄得裴毓沁又犹豫了，但她毕竟没有裴毓霖想得那么长远，眼下只顾得了自己。她还没经历过爱情，就要嫁给一个快死的人，怎么想怎么委屈，说着说着就又哭了。

裴毓霖见和妹妹说不通，发了火威胁妹妹，说会和爸妈说订婚的事，让裴毓沁必须答应，否则以后长别指望她。

裴毓霖走后，裴毓沁越想越难过，哭到下半夜打了个电话给自己的小闺蜜诉苦。两个小女生一琢磨，一旦和南禹衡订下婚约，这辈子横竖是毁了，要被整个东海岸的人嘲笑不说，还不能有段正常的婚姻，这噩耗着实让裴毓沁绝望。

裴毓沁的脾气向来是忍不了半点儿委屈的，一大早就背着裴毓霖，带着用人和司机闯到了南家，一副气势汹汹的样子。

荣叔在院中将裴毓沁一行人拦了下来，说南禹衡还在休息，带这么多人进去不方便。结果裴毓沁就在门口大闹，还让人砸了南家的一院花草，惹得南虞也很火大，冲到楼上，让南禹衡下去处理。

南禹衡倒是早听见楼下的动静了，彼时不慌不忙地往肩上搭了一件薄黑色针织，缓缓走到楼下。芬姨面色不好地推来轮椅，他漫不经心地坐了上去说："到门口看看。"

南禹衡不出现还好，一出现后，裴毓沁完全就疯了，哭着闹着说不要跟他订婚，让南禹衡不要害她，还让南禹衡去和她家人说清楚云云。

南禹衡双手始终搭在身前平静地看着她闹腾，等她说得差不多了后，扫了眼一院的狼藉，沉声开了口："从头到尾都是你们裴家在跟我提这件事，我还没有考虑清楚，你倒是一早跑来大闹一通。"

说完，南禹衡眼色一沉，声音泛着不疾不徐的冷意："本来你要是跟我好好说，我可以给你家人一个说法，但你看看你现在把我这里弄成了什么样子，你认为我凭什么会为了你走一遭？"

裴毓沁被南禹衡颇具威严的话语镇住，脸涨得通红，就是不肯服软，闹到后来，终于把裴家人给闹上了门。

裴家父母一进南家看见这场景，脸都气白了。他们在东海岸生活了一辈子，位高权重，现在却要因为自己小女儿的一时任性跟一个小辈赔礼道歉，实在说不出口，可眼看这场面闹得，要是不拿出个态度，恐怕以后跟南禹衡这梁子就算结下了。

裴家父母僵在当场，脸色难看至极。偏偏裴毓沁仗着父母来了，更加使起小性子，嚷嚷着叫南禹衡跟自己父母说清楚。

南禹衡眼色阴沉地瞥着院门口越聚越多的人，像个事不关己的看客。

正是这时，裴毓霖从身后大步走上前，拉过裴毓沁的胳膊，狠狠甩了她一巴掌，厉声道："跟南禹衡道歉！"

裴毓沁从小在家娇生惯养，哪受得了这种难堪，当场捂着被打的脸哭喊道："凭什么要我道歉，你们凭什么要我道歉！"

东海岸宁静的早晨便被这一声哭喊彻底唤醒，周围邻居纷纷走出家门，当听说上山区的裴家来了后，越来越多的人收到风声，前来围观。

裴毓霖的这一巴掌是打给南禹衡看的，只有让裴毓沁出口道歉，才不会让父母骑虎难下，让事情收不了场。

偏偏她这个妹妹愚昧蠢钝，给了台阶也不知道下，反而情绪一下子反弹，扯着嗓子喊道："是你们要把我嫁给一个快死的人，我凭什么要道歉！你们问问看，整个东海岸有谁愿意嫁给他？不会有一个人愿意的！"

南禹衡浓密的睫毛微垂了下去，放在腿间的双手缓缓交握相扣。

裴毓霖听见如此不堪的话从妹妹口中说出，吓得扭头去看自己的父母。

裴家夫妇的脸已经铁青，门口站着的人也没想到裴家的二小姐能当着南禹衡的面，当着东海岸这么多人的面，说出这样的话。

4

朝阳终于悄无声息地探出红枫山照亮整片大地，一抹耀眼的金光洒了下来，点亮东海岸的早晨。

大地终于完全苏醒了，却没有一个人出声，全都盯着那个坐在轮椅上的男人，而他低垂着眉眼，众人都看不清他的神色。

就在所有人都提着一口气，气氛僵持不下时，人群外围又是一阵骚动，有人不停往里挤，人没到，声音倒是透过人群传了过来："我嫁！"

短短两个字，让门口围观的人纷纷往后看，自觉让开一条道。

南禹衡赫然抬眸，那个明媚的女人素面朝天，扎着高高的马尾，穿着一身浅白色的运动装，就这样从人群中走了出来。四目相撞的瞬间，南禹衡暗沉的眼眸终于有了翻涌不息的情绪，像天际透过云层猛然照下的强光，投射在秦嫣身上。

秦嫣盯着满脸是泪的裴毓沁，又目光清冷地扫了眼裴毓霖，而后转身对着裴毓沁朗声说道："你刚才不是说东海岸不会有人嫁给他吗？我今天当着整个东海岸人的面告诉你们，我愿意嫁给南禹衡。"

说完，她狠狠瞪了裴毓沁一眼，转身向着南禹衡走去。四目短促地交会了一瞬，她已经走到南禹衡身前，站在他的前面对所有人说："从今天开始，南禹衡就是我秦嫣的未婚夫，我不允许任何一个人再诋毁他半句，否则昨天我家宴会上钟藤的下场，也是你们的。"

她眼里透着冰冷的狠意，穿着运动装满头大汗，像个战斗力爆表的女战士，浑身充满煞气，让人不敢与之对视。

这一切发生在眨眼之间，所有人都没反应过来，为什么八竿子打不到的人突然站在了一起。更让人无法理解的是，昨晚秦嫣邀舞的明明是另一个男人……

这一切都太混乱了，围观众人都感觉脑子乱了。

裴家人不可置信地说："南禹衡，这到底怎么回事？"

秦嫣不动声色地让开身子站在南禹衡身后，他目光寡淡地盯着裴家人："我以为刚才你们已经听得很清楚了。"说完侧头看向芬姨，"我累了，送客。"

芬姨忙点头，态度不卑不亢地走到裴家人面前："请，裴先生，裴太太，我送你们出去。"

同时，南禹衡双手拨弄着滚轮朝后院移去，秦嫣立马转身扶住把手推着他，南禹衡顿了一下，还是松开手任由她推着。

前院人声鼎沸，绕到南家后院倒是突然安静下来。

浮柳微晃，投下斑驳的影子，秦嫣停下脚步。她刚运动完，热得浑身是汗，大约是这两年和俱乐部那些糙老爷们儿在一起练柔道习惯了，看周围没有可以坐的地方，干脆走到南禹衡面前席地而坐，仰头迎向他："训吧。"

她看似等着南禹衡训她，却没有半点儿害怕的样子，双腿盘着，一只手肘搭在膝盖上撑着脑袋，晶莹的汗珠从额上滑落，顺着脸颊滴落到领口。

南禹衡喉结微动，目光带有压迫感地注视着她："我当你二十岁了，也出去走过一趟，大脑不会发热了。"

秦嫣眨了下眼望着他，她那坐姿就像军训时等着教官说废话一样，让南禹衡恨不得把她从地上拎起来。他侧过眸，压抑住心头的愠怒继续说道："刚才那个小丫头也没说错，我这个身子，嫁给我就是遭罪，你知道你做了多么荒唐的决定吗？"

"扑哧"一声，秦嫣托着腮笑了出来。

南禹衡收回视线，蹙眉盯着她："笑什么？"

秦嫣懒散地伸了伸腿从地上站了起来，双手扶住轮椅把手将南禹衡圈在一臂之内，压低视线逼视着他："你当真认为自己魅力无边，我秦嫣死活要赖上你吗？"

她离他太近，近到她身上香汗淋漓的味道像禁忌的毒药诱惑着南禹衡，他眉梢轻凛："你什么意思？"

秦嫣嘴角挂着玩味的笑意又凑近了一些，声音很轻："裴家把女儿嫁给你是图你手上的东西，他们能图，我不能吗？我爸生意上遇到过不去的坎了，他现在必须解决运输问题，所以才会和周家接洽，但是据我了解，周家也不过是个中间商，如果想要保证以后的运输途径，与其找个做代理的，不如直接找拥有运输途径的人，我需要你们南家。"

南禹衡嘴角轻浮："我好像早告诉过你，南家是南家，我是我。"

秦嫣缓缓直起身，居高临下地睨着他："我不管这些，总之我嫁给你，我就是南家的媳妇儿，南家其他媳妇儿该有的，我也得有，你不帮我要，我就自己拿。"

南禹衡靠在轮椅上，太阳缓缓升起，鎏金的光镀在他冷白的皮肤上，让他的五官立体深邃。他眯起眼睛用一种审视的眼神注视着秦嫣，那自带的风华与气场蕴含着强大的压迫感。

不过，秦嫣并不害怕，她回过身从柳树枝上扯了一根柳条下来，一边漫不经心地编织着草环一边说："反正昨晚我暴力的行径恐怕是吓到周家人了，刚才当着那么多人的面我话又放出去了，你要是不对我负责呢，大不了我就没人要，孤独终老，然后被我爸嫌弃，一脚踢到国外再也不让我回国，我是没关系，你舍得吗？"

她眼眸轻挑，似妖姬一样勾着南禹衡，挠得人心痒。南禹衡报着唇，面色冷硬："少跟我来这套，你现在走出去，多的是要娶你的人，跟了我，你就不怕损兵折将？"

秦嫣轻笑道："我怕什么呀？你身体不好又不能对我怎么样，等你'嗝屁'后就算什么都没留给我，我把你这套房子卖了，下半辈子照样可以逍遥快活。"

"你……"

南禹衡面色铁青，刚抬手，秦嫣敏捷地往后一跳，弯起眉眼："想打我？你追不上我。"

她对着南禹衡做了个鬼脸，气得南禹衡指了指她，训道："你还是好好想想怎么跟你爸交代吧。"

秦嫣一双巧手很快编好了一个草环戴在头上，眼里漾出浅浅的笑意："好看吗？"

南禹衡偏过头不去看她。

她又绕到他的眼前对他说："我爸现在肯定接到风声准备提刀了，我不跟你说了，我得回去抻长脖子给他剁。"

说着，秦嫣双手一背，朝着南家后门走去。

她知道现在外面一定围了不少人，所以打算从后门绕回家，不过走了两步，她又回过头看向南禹衡："我爸那脾气你清楚的，提亲的事抓紧点儿，我在家等你。还有，这个草环到底好不好看？"

南禹衡沉默地睨着她，搞不懂都这个时候了，她为什么非要纠结一个破草环，却听见秦嫣接下去说道："要是好看，婚礼那天我要个镶钻的，不过分吧？"

她唇边的小酒窝在脸上绽放，飒爽地背着双手优哉游哉地拉开后门离开，徒留轮椅上的男人眸色越来越深，藏着搅动不熄的火。

第三章 / 敲定婚事

"我等你。"

1

秦嫣从后门绕回了家，刚打开门，林岩听见声音便火急火燎地从前厅走了过来。

饶是林岩如此冷静的性格，此时也按捺不住，看见秦嫣进门，表情严厉："你真是太疯了。"

秦嫣讪讪地问："爸呢？"

"你爸还要赶去仓库，让你好好在家待着，等他回来找你。"

秦嫣抬手擦了擦额上的汗，呼出一口气："那我先吃早饭。"

林岩嘴里念叨着："你还有心情吃早饭，心真够大的。"

虽然这么说，但她还是进了厨房给秦嫣盛粥。

秦智坐在餐桌旁要笑不笑地看着她，秦嫣拉开他对面的椅子，秦智当即调侃道："胆挺肥的，我昨天当你跟那个姓周的来真的呢，没想到今天直接冲到隔壁了。"

秦嫣淡淡地说："我有我的打算。"

秦智喝完最后一口粥，起身拿起车钥匙："是，你有你的打算，看你待会儿怎么应付老头子。我今天有事晚上回不来，帮不了你了。"

秦嫣"嘁"了一声："没指望你。"

秦智走后，林岩从厨房出来把粥端给秦嫣，刚拉开椅子准备说话，秦嫣赶忙摆手："妈，你先别说我，我这会儿饿，先让我吃早饭嘛。"

女儿从国外回来第四天，时差还没完全调过来，此时听她说饿，林岩也心疼，便让她安生地吃个早饭，自顾自叹了一声走到旁边，眼不见心不烦。

秦嫣优哉游哉地吃着早饭，还没吃完，秦家门铃突然被人按响了，林岩有些诧异这会儿谁会来，便起身出去开了门。

门口停着一辆黑色的高档轿车，一个中年女人盘着高高的发髻站在门口对林岩说："早上好，秦太太，我是钟太太身边的王妈，我家太太想请你们家小姐过去坐一坐。"

林岩顿时防备地扫了眼门外的车子："找秦嫣？"

王妈礼貌地说："是的，秦小姐。"

此时秦嫣听见动静也走了出来，自然听见了两人的对话。林岩脸色颇冷地问道："钟太太找我女儿有什么事？如果真有要紧的事，我们家的大门随时为她敞开，但让我女儿过去，不好意思，不太方便。"

林岩疏离的态度已经很明显，不过王妈并没有退缩，反而脸上露出几不可见的轻蔑笑意："我家太太身体不好，想必秦太太是很清楚的，只是邀请你女儿过去说会儿话，秦太太何必有这么大的敌意呢？难不成光天化日之下，我家太太还能吃了你女儿不成？还是秦太太心里有什么其他想法？"

林岩没有接话，目光戒备地望着王妈。王妈自年轻时就跟在蒋华珠身边，一路历经大风大浪从蒋家到钟家，气场自然不一样，几句话既不失礼貌又堵得林岩哑口无言。

两人僵持了一会儿，站在后面的秦嫣抱着胸开了口："妈，既然钟太太身边的人都来请了，我就跟她走一趟吧，反正也不远。"

林岩回头看了自家女儿一眼。

秦嫣放下手臂对王妈说："不过，我才运动完，一身汗，这样去你们钟家恐怕不太礼貌，不介意我洗个澡吧？"

林岩没有请王妈进屋的打算，王妈不好说什么，只能在门口等着。

林岩一进门就对秦嫣说："她八成是因为她儿子的事找上了你，我得让你爸回来一趟。"

秦嫣阻止了林岩："我爸在忙，别打给他了，我过去走一趟。反正理亏的是她儿子，她要找我兴师问罪我也不怕。"

林岩忽然发现女儿在国外待了两年，有些不一样了。这两年里，秦嫣几乎没有和家里人提过在那边过得怎么样。

对这个世界懵懂无知的小女生，猛然被放逐到一个连语言都不通的陌生环境中，她要学着和人交流，要试着和来自世界各地形形色色的人相处，要应对打工环境中遇到的各类棘手的事，甚至要独自面对国际舞台上的种种考验，这些，没有一颗强大的心脏根本无法做到。

秦嫣虽然从来都是报喜不报忧，但并不代表在国外的这两年里她没遇到过挫折。太多的夜晚，因为水土不服、身体不适、无所依靠，压抑失眠；太多的夜晚，因为不知道怎么应对复杂的人际关系，烦忧孤独；太多的夜晚，为了台上那短短几十分钟，甚至十几分钟的表演，抓狂崩溃。

可正是因为她独自经历了太多的磨难，才练就了如今的沉着冷静，再大的国际舞台她都闯荡过，难道会怕一个深宅里的妇人？大不了兵来将挡水来土掩，她秦嫣没什么好怕的。

秦嫣不慌不忙地上楼洗了个澡，换了身衣服，还顺带理了一头微卷的长发。大太阳天里，王妈生生等了四十分钟，秦大小姐才姗姗来迟。

秦嫣换了件黑色的束腰短袖上衣，一条修长的阔腿裤，踩着一双尖头细高跟，简洁大气的名媛范儿，又透着几分干练。

临走时，林岩不放心地说："你有事打电话回来。"

"放心吧。"

秦嫣说完便出了门，上了钟家的车子。

车子开到上山区进了钟家后，秦嫣被直接领去了一楼偏厅的会客室。

钟家一楼偏厅很大，中式的装修风格，地上铺着高档的驼色花卉地毯，摆着两排中规中矩的白色沙发。

秦嫣一进偏厅就看见四个角落都站着人高马大的安保，一身黑衣、精壮强悍的样子。王妈让她坐一会儿，说太太马上下来。

秦嫣不动声色地环视了一圈，独自在硕大的偏厅饮了会儿茶，随后蒋华珠在王妈的搀扶下走进偏厅。

蒋华珠一身手工刺绣的长裙，华贵别致，头发盘得一丝不苟，样貌比前些年秦嫣见到她的时候苍老了一些，脸上也透着明显的病态，走路似乎都需要人搀扶的样子，反倒显出几分养尊处优的姿态来。

她一进来，秦嫣便放下茶杯，站起身礼貌地说道："钟太太好。"

说来秦嫣和钟晖也算平辈，在东海岸，通常认识的平辈之间叫对方父母都会直呼叔叔阿姨，秦嫣虽然态度谦和，不过称呼倒是带了几分不失体面的疏离。

蒋华珠淡淡地点点头："坐吧。"

秦嫣等她入座后，在她对面的单人沙发上落座。

蒋华珠身体不大好，轻微咳嗽了几声，王妈立马递上帕子。她漫不经心地接过，抬头看了眼秦嫣，说道："这次回来，打算什么时候走？"

秦嫣心里盘算着，自己和这个妇人可是半点儿都不熟，她倒是挺关注自己的动向，便也平淡地回道："一时半会儿恐怕走不了。"

蒋华珠用眼尾的余光瞥了秦嫣一下，低头将帕子放在一边："我这个小儿子虽然小时候带得少，但到底也是在身边看着长大的，现在我上了年纪，身体不如从前了，很多事以后还得指望他。"

秦嫣将蒋华珠的话在心中过了一遍，很快回道："那是您的家事。"言下之意，关我屁事。

蒋华珠抬眉，端的是慑人的威严："你知道就好。我今天喊你来就是怕你不知道，当年我儿子成年礼的事我并没有找你，昨天你却当着整个东海岸人的面将他弄伤。

"他这两年在我身边逐渐上了轨道，倒是你一回来，人就跟得了失心疯一样。

"我儿子虽然做过不少荒唐事，但其实头脑简单得很，我希望你不是在对他使什么欲擒故纵的把戏，毕竟你们家的女人都厉害得很。"

她说完，似乎看都不愿再看秦嫣一眼，侧过头伸出手，王妈便把茶放入她的手中。

秦嫣下巴微昂，毫不示弱地说："钟太太说我们家的女人厉害得很，这句话我就听不懂了，您是在拐弯抹角说我妈吗？东海岸谁不知道我妈与世无争、性格寡淡，您说我妈厉害，我倒想听听怎么个厉害法。"

蒋华珠没有想到面前这个年纪轻轻的小丫头居然如此伶牙俐齿，句句紧逼。她将茶盖往茶杯上一磕，声音透着冷意："你问我？不如回家问问你那个妈。"

秦嫣依然含着得体的笑："话是您说的，我不问您问谁？还是您也觉得这话不妥？要说厉害，放眼整个东海岸可找不出第二个比钟太太更厉害的人，连在襁褓中的儿子都能利用，钟藤能活到现在也是命大，到底是当年您带得少，还是您根本不敢面对这个儿子？"

咚的一声，蒋华珠身后一个年轻用人手中的壶盖突然掉到地上，蒋华珠表情惊恐地看向偏厅门口。

所有人顺着她的视线扭过头，钟藤一只胳膊挂着固定带，就这样怔怔地站在门口盯着秦嫣，煞白的脸上涌动着隐忍的情绪。

蒋华珠大骇，放下茶杯道："你，你不是在医院吗？怎么回来了？"

钟藤的眼神笔直地落在秦嫣身上走了进来，秦嫣没有去看钟藤，而是低着头端起旁边的茶杯，缓缓喝了一口。

2

另一边的秦家。

林岩见秦嫣去了一个多小时都没回来，不免有些着急，走出院门拿着手机，犹豫要不要给秦文毅打个电话。

正好这时南家驶出一辆汽车，才拐了个弯，汽车便停下了，随即后车门被打开，南禹衡从后座走了下来，回身看向林岩："天这么晒，林阿姨站在门口是？"

林岩脸上写满了焦急，此时看见南禹衡虽然有些尴尬，但转念一想还是几步走上前说道："秦嫣被带去钟家了，现在也不知道怎么样，我在想要不要过去看看。"

南禹衡听闻，眉头微蹙："什么时候走的？"

"有一个多小时了。"

他略微思忖了一下，说道："我去吧。"

林岩担忧地说："这，这会不会不太好？"

南禹衡垂下眼睫告诉她："我会把人安全带回来。"他说完便转身上了车。

钟家偏厅。

蒋华珠见儿子没回她话，自打进来眼神就一直落在对面那个女人身上，心头压着暗火："你回来也好，正好当着秦小姐的面我们把话说清楚。我们钟家在东海岸不是任由你一个小姑娘可以拿捏的，你伤了我儿子这件事，我不会就这么算了，我已经让院方出具伤残鉴定报告，该怎么处理就怎么处理。"

啪！

秦嫣将茶杯往旁边的桌子上重重一放，站起身便说道："您想怎么处理？报案？可以，报了案我就把您儿子怎么在我生日宴上喝得酩酊大醉，怎么堵我的路，怎么拉着我不放，怎么污言秽语的事全都爆出来。我想大众一定很想知道钟家二儿子和年轻音乐家之间的恩怨，你不怕丢人，我就陪你丢这个人。

"我妈性格保守与世无争，不代表我就是好欺负的。"

蒋华珠还从来没有被人如此言语碾压过，气得一拍桌子。钟藤立马瞪了秦嫣一眼："少说两句。"然后他赶忙走到蒋华珠身旁将茶递给她，"妈，算了，小伤，让她走吧，我昨天喝多了。"

秦嫣看既然撕破脸了，也不想再待，冷冷地说了句："钟太太没什么事，我就先回去了。"她说完就大步往门口走去。

蒋华珠见眼前这姑娘都要骑到自己头上了，自家儿子竟然还在维护她，当下忍不了这口气，手一挥，对着站在墙角的男人说："把她拦下，今天我不放人，谁也不许让她走。"

　　两个男人立马朝秦嫣走去。

　　秦嫣余光瞥见两个男人大步向她拦截而来，她干脆放慢脚步，其中一个男人刚准备抬手，她蓦地虚晃一拳过去，高大的男人反应迅敏，将臂膀瞬间收回挡在脸前。趁着这个空当，秦嫣一个高抬腿直接横扫过他的臂膀，细高跟像尖锐的刀子从那人手臂上狠狠划过，顿时男人手臂上便多了一道口子。

　　男人身手也很了得，只是没想到面前的女人来阴的，当场脸色骤变，想对秦嫣动手。

　　钟藤狠戾地对他喊道："不准碰她！"

　　两个男人停住脚步，为难地看向蒋华珠。

　　蒋华珠此时睁大了双眼，震惊地从椅子上站起来："好一个没有家教的野丫头，居然跑到钟家撒野！"

　　秦嫣猜到今天来不会那么简单，特地穿了条裤子方便自保，没想到蒋华珠还真打算对她动手。她随即和那两个男人拉距离，全身戒备，眼神往蒋华珠那边一扫，当即怒道："我是没有家教的野丫头，但您是名门望族，居然也能干出这种以多欺少的事，您又高尚到哪里去？您不让我走是吧，好，我就不走了！"

　　说完，秦嫣大步向着蒋华珠走去，那浑身的煞气和练武人散发的狠劲带着极强的侵略性。钟藤一步跨到自己母亲身前，牢牢盯着秦嫣："你要干吗？"

　　秦嫣的脚步停下，冷笑一声："我要干吗？你以为我要对她动手？她为老不尊，我还知道敬老尊贤。我只是想问钟太太一句，我爸的生意是不是您动的手脚？"

　　钟藤有些诧异地回过头去。蒋华珠面对秦嫣的逼问依然稳如泰山，犀利的眼中透着狠毒："你倒是逮着人就能污蔑。"

　　"我想不出东海岸还有谁比您更恨我们家、更想让我们的日子不好过。昨天晚上我刚把您儿子弄伤，没多久我爸那边就接到电话赶去码头；上午我爸刚走，您这边就派人来接我。这声东击西的架势，敢情就是等着我羊入虎口？

　　"钟太太身体不好，大门不出二门不迈，还能眼观八方操纵大局，您真是给小辈上了一堂生动的课。"

　　钟藤脸色不大好看地望了眼蒋华珠，蒋华珠推开儿子往秦嫣面前走，王妈要去扶也被她挡开。她精致的华服加身，自带一种雍容华贵的气场和不怒自威的凛然，一步步来到秦嫣面前，盯着秦嫣的眼睛冷嗤道："你知道招惹我的后果吗？"

秦嫣笔直地立在蒋华珠面前，语气淡定："我们秦家从来不想招惹你们钟家，您有怒气也不用往我身上撒，有这个工夫不如管好自己的丈夫，管好自己的儿子。"

蒋华珠倏地举起手就想一巴掌甩过去，此时偏厅外传来一声怒吼："住手！"

所有人掉转视线，就见南禹衡推开拦着他的人在往偏厅里闯。

秦嫣唇角微翘，南禹衡走到她的面前，上下打量了她一番，将她往自己身后一拉。

蒋华珠略微吃惊地说："你来干吗？"

南禹衡漆黑的眸子扫了眼脸色难看的钟藤，声音带着几分从容不迫："钟太太都要动手打我的人了，我就是吊着一口气也要从床上爬起来。"

秦嫣站在南禹衡身后，低着头有些调皮地拽了拽他的衣服。南禹衡将右手伸到身后，攥住她不安分的小手。

蒋华珠和钟藤均是一愣，随即蒋华珠不解地说："你的人？怎么成了你的人？什么时候的事？"

南禹衡不动声色地说："早晨。看来钟太太还没收到风声，您要是有什么疑虑，也可以差人到隔壁裴家问问情况。

"劳烦钟太太以后有什么事情直接派人来找我，毕竟您还有一个儿子没结婚，让小嫣一个人来钟家容易被人说闲话。

"喜帖印好我会让人送来，那么我们先走了。"

南禹衡说完，深深看了钟藤一眼，没等蒋华珠说话便牵着秦嫣大步离开钟家。

秦嫣被他温热的大手紧紧攥着，脸上挂着揶揄的笑意盯着南禹衡笔直修长的腿。一直到出了钟家大门，她才轻声说道："这腿脚突然就利索了？不知道的还以为你身体不好是装的呢。"

南禹衡骤然停下脚步，回过头一把甩开她。

秦嫣赶忙把笑容憋了回去，眼神飘向旁边："我的意思是，护妻心切让你精气神都好了。"说完将身子凑了过去，抬起头笑盈盈地说，"我是不是你的灵丹妙药呀？"

她身上散发着才洗完澡的香气，微风吹拂着她微卷蓬松的黑发，那股诱人的味道钻进了南禹衡的鼻间。他立直身子，面无表情地说："我在门口碰见你妈，她担心你我才过来的。"

秦嫣皱了皱鼻子："她担心我，你不担心哦？"

南禹衡漆黑的眼眸扫过她俏丽的脸蛋，不打算搭理她的调侃，转身准备上车，钟藤却从里面追了出来，气势汹汹地走到秦嫣面前问道："你刚才跟我妈说的事是怎么知道的？"

秦嫣懒散地回："这天下没有不透风的墙。"

钟藤脸色难看至极，剑眉微凛："过去的事你知道多少？"

秦嫣嘴角挂着冷笑："你知道多少，我就知道多少。"

钟藤眼里压抑着隐忍的情绪，皱眉扫了眼南禹衡，一脸的煞气："你脑子坏掉了？嫁给谁也比嫁给个废的强吧？"

南禹衡刚打开后座的门，听到这话回过头来，秦嫣却轻笑着转身说道："我就喜欢，你管得着吗？"

说完，就势钻进车中，徒留车边站着的两个男人怒目而视，双方都有种咬牙切齿想打人的冲动，电光石火之间无声的较量蔓延开。

车中的女人不耐烦地说："快点儿嘛，我中饭还没吃呢，钟家人可真小气。"

南禹衡收回视线上了车。

钟藤看着逐渐开远的车子，渐渐握紧拳头。

3

车子往回开，南禹衡问："你和蒋华珠说了什么？"

秦嫣纤细的手腕随意地搭在膝盖上，轻吐出两个字："家事。"

南禹衡侧过头眼神微眯，秦嫣对上他的视线，唇边划过一抹弧度："真的是家事，要想我告诉你也不是不行，等我们成了一家人再说。"

荣叔低笑出声。南禹衡越发觉得这个小女人现在逗他逗上瘾了，于是没再搭理她，瞥向窗外。

车子很快开了回去，秦嫣下了车，南禹衡站在车边，她回过身问他："你准备去哪儿？"

"有事。"

"有什么事？"

南禹衡没答，只是立在车边沉静地望着她。

秦嫣几步绕过车子走到他面前，漫不经心地伸出食指轻轻地点着他的胸口："好呀，你现在不告诉我没关系，等过阵子我再这样问你，你还不说，我就家法伺候了……"

她柔软的食指挠在南禹衡的心脏处，痒痒酥酥的，"家法伺候"四个字被她说得勾人魅惑，似四月的春风，扰人得很。

南禹衡抬手握住她柔软的小手，低垂着眉眼凝望着她含笑的眼，终还是说道："约了人谈些事情，晚饭前回来。"

秦嫣唇边的小酒窝更深了一些。这时一辆汽车开了过来猛然刹住，秦文毅从驾驶座下来带上车门，秦嫣侧头一看，整个人跟被电打了一样，赶忙将手从南禹衡掌心抽了出来往后退了一大步，刻意拉开距离，整个人僵硬得不行。

秦文毅的眼神从两人手上扫过，面色阴沉地朝秦嫣走了过去，问道："我听你妈说了，钟家找你什么事？"

秦嫣匆匆扫了眼南禹衡："没什么事，南禹衡不是把我接回来了嘛。"

秦嫣这话一说，饶是秦文毅心里再不痛快，考虑到南禹衡亲自去了一趟钟家把自家女儿接了回来，也不好再当场发难，便往南禹衡那儿看了一眼。

南禹衡低眉喊了声："秦叔叔。"

秦文毅老成地"嗯"了一声，绷着脸看不出情绪好坏。

秦嫣赶忙挽着爸爸的胳膊对他说："我们回家吧。"

秦文毅被女儿拉着往家里走，南禹衡看着两人的背影还是出声喊道："秦叔叔。"

秦文毅停下脚步回过头，南禹衡对秦文毅说了句："要是秦叔叔有什么想法我们后面再谈，不要为难她。"

秦文毅皮笑肉不笑地哼了一声："臭小子，我的女儿要你替我心疼？"

秦嫣抿唇憋笑看着灰头土脸的南禹衡，一脸坏坏的表情。

南禹衡没再说什么，目送他们进屋。

走到院门前，秦嫣回过头用口型对南禹衡说了三个字：我等你。

之后的几天，秦文毅倒是想找秦嫣好好谈一谈，然而她每天早出晚归忙得很，也不知道整天在忙些什么，加上这两天秦文毅也很忙，两人硬是没碰到一起。

直到周末早晨，秦嫣刚跑完步回来冲澡，林岩急匆匆地走到她房门口敲门对她说："洗完澡换身衣服下楼来。"

秦嫣也不知道什么事，应了一声，冲洗完换上一套清爽的翠绿色短裙就下了楼。

刚走到楼梯处便愣了一下，大厅放了一堆名贵的东西，差点儿要挡住过道，秦嫣几步走过去瞧了两眼问道："谁来啦？"

她刚回身，便看见秦文毅和林岩坐在沙发一边，秦智一个人坐在单人沙发上，南禹衡穿着笔挺的浅格纹衬衫，头发精心打理过，端坐在另一边，芬姨和荣叔站在南禹衡身后。

南禹衡自小没有亲人在身边，芬姨和荣叔就是南禹衡身边最亲近的人，今早，南禹衡便是带着身边最重要的两人前来秦家的。

只不过这会儿没人说话，气氛诡异得很。

秦嫣看见这画面不禁憋着笑意，好不容易把表情收住，装作没事人一样走了过去。

众人见她终于下来了，自然都把视线落在了秦嫣的身上。她的目光扫向秦文毅和林岩，见南禹衡身旁比较空，干脆几步走过去往他身边一坐。

秦文毅对她睖了下眼睛示意她没样子，该坐到他们那边。不过秦嫣像没看懂一样，对着自己爸爸露出浅浅的笑意，气得秦文毅吹胡子瞪眼的。

南禹衡适时开了口："既然秦嫣下来了，秦叔叔林阿姨有什么话，我们今天不如敞开了说。"

秦文毅倒是毫不客气地说："我女儿从小娇惯，任性得很。"

"我知道。"南禹衡接得很快，秦嫣横了他一眼。

秦文毅接着说道："她看上去没脾气，那都是假象，真倔起来，十头牛都拉不回来，你别指望她能迁就你。"

"前两天见识到了。"南禹衡依然不疾不徐地说。秦嫣侧过头用吃人的眼神盯着他，南禹衡眼里噙着笑。

秦文毅又说："她可不会像其他女人那样，嫁给你就会围着你家转，为你打理身边的事，她还有学业没有完成，你无权限制她的发展。"

"我知道。"南禹衡依然态度谦和。

"我清楚你这两年有些大动作，目前来看手上也有些东西，但你能保证日后真有什么变故，不会波及我女儿吗？"

"我尽量。"

秦文毅眼睛一睖："尽量？"

南禹衡侧眸看向秦嫣，乌黑深邃的眼眸泛起一丝涟漪，随后开口道："只要我还有一口气在，就会护她周全。"

4

夏日的繁枝透着沁人心脾的清凉，院中池塘的荷花绽放出清丽的笑靥，微风吹拂起秦嫣还有些潮湿的发梢，她的眼里洒下漫天繁星，晶亮诱人。

林岩在听见南禹衡这句话后，再看着自己女儿望向南禹衡的眼神，纵使心中万般焦虑，在这一刻，发紧的心头也稍稍融化了。

　　秦文毅陷入沉思，没有再问任何问题。

　　秦智靠在沙发上若有所思地盯着南禹衡，秦嫣白净的脸上闪过一抹绯红，撇过头嘴角忍不住浮起笑意。

　　南禹衡收回目光侧向芬姨，芬姨把刚才准备好的茶端给南禹衡。南禹衡接过茶，缓缓站起身走向秦文毅，躬身将茶递到秦文毅面前，声音透着诚恳："请您，将女儿放心交给我。"

　　秦文毅的面上看不出情绪，他抬眸看着那杯茶没有动作，所有人都屏住呼吸，荣叔巴巴地望着，芬姨双手紧张地攥在一起，秦嫣焦急地盯着爸爸，秦智也抬眸看着他们。

　　然而秦文毅在众人的注视下，愣是没有接那杯茶，也没有说话。

　　南禹衡始终躬身保持着递茶的动作，一室静谧，无人出声。

　　他虽然自小没有大人在身边，但毕竟是南家正统嫡系一脉的长孙，身份矜贵，很少对人如此放低姿态，他的父亲南振打小就教育他，南家的儿子不降志，不屈身。

　　然而今天，他头一次在自己未来的老丈人面前低眉静待。这无声的等待考验的便是一个人的耐力，不过耐力这东西，或许对一般初出茅庐的小子来说算是考验，然而对于十年如一日的南禹衡来说，这是最基本的沉淀。

　　秦文毅足足让南禹衡这样躬身站了将近十分钟之久，没有拒绝也没有接受。身后的芬姨看南禹衡保持着如此累的姿态，担心他的身体，眉头都皱到了一起。秦嫣刚准备开口劝爸爸，林岩无声地对她摇了摇头，秦嫣只能乖乖闭嘴。她清楚爸爸的脾气，她这会儿要是开口，恐怕会适得其反，也只能咬着唇静观其变。

　　良久，秦文毅缓缓抬起右手，将茶从南禹衡手中接了过来。所有人都松了一口气，然而下一秒，秦文毅却把接过的茶往手边的木质茶台上一摆，抬头盯着立在面前的南禹衡问："你这身子骨，上楼梯能上吧？"

　　这句话当着两家人的面问出来到底是有些让人难堪的，不过南禹衡面上并没有丝毫不悦，顺势答道："能。"

　　秦文毅便从沙发上起身往楼梯走去，丢下句："跟我上来。"

　　秦嫣猛地站起身，南禹衡转过头匆匆瞥了她一眼，跟着秦文毅上了楼。

　　没人知道秦文毅突然喊南禹衡上楼干吗，秦嫣、荣叔和芬姨都十分焦急。

　　林岩招呼荣叔和芬姨坐一会儿，也没有外人。而后林岩便去了厨房。

秦嫣见林岩离开，立马跟了进去，着急地说："妈，我爸什么意思？他不会上楼关起门来把南禹衡臭骂一顿吧？你帮我上去看看嘛。"

林岩回过头，挂着淡静的笑容看着自家女儿，她遇到其他事倒也有个大人的样子了，但是只要跟南禹衡扯上关系，还和小时候一样，着急忙慌的。

林岩往外看了一眼，将厨房的门拉上，回身说道："如果你爸当真不同意，刚才根本不会接那杯茶。"

秦嫣听妈妈这么说，提到心口的大石突然就落了下去，长长呼出一口气。

林岩走到她对面，看着秦嫣："你真想好嫁给他了？"

秦嫣笑着说："嫁到南家多好呀，就在隔壁，我想家了一出门就回家了，你们想我了，推开窗户喊我一声就行。"

林岩见她没正形的样子，瞥了她一眼说道："不过，有些话我不得不和你说在前面。东海岸的男孩儿中，的确没有比南禹衡更让我和你爸相中的，况且他从小就带着你一路磕磕绊绊长大，这种情谊按道理我和你爸乐见其成，但是……"

林岩担忧地拧了下眉："先不说他现在的发展到底能不能和南家人或者东海岸对他有威胁的人抗衡，单说他那身体，你嫁给他后，要做好心理准备的。"

林岩说得委婉，眉宇间尽是心疼，有哪个母亲不希望女儿嫁个健健康康的男人，以后婚姻生活才能美满，可眼前的情况，让林岩极为忧虑。

秦嫣当然听出林岩的意思，双手撑着身后的桌面，挺不好意思和老妈探讨这个问题，含糊其词地回："我追求柏拉图式的生活。"

林岩摇摇头："你现在才二十岁，可等你三十岁、四十岁呢？你身边的同学、朋友的孩子都可以打酱油了，你到时候怎么办？别人怎么看你？"

秦嫣仓促地别开视线嘀咕着："我不喜欢小孩儿……"

林岩清楚女儿就是嘴硬，一旦认定的东西，她就是说再多都没用。

林岩拉开门出去招待芬姨和荣叔，秦嫣一个人在厨房待了会儿。直到楼梯上有了响动，她才再次走了出去，有些希冀地盯着爸爸，却看见秦文毅沉着脸。她有种大事不妙的感觉，又去看南禹衡，发现南禹衡也面无表情，看不出一点儿事成的样子，这让秦嫣一颗心又悬了起来。

南禹衡下来后和林岩打了声招呼，便带着荣叔和芬姨告辞了，弄得秦嫣一头问号。

秦文毅见女儿杵在一边发愣，便对她说了句："你去送送他们。"

秦嫣也不知道爸爸是什么意思。她把他们送到院中，南禹衡对芬姨和荣叔说："你们先回去吧，我和秦嫣说会儿话。"

芬姨和荣叔刚走，秦嫣就迫不及待地盯着南禹衡，想知道他和爸爸到底在楼上说了什么。

南禹衡的视线从院门外收了回来，转过身低眉看向秦嫣。衣裙将她玲珑的身段衬托得淋漓尽致，半干的头发微微飘动，她站在院中被暖金的光照耀着，明艳动人。

南禹衡眼中浮上一缕好看的微光，走到她面前问道："婚礼，你有什么要求？"

秦嫣听到这句话，心头包裹着的抑郁瞬间消失得无影无踪，她低下头嘴边漾起遮不住的笑容，又不想让面前的男人看见，所以干脆把头发也落了下来挡住脸颊。

谁料南禹衡直接抬手，拨开了她的发丝顺在耳边，让她的表情避无可避。

秦嫣努力抑制住笑容，抬起头对他说："其他没有，只有一个。"

南禹衡点点头："说吧。"

"越快越好，不能超过八月中。"

南禹衡挑起眉梢："你还真是一刻都等不及了。"

秦嫣理所当然地点点头："那是，谁知道你这身体能撑到什么时候，万一突然'挂'了，我嫁谁去？"

南禹衡双手背在身后，目光闪过一丝侵略性："你少咒我两句，我能活得长点儿。"

秦嫣笑着说："那我尽力啊，祝你长命百岁，福如东海，寿比南山。"

说着她还拱手作了一个揖。南禹衡抿唇含笑，风光霁月。

秦嫣往家里看了眼，见窗边没人，大着胆子朝南禹衡凑近一步，软声说："那句你还有一口气在，就会护我周全，说得真漂亮！"

南禹衡意味深长地接道："那倒是，怎么也得先把秦家的女儿骗到手。忘了告诉你，过两个月我会被推举为东岸商会的副理，到时候会有几个竞选名额，以你爸现在在东海岸的声誉，得到他的支持，这个位置我就稳拿了。"

说完，他唇边划过一抹似笑非笑的弧度，朝秦嫣伸出手："合作愉快，南太太。"

秦嫣的双眼突然睁大，讪笑了一下，伸出右手一巴掌拍在南禹衡的掌心，然后哼了一声转身进家，丢下两个字："狐狸。"

她的长发从南禹衡的鼻间甩过，留下清幽的余香。他看着她的背影，眼眸如星辰大海般深邃璀璨。

第四章 / 举行婚礼

"南太太。"

1

　　自从那天南禹衡到秦家提完亲，之后的大半个月，秦嫣忙得连人影都见不到，劳恩斯从国外给秦嫣接洽了两个商业演出，从海市到台市，半个月的时间秦嫣几乎都在外面。

　　秦嫣在国外这两年，根本没有空余的时间，要打工、练柔道、练琴，后来又要到处参加演出，还要完成学业，配合学校的一些活动，有时候连睡觉的时间都少。

　　这半个月之内的两场活动之间相隔了几天，她顺便给自己放了个假，趁机好好放松了一番，调整下紧张的节奏。

　　南禹衡已经来找过她几次，都没寻到人，最后只能打电话问她准备"浪"到什么时候回家，这个婚还打不打算结了。

　　秦嫣接到电话的时候，正穿着泳衣躺在沙滩边吃沙冰。她听出电话那头的南禹衡声音带着不悦的味道，便笑着说："结呀，你还怕我跑了吗？我还有一场演出，做完了才能回去，签了约的，不做得赔钱。"

　　南禹衡绷着声音问："多少？"

　　秦嫣将大墨镜往头上一卡，优哉游哉地说："我还没过门呢，怎么能让你替我花钱。婚礼的事你看着办嘛，我都可以，你告诉我日期就行了。"

　　虽然从南禹衡隐忍的声音中，秦嫣能听出来他恨不得立马坐飞机把她拎回去暴揍一顿，但是"将在外，君命有所不受"。

　　挂了电话，秦嫣对着自己美美地拍了张自拍发给南禹衡。

　　照片中，她穿着黑白双色泳衣，纤细的肩带透着小女人的性感妩媚，圆润的肩头、精致的锁骨和藕嫩的手臂养眼至极，背景是蓝天、大海和沙滩，配文：辛苦你了，等我哟[亲亲脸.jpg]。

良久，南禹衡才回复：玩得开心。

秦嫣不知道他是不是咬牙切齿打下的这四个字，不过她的确成了最悠闲的准新娘。

谁叫提亲那天南禹衡反将她一军，既然无法在战略上扳回一城，她便在行动上让他吃瘪。

不过秦嫣这段时间不回去另有原因，她猜到婚讯一旦传出去，各路同学邻居都会轮番轰炸她，与其在家被人烦，不如出来透透气。

正如秦嫣所料，这大半个月里，秦家的门槛算是被人踏平了。

自从裴毓霖的名声受损后，秦嫣无疑是整个东海岸最优秀的未婚姑娘，不少人家明里暗里想和秦家结亲，一来是如今的秦家早已不同往日，秦文毅的养老机构得到政策扶持，他本人也在南城备受拥戴；二来他的这个小女儿自小聪颖出众，才能过人，娶回家就是门面。

只是让所有人大跌眼镜的是，明明是东海岸条件最好的姑娘，偏偏选择了所有姑娘都避之不及的南禹衡，这对年轻女孩儿来说，简直是往火坑里跳。所以不少热心的或者怀有私心的人跑到秦家来劝说林岩和秦文毅。

当然也有像端木翊这样直接一哭二闹三上吊，赖在秦家不肯走的，硬要秦文毅给他个说法。秦文毅也是圆滑很，说自己拿女儿没办法，让端木翊直接去找秦嫣，可秦嫣人都不知道去哪儿了，端木翊一天到晚往秦家跑，愣是连秦嫣的面都见不到。

他打电话给秦嫣，秦嫣在电话里态度温软地说她听家里的安排。

父女俩很有默契地打了一手好太极，弄得端木翊肝肠寸断，要跑到南家找南禹衡单挑，结果南家连大门都不为他开。他只能找上秦智，秦智什么话也没劝，带他出去喝了顿酒，直接把他喝趴下了，总算消停了几天。

等秦嫣回到南城已经是八月初，距离婚礼就剩一周时间，该定的都已经定下来了。既然大局已定，东海岸人也都收到了喜帖，便没人再去上门劝说，只剩惋惜。

秦嫣刚回来那两天很忙碌，虽然知道隔壁南家最近人来人往，忙着布置新房、置办新家具，但她忙得一眼也没去看，想着迟早能看到，倒也不着急。

婚纱都是南禹衡事先挑好的，听说她回来了，南禹衡让芬姨去隔壁找了她两回，人都不在家。

南禹衡终于忍不住问她什么时候去把婚纱试一试，秦嫣说在外面有事，让南禹衡直接差人把婚纱送到她家，她会抽空试的，然后便匆匆挂了电话。

秦嫣回来后，南禹衡唯一一次见到她是约她拍婚纱照，在棚内足足等了她几十分钟，她才姗姗来迟。

大半个月没见，她倒是气色更好了，一身雅致的小套裙衬得人越发靓丽，她刚出现，经理的眼睛都亮了："这位是新娘吗？能不能授权给我们一组样片？我们刚从米兰那边过来的新款你穿上肯定好看。"

秦嫣对经理笑了下，踩着高跟鞋几步走到南禹衡面前。南禹衡坐在轮椅上，将手中那本被他翻了三遍的无聊杂志放了下来，眼色颇暗地望着面前的婷婷身姿，低沉道："你还知道要过来。"

声音一出便带着厚重的压迫感，让摄影棚内的气温都骤降了不少。旁边的工作人员一见这架势就心想不妙，毕竟他们见多了拍照时一言不合就开闹的情侣。

可让他们没想到的是，这位漂亮的准新娘走到准新郎身前，蹲下身子将白皙的双手搭在他的膝盖上，一双盈盈的笑眼弯了起来，丝毫不在意旁边提心吊胆的工作人员看她的目光。她低柔地说了声："想我了吗？"

旁边准备围观掐架的观众顿时大跌眼镜，如此养眼的新娘，如此娇嗲的声音，如此绚烂的笑容，换作一般男人气已经消了一半，然而新郎大约不是一般人，此时依然绷着脸盯着她。

秦嫣干脆将白净的小脸往前凑了凑，软糯地说："尽力赶过来了，鼻子上都冒汗了。"

她的脸只有巴掌大，精致清透，凑过来时，身上淡雅的香水味也萦绕了上来。南禹衡拨弄着轮椅转向，冷声说："换衣服去。"

秦嫣便挂着笑容进了更衣间。

她换好婚纱走出来时，南禹衡也已经穿上复古挺拔的西装，摄影师不停地赞叹郎才女貌，太般配。

不过因为南禹衡身体的缘故，秦嫣让摄影师拍简单点儿，所以整个过程并没有太折腾。

秦嫣拍完后换回自己的衣服跑进隔壁南禹衡的房间。他还穿着单薄的衬衫，秦嫣拎着包走到他面前，对他说："我还有事，不和你回去了，拜。"说完弯下腰凑到他颊边猝不及防地吻了他一下，便像一阵风一样来去匆匆。

旁边的人都在说"你老婆真爱你"，只有南禹衡漆黑的眸子里透着暗沉的光，默不作声。

就这样到了大婚前一天的晚上，秦嫣还在房间里整理材料弄到很晚，刚准备关灯睡觉，却看见楼下似乎有什么光忽明忽暗的，她伸头看了一眼，就瞧见一个男人靠在她家院门外。

秦嫣转过身走下楼打开院门，门外的男人听见动静侧头望向她，高挑的身形靠在院门旁，手指间夹着一根烟，下巴上短短的胡楂看上去颇为消沉。

"你终于肯见我了？"

秦嫣满眼愧疚地走到他面前，不忍地低着头："端木哥，对不起。"

端木翊"呵"了一声扔掉烟头，说道："我从小就想不通，他到底哪点比我强？他和你一起长大，我难道不是和你一起长大的？他对你好，我难道对你差了？他对谁都冰冷冷的，我是恨不得把心都掏给你。整个东海岸，谁不知道我端木翊喜欢你？从前你小也就算了，好不容易等你长大了，你连口气都没给我喘，直接嫁给他了，你……"

"我爱他。"

简单的三个字让两人之间的气氛瞬间凝结。

端木翊就这样看着秦嫣低垂的眉眼。这大半个月，自己想方设法见她，现在见到了，竟是拿她一点儿办法都没有。

秦嫣的声音透过夜色传了过来："我刚去波士顿的时候，住的地方后面有片湖，我每天不管多早从那边路过都能看见两只天鹅在湖边。

"后来有一个老人告诉我，天鹅是一种有灵性的动物，一旦选择了伴侣，眼里就不会再有别的天鹅了。每年迁徙的时候，它们会被迫分开，跟随各自的队伍，放弃厮守在一起，然后经历漫长的考验，不过这种考验只是为了更长的厮守和相爱。

"那时候我就觉得自己像一只天鹅。"

她嘴边挂着一丝苦涩，低垂的眸光里闪着动人的哀伤。

端木翊看着面前朝思暮想的女人，心头那腔火热再也抑制不住，伸出手一把将秦嫣拥进怀中，紧紧抱着她，似要将她勒碎，声音里满是撕心裂肺的痛楚："你要嫁人了，我以后怎么办？"

秦嫣没有挣扎，她抬起手缓缓顺着他的背，眼眶湿润："你这么好，一定会遇到比我更好的女孩儿。"

端木翊的呼吸埋在她的发丝间，对她说："我只想要你。"

这大概是他不正经的人生中说过的最正经的话。

秦嫣轻拍了他两下："你要为我着想，现在可不能这样，要是被人看到我结婚前一天还和别人搂搂抱抱，我夫家会轻看我的。"

端木翊手臂僵硬，倏地松开秦嫣。

那是秦嫣第一次看见一向吊儿郎当的端木翊满目通红、眉宇深锁的样子。

她的泪眼模糊，漾起笑容歪着脑袋对他说："回去把胡子理理，明天穿帅点来，我需要你的祝福。"说完握起拳头轻轻捶了下他的胸，"好了，我结婚耶，你还把我弄哭，明天眼睛肿了化妆都不好看了，快回去吧。"

端木翊抬手抹了一把眼，转身走到车子旁。秦嫣目送着他，他拉开车门又回头看了眼。月光下，秦嫣站在院门口，指了指他，又指了指自己，最后捶了捶心脏的位置。

她在告诉端木翊，他们是一辈子的朋友，无论以后他们是何种身份。

端木翊看懂了，将她今晚的样子深深刻在心中，转身上了车。

2

秦嫣和南禹衡大婚的前一天晚上，秦文毅找秦嫣聊过，大意是嫁过去后要以南禹衡的身体状况为重，不能还像以前一样任性，尽量不要让南禹衡累着云云。

秦嫣支着脑袋听了半天。秦文毅大多是在替南禹衡说话，这不免让秦嫣觉得爸爸也太奇怪了，之前还不太乐意她嫁给南禹衡，嫌他身体不好，现在又不停地叮嘱自己。

秦文毅见她听得一知半解，干脆把话挑明了，说道："你年纪还小，虽然结了婚，但是有些事不能着急。我之前也和南禹衡说了，你月底回波士顿，以后隔几个月回来一次，等你毕了业你们俩再慢慢相处，你和他在一起也要注意分寸，不能引火攻心伤了他的身子。"

秦嫣"扑哧"一声就笑了出来，敢情秦文毅唠唠叨叨了半天，就是让她别那么着急和南禹衡行夫妻之事，怕南禹衡身体吃不消。

秦文毅见自家女儿根本没当一回事，严正地站起身敲了敲桌面："别把我的话当耳旁风，有些事情马虎不得，听到没有？"

秦文毅话虽委婉，但秦嫣听明白了。

这都什么跟什么呀，他居然还和南禹衡商量过了？这种事为什么要和南禹衡商量？

秦嫣有些无语地点点头："知道了，爸爸。"

南禹衡虽然从小过得清冷，连一场生日宴都没办过，但这次大婚倒是一改往日作风，应了那四个字——风光大办。

婚礼地点选在南城规格最高、有皇家园林气派的酒店，宴会大厅是敞开式的三层楼，可以同时容纳上千人，除了邀请东海岸所有人之外，南城几乎叫得上名字的商界人士齐齐到场祝贺。

虽说只是一场婚宴，但因着他东岸商会副理候选人的名头，背靠整个东海岸，又出自南家，所以各方势力都想借着这场大婚的由头打探虚实，就连向来和南禹衡没有往来、逢年过节都不走动的南家各个派系分支均齐齐到场，场面盛况空前。

东海岸的人不清楚南禹衡在南家的底子到底有多厚，而南家人也无法掌握南禹衡目前在东海岸的实力到底有多强，所以两方无人缺席，这场盛大的婚礼倒是成了史无前例的商业英豪大聚首。

后台，新娘身边围了一群专业的造型团队，几个小时前就开始折腾，秦嫣百无聊赖地打着游戏，和陆凡有一搭没一搭地聊着天。

陆凡基本上还处于神游的状态，虽然在婚礼现场，却始终无法相信参加的是秦嫣的婚礼，从秦嫣回国到结婚，进度也太快了。

准新娘造型做得差不多了，有人将一个精致的深红色高档礼盒交给了秦嫣，并跟她说："这是南先生特别交代今天给你的。"

其他工作人员忙完后被请去隔壁休息间，秦嫣将精致的绒布盒放在梳妆台上，双手打开别致的锁扣，便看见盒子中躺着一顶华贵的头环。

头环是南禹衡找大牌设计师耗时将近一个月的时间设计制作，直到前天才从巴黎空运回国内。空灵的头环上每个细节都是匠人纯手工打造，就连那朵小白花都栩栩如生，仙气十足。这个头环上共镶了十九颗璀璨的钻石，寓意十全九美，一生长久。

陆凡凑了过来，震惊地"哇"出声。

秦嫣捧着那顶精致的头环，眼里溢出如水的柔光，浑然不知秦智站在门口。

秦智看着桌上绒布盒上的品牌标志，又走过去仔细看了看她手中的头环，嘴角扯起一丝笑意。

陆凡有些不自然地对秦嫣说："我出去看看啊。"然后便匆匆走出化妆间，顺带把门关上。

秦智往她旁边的沙发上一坐，说道："我当你嫁给他是图他的人，还替你感动了一把，没想到你狮子大开口，可以啊。"

秦嫣侧过头，笑道："我和他都跳过恋爱直接结婚了，他背后水那么深，还比我大那么多，身体又不好，我总得探探他的家底吧。"

秦智玩味地看着她："你倒是不傻。"

秦嫣将头环递给秦智："你妹我什么时候傻过？帮我戴。"

秦智睨着她："干吗要我戴？"

"送我出嫁啊。戴上这个走出这扇门，我可就是南家的人了，以后秦家就指望你开枝散叶啦。"

秦智黑着脸："哪壶不开提哪壶。"

他走到秦嫣身后，将那顶精致的头环卡在秦嫣的发髻上，左右调整了一下。

秦嫣望着镜子中的哥哥，一身挺拔的藏青色西装，五官英挺立体，透着成熟男人的魅力。她盯着镜子中的秦智笑道："要是于姐知道你现在这么帅，一定很后悔。"

"滚。"秦智冷着脸推了下她的头，她大婚，偏偏要戳他痛处。

秦嫣瞧见在外人面前不好惹的哥哥一脸憋屈的模样，心里特别乐。

秦智替她固定好头环后。秦嫣照了照镜子问他："好看吗？"

秦智臭屁道："我在这儿，我妹能丑？"

正说话间，门响了，秦嫣说了声："进来。"

门被人从外面打开，南禹衡身着一袭高档手工纯黑色西装坐在轮椅上，芬姨穿着喜庆的红色衣裙站在他身后。秦嫣眼里不自觉透着笑意："前面那么多人，你怎么来了？"

南禹衡声音温润："来看看你。"

秦嫣缓缓站起身，将长长的拖尾轻轻甩向侧面，动人的身姿洒下一室璀璨，她笑着问："怎么样？"

南禹衡没有说话，只是用一双深邃的眼眸望着她，幽暗的眸光泛着风华。

秦智干脆起身对他们说："感觉跟电灯泡一样，我出去了。"

芬姨听见秦智这样说，也退了出去带上门，室内就剩秦嫣和南禹衡两人。

一个站着，洁白的轻纱缥缈如潋滟繁花，合身的剪裁将她优美的身段展现得淋漓尽致，像个高贵优雅的女王。

一个坐着，熨烫妥帖的西装勾勒出男人完美的比例，气场沉稳，只单单坐在那儿，便像个贵不可攀的帝王。

秦嫣身姿轻盈地走到南禹衡面前，蹲下身时，精致的裙摆像圣洁的花一样盛放，头顶那独一无二的头环似耀目的皇冠，让人难以挪开视线。

南禹衡扫了一眼问道："满意吗？"

秦嫣笑着指了指头顶："你是说这个？还是指婚礼？"

"都是。"

秦嫣眨着长长的睫毛注视着他："讲真的，我以为你就在自己家开个小宴会就当我们的婚礼了，没想到你搞这么大的排场。"

南禹衡唇边噙着浅淡的弧度："我都坐轮椅了，还有姑娘愿意嫁给我，我当然不能让人受委屈。"

秦嫣轻哼道："我信你个鬼，南禹衡，看不出来你也会花言巧语，哄骗谁呢？来了那么多大人物，还不知道你在盘算什么呢。"

南禹衡低下眸，眼里含着笑盯着秦嫣放在纱裙上的手，攥进掌心轻轻摩挲了一下，声音低柔："我在你心中就这么物尽其用？"

秦嫣将手从他掌心抽出，不满地说："南禹衡，今天我们结婚啊，你非要坐轮椅？你又不是腿断了。"

南禹衡缓缓靠在轮椅上悠悠说道："外面那么多人要应付，站着累。"

一句话竟然让秦嫣无力反驳。

此时芬姨敲门说："禹衡，贺老爷子到了。"

秦嫣见南禹衡的表情突然变得严肃起来，不过转瞬即逝。他对着面前美丽的新娘露出绅士的笑容："待会儿见，南太太。"

南禹衡不顾芬姨在场就调侃秦嫣，让她脸色微红，芬姨见秦嫣羞涩的样子，忍着笑将南禹衡推了出去。

南禹衡的确很忙，婚礼开始前，秦嫣也就匆匆见了他这一面。

3

婚礼正式开始后，在众人的翘首以盼下，新娘终于从巨大的拱门后缓缓走了出来。无数的聚光灯打在秦嫣的身上，那层层纱幔如瀑布一样倾泻而下，洒在她的周身，华丽中蕴含着仙美的气韵，每一处精致的针绣和钉珠在华灯下都折射出耀眼的光泽。

秦嫣的出现瞬间照亮了全场，三层楼满满当当的宾客全部将视线落在她身上。

秦嫣的脸上挂着恬静美好的笑容，踏着精致的高跟鞋，漂亮的天鹅颈、非凡的气质让她完美驾驭了这件高贵的婚纱。

秦文毅站在进场处等她。她缓步走到她爸爸身旁，将纤细的手腕搭在秦文毅的臂弯里。

秦文毅眼里是满满的父爱，带着她走向南禹衡，顺便还问了一句："事先吃东西了吧？"

秦嫣含着笑望着周围掌声雷动的宾客，轻声说："喝了杯奶。"

南禹衡稳坐在轮椅上，轮廓分明五官深邃，浑身透着雅人深致的俊朗。

在秦文毅和秦嫣走到近前时，他缓缓从轮椅上站了起来，芬姨有些讶异地说："你怎么……"

南禹衡淡淡道："不用了，我亲自牵她上去。"

他面向秦文毅。

秦文毅将秦嫣的手交给南禹衡，按例岳父应该嘱咐女婿几句，然而秦文毅却面向秦嫣说道："以后无论在家里还是在外面，要照顾好南禹衡的身体。"

秦嫣满头黑线地眨巴了下眼，只能含着笑什么也说不了，本来是很感动的场面，听见秦文毅这么说，秦嫣瞬间就不想哭了。

南禹衡接过秦嫣的手，秦文毅目送一对新人踏上台阶。

宴会厅实在太大，白色的T台一直延伸到最前面，需要走很长一段路。

秦嫣挽着南禹衡的胳膊对鼓掌的宾客露出得体的笑容，不动声色地说："不是说好坐轮椅吗？这么远，你能走得完吗？"

南禹衡表情自若地回："不是还有夫人你扶着吗？"

秦嫣没说话，眼神忽然扫到一张熟悉的面孔，有些讶异地说："你还请了周涵？"

"他主动联系我要过来的，好像早知道我们要结婚一样。"

秦嫣唇边漾起甜甜的小酒窝："他的确是最早知道的，我在舞会那天已经告诉他了。"

南禹衡不解："告诉他什么？"

秦嫣侧过头对着南禹衡笑道："告诉他我这次回国就是和你结婚的。"

这下换一向平静的南禹衡眼中浮上讶异的神色："如果那天裴家不来我那儿闹……"

"我也有其他办法。"秦嫣很快接道，昂起修长的脖颈，像一只骄傲的天鹅。

南禹衡望着她不可一世的模样，眼中透出笑意，将她柔软的手在臂弯间紧了紧："你倒是自信得很，就不怕我真答应裴家？"

"你不会。裴毓沁鲁莽毛糙又沉不住气，你就是娶她姐姐那样的，也绝对不会把裴毓沁放在身边。"

"自作聪明。"南禹衡笑骂道。

秦嫣毫不谦虚地说："过奖。"

秦嫣娉婷的身姿挨着南禹衡，两人的步伐一致，走在一起就是一幅极其养眼的画面，所到之处均是焦点。

秦嫣顿了一下，又说道："你既然根本不会和裴毓沁沾上关系，又干吗吊着裴家？"

南禹衡淡笑道："我向正庆集团提出的条件基本上是天价，他们股东大会开了好几轮还没商量出个结果，我当然要用些法子让他们加快进度。"

南禹衡俊逸的侧脸透出些许雅致柔和，单从外表看是个儒雅内敛且毫无攻击性的男人，可说出的话却让秦嫣心惊。

"你先和正庆接洽，放出烟幕弹，让裴家自乱阵脚，等裴家找上门后，你又让正庆那边误以为你和裴家有戏，逼正庆答应你开的条件，你这两头来回牵制，玩得还真是游刃有余。你不会等和正庆正式达成合作后，再反过来吃掉裴家吧？"

南禹衡唇边的笑意更深了："有人告诉过你，女人太聪明会让男人退避三舍吗？"

秦嫣嗤笑道："不聪明能做你的女人吗？"

南禹衡侧过头深看着她，眼里的光炙热浓烈。

秦嫣没有迎上他的目光，唇边噙着意味深长的笑意："你跟正庆开了什么天价？"

南禹衡沉默了片刻，说道："具体合作事宜下个月才正式谈判，如果顺利，这笔收益将会是婚后财产。"

秦嫣脸上的笑容立马放大，灿烂得如七月的骄阳。

南禹衡适时提醒道："夫人，请注意克制一下你财迷的表情，我们还在举办婚礼。"

秦嫣却压根儿不搭理他，漂亮的卧蚕溢出藏不住的喜悦，在外人看来，这个新娘可真喜庆呀！

新娘甜美的笑容感染了在场所有的宾客，虽然这条通向舞台的道路有点儿漫长，不过台上是个很有经验的主持人，串场的词浪漫不失内容，所以南禹衡和秦嫣走得并不急。

走到过半时，秦嫣收敛了几分笑意，偏了下头对南禹衡说："我都把人给你了，帮老丈人解决下生意上的问题应该义不容辞吧？"

南禹衡挑了下眉梢："南太太非要在这个时候跟我谈交易吗？"

秦嫣微抬下巴："现在难道不是最好的时机吗？要是谈不妥，待会儿司仪问我愿不愿意嫁给你，我一句不愿意，底下应该有不少人等着带我走。"

南禹衡轻笑了一声："威胁我？"

秦嫣侧过头笑盈盈地看着他："对呀。"

当然，这一切在旁人看来，大约是这对新婚夫妇正在甜蜜地说着什么悄悄话。

南禹衡淡淡道："很好，出了趟国回来知道跟我谈判了，只可惜我手上没有一条航线，你说的事我现在没法儿跟你保证。"

秦嫣笑了："我有说海运的事吗？"

她微微抬起头，那双灵动的大眼里尽是让南禹衡看不透的光泽，像只狡猾的小猫。

南禹衡心中微震，眼神陡然凌厉起来。

秦嫣目光坦荡地盯着前方，声音清透平缓："你曾经和我说过你爸放下继承家族生意跑去学开飞机，我当时听着就觉得挺荒唐的，不过，后来我想通了，要是你爸真那么荒唐，怎么能教出你这么深谋远虑的儿子？

"你爷爷过世后，你爸难道猜不到南家人会对他动手？

"既然这样，他不可能不为你留条后路。

"你奶奶家的势力逐渐衰落后，你爸虽然受你爷爷宠爱，但依然被几房势力打压得厉害，所以干脆一叶障目。外人看来是不学无术跟南老爷子对着干，实际上暗自发展航空事业，开创自己的航运新篇章。

"你爸走了这么多年，当初留下的东西但凡能看见的，在你小时候就被南家人瓜分光了。这些年你天天待在家，没有任何经济来源，但我问你要头环，你眼睛不眨一下就能送。

"东海岸的码头你说外人查不出那是你的，由此看来，你背后藏了不少东西。

"所以现在市面上，到底哪家航空公司是你的，南总？"

南禹衡深邃的眼里透着震惊，连呼吸都变得粗重。

秦嫣余光瞥见他的眼神，轻柔得几不可见地拍了下他的手臂："放心，我没有任何证据，只是你从小对所有人都竖起戒备心，偏偏对我没有，前些年和我说了很多你爸的事，以前想不通的事，这两年我在国外想通了。我也是大胆猜测，别人可没有我这么了解你，你要想堵住我的嘴呢，应该知道怎么做。"

此时两人正好走上舞台，主持人将气氛烘托得热烈浪漫，只不过新郎绷着脸，略带寒意的星眸透着生人勿近的意味。

司仪让人送上戒指，秦嫣转向南禹衡，他拿过钻戒牵起秦嫣的手，她从小练琴，手指柔软细腻，握在掌心仿若柔荑，直触心底。

南禹衡的眼神稍稍缓和，他欲将钻戒套上她的无名指，可钻戒刚套上指尖，秦嫣的无名指向下一扣，钻戒卡在了她的手指关节处。

她抬起头含笑看着南禹衡，这细微的动作没有宾客能看清，然而站在旁边的司仪却看见了，不明所以的司仪脸都白了。

南禹衡撩起眼睫，目光沉沉地盯着秦嫣娇嫩的脸庞，缓声说道："我还真是养虎为患，娶了个整天打我主意的老婆回家。伸手。"

短短的"伸手"二字，秦嫣便知道买卖成交了。她心满意足地将微屈的手伸直，南禹衡把戒指给她戴上，刚准备松开她的手，秦嫣却一把拽住他的指尖将手背伸到他的唇边。

南禹衡微眯起眼，面前的女人刚威胁完就给颗糖，这狡猾的劲儿也不知道跟谁学的。

他顺势轻吻了下，随后秦嫣替他戴上了戒指。

虽然一路走来秦嫣淡定自若，还能"顺便"和南禹衡谈成一桩买卖，筹谋得天衣无缝，可司仪让新郎亲吻他的新娘时，秦嫣却有些慌乱。

两人分开两年多，对彼此到底是有些生疏的，婚礼前又没有像情侣一般相处过，新人之间一个普通的吻，对于他们来说却是陌生的，还是在这么多认识的和不认识的人面前。

秦嫣微垂下视线，粉底也掩饰不住脸颊攀上的红晕。

南禹衡看着刚才还嚣张得不可一世的女人，此刻羞涩又努力佯装淡定的样子，嘴角划过一抹笑意，毫不客气地握住她纤柔的腰将她揽进怀中，随后俯下身勾起她红透的小脸便吻了上去。

当一片阴影朝她笼罩而来时，秦嫣感觉自己心跳快得要爆炸了，刚才还清晰的思路突然被搅成了一团糨糊。南禹衡轻易撬开她的唇齿，温柔的目光浸入秦嫣的心头，她整个人落在南禹衡的怀中，身体微微战栗，而南禹衡则借着雷动的掌声，毫不客气地占有属于他的香泽。

他柔情的攫取让秦嫣心里漫过无数的蚂蚁，酥麻软痒，就连时间仿佛都停止了。

南禹衡放开秦嫣后，她的身子微微晃了一下。南禹衡的手还在她腰间，顺势扶住她，有些玩味地说："看来南太太也不过是纸老虎，才亲一下就腿软了？"

南禹衡在秦嫣面前向来稳重自持，秦嫣从小没少挨他训，这还是第一次听见南禹衡对她说出这么轻佻的话。秦嫣的脸红到了耳根，整个人透着异样的美艳。

4

由于参加婚礼的人太多，新人无法桌桌敬酒，秦嫣特地问了南禹衡南家人坐哪桌，南禹衡便带着她去见了上座的南家众人。

南家浩浩荡荡来了几十号人，往那边走的时候，南禹衡大致跟她说了下南家其他三房的情况。

二房王奶奶只有南虞一个女儿，南虞旁边坐着的是三房曹奶奶的女儿，对面是曹奶奶的儿子和孙子，三房还有个小儿子今天没来。另一桌主位坐着四房长子南灏，他爷爷最喜欢四房奶奶，所以四房有四个孩子。然后南禹衡又依次和秦嫣介绍了儿子辈、孙子辈、侄子辈，因为人太多，他也就随口提了一下，没指望秦嫣能弄明白，谁料刚走过去，秦嫣竟然能准确无误地喊出每个长辈的称呼。

她天生长着一双会笑的眼睛，长相清甜，说话亲切感十足。俗话说伸手不打笑脸人，没人会抗拒这样一个讨喜的姑娘，即使暗地里他们对南禹衡再提防，也在秦嫣左一个"姑妈"、右一个"叔伯"的亲切称呼中，关系拉近了不少。

南家人性格各异，也有表面看上去比较热情的长辈拉着秦嫣问东问西，几句话之间便熟络起来，要不是南禹衡喊她走，秦嫣估计都要坐下来和南家人长聊下去了。

离开南家人的桌子，南禹衡便轻笑道："能这么快对上人，看来你之前已经扒着我家家谱研究过了吧？"

秦嫣笑而不语，南禹衡警告似的捏了下她的手腕。

虽然婚礼宾客众多，但是因为南禹衡身体的缘故并没有折腾到很晚，两位新人先被送回了东海岸。

混乱中，秦嫣被安排上了南家的车，车子刚出酒店她就接到了陆凡的电话，听了陆凡的话后秦嫣大吃一惊："啊？端木翊和钟藤打起来？怎么会这样？"

南禹衡皱起眉，斜睨着秦嫣。

陆凡说钟藤开着跑车直接撞翻了酒店门口的花架，然后被人拦了下来，正好被端木翊碰见了，说早想教训他了，然后两人就打了起来。

秦嫣有些着急地问："没出事吧？"

陆凡说钟藤现在不知道怎么样，她开车把端木翊送去医院了，他裤子被撕破了，大腿受了伤，现在在里面缝针。

秦嫣一听，心都拧了起来，说要打给她哥。

陆凡说秦智还在婚宴那头忙，根本抽不开身。秦嫣便千叮咛万嘱咐让陆凡一定要把端木翊安顿好再走。

挂了电话，秦嫣眉头紧紧皱着，南禹衡不轻不重地飘来一句："新婚之夜还在操心别的男人，南太太真是博爱。"

秦嫣听出一股酸意，侧过头看着他："端木哥受伤了，我能不担心吗！"

"嗯。"

南禹衡看向窗外。秦嫣凑过身子将脑袋伸到他的面前，试探地问："你这是在……吃醋？"

南禹衡扭过头，深邃的眸光落在她的脸上："今天之前，你和他半夜做出什么亲密的举动我管不了，今天之后，劳烦你记住你是谁的人。"

秦嫣吃惊地睁大眼睛："你，你怎么知道？"

"恰巧昨晚睡不着在窗口透气，就看到这么糟心的一幕，倒是成功地让我更睡不着了。"

秦嫣心虚地朝他挪了挪身子，讨好地去拽他的袖子，南禹衡高冷地将胳膊抽走。

车内光线幽暗，荣叔开着车默不作声，空气中透着一股淡淡的火药味。

秦嫣莞尔一笑，将小身板凑到南禹衡身边，抬起头在他耳边软糯地叫了声："老公……"

南禹衡依然不理睬她，眼底的冷意倒是淡了几分。

秦嫣见他这样，干脆提起他的手臂从他臂弯钻进他怀里对前面嚷道："荣叔，我还没正式进南家大门呢，我老公就欺负我了。"

荣叔呵呵地笑着做和事佬："可别让太太跑回娘家告你一状。"

南禹衡把手臂一收，将秦嫣的脸埋进怀中淡淡道："她敢。"

车子开进南家，那里早就有不少人等着闹洞房，芬姨提早赶回来安排家里的事，新人一进家便有一堆习俗。

简单走完场后，芬姨将秦嫣拉到她的房间，关上门后满脸的愧疚。秦嫣还从来没有见过芬姨如此难过的神情。

她有些讶异地走到芬姨身边握住芬姨的手："怎么了？"

芬姨不忍地说："今天是你和禹衡的新婚夜，芬姨从来没有这么高兴过，我做梦都想你嫁进我们南家。可是我从小看着你长大，我希望禹衡幸福，也同样希望你幸福，现实的情况却……"

芬姨眼含泪花，难以启齿："庄医生交代过，我知道这对你来说很残忍，我不忍心看你受苦，可是目前的情况，保险起见……"

秦嫣刚才见芬姨凝重的表情还被吓了一跳，此时倒是松了口气，拍了拍她的手，露出善解人意的笑容："带我去房间吧，你一定按照我的喜好布置得很舒服，我都累坏了，晚上要好好睡一觉。"说着她还轻松地伸了个懒腰。

可秦嫣表现得越是无所谓，芬姨心里越愧疚，毕竟是嫁到自己家来的姑娘，还是她最喜欢的姑娘，新婚之夜却得受这样的委屈，于芬姨来说内心无比忧伤。

不过，秦嫣已经率先拉着她出了门。

芬姨将秦嫣领进精心为她布置的房间，和南禹衡的房间并不在一层楼。

大红的被褥，喜庆的布置，大到家具衣柜，小到摆件台灯，无一不透着高格调，南家把最好的都给了她，只是这些精心准备的东西都是单人的，因为这是属于她一个人的婚房。

秦嫣将眼底失落的情绪掩饰得很好，转身对芬姨说："那你待会儿告诉南禹衡我累了，就不下去了，我先睡了。"

芬姨点点头："早点儿睡吧，明天早晨想吃什么？"

秦嫣满足地笑道："芬姨做的我都爱吃。"

芬姨摸了摸她柔顺的头发。

秦嫣突然喊了声："芬姨。"

芬姨看着她，秦嫣轻声说了句："谢谢。"

她感谢芬姨小心翼翼地照顾她的感受，所有的体贴，她都感受到了。

芬姨满眼心疼地躬身道："晚安，南太太。"

这声称呼从此奠定了她南家新女主人的身份。

芬姨走后，秦嫣舒服地泡了个澡，然后跳上了柔软的大床。床的确很大，她一个人翻过来滚过去都不会掉下地，可难免觉得有些空荡。

关掉灯后，房间漆黑一片，窗户上大大的"囍"字却还发着光，投射在秦嫣的瞳孔里有些刺眼，让她有一点点儿，一点点儿的难过。

她努力闭上眼强迫自己早点儿睡，毕竟这一切才刚刚开始，接下来她还有好多事情要做。

然而在她好不容易排空脑中乱七八糟的思绪后，房间的门突然被人轻轻敲响。

第五章 / 心中疑虑

"别赶我走好不好？"

1

秦嫣在听见敲门声后，闭上的眼睛又睁开了，侧过头轻声问了句："谁啊？"

门口传来熟悉而低沉的声音："我。"

秦嫣倏地从床上弹了起来，黑暗中那双原本无神的眼睛透出光亮。她立马下了床穿上拖鞋，连唇角都不自觉微微上扬。

刚朝门口迈近一步，秦嫣的脚步忽然顿住，眼里那亮起的眸光也渐渐暗淡下去。她就这样站在床边略微思索了一番，又脱掉了拖鞋爬上床，声音懒倦地说："睡了……"

她说完后便一直牢牢盯着房门，心跳的节奏在寂静中默默加快。隔着一扇门，她甚至能感觉到门外男人沉重的呼吸和深邃的眼神，脑中不禁映出南禹衡的样子。

秦嫣拽着大红色的毯子拉到下巴处，鼻尖酸涩。

门口的人没再出声，静默地站了一会儿，而后秦嫣便听见脚步逐渐远去的声音，浑圆的双眼里浸出淡淡的水光。

本来已经混沌的大脑倒是由于南禹衡的到来突然变得清明起来，他走后，秦嫣干脆扯掉大红色毯子，看着窗户上的"囍"字陷入沉思。

她记得高中时，钟藤手底下的人在学校故意散播关于南禹衡的流言，有一段时间好多人找他麻烦，却没有人能将口罩从他脸上摘掉。

秦嫣记得当年她还和秦智讨论过这个问题，她不知道南禹衡平时不运动哪儿来的力气，那会儿秦智告诉她，人体每个部位都有无法躲避的弱点和容易致命的打击部位，只要击打方法准确，找到对方的弱点，即使没多大力气，

057

也能让对方没有办法抵抗，这叫技巧。

后来秦嫣学了柔道，对于这种技巧研究得越来越深入，也越来越觉得南禹衡身上有很多疑点。

例如她刚学柔道的时候，即便她再怎么努力躲闪，秦智都能迅速把她放倒。一年后，同等级的人想要近她的身不再容易。这种防守能力的提升让秦嫣意识到，除非是常年刻苦锻炼，否则普通人根本不可能做到如此敏锐。

那时候，她第一次对南禹衡产生怀疑。

她和南禹衡这场突如其来的婚礼在所有东海岸人的眼中，肯定是秦文毅和南禹衡私下达成了某种利益共识，秦家才会把女儿嫁给南禹衡。

众人都知道秦文毅最疼自己的小女儿，即便是商业联姻也绝不可能把自己的女儿往火坑里推，除非利益大到足够让秦文毅低头。

因此，这场婚礼让外人对南禹衡的实力不敢小觑，纷纷猜测他和秦文毅到底私下做了什么交易。

对于秦嫣而言，她自然清楚这场婚礼为什么办得如此急，因为时间是她定的，她有自己的盘算，只是她没想到爸爸会这么顺利地点头同意。

秦文毅虽然是性情中人，但在子女问题上一向理智慎重，无论是当年他劝走于桐，还是把秦嫣送出国，在子女未来道路的抉择上，他不是一个轻易妥协的人。

所以秦嫣认为，就是爸爸再认可南禹衡，就是南禹衡背后看不见的势力再强大，单就南禹衡身体这一点，爸爸是绝对不可能同意把她嫁来南家的。

那么提亲那天，爸爸和南禹衡在楼上密谈的内容，大概率就是让他点头的关键。

至于这个关键，秦嫣猜测到的可能也只有一种，那便是南禹衡的实际身体状况并不是外界看到的样子。

这种质疑让秦嫣心中始终悬着的大石开始摇晃。说来她和南禹衡从小一起长大，看似知根知底，可要真说了解，她对南禹衡周身的环境、身处的位置、一路走来的布局，完全不清楚。

所以她暗自盘算，有些事情，她是该探探他的底了。

秦嫣大脑里思索着这些事，逐渐冲淡了独守空房的寂寥，不知不觉就睡着了。

不过，秦嫣并没有因为新婚而让自己松懈下来，依然起了个大早出门晨跑。

东海岸的邻居们看见新娘子一大早不在被窝里和丈夫浓情蜜意，反而一个人精神抖擞地晨跑，心中已然有数。

虽然新娘子一路过来，面上都挂着礼貌的笑容向人问好，但所有人不免都带着些讳莫如深的同情。

秦嫣不是察觉不到，只是她既然选择嫁给南禹衡，就早已做好迎接这些眼神的准备，但她万万没想到，在她新婚的第一天便遇到了一件棘手的事。

秦嫣跑完一圈刚进南家大门，就看见从家里迎面走出来的庄医生。此时庄医生正在跟芬姨交代什么，神色匆匆的样子。

庄医生是南禹衡的私人医生，在南禹衡初三的时候第一次来南家为南禹衡看诊，秦嫣记得那时候庄医生刚从国外回来，还是个小姑娘。

秦嫣嘴甜，每每看见庄医生都姐姐长姐姐短地喊，庄医生性格开朗喜欢开玩笑，那时候碰见秦嫣还经常调侃南禹衡说"你小媳妇儿来了"。

只是没想到，当年庄医生总是挂在嘴边的玩笑话，现在倒真是应验了。

如今庄医生也结过婚当了妈，不过仍十年如一日，定期上门检查南禹衡的身体状况。

秦嫣大汗淋漓地走过去和庄医生说了声"早"，问道："庄医生怎么一早来了？是南禹衡有什么事？"

庄医生先是道了声喜，随后脸色不大好地说："可能是昨天大婚累着了，半夜一直高烧，天不亮就让芬姨通知我过来。"说完心不忍地补充道，"他现在的身体状况，一旦发烧就没好事，可能伴随各种并发症。我知道今天这个日子跟你说这些不合适，但你得做好心理准备。还有，他这段时间一定要卧床休养，哪儿都不能去了。"

秦嫣心里咯噔了一下，手腕不自觉轻颤，连嘴唇都有些发白。

庄医生皱起眉，回头看了眼芬姨。她明白这种事情对于一个刚结婚的女孩来说太残忍，但眼下的情况必须得让秦嫣知道。

芬姨赶忙上前打岔道："瞧你热的，赶快上去冲个澡，下来吃早饭吧。"

秦嫣喉咙哽了下。从前家里再大的事都有爸爸顶着，可她清楚，从今天起自己就是南家的太太，这个家的女主人，即便是天塌下来，她也不能低头。

她默默将哽在喉间的火热咽了下去，对庄医生说："我知道了，麻烦庄医生一早跑一趟。"说完，她转头看向芬姨，"我昨天看见礼盒里有一套青花瓷器，劳烦芬姨上楼拿给庄医生。"

芬姨应声后便转身上了楼，庄医生立马不好意思地说："秦嫣，你这是做什么……"

秦嫣拍了拍她的手："我知道你喜欢这些东西。我对瓷器没什么研究，放我这儿也浪费。你医院里事情也多，最近还要麻烦你两头跑，真是过意不去。"

庄医生低眸轻叹："还好是你在他身边。"一句话说得意味不明。

2

送走庄医生，秦嫣刚进屋，就见南虞从餐桌边上站起身说道："南禹衡没事吧？医生怎么说啊？昨天不是还好好的吗，怎么媳妇儿刚进门就这样。"

看似轻描淡写的话却夹枪带棒，暗讽秦嫣是扫把星。

秦嫣微微侧身，脸上挂着寡淡的表情："不劳姑妈操心了。"

秦嫣见南舟两眼放光地盯着自己，斜了他一眼，匆匆回房洗了个澡，换上一条鹅黄色连衣裙便直接去了南禹衡的房间。她敲了敲门，芬姨刚把粥送进房，听见声音从里面直接开了门。

秦嫣走进房间看见南禹衡躺在床上，脸色煞白，一双漆黑的眼看向秦嫣。

她几步走到床边，责备地说："让你昨天走那么长的路，逞能。"说着微凉的手顺势摸上他的额，试探他的体温。随即秦嫣心底闪过一抹疑虑——和她料想的不一样，他的身体的确有些发烫。

南禹衡不疾不徐地说："不是你不想看见我结婚还坐轮椅嘛。"

他看着秦嫣收回手后脸上表情微妙的变化，唇边透出一丝笑意。秦嫣眼神微微发紧，转过身从芬姨手中接过粥说："我来吧。"

芬姨提醒道："太太，你也没吃。"

秦嫣无所谓地说："端上来吧，我在这儿吃。"

芬姨看了南禹衡一眼，南禹衡点点头，她便退了出去。

芬姨走后，秦嫣小心翼翼地将南禹衡从床上扶起让他靠在床头。她才洗完澡，头发还是湿的，嫩黄色的裙子衬得她更加白皙，二十岁的年纪，一切都那么美好，朝气中蕴含着诱人的香气。

南禹衡望着她，眼里流动着淡淡的光泽，声音低柔："昨晚睡得好吗？"

秦嫣将枕头靠在他的身后，看见南禹衡床上也铺着大红色的被褥，和她房间的一样，有些刺痛了她的眼。她把心绪收进眼底，回道："好呀。"

她面上挂着笑，眼里看不出一丝失落，这伪装的模样却触痛了面前的男人，他刻意别开视线。

秦嫣假装没看见他隐忍的神情，端起粥舀了一勺放在唇边轻轻吹了吹。南禹衡对她说："我自己来。"说完朝秦嫣伸过手。

秦嫣却绕过他的手，将勺子递到他的唇边："你自己来的话娶老婆是干吗的？张嘴。"

南禹衡的眸子泛着深不见底的光，就这样和她对视了两秒，乖乖张嘴，秦嫣的眼角才浮上满意的笑。

南禹衡抬眸问她："早上出去跑步了？"

秦嫣担心南禹衡问她路上有没有碰见什么人，说了什么，于是干脆绕开这个话题："是啊，你没觉得今年特别热吗？波士顿现在才二十几摄氏度。"

南禹衡默默地听着，半晌后问道："什么时候走？"

秦嫣歪头盯着他："你又要赶我走吗？"

南禹衡没说话，低垂着视线，眉眼间透着丝丝清淡的寡寂。

秦嫣放下碗，轻轻地将脑袋枕在他的胸前抱着他："别赶我走好不好？"

南禹衡目光克制地盯着她祈求的眼神，声音里多了一丝威严："嫁给我不是让你荒废学业的。"

秦嫣嘟着嘴，样子还和小时候耍无赖一模一样，看得南禹衡眼里浮起宠溺的笑意。此时身后的芬姨干咳了一声。

秦嫣赶忙坐直身子条件反射地站了起来，而后接过芬姨手上的食盘。

芬姨再次离开的时候特意没有关门，秦嫣回身看了眼，对南禹衡吐了吐舌头。

南禹衡见她吃早餐时一副像和谁赌气的样子，笑而不语。

南禹衡病倒的消息很快就悄无声息地在东海岸蔓延开来，有人说一大早看见南家的私人医生来了，有人说看见年轻的南太太和私人医生在院门口说了好一会儿的话，两人都神情凝重，还有前一天晚上去南家闹洞房的人说，南家的新媳妇晚上都没有和南禹衡同房。

各种流言蜚语在第二天傍晚就传遍了整个东海岸，南禹衡身体不好的事情大家向来清楚，只是同情这个刚嫁过去的女人。

而秦嫣也就新婚第一天的早晨去了趟南禹衡的房间，之后便匆匆出了门，一整天都没有回来。

闲言碎语传到上山区，端木明德特地嘱咐自家儿子这两天老实待在家里养伤，不管听到什么都别瞎跑。既然秦文毅决定把女儿嫁到南家，他们端木家就不便再过问。端木明德怕儿子听到这些难听的话，大脑一热再跑去招惹秦嫣，南禹衡身体再不好也吊着一口气在，他端木家惹不了这事，也丢不起这人。

端木翊自然是恨得牙痒痒的，他自己都舍不得碰一下的姑娘嫁给了南禹衡，结果南禹衡倒好，直接一病不起，让秦嫣被人这样议论，端木翊一肚子火。

秦智听说端木翊光荣负伤后，特地跑到他家待了一天，成功地把他那颗蠢蠢欲动的心给压了下去。

端木翊的怒气尚且有秦智压着，不过有人的怒气可压不住。

新婚第二天，秦嫣依然不受影响，精气神十足地出去晨跑，只是免不了遇见熟人关心南禹衡的病。说是关心，可人人都藏着八卦和打探的心思，秦嫣只能委婉地应付几句。

回到南家后，刚进门，芬姨掐着点将早餐端上桌，所有吃的都热乎乎的，她对秦嫣说："禹衡交代了，回家后先用早餐，让我转告你不要空腹洗澡。"

秦嫣挑了下眉梢，走到餐桌边拉开椅子。

芬姨见昨天秦嫣出去了一整天，今天也没去南禹衡房间看他，加上现在外面那些人乱嚼舌根，生怕秦嫣生南禹衡的气，于是躬身说道："禹衡虽然生着病，但还是惦记你的。"

秦嫣嘴角微微上翘："我知道。"便没再多问一句。

芬姨以为秦嫣吃完早餐洗完澡会去看南禹衡，谁料她直接换了一身精致的套裙，踩着高跟鞋又要出门。这不免让芬姨担忧起来，跟着秦嫣走到门前不禁问道："太太今天又要出门？"

秦嫣点点头："怎么了？有事吗？"

芬姨看了眼楼上："太太去哪里？让荣叔送你。"

秦嫣却一口回绝："不用，我可能很晚才回来。"说完已经迈出门。

芬姨着急地追了出去："太太，秦嫣。"

秦嫣回过身看着芬姨。

芬姨终于按捺不住："禹衡还病着，你刚嫁过来没两天就天天往外跑，外面总有些人会说三道四。"

秦嫣莞尔一笑："我丈夫身体不好又不是一天两天了，嘴长在别人的脸上，他们爱怎么说是他们的事，他们要希望我把脚裹成三寸金莲，我难道也得听他们的？

"而且我嫁过来之前，爸爸就和南禹衡说了，婚后我不会迁就他，也不会围着他转，这些芬姨也是听到的。"

芬姨脸上的神色变了变。她不认为秦嫣当真会弃南禹衡不顾，但这番话从秦嫣口中说出来如此理直气壮，竟然让她一时间愣在当场。

秦嫣趁这个空当张开双臂抱了下芬姨，有些俏皮地说："我走啦，亲爱的芬姨，别等我吃晚饭了。"

说完一溜烟地离开了。

3

整整一天，芬姨都坐立难安，不时伸头张望，可是直到太阳西落，秦嫣都没有回来。

芬姨给南禹衡送晚饭的时候，南禹衡倒是问了句："秦嫣呢？"

芬姨有些为难地说："太太还没回来。"说完便小心翼翼地观察南禹衡的表情，奈何他从小有什么情绪都藏在心底，表面上看不出任何反应。

当天晚上秦嫣才打车回到东海岸。刚下出租车还没走进南家大门，秦嫣就感觉对面街道站着个人。

她回身看了眼，路灯下，钟藤立在对面，手上的金属打火机一开一合摩擦得脆响，脸上贴了几张创可贴，手臂上也有不少擦伤，想必是前两天和端木翊打架弄出的伤。

秦嫣有些诧异，见钟藤眼神阴沉地盯着自己，便干脆站在南家大门前出声问道："太阳都落山了，你来我们家是有要紧的事吗？怎么站在门口不进去呢？"

钟藤将手中的金属打火机重重一合，边朝秦嫣走来边说道："刚结婚，丈夫又抱恙在家，你还能一身光鲜亮丽地跑出门一整天，这么晚才回来，看来心里是憋屈得很。"

说着他已经走到秦嫣面前，炙热的眼神和高大的身姿立刻笼罩而来。秦嫣没有退让，挺直背脊从容回道："你要是想来看看我丈夫呢，我这就让人开门迎你进去；如果你是想来找我闲聊呢，天色晚了，恐怕以我现在的身份，不太合适。"

话音刚落，秦嫣便转过身去。

钟藤抬手就想拉秦嫣，秦嫣眼疾手快地迅速闪身躲过他伸来的手，再次立在他面前，面露冷意地说："你要是不懂'分寸'两个字怎么写，我想钟太太一定会手把手教你，要是让别人知道钟少趁着天黑跑到别人家门口对一个新妇动手动脚的，钟太太的身体恐怕受不了这样的刺激。"

钟藤咬了咬后牙槽，英挺的五官透着几许怒意："你见了我就跟爹毛的刺猬一样，我什么时候对你动手动脚了？我要真不顾及你的名声，会站在那个破地方等你两个小时？"

秦嫣往他身后绕满蚊子的矮树扫了眼，再次看向钟藤："你等我干吗？"

钟藤见她终于好好说话了，态度也缓和了一些："南禹衡到底怎么回事？他都那样了，你家人脑子坏了把你嫁给他？"

秦嫣深吸一口气，瞥向旁边没吱声。

钟藤声音低了些问道："你上次在我家说的事，我不敢保证和我妈不相干，但是你爸生意上的事真有困难，你可以和我说，没必要把自己搭进去。"

秦嫣转过头，极淡地笑了："我和你很熟吗？"

"你……"

钟藤咬着牙，一脸愠怒："你就是不识好歹，我好心来帮你，你就会用软刀子捅我。外面人怎么说你，你心里不清楚？这样的日子你也能过得下去？"

秦嫣冷笑一声抬起眸："谢谢钟少的好意，但是我妈从小就告诉我，不食嗟来之食，钟少这么设身处地地为我着想，图的是什么呢？难道是怂恿我一个刚结婚的人跑去离婚？

"我就是离了婚，你敢娶我吗？"

一句话让钟藤脸色煞白。

秦嫣毫不示弱地句句紧逼："别说你们钟家根本不可能和我们秦家有任何瓜葛，恐怕就是钟家的老祖宗爬起来，也会反对你娶一个有过婚史的女人。所以你这么巴巴地跑来帮我，看似是想把我从困境中解救出来，实际上呢，让我秦嫣一辈子不明不白地跟着你？比起我南家女主人的身份，你觉得哪个是火坑？"

钟藤怔怔地看着她。

秦嫣身后的院门"咔嚓"一声自动开了，她转过身丢下句："钟少要想以后的路走得长远，得学学令尊的心狠。"

说完，她走进院门，不再去看满脸阴鸷的钟藤，院门随后紧闭，将钟藤阻隔在南家门外。月色悄悄攀上夜空，凉薄地镀在钟藤的周身，钟藤的心渐渐凉了下去。

秦嫣三言两语便让他看清他们之间的距离，倘若日后有一天南禹衡真的不在了，以他现在的情况，恐怕也根本给不了她未来。

钟藤从小骨子里便带着不可一世的叛逆，他是钟家老幺，对身边的人呼之则来挥之则去，这是他第一次有种自己是个废物的感觉。

望着那座幽深的黑色房子，钟藤深沉的眼底灼烧起一股强大的征服欲。

秦嫣走进院中时，芬姨已经打开了屋门。看见她终于回来，芬姨松了口气："禹衡说你回来了让我开门，我还以为他出现幻觉了呢。"

秦嫣进门看见南禹衡坐在轮椅上，手上捧着一本书，穿着长袖棉麻的衣服，腿上盖着条毯子，见她进门，漫不经心地掠了她一眼。

秦嫣几步走到他面前蹲下身："你怎么知道我到家了？"

南禹衡合上书放在一边："好像听见有人在外面，你在和谁说话？"

南禹衡微垂着视线，漆黑的眸子沉静却也锐利。秦嫣干脆也不隐瞒，直截了当道："钟藤。"

南禹衡眉梢闪过一丝不悦："说了什么？"

秦嫣赶忙站起身伴装口渴地说："没什么，我去喝口水。"

却在转身时，手腕被南禹衡扯住，一把又将她扯回身前，眼神透着压迫感，再次漫不经心地问："说了什么？"

秦嫣的眼神微闪，难以启齿地盯着他。她不是不愿意说，而是顾及南禹衡的感受，芬姨和荣叔还在旁边，这种事情毕竟涉及男人的尊严，她不愿意触碰，让南禹衡在其他人面前难堪。

南禹衡已经从她闪躲的眼神中读了出来，松开她淡漠地说："去吧。"

秦嫣喝水时，南禹衡又拿起那本书看了起来。

夏日的东海岸，每当夜幕降临后，总是透着些凉爽，秦嫣望着南禹衡单薄的背影，心里突然暗潮涌动。

她放下杯子走过去说道："你在家闷了两天了，我推你出去走走好不好？不走远，就在后院。"

南禹衡放下书，秦嫣绕到他的身前将绒毯给他盖好，又和芬姨说了一声，推着南禹衡往后院走去。

4

南家的后院并不大，几棵枝叶茂密的果树围着一小片池塘，可以沿池塘边稍微逛一逛。

秦嫣见有微风，怕南禹衡吹着风，再次绕到他身前将毯子往上一拉，盖住他的上半身。

她蹲下来时，一头羊毛卷头发被微风轻轻撩起，让她本就动人的模样更加撩人。

南禹衡目光深沉地在她身上扫了一圈，缓缓道："南太太好心情，还出去烫了个头发。"

他冷言冷语的调子让秦嫣笑了起来，她甩了甩一头微卷的长发，故意问他："好看吗？"

南禹衡不搭理她，眼神瞥向一边："和谁出去的？"

秦嫣站起身，故意怪声怪气地说："结了婚就是不一样，和谁出门也必须向你汇报吗？"

南禹衡的目光牢牢锁住她，虽然坐在那儿沉默不语，眼神却带着无形的震慑力。

秦嫣在身后的石凳子坐下，眼睛发亮地盯着他："你一定猜不到我和谁出去的。"

南禹衡挑了下眼皮："谁？"

"南灏的儿媳妇，周莎。"

南禹衡微微拢起眉："你和她出去干吗？"

秦嫣把一双"璀璨"的手指甲伸了出去："就逛逛街，做做指甲、头发，顺便向她诉诉苦。"

南禹衡眯起眼睛，将手从毛毯里拿了出来放在轮椅扶手上："诉苦？"

秦嫣故意摆出一脸委屈的模样："对啊，诉苦呀，比如刚嫁到南家就被发配到单人间，去老公房间还被监视；比如我老公这身体，我还不知道会不会守一辈子活寡；比如街坊四邻的口水快把我淹死了，心里苦闷、迷茫、痛苦、夜不能寐，等等。"

南禹衡放在扶手上的指节逐渐泛白，沉着脸对她说："过来。"

秦嫣摇摇头："不去，不敢。"

南禹衡的声音又沉了几分："我让你过来。"

秦嫣这才慢慢站起身，小碎步挪到他面前。

南禹衡握住她的手腕，一把将她拉坐到自己腿上，长臂环过她的腰牢牢禁锢住："钟藤来找你也是为这事？"

两人的距离太近，近到秦嫣娇小的身躯完全陷进南禹衡的怀里。她低着头，夜色掩住脸颊的红晕。

感觉出来南禹衡真的有点儿动怒了，秦嫣软声说道："我是找周莎诉苦了，把你病情突然加重的消息放给她，让她知道我孤立无援、心里苦闷，我不跟她掏心掏肺，她怎么能跟我交心呢？

"你父母不在，法律上我就是你最亲的人。等周莎把消息带回家里，南灏那边肯定会想，你都这样了，万一真有不测，你手上的东西顺理成章会留给我，他们必定会未雨绸缪。

"如果我预料得不错，这几天她还会约我出去，到时候估计就会刻意跟我套近乎了，我再委婉地提一提我爸货运的事，一部分走不了空运的货还是得从南家这条线下手。

"南灏要想稳住我，总得让我先尝到点儿甜头吧。"

南禹衡的眸子透出犀利的光来，抬手擒住她的下巴，将她巴掌大的小脸勾到眼前："你个小滑头，都嫁人了还整天为娘家张罗。"

秦嫣笑眼弯弯地看着他："那当然了，我爸养我二十年，你以为白养的啊，而且明天回门，不得给娘家送上份大礼吗？再说，我不是早跟你讲过，等我成了南家的媳妇，该是我的东西，我自己会拿回来。"

南禹衡收紧指尖的力道，语气低沉："所以你就到处散播我快'挂'的消息，还心里苦闷，你心里是有多苦闷？"

秦嫣憋着笑，举起小拇指比画了一下："就……大概这么多吧。"

南禹衡的眸光泛起浓烈的情绪，抚摸着她海藻般柔软的发，另一只握在她腰间的手也变得滚烫，慢慢向上游移。

盛夏的晚上，夜风微拂，撩拨得人心头火热。

秦嫣感觉腰间的大手像滚烫的烙铁，缓缓向上停在她的胸廓，灼烧着她的神经，她的心脏似要从喉咙中蹦出来。在南禹衡还没有下一步动作前，她已经闪身从他腿上站了起来，一边倒退一边盯着他笑，看似害羞地从他身上逃离，实则两秒前秦嫣已经悄悄算好了跟池塘的距离，她面上云淡风轻，心里却在默默计算。

南禹衡脸色陡然一变，喊道："当心！"

就在同时，秦嫣脚边正好绊到石凳，她的身体当即向后仰去。一切算得刚刚好，可她预料的场景并没有出现——她的确看见南禹衡用手撑了一下扶手，可他还没站起来就又跌回到轮椅上。

秦嫣眸色一暗，猛然蹬在池塘边的假石上，身体躬起，重心瞬间转移，手掌撑住石凳腾空翻越回南禹衡身前。

南禹衡眼底噙着笑意，淡淡道："南太太好身手。"

秦嫣却一点儿都笑不出来，沉着脸看了南禹衡足足两秒，转身推着轮椅冷淡地说："回去了。"

沿着后院的小道往回走，秦嫣始终一言不发，倒是南禹衡声音潺潺地说："你出国后的这几年，钟昌耀和蒋华珠之间的矛盾越来越激化，前年钟先生成立基金会那么大的日子，蒋华珠都没到场。钟昌耀把钟洋提成了钟氏集团总裁，同年，蒋华珠让钟藤进了蒋氏企业。钟昌耀明显比较器重钟洋，目前来看，蒋华珠有意让钟藤接手蒋家那边的生意，只不过最终钟藤能不能吃下来，得看他自己有没有那个本事，毕竟蒋家人也不是吃素的。"

轮椅推到了正门，南禹衡扬手轻抚，轮椅停了下来，秦嫣停下脚步，站在他身后。南禹衡对她说："过来。"

秦嫣闷闷不乐地走到他面前。南禹衡抬头审视了她一番，问道："你在想什么？"

秦嫣吸了吸鼻子，踢开脚边的石头："没什么。"

南禹衡注视着她脸上细微的表情，没再继续问下去。

第二天是回门的日子，本来南禹衡的身体不太适宜出门，好在秦家就在隔壁，他坚持要陪秦嫣回趟家，只是不知怎么回事，早上秦嫣发现南禹衡的身体状况比前一天还要差一些，不时传来低低的咳嗽声，虽然他竭力隐忍。

这倒让秦嫣心头的疑虑又变模糊了。

到了秦家，在秦嫣的不停暗示下，南禹衡向秦文毅提了货运的事，说他这边可以暂时解决一部分，走空运，他有个朋友靠得住。

秦文毅很诧异，问他认识哪家航空公司。秦嫣立马转头看向他。

南禹衡当然接收到秦嫣的眼神，在秦文毅的一再确认中，只好沉声说道："东祥。"

他刚说完，秦嫣一口水卡在喉咙，呛得一阵咳嗽。

秦文毅立马说了她两句："多大人了，喝个水不能慢点儿？"

林岩赶忙给秦嫣递纸巾，然而秦嫣整个人都处于石化的状态。

秦文毅说："哦，东祥啊，这家航空公司这几年发展得越来越快了，但是我之前接触过，条件很苛刻，不好进啊。你要能搞定东祥的人，那真是帮了我大忙了。"

秦嫣听见爸爸这么说，立马就没忍住笑，还认识人呢，东祥背后的大佬是你女婿啊，傻爸爸。

她想着便将纸巾往垃圾桶里一抛，站起身说道："交给他吧，肯定能搞定。"

秦文毅瞪了女儿一眼："你懂什么啊，在这儿瞎保证。"

秦嫣被爸爸训斥得有些委屈，转过身看向南禹衡。南禹衡含蓄地应道："我试试看，应该问题不大。"

秦嫣赶紧倒了一杯热水递到南禹衡身边，蹲下身眼睛都弯成了月牙儿，压低声音凑近他低语道："东祥居然是你的？那我每次的航班都没什么折扣，你不考虑给我一张 VVVIP 卡吗？"

南禹衡不动声色地接过水："我没说是我的。"

"就是，我听见了。"

南禹衡一派从容，喝了口茶。

林岩始终一脸担忧，把秦嫣喊上了楼。

比起秦文毅的生意，作为母亲的林岩更担心女儿嫁过去的生活。这两天周围人对秦嫣议论纷纷，最难受的就是林岩，所以今天秦嫣一回来，林岩就打算关起门和她说会儿话。

刚进房间，林岩就问起南禹衡的身体状况，秦嫣把庄医生的话如实告诉了林岩，林岩听了，眉宇深锁。

她没有办法堵住悠悠众口，所以不希望女儿一直活在流言蜚语中，便问女儿回波士顿的机票订了没，打算什么时候动身。

秦嫣应付了几句，说都安排好了，让林岩不用操心。

林岩见女儿的情绪没有太大的波动，也就没再说什么。

第六章 / 当家作主

"我的理想就是你。"

1

回去的路上，秦嫣推着南禹衡绕到南家大门，南禹衡随口问了句："你妈把你叫上楼说了什么？"

秦嫣优哉游哉地推着轮椅笑道："你又不是猜不到。"

南禹衡没再说话，始终绷着张脸。

秦嫣见他沉默不语，调侃道："你何必这么敏感呢。南先生自小身体不好，整个东海岸没人不知道，就是现在身体不行也没人会说你什么，我相信要是南哥哥身体好好的，肯定不会冷落我的。"

她左一个"南先生"，右一个"南哥哥"的，让轮椅上的南禹衡脸色越来越沉，进了南家大门后，他就直接回了房。

芬姨还奇怪地问："怎么了这是，禹衡脸色不大好啊？"

秦嫣耸了耸肩："他累了。"

秦嫣刚在沙发上坐下，芬姨走了过来站在她的面前。秦嫣抬起眸看着芬姨，问道："有事？"

芬姨脸色为难地说："老爷的一个故交过寿，禹衡身体不好去不了，我本来打算从库房拿套紫砂茶具亲自送过去，替禹衡打点儿人情……"

秦嫣点点头："应该的，怎么了吗？"

芬姨警惕地扫了眼楼梯的方向，走近几步说道："但是夫人说年前才送过礼到那边，禹衡身体都这样了，有些关系没必要维系得那么勤，说……"

秦嫣眸色沉了几分："南虞说什么了？"

"说维系了也是浪费。"

秦嫣哼了一声，拿起旁边的茶杯喝了口水："还说了什么？"

芬姨瞥了秦嫣一眼，突然发现秦嫣虽然年纪小，但沉着脸的时候倒有几分稳重，便继续说道："还说你上次让我拿给庄医生的瓷器太贵重了，那件是古董，价值不菲，庄医生不是什么达官贵人，不配收那么贵重的礼，说你……"

芬姨顿了下，秦嫣眼眸微抬："继续说。"

"说你年纪轻，不懂人情世故，下次你要再从家里拿什么东西要先知会她，还让我，让我把青花瓷器要回来。"

秦嫣啪的一声将茶杯往旁边一放，眼里噙着冷意："要回来？一个百年世家，送出去的东西还有要回来的理？我还真是闻所未闻！"

秦嫣转而看向芬姨："我记得库房不是一直由你打理的吗？"

芬姨无可奈何地说："那是你小时候的事，咱们家里还没其他人，禹衡信任我，让我看管那些贵重物件。他身体不好，所以老爷生前的一些关系往来，每年我都会定期替禹衡采办维系，一般禹衡也不怎么过问，都是我和荣叔替他张罗。

"自从南虞来了后，找禹衡理论，说南家的财物捏在一个下人手里太不像样子，禹衡一开始也没发话。

"后来有一次南虞突然要盘点库房，我就把册子找来给她盘点。那次不知道怎么回事，少了一幅很名贵的字画，可库房的东西闭着眼睛我都知道放在哪儿，也真是奇怪了。

"南虞非说是我偷拿的，禹衡虽然没有责问我，但南虞报了警，要把我抓起来……"

秦嫣有些吃惊，万万没想到看似风平浪静的南家，自从南虞来了后，居然发生过这么大的事。她看着芬姨的头发，好似突然了解这些银丝是怎么长出来的了。

芬姨低着头说："可能真是我工作疏忽了。禹衡当时还在住院，对家里的情况也不是很了解，为了把我保下来，不让南虞趁他不在家对我动手，只能答应将库房的权限放给她。"

秦嫣听着芬姨将来龙去脉说了一遍，兀自思索了一番。

芬姨又说道："本来我不想拿这种事烦你，但是禹衡现在的身体状况……我真不想让他再为这些琐事操心。"

秦嫣站起身问芬姨："老爷故交的寿宴是什么时候？"

"月底。"

秦嫣点点头："我知道了。"

接下来的一周里，秦嫣依然每天晨起跑步，偶尔会去秦智的柔道馆找他练一练，其余时间没人知道她早出晚归的到底在忙些什么，甚至南禹衡在家想见上她一面都难。

南虞本想找机会好好给这个刚过门的侄媳妇儿立立规矩，可是守了好几天，愣是连她的人影都没瞧见。

秦嫣晨起跑步的时候，南虞还没起床；等南虞下楼后，秦嫣早不在家了。

不过秦嫣每天晨跑倒成了东海岸一道亮丽的风景线，一个丈夫半死不活的新妇，又长得如此娇艳欲滴，不免让人浮想联翩。

南虞的丈夫吕治辰在邻市有个厂子，一般情况下，一个月才回来几次。大约是近来关于秦嫣的议论比较多，吕治辰这次回来，偶尔碰到秦嫣，总会有意无意地勾着头盯着她看。秦嫣在门口换鞋，或者低头拿个什么东西路过，吕治辰的眼神总有些异样，被秦嫣碰见过几次，直接瞪了回去。

时间一长，门口站岗的那些男人私下便也会说上几句荤话，有一次被秦文毅听见了，也不顾自己一把岁数了，气得要打保安。这事后来传开了，自然也就传进了南禹衡的耳中。

因为自己身体的缘故，媳妇被人在背后如此议论，个中心情，不言而喻。

这倒让南禹衡不再窝在家里，偶尔也会出去走动走动。人们见他出了家门，闲言碎语到底收敛了一些。

几天后，秦嫣像往常一样上床睡觉。她睡觉有锁门的习惯，原来在家倒没有，不过嫁来南家，她的警觉性提高了些。

夜半三更，偌大的南家陷入一片寂静，大约外面起了风，院中的大叶植物被风吹得沙沙作响，夜空中大片乌云遮了月光，墙边爬山虎的叶子摇晃间投射出魔爪似的光影。

秦嫣房间的窗帘留了一道缝隙，光影便透过窗户溜了进来，洒在房间的地下，舞动之间透着一股鬼魅。

就在这时，房门的锁孔突然发出极其轻微的"嚓嚓"声，因着窗外的风，不注意的话，很容易忽略过去。

床上的女人却猛然睁开了双眼。

2

秦嫣没有动，依然侧着身子对着窗。借着窗外微弱的光线，她看到门影在墙上微微晃动了一下，静谧的房间内响起了极轻的脚步声，随后，门影消失了，门被人悄无声息地关上。

秦嫣的手悄悄握了起来，眉峰拧起。几乎同时，床上猛然压下一道人影，她敏捷地向身侧一滚，男人跌落在她旁边，大床瞬间凹陷下去，

秦嫣吃惊地盯着躺在身侧的南舟："你干什么！"

南舟披着一件深蓝色睡袍，跌躺下来时腰间的系带有些松动，露出胸膛。他满眼急不可耐地向秦嫣凑了过来，用渴盼的气音说："我知道你委屈得很，我来陪你了。"说着，手就朝秦嫣的腰揽了上来。

黑暗中，秦嫣的眼眸闪过不易察觉的狠意，南舟的手还没碰到她，她的手已经探到他的腰间。南舟心头一热，刚准备朝秦嫣扑去，可下一秒，秦嫣拽着他腰间的系带顺手一抽，身体顺势从床上腾空而起，一脚将他蹬趴在床上，凶狠地握住他的两只胳膊向后一折，利落地用手上才从他睡衣上解下的系带将他双手在身后绑了个死结。

南舟大骇，惊恐地挣扎道："你要干吗？！"

秦嫣翻身从枕头底下抽出一把小刀在掌心一转，寒光在黑暗中一闪而过，她嘴边挂着狡黠的笑意。

南舟本来还在挣扎的身子突然僵住，额上开始冒汗，紧张地死死盯着秦嫣。

他从高中就认识秦嫣了，这个女人在他的印象中娇弱无比，眼里总是噙着盈盈的笑意，他何曾看过这样的秦嫣？仿若在黑夜中突然变了一个人，带着致命的凶狠，要将他抽筋剥皮。

南舟不禁打了一个寒战，而秦嫣已经跃下了床，啪的一声将房间的灯打开，刀子始终抵着他，低吼一声："起来！"

南舟吓得不敢乱动，小心翼翼地从床上挪了起来，又因双手被捆绑在身后，姿势狼狈至极。

南舟站起身后，秦嫣一脚将他往房门边蹬去，打开门后，突然大吼一声："出去！"

这一声在幽寂的走廊回荡，秦嫣怕动静不够大，逼着南舟下楼的同时，顺便蹬翻了走廊拐角处的博古架，在寂静无声的南家如一声惊雷突然炸响。

一楼大厅的灯骤亮，芬姨和荣叔听见动静，纷纷从各自房间出来，才走到大厅便看见南舟双手被绑在身后，睡袍大敞，全身上下就穿着一条四角内裤，极其不雅。而当他们看见南舟身后的秦嫣时，芬姨和荣叔的脸都吓白了。

南虞和吕治辰听见动静也匆匆下了楼。秦嫣察觉到身后的脚步声后，将手中的小刀不动声色地收了起来，立在一边冷冷地看着匆匆而来的两人。

南虞和吕治辰一见到楼下的场景便猜到发生了什么事，南虞当即就给了自己儿子一巴掌。

声音刚落，楼梯上又响起了脚步声，南禹衡便是随着这声响亮的巴掌出现在楼梯口。

他穿着黑色的长袖睡衣，肩上披了一件薄外套，从阴影中走了出来，视线落在南舟的身上，漆黑的眼眸泛起一丝杀意，如冰冷的苍狼，让南舟莫名打了个寒战。

秦嫣见人都到齐了，转过身就对芬姨说："南家小叔子半夜进我房间要侵犯我，芬姨，报警！"

一句话让所有人脸色大变。芬姨愣在当场没敢动，南虞听了心里一惊，赶忙对芬姨吼道："你敢报警！"

南禹衡缓缓地从楼梯上走了下来，眼神始终没有离开过南舟。南舟此时身体已经开始哆嗦起来。

秦嫣听见南虞这么说，抱着胸的手立马一放，转身就朝南家大门走去："你们南家人要维护自家养的狗，可以。我现在就回家告诉我爸爸，看看我爸会不会报警！"

南虞气得五官都扭曲了。这个刚进门的侄媳妇儿天天人影都见不到，我行我素，完全没有把她放在眼里，深更半夜居然还要跑回娘家告状。南虞跑过去挡住南家大门，气势汹汹地盯着秦嫣："张口闭口'你们南家'，你现在嫁进南家，你就是南家的人，你知不知道家丑不可外扬？啊？还报警！你是想让所有人来看我们南家人的笑话不成？"

秦嫣退后一步，冷声道："我是南家人？要不是姑妈提醒我，我还真不知道姑妈把我当南家人了！要真按照姑妈说的我是南家人，那为什么我拿个东西送给庄医生，姑妈也要像防贼一样？"

"砰"的一声，在芬姨的尖叫声中，秦嫣和南虞同时转过身去，就见南舟的身体被砸翻在地，口鼻里顿时流出血来。

南虞震惊地跑过去大喊："儿子！"

秦嫣怔怔地看见南禹衡立在一边，他周身似燃着无形的火焰，如修罗般透着杀戮，这是秦嫣长到这么大，第一次看见内敛儒雅的南禹衡动粗。

南禹衡扔掉手中的椅子，捂着胸口一阵剧烈的咳嗽，好似刚才那重重一击已经耗费了他所有的力气。

芬姨赶忙跑上前将南禹衡扶坐下来，替他倒上热水。

南舟疼得在地上打滚，嘴里发出呜咽的声音。吕治辰也赶忙跑过去把儿子扶起来，南舟嘴里全是血，南虞急得转身对荣叔吩咐道："喊庄医生过来！"

荣叔刚准备去打电话，秦嫣侧过身子手臂一伸，拦住荣叔的去路，眼睛一眨不眨地盯着南虞："姑妈怎么不让荣叔送南舟去医院呢？这深更半夜的，还去打扰人家庄医生做什么？还是姑妈怕今晚的事传出去，你儿子以后做不了人？"

"现在知道找庄医生了？你打算问庄医生把瓷器要回来的时候，难道就没想过有一天你儿子的破事要人家替你擦屁股？"

南虞倏地转过身吼道："你算什么东西，才嫁进来几天就想撒野！"

"对，我就打算撒野了。你儿子现在受伤你知道心疼了，那我丈夫呢？他身体都这样了，我难道不心疼吗？我拿个古董送庄医生怎么了？

"她要是能把我丈夫治好，我把东海岸这栋房子送她我都心甘情愿！

"你到底是勤俭持家，还是做姑妈的不管侄子死活？"

南禹衡坐在一边抬起头定定地看着秦嫣，眼里的光越来越深。

南虞心脏猛然一提，眼里冒着无法抑制的怒火，走上去就要打秦嫣。

秦嫣冷嗤一声，攥着她伸过来的手，一个闪身将她胳膊折到身后，用劲儿往前一推，直接将她狼狈地推到沙发上。紧接着，秦嫣走到沙发边俯下身逼视着南虞，饶是南虞经历过再大的场面，此时此刻也被眼前这个年轻女人一身无法探究的身手给唬住了。

秦嫣在南虞眼中看见一丝胆怯，气势更盛地说道："你不是来照顾南禹衡的吗？按道理我应该谢谢你照顾他这么多年，不过你们一家三口也待在东海岸白吃白住了这么多年，按照东海岸目前的房价和南家吃穿的规格，你这些所谓的照顾也值回票价了。

"房子是我丈夫的，现在南禹衡身边有我，还轮不到你一个姑妈在这个家指手画脚。

"你儿子从小就对我没安好心，你丈夫整天色眯眯地盯着我，看来你们一家是不想在这儿待下去了！"

南虞转过头恶狠狠地看着吕治辰："你个老东西！"

吕治辰赶忙辩解道："我没有……"

就在这时，南禹衡低低地咳了几声。秦嫣抬眸朝他看了眼，随后缓缓立起身，抱着胸冷冷地盯着南虞，话锋一转："不过，我家房子大，你要还想让我叫你一声姑妈，给你儿子留条路走不至于名声尽毁，那姑妈以后就别操那么多心。

"我听芬姨说姑妈那里有南家所有房间的钥匙，你还是现在拿给我吧，要是再发生今天晚上这样的事，我不敢保证会不会拉着你儿子游街。"

南虞咬牙切齿地瞪着秦嫣，又看了看自己的儿子，最终愤愤地上了楼将一串钥匙甩给秦嫣。

秦嫣低头看见那把刻有"库房"二字的钥匙后放下心，转头对荣叔说："去请庄医生来吧。"又吩咐芬姨，"熬点儿鲜虾粥，庄医生看完诊给她带上，她夜里回去晚，明早热了能喝。"

芬姨和荣叔立马忙开了。秦嫣将钥匙往手里一攥，走到沙发边上扶起南禹衡："我扶你上楼。"

南禹衡没说什么，任由秦嫣挽着他走上楼梯。虽然大厅依然乱哄哄的，南舟疼得哇哇直叫，南虞和吕治辰在吵架，不过这对小夫妻倒是已经回了房。

秦嫣将南禹衡扶上床，又拉过毯子替他盖好，跟他说了晚安后便打算回房。刚走到门口，身后突然响起南禹衡低沉的声音："你是怎么让南舟今晚去你房间的？"

秦嫣背脊猛然一僵，倏地转过身盯着南禹衡。他靠在床头，幽深的星眸在黑夜里藏着敏锐的光，如洞若观火的狐狸。

3

秦嫣震惊过后不动声色地将身后的门带上，立在门前看着床上眼眸深邃的男人，淡定自若地说："我听不懂你在说什么。"

南禹衡抬起视线隔空望着她，声音低缓："我这个表弟虽然满脑子糊涂心思，但借他一万个胆子他也不敢在我眼皮子底下硬闯你房间，除非……"他的眼眸沉了几分，"除非你喂了他定心丸给他壮胆。所以，你到底对他做了什么？"

窗外弦月如钩，屋内漆黑一片，银白色的光悄无声息地洒了进来，染在门边女人浅粉色的缎面睡裙上，让她纤柔的身段泛着诱人的光。

秦嫣轻轻往身后的门上一靠，一条腿缓缓交叠于另一条腿前，裙摆荡漾间，白嫩修长的腿勾勒出完美的曲线，纤细的脚脖子仿佛一掌可握。她撩拨了一下蓬松妖媚的羊毛卷，偏头之间眼眸漆黑如墨，唇角莹润微勾，声音轻柔地说："我没对他做什么呀，我就这样盯着他看了一会儿而已。"

她语气无辜得如单纯的小白兔，然而那撩人的姿势却让南禹衡嘴唇紧抿，太阳穴突突地跳。

她的确什么都没有做，光这样站着不动盯着一个男人看，就足以勾走人的心魂。怪不得南舟会夜闯她房间，八成以为秦嫣给了他什么暗示。

即使现在南舟委屈地告到天王老子那儿，手里也没有秦嫣任何把柄。

房间的气氛有些冷，南禹衡一言不发，眼神颇沉地盯着她。

在南禹衡的眼中，秦嫣是自己看着从小萝卜头一点点儿长大的，小时候总是耍无赖、闹脾气，爱哭、爱撒娇也爱笑，喜怒都写在脸上。可这次回来，秦嫣却屡屡颠覆他以往对她的认知。

看着她此刻肌如白雪、软玉温香的身体，南禹衡才清晰地意识到，她早已在不知不觉中成了一个真正的女人，一个容易让男人失了理智的女人。

短短一分钟的沉默，南禹衡心绪复杂，而后说了一句："你少给我找事。"

秦嫣以为他生气了，所以乖乖地站在门边没敢说话。她从小到大一看见南禹衡板脸就会下意识地紧张，大约是以前练字被他罚怕了，这种紧张都深入她的潜意识了。

随后她小声辩解道："我哪有给你找事？我要真给你找事，刚才就直接把那一家子赶出去了。我知道你留着他们还有用。"

南禹衡斜了她一眼："这么喜欢揣测我的心思？你们学校暑期都这么闲？"

秦嫣弱弱地说："哪有揣测，我这明明是了解你，和你心灵相通来着。你要真不想南虞一家留在这里，你早就想法子弄走他们了，哪还用得着养着他们白吃白住这么多年，肯定留着有用嘛。"

南禹衡轻笑一声，睨着她："你说说看，我留他们有什么用？"

秦嫣几步走到床边，轻轻坐下望着南禹衡："你在给我出考题吗？要是我猜对了有奖吗？"

她眨着一双期冀的大眼，就跟小孩儿跟大人要糖一样。南禹衡略微抬眉："你要什么奖？"

"那你别管。我先猜猜看啊，南虞的母亲王奶奶只有这一个女儿，她又不得你爷爷喜欢，加上我看南虞那样也是个外强中干的，刚才我故意吓唬一下她就尿了，还把钥匙乖乖给我，说明呀，你爷爷根本没给她留什么东西，她手上没东西自然没底气，腰板子挺不直，不敢真拿我怎么样。

"所以，我实在想不出来她搬来这里能有什么高明的谋划。要说从你身上图点什么吧，一没尽心尽责照顾笼络你，二呢，也没见她这些年干出什么大事，丈夫更是平庸得很。

"我早就在想，这样一家子，怎么在你当年拿出金羽后就突然决定搬过来呢？

"而且之前在学校，别人欺负你，你虽然不会还击吧，但也绝对不会任由人欺负，可是自从这一家子搬来后，你倒是越来越示弱，就连那次钟藤……"

秦嫣止了声，没再继续说那件事，有些局促地看了南禹衡一眼，毕竟那年巷子里的事怕是南禹衡这一生的耻辱，也是她这么多年来一直小心翼翼不愿在他面前触碰的伤疤。

可南禹衡只是耷拉着眼帘，浓密的睫毛遮住了眼里的光，没有任何反应。

秦嫣这才继续说道："就连那次你都能忍辱负重，要说是应付南虞一家，你根本不会这样的，所以你是有意做给南虞背后的'大鱼'看的，对不对？"

南禹衡眼眸微抬，他的瞳孔是深邃的黑色，闪着灿若星辰的幽光，看得秦嫣颊边慢慢烧了起来，她别开视线，晃了晃手中的钥匙。

"我虽然不知道南虞背后的人是谁，但是你留她下来肯定有你的安排，我也只是拿回本就应该属于我的东西，不会给你惹麻烦的。"

南禹衡看着她手中的钥匙，嘴角勾了勾："既然拿回来了，就拿好了。"

秦嫣将钥匙往掌心一握："当然。"

两人这样说了好一会儿的话，芬姨见秦嫣一直没从南禹衡房间出来，便提着心敲了敲门。秦嫣往门口扫了眼，撇了撇嘴："监视我的人来了。"说完起身打开房门对芬姨说，"我正好要回房了。"

芬姨低下头恭敬地说："庄医生来了，正在楼下。"

或许在今晚以前，秦嫣在芬姨眼中还是一个不谙世事的小女孩儿，但今晚过后，芬姨从心底对这个年轻的南太太生出了敬畏。

秦嫣看了芬姨一眼："我知道了。"说完将手中的钥匙往芬姨掌心一拍。

芬姨愕然地抬起头："太太，这……"

秦嫣双手往身后一背："我让你拿着就拿着。"

然后她转过身看了眼躺在床上的南禹衡，南禹衡对芬姨交代道："把秦嫣床上的床单枕套都换了。"

芬姨应声，秦嫣弯起眼角微微一笑："晚安，老公。"

4

后半夜秦嫣睡得很好，第二天一早起来听说南禹衡出门了，也不知道去了哪儿，一大早荣叔便驾车出去了。

秦嫣今天不打算出门，晨跑回来便和芬姨商量了一下，待会儿两人把库房盘点一遍，她想顺便看看南家到底有多少值钱的宝贝。

可还没开始动手呢，她便突然接到秦文毅的电话，接通后直接问她在不在家。

电话中，秦文毅声音含着怒意对她凶道："你马上给我回来！"

秦嫣接到这个电话，心中隐约猜到是什么事。她先是拿出手机给南禹衡发了一条信息，内容是：二十分钟内赶到我家，不然你就等着给你老婆收尸吧！

　　然后她又在家里磨蹭了十几分钟，直到秦文毅第二个电话打过来，她才不情不愿地从南家往自己家走。

　　奈何两家的距离实在太近，饶是秦嫣拼命拖延时间也实在是拖延不了多久，还没进门呢，就看见秦文毅手上夹着烟，一脸凶相地站在大门口，看得秦嫣汗毛都竖了起来。

　　她深吸一口气，硬着头皮打开家门。秦文毅见她终于来了，掐灭烟头就往客厅走。

　　秦嫣刚进门，秦文毅从沙发上拿起一沓材料回身就扔在秦嫣的身上，大发雷霆："我看你真是翅膀长硬了，居然背着我们考南城大学！你打算瞒到什么时候？"

　　一堆英文传真材料散落在秦嫣脚边，她低着头，不敢看爸爸的眼神。

　　秦文毅气得直跺脚："我告诉你，现在就给我联系国外的学校，我立马订机票亲自送你回去！"

　　秦嫣的头更低了些，声音小小地说："来不及了，我回来的时候已经申请了退学，现在准备去南城大学，还，还有几天就去报到了……"

　　秦文毅从小到大没有打过秦嫣，却在听见女儿如此荒唐的话后，气得扬起手就要打她。

　　林岩赶忙跑过去拉住秦文毅，劝道："你打她有什么用，她已经不小了，现在都嫁人了！我们好好商量一下，这事该怎么办！"

　　秦文毅拉开林岩，怒气冲冲地吼道："我们从小培养你，你自己在这条路上吃了多少苦你最清楚！结婚前我就跟南禹衡说得很清楚，绝对不能因为任何事影响你的发展，你居然先斩后奏干出这种事……你现在给我打电话联系，就是卖了我的老脸，我也一定要把你送回去！"

　　秦嫣听见爸爸这么说，眼泪瞬间就飘了出来。

　　南禹衡并不知道发生了什么事情，看到秦嫣的信息便立马让荣叔驱车往回赶。

　　一进秦家大门就看见客厅乱糟糟的，秦嫣跪坐在地上，哭得那叫一个凄惨。

　　南禹衡瞬间蹙起眉走了进去，秦文毅看见他，刚压下去的火瞬间又冒了上来，对着南禹衡说道："你来得正好！你这个好媳妇儿背着我退了学，我问你，这事你到底知不知道？"

南禹衡震惊地低头看着不停抽泣的秦嫣，蹲下身捡起脚边的传真材料，匆匆扫了一眼后，脸色骤变。

秦文毅冷哼一声："看来你也不知情了。我女儿没出嫁前一直乖巧听话，嫁给你没几天，居然干出这么荒唐的事情来！你敢说她这么想方设法留在国内，不是因为你？

"我告诉你南禹衡，我把女儿嫁给你，不是让你毁了她的，月底之前你搞不定自己的媳妇儿，你们给我立刻离婚！"

"爸！"秦嫣几乎失声尖叫。

林岩也吃了一惊说道："老秦，你这脾气……"

秦文毅眼里透着不容商量的坚决。南禹衡脸色不大好，突然握紧拳头，放在唇边就是一阵剧烈的咳嗽。

秦嫣赶忙爬起来扶着南禹衡焦急地看着他，南禹衡不动声色地握住秦嫣的手，轻轻捏了一下。秦嫣立马反应过来，回头便对着秦文毅喊道："爸，你看不见南禹衡现在都什么样了吗，你还刺激他！"

秦文毅见南禹衡隐忍地低咳，有些担忧地不再说话，林岩也焦急地问："没什么事吧？"

秦嫣赶忙扶住南禹衡，回身就对外面喊道："荣叔快进来！"

站在门口的荣叔听见秦嫣这么一喊，吓得赶忙冲进秦家。秦嫣带着哭腔说："快，回去！喊庄医生来！"

说完，她便和荣叔两人匆匆带着南禹衡离开秦家，连招呼都来不及和秦文毅打。

然而一进南家大门，南禹衡便一把甩开秦嫣扶着他的手，阴沉着脸丢下一句："跟我上来。"

秦嫣跟着南禹衡进了书房。

南禹衡往书桌后一坐，黑色挺括的衬衫勾勒出他沉稳的气场，凌厉的眼神扫向秦嫣时，她紧张地拽着裙摆低下头，声音极轻地说："爸爸骂我半个小时了，你能不能别再训我了。"

南禹衡的声音里透着冷意："你爸说得不错，你果真是翅膀长硬了。知道你这么干，意味着什么吗？你在自毁前程。"

"我都想好了。"

"你想好什么了？你从小练琴是为了什么？就是为了嫁给我？我难道是开音乐厅的？

"多少人想拥有你这种天赋都拥有不来，你刚在国外崭露头角，你面前是一条康庄大道，只要你努力点儿好好走，比任何人都能轻松取得成功。

"你还这么年轻，我问你回国后打算怎么办？"

南禹衡向来喜怒不形于色，本就很少发火，即使偶尔动怒也从来不会像此时一样，一连串质问对着秦嫣便甩了出来。

秦嫣两只手在裙摆前攥在一起，嗫嚅道："我报了南城大学。"

"荒谬！"南禹衡的声音带着愠怒。

"南城大学音乐系连市里的艺术学校都不如！"

秦嫣偷偷瞥了南禹衡一眼，又迅速低下头，声音跟蚊子哼哼一样："我，我报的是你们院……"

瞬间，空气凝结了，尽管秦嫣低着头也能感觉到南禹衡的眼神带着强大的震慑力，甚至要把她生吞。

"砰"的一声，随着南禹衡拍桌而起的声音，秦嫣的身体也不禁颤了一下。南禹衡看她还知道害怕，也是憋住一口气，转身对着窗外沉声道："商学院……你一个搞音乐的，跑去商学院干吗？"

秦嫣咬了咬唇，抬起头盯着他的背影，嘟囔道："不能说我在音乐上有天赋，你们就把我的前途给框死了呀，就算我以后做不了音乐家，那说不定，我还可以成为优秀的商业精英、企业家、女强人之类的……"

说到后面，秦嫣的声音越来越小，几步挪到南禹衡的背后，拽了拽他的衣服软声道："我不会荒废学业的，我一定比在国外还努力，而且……而且昨天晚上我猜对了，你不是说给我奖励的吗？我不要别的奖励，我就要你答应我，让我留下来。"

南禹衡背对着她没有动，秦嫣干脆大着胆子将脑袋靠在他的后背上，撒娇似的蹭了蹭，像一只讨好的小猫。

南禹衡倏地转过身，视线压向她："看来你早就计划好了！你留下来，意味着你得从大一开始重新读，意味着你将面对全新的领域，意味着……"

"我都想过了。"秦嫣斩钉截铁地说出口。

南禹衡抬起双手重重地按住她纤弱的肩膀，弯下腰平视着她的双眼："为什么要做这个选择？"

秦嫣回望进南禹衡的眼底，认真地回答他："你能娶我，说明你这两年已经让自己的根基足够稳当了，你才会让我到你身边，既然这样，我不想做个花瓶被你圈养，我想帮你。"

南禹衡呼吸沉沉："我最不希望的就是你因为我放弃自己的理想。"

"我的理想就是你。"

　　四目相对之间，时间仿若停止了，就连窗外的微风，天上的浮云，山间的花草都静止了。两人的距离很近，秦嫣就这样抬眸凝视着南禹衡，眼里闪着的光莹润动人，像刚熟透的果子，泛着诱人的色泽。

　　南禹衡宽大的手掌一把擒住她小巧的下巴吻了上去，像突如其来的山雨，带着不可抵挡的攻击性。

　　秦嫣对南禹衡并没有防备，柔软的手轻轻抵着他，气息变得越来越混乱，却听见南禹衡声音嘶哑地问："所以这段时间你早出晚归，一直在忙这事？"

　　秦嫣本想应一声，可声音从喉咙出来却变成了极其轻微的嘤咛，连她自己也吓了一跳。然而这酥麻暧昧的声音，却让南禹衡漆黑的眼眸瞬间收缩。

　　他松开她小巧的下巴，顺着她修长的脖颈解开了她胸前的扣子，微凉的大手揉捏上去。秦嫣倒吸一口凉气，潮红的脸颊透出一丝未知的害怕，抵在南禹衡胸前的手便使了几分力道。

　　南禹衡低眉看了眼，黑亮的眸子锁住秦嫣绝美而迷茫的小脸，沉声道："松手。"

　　秦嫣的身体不自觉躬了起来，白嫩细滑的身体在南禹衡的大掌之间，将他的呼吸点燃，变得越来越急促。

　　这是他第一次看见秦嫣长大后的身体，隔着一层衣服下的她竟然这么美，美到让人窒息。

　　他炽热的目光像烙铁落向秦嫣。她没有被一个男人这样看过，害羞地直往南禹衡的怀里钻。南禹衡滚烫的呼吸附了上去，秦嫣感觉一阵眩晕，瞳孔急速收缩，声音酥软无助地喊了声："南禹衡……"

　　"嗯。"他低低地应了一声。

　　"庄医生说，说你身体……"

　　刚说完，秦嫣便感觉南禹衡低头咬住她，她再次倒抽一口凉气，瑟瑟发抖，一头长发散落在书桌上，美得秀色可餐。

　　走廊里响起了脚步声，似有人从书房门前走过。

　　南禹衡缓缓站起身子，一把将秦嫣拽了起来，另一只手顺势将她拥进怀里，把她的裙子向上一拉，将她的身子转向自己，修长的手指漫不经心地替她扣好扣子。他的动作从容不迫，好似刚才的事只是瞬间的失控，他的声音带着一丝揶揄："你以为我要干什么？"

　　秦嫣已经完全不敢去看南禹衡的眼睛，她现在整个人都是飘的，腿也有点儿发软，脸早已红透了。

南禹衡为她整理好，立起了身子轻咳了一声，转身朝书房门口走去："早上的事情我还没办完，中午不在家吃饭了。"

秦嫣看着他的背影，还是忍不住轻声问道："爸爸那边，你会有办法的吧？"

南禹衡打开门，回头掠了她一眼，"呵"了一声，也不知道是什么意思。

他走后，秦嫣站在书房发了好一会儿愣，心脏狂跳不止，好半天才平复下来准备离开。刚到走廊她就碰见了芬姨，芬姨还在到处找她，问她库房今天还要不要盘点。

秦嫣点点头："盘啊，现在就去吧。"

芬姨看着她脸颊透红的样子，嘀咕了一句："书房冷气没开吗，你怎么热成这样？"

秦嫣扇了扇脸，有些心虚地说："唔……就是，我搬了会儿书。"

芬姨伸头看了眼整齐的书房，没有什么被移动过的样子，一脸迷惑。

第七章 / 音乐盛典

前所未有的强强联合。

1

下午，秦嫣把头发绑起，和芬姨一起窝在库房，将东西全都拖了出来，重新标记整理了一番。只是不知道怎么回事，她的脑袋里时不时蹿出上午在书房里的画面，让她总是莫名其妙就脸红。芬姨看她这样，还问她是不是哪里不舒服，要不要明天再弄。

秦嫣摇摇头，她不想休息，她怕回房后大脑会更混乱。她能感觉出来上午南禹衡身上肌肉偾张的力量，不似一个病弱的人，虽然她说不出为什么，可是心里就是有这种感觉在不停暗示她什么，这让她的思绪搅在一起，疑虑混乱。

这样的南禹衡让秦嫣十分陌生，一想到就心跳不止。

傍晚，芬姨去做晚饭了，秦嫣心不在焉地独自窝在库房。

直到听见楼梯上沉稳的脚步声，还有荣叔和南禹衡说话的声音时，秦嫣才突然直起身子，竟有些紧张起来。

她竖起耳朵，听见南禹衡和荣叔走到拐角处便停下了脚步，然后荣叔走远了，南禹衡的脚步声却朝着库房的方向而来。秦嫣突然有一丝慌乱，一时间不知道该怎么面对南禹衡，整个人变得局促不安。

她左右看了看，视线突然停在了旁边的伸缩楼梯上，干脆站起身，慌忙爬了上去，假装在整理高处的东西。

南禹衡走了进来，靠在门框上，慵懒地睨着她："南太太还真是亲力亲为。下来洗洗手，准备吃饭了。"

秦嫣脸颊烧得通红，好在站得比较高，南禹衡看不大清她的表情。她"嗯"了一声，低着头准备往下爬，手刚碰上扶梯，身体却微微一顿，脚边顺势一滑，身体便直直地从两米高的折叠梯上摔了下去。

刹那间，南禹衡一个箭步飞奔过去，一切发生得太快，根本来不及反应，秦嫣直接砸向南禹衡，南禹衡本能地用身体接住秦嫣，两人双双倒地，只不过南禹衡的身体在下面替秦嫣挡住了猛烈的冲击力，发出一声闷哼。

当秦嫣从南禹衡身上爬起来去拉他时，却发现南禹衡的呼吸突然变得时断时续，他根本站不起来。

秦嫣微愣了一下，再次扯着他的手臂去拉他："南禹衡，你别逗我，我不玩了，你起来。"

南禹衡脸色惨白，双眼直勾勾地盯着她，整个人都不太对劲的样子，声音隐忍地说："打电话……庄医生……"

秦嫣猛地握住他的手，南禹衡指尖冰凉得吓人。她哆嗦着跑出去大喊："芬姨，荣叔！"

南禹衡被送去医院惊动了秦家，秦文毅和林岩也跟着一起去了医院。庄医生早早就在医院候着，人一到就直接被推进了急救室。

秦文毅问秦嫣到底怎么回事，秦嫣一直绷着脸一言不发，直到庄医生从急救室出来摘掉口罩，扫了眼门口一众人，最后视线落在秦嫣身上，对她说："来我办公室一趟。"

秦嫣跟着庄医生去了她的办公室。刚进去，秦嫣就问她："南禹衡怎么样了？"

庄医生没有立刻回答她，而是坐在电脑前表情严肃地敲击着键盘，没一会儿，旁边的打印机便发出"咔嚓咔嚓"的出纸声。两人都没说话，夜晚的办公室有些静谧，空气里飘着医院特有的消毒水味，让人神经紧绷，打印机运作的声音在这间办公室显得尤为清晰。

秦嫣坐在庄医生对面的椅子上，大概是冷气太足，她的身体感觉到丝丝寒意。

没一会儿，庄医生将一堆打印报告从机器上取了下来，对着秦嫣说道："这是他前段时间的常规检查报告，这是肝肾功能检查，这份是可行血气分析，这是三大常规，心电图，二氧化碳结合力检查，最后这份是血象。"

庄医生把报告一份份拍在秦嫣面前，很快便铺满了一桌，而后说道："看不懂没关系，这份是病情分析，你可以直接看各项参数，前面一列是正常范围值，后面一列是禹衡目前的身体状况，标红的就是在正常范围值外的。"

秦嫣看着报告上密密麻麻的红色数值，指尖不禁发颤，一颗心犹如突然掉进冰窟，身体僵在椅子上，大脑完全蒙了，眼里的光不停搅动。就这样安静了几秒，她才抬起头问："庄医生给我看这个是……"

庄医生靠在椅背上看着秦嫣说道："是禹衡让我把报告拿给你看的，怕你继续试探下去会……"庄医生推了下眼镜，继而接道，"谋杀亲夫。"

虽然庄医生刻意用比较轻松的语气在提醒秦嫣目前南禹衡的身体状况，然而秦嫣的心情一丁点儿都轻松不起来，在医生办公室尚且还能克制，可一回到病房门口，看见林岩后，她再也控制不住自己的情绪，眼泪一股脑涌了出来。

林岩看见自己女儿的样子也吓了一跳，赶忙迎上去问她医生说了什么。

秦嫣一把抱住妈妈，语无伦次地抽泣着："都怪我，都怪我南禹衡才会进医院的，都怪我……"

站在旁边的秦文毅听见女儿这么说，暗自心惊，问她到底怎么回事，当听说自己女儿从两米高的地方掉下来把女婿砸得爬都爬不起后，秦文毅脸都绿了，要不是林岩提醒他还在医院，他怕是要当场发作。

南禹衡被转移到了单人病房，一直到秦文毅和林岩离开医院后，秦嫣才推开病房的门。

一进去就看见南禹衡脸色苍白、闭着眼躺在病床上，身上插满了各种线路，连着床头放着的仪器，看上去极其虚弱的样子。秦嫣一颗心都提了起来，立在病房门口，神情复杂地盯着他。

似乎是察觉到动静，南禹衡缓缓睁开眼侧过头，看见秦嫣站在门口，对她说："过来。"

秦嫣死死咬着唇，机械地朝他走去。到了病床边，南禹衡抬眸看她，她鼻子和眼眶通红，长长的睫毛上还沾着水汽，一副楚楚可怜的模样。

他声音缓了几分问道："哭了？"

他不说还好，一说秦嫣的眼泪又吧嗒吧嗒往下掉，连肩膀都在微微抽搐。

南禹衡抬手攥住她放在身前的小手，轻轻摩挲了两下，语气平缓："我还没死呢，哭什么丧？"

秦嫣却突然失控，越哭越凶，含混不清地说："对不起……"

南禹衡笑了笑："下次还敢？"

"不敢了。"她自责地低着头。

南禹衡拉了她一下："上来。"

秦嫣看着他身上的线摇摇头："我怕压着你。"

她已经有了很严重的心理阴影，不太敢再去碰南禹衡了。

却听见南禹衡说："今晚留在这儿，你要想站一夜也可以。"

秦嫣便蹑手蹑脚地爬上病床，又怕碰到他身上的线，只能小心翼翼地钻到他身侧，窝在他的臂弯底下。南禹衡拉过被子替她盖上，结果她愣是保持那个姿势，一晚上都没敢动一下。

按照庄医生的说法，南禹衡下午之所以会突然四肢麻痹跟心律失常有关，需要住院观察。

秦嫣回到东海岸，特地先回了一趟自己家，态度非常诚恳地和爸爸商量。南禹衡这次住院是因她而起，是为了护着她不摔着，她如果在这时候离开，把他一个人丢在医院，就坐实了忘恩负义的骂名，以后东海岸没人会瞧得起她，也让自己在南家留下了被人诟病的把柄，指不定以后南家人会拿这件事怎么拿捏她。

自身发展固然重要，可从她嫁给南禹衡的那刻起，她就是南家人了。南家不比一般家族，她知道这个"大染缸"本就是一荣俱荣，一损俱损，她不能重蹈南禹衡母亲的覆辙，在这时候被人捉住错处，给自己埋下隐患。

她动之以情晓之以理地分析，秦文毅始终没说话，淡漠地看着她。直到她噼里啪啦一通说完后，秦文毅才骂道："一堆歪门邪理。"随后又干笑一声，"这弯弯绕绕的心思，倒有点儿大门大户女主人的架势。"

秦嫣琢磨着爸爸的话，也不知道是在夸她还是在骂她。

秦文毅又问道："几号开学？"

秦嫣一听爸爸这样问，顿时就笑开了花。

秦文毅并不是不明事理的人，他虽然说秦嫣讲的是歪门邪理，但是女婿现在住在医院，这个时候把女儿送走，难免落人口舌。而且眼看南城大学就要开学了，不让女儿去报到，就这么拖着也不现实。他松口并不是赞成女儿放弃音乐，只是从另一个角度考虑，秦嫣要想以后在南家走得长远，光会拉一手琴可没有用，他也不想看到南禹衡父母的悲剧在自己女儿身上重演。

所以这几天，秦文毅也深思熟虑，进行了一番思想斗争。

那天在书房，南禹衡并没有明确同意秦嫣留下来，所以秦嫣干脆趁着他住院去南城大学报了名，也没告诉他，本想着等他身体好转出院后再告诉他来着，可没想到报到后的第二天她去医院的时候，南禹衡一边翻看书一边漫不经心地问她："入学手续都办好了？"

一句话问得秦嫣心里暗暗惊讶，心虚地看着他："你都……知道了？"

南禹衡嘴角挂着似笑非笑的弧度，像只老谋深算的狐狸。

2

秦嫣进了南城大学商学院，刚开学那几天忙得不可开交，适应新环境、认识新同学，还要参加社团活动。秦嫣没有选择住校，所以每天都要医院、学校、家三头跑，社团也是让同班一个叫苏冉的女生替她报的，看到有音乐社也就报了。苏冉告诉她音乐社要面试，随便去唱首歌就行了。

于是秦嫣按照苏冉发给她的面试时间，下了课匆匆赶去音乐教室。没想到这个音乐社人气居然还挺高，她去的时候，音乐教室门口的走廊全是人，打听之下才知道社长是音乐系系草，据说长得很帅，自带吸粉体质，传单都没怎么发就引来了众多学妹。

秦嫣去得迟，排队排了半天，还要赶去医院，急得不停地看时间。

好不容易轮到她，她赶忙走进音乐教室。前排正儿八经地坐了两个学长和两个学姐，桌前放着记录的表格。秦嫣扫了眼后排，不起眼的地方还坐了一个男生，穿着英伦复古风的深色格子衬衫，扣子扣到最上面一颗，坐姿笔直，双手插在裤子口袋里，脸上架着金丝边眼镜，看上去有丝禁欲的气质。

秦嫣一走进去，那双藏在金丝眼镜后的眼睛便牢牢盯着她，随后蹙起眉，不知道在想什么。

坐在最左边的学长发了话，简单问了秦嫣的基本情况，比如姓名、专业等等，然后便让秦嫣自我展示。

秦嫣什么都没有准备，本来她想随便唱首歌，结果这两天熬夜到很晚有些受凉，嗓子哑哑的，刚开嗓，连她自己都愣住了。

面前四个社团大佬面面相觑。其实秦嫣刚一走进来，他们四人就已经暗自交换过眼神，这种外形条件的学妹，随便表演一下他们都会录取，但让他们没想到的是，看着漂漂亮亮的妹子，才唱第一个音就直接破了，这就有点儿尴尬了。

四人有些为难，刚准备出声，却见秦嫣的眼神四处打量，最后停在一架被布罩着的钢琴上，她几步走过去问道："这个可以用吗？"

其中一个学姐点点头，秦嫣便掀掉了布，从容落座后，对四位社团大佬微微颔首，而后单手一抬，瞬间落于钢琴上，一串沉稳的音符便响了起来，四人还没缓过神来，她另一只手迅速跟上，紧接着便是一连串急促的钢琴声，白净的手指快速在黑白键上跳跃，如道道疾影，瞬间营造出激昂的氛围，坐着的四人顿时振奋起来。

这是一首速度极快、难度很高的暴风雨小调，每个层次的冲突和递进都十分清晰，节奏的交替、和弦的宽广幅度都极大地考验着表演者。

秦嫣只是弹了一小段，结束后将钢琴盖上，又走回四位社团大佬面前。这下，四个人的神情和刚才截然不同，瞬间对面前这个学妹肃然起敬，当场发了通过卡。

秦嫣刚离开音乐教室，其中一个学长便回过头，对着后排戴着金丝边眼镜的男人问道："老大，这个怎么样？"

男人轻扶了下眼镜淡淡地说："她的强项不止钢琴。"

秦嫣拿了卡，背着包匆匆拦了车就往医院赶，因为今天南禹衡出院。

她到医院的时候，芬姨早就把东西收拾好了，南禹衡也换好了衣服坐在轮椅上，见书都看了一半她才姗姗来迟，脸色有些不悦。秦嫣求生欲很强地从芬姨手中接过轮椅扶手，一边推着他一边解释道："我去社团面了个试，主要是排队的人太多了，不然早结束了。"

南禹衡问了句："过了？"

"那当然了，也不看看你娶了个多么了不起的音乐家。"

芬姨在一旁憋着笑，一上午南禹衡都板着脸，连句话都不愿意说，秦嫣一过来，他眉眼都舒展了。芬姨倒是觉得以前真是小看了这个丫头，现在生活在一起才发现，她再怎么惹南禹衡生气，都有办法哄得他不去责备她半句。

车子开回南家太阳已经半落，秦嫣和芬姨扶着南禹衡回房，芬姨将南禹衡床上的被子铺好，让南禹衡赶紧躺下，别累到。

南禹衡却坐在床边说："在医院窝了几天，我想洗个澡。"

芬姨随口问了句："庄医生说可以洗澡吧？"

南禹衡抬头看了眼在旁边替他整理衣服的秦嫣说道："洗是能洗，但是这段时间说是不能一个人待在浴室，怕出意外，而且我这只胳膊到现在都抬不起来，恐怕自己洗不了。"

他刚说完，蹲在地上的秦嫣站起身诧异地回过头，芬姨也尴尬地和秦嫣对视了一眼，而后说道："那我让荣叔上来。"

她还没转过身，南禹衡便沉着声说："让荣叔替我洗澡？"

颇具压迫感的声音说得秦嫣和芬姨都怔怔的。的确，让一个男人替另一个大男人洗澡，那画风是有点儿怪怪的，但不让荣叔来，难不成让女人来？

气氛瞬间陷入诡异的死寂，直到南禹衡漫不经心地对芬姨说："你出去吧。"

芬姨受惊地说道："这，这会不会不好？"

南禹衡抬起视线瞥了她一眼："哪里不好？难道芬姨觉得让别的女人来

比较合适？"

芬姨匆匆看向秦嫣，她虽然清楚这样有些不妥，但是要说到照顾禹衡的身体，的确没有人比秦嫣更合适。综合考虑，芬姨没再说话，迅速出去顺便带上门，房间里顿时只剩下他们两人。

芬姨走后，秦嫣紧张得语无伦次："你……真让我给你洗澡？我不会啊。"

南禹衡淡淡地掠了她一眼，从床边站起身往浴室走："不会就学。"

秦嫣一口气卡在喉咙里不上不下，感觉连血液都凝固了，她为什么要学这项技能？

直到南禹衡在浴室对着她喊道："快点儿。"她才浑身不自然地走进他的浴室。

南禹衡靠在黑色的大理石台面上，目光幽淡地注视着她局促的样子，出声道："过来，脱衣服。"

秦嫣到这时才相信他不是闹着玩的，惊讶地说："你来真的啊？"

"不然呢？你觉得我现在这身体，还有心情跟你开玩笑？"

秦嫣突然感觉连呼吸都有些喘不上来，一双眼睛睁得老大。南禹衡微微蹙了下眉："你到底在紧张什么？不会我以后瘫在床上动不了，你还要跟我矫情什么男女有别吧？"

秦嫣在南禹衡坦荡的目光中，顿时感到一阵羞愧，涨红着脸走到他面前。

南禹衡身材高大，秦嫣只到他下巴处，她局促不安地抬起手替他解衬衫纽扣，虽然低着头，可她依然能感觉到头顶深沉的目光，烧得她脸颊绯红，整个浴室都弥漫着一股暧昧的气息。

她将南禹衡的衬衫脱掉。或许是他常年养尊处优的缘故，皮肤冷白细致，在浴室昏暗的灯光下，那宽肩窄腰像艺术品一样，虽然有些精瘦，但并不纤弱。秦嫣的手指不经意触碰到他的腰间，甚至感觉到他微凉的皮肤透着一种紧绷感，让她口干舌燥。

她将脱下来的衬衫放在一边便站着不动了，南禹衡垂下视线："继续。"

秦嫣有些热地扇了扇脸颊："裤子也要我脱吗？你又不是手断了。"

南禹衡则很淡然地说："在医院躺久了，弯腰会头晕。"

"……"

秦嫣憋着气胡乱摸上他的腰带，虽然她觉得南禹衡是有意整她的，可又不敢就这么走人。

南禹衡低头看着她一脸视死如归的表情，嘴角悄无声息地弯了起来，最后还是放过了她，让她在外面等着。

秦嫣便拿着浴袍跟守门人一样立在门边，身后的水声让她大脑一片混乱，就连额头上都渗出了薄薄的汗来，眼神却总是控制不住地偷瞄镜子。朦胧的水雾中，南禹衡的身体泛着冷白的光，修长的身材让秦嫣体内蕴含着一种怪异的感觉。

直到水声停止后，她才仓促地收回目光，佯装没事人一样盯着天花板，却突然听见南禹衡略沉的嗓音："看够了把衣服拿给我。"

秦嫣有种被人抓包的羞耻感，恨不得挖个洞把自己埋起来，匆匆把睡袍递给他，还狡辩了一句："我没偷看。"

南禹衡也不跟她计较，轻描淡写地说："下次要看，光明正大地看。"说完目光瞥着她，套上睡袍漫不经心地问了句，"你身上湿了，要不要在这儿洗？"

秦嫣连看都没再看他一眼，丢下一句："不用客气！"然后一溜烟地跑走了。

南禹衡看着她夹着尾巴逃跑的样子，挑起眉梢，嘴角微勾。

3

那天晚上秦嫣做了一晚上怪异的梦，梦里全是南禹衡。天不亮她就惊醒了，只能出门晨跑，倒是把芬姨吓了一跳，问她怎么起来这么早，她含糊其词地说，早上有课要赶去学校。

一上午的课上得昏昏沉沉的，就听见苏冉坐在边上跟她说着一些乱七八糟的事情，嘴巴都没停过。

苏冉是个长相小巧、有些中二的女生，因为开学第一天秦嫣找她问路，发现两人竟是同班，于是就这么熟络了起来。

能考进南城大学商学院的基本上是各个高中的学霸，就连看上去平凡的苏冉，也是以她们学校年级前五的成绩被南城大学录取。

好不容易上午过去了，快下课时，秦嫣突然收到一条短信，是社团那边发过来的，说中午召开社团会议，让她准时去图书馆。

秦嫣也不知道社团那边是什么情况，下了课和苏冉打了声招呼便赶去了图书馆。

中午大家都去吃饭了，图书馆没什么人，秦嫣一进去就看见上次面试问她问题的学长，他叫杨明浩。见秦嫣来了，他站起身对她招了招手。

秦嫣见就他一个人有些诧异，走过去问道："社长找我有事吗？"

杨明浩微愣，随后哈哈一笑："你还搞不清楚我们社的社长是谁啊？"

见秦嫣不明所以，杨明浩对她笑道，"我们老大临时有事，一会儿就到，他想找你谈谈，让我先过来跟你打声招呼。"

秦嫣恍然地点点头，拉开椅子问道："那个，我们社团的社长叫什么？"

杨明浩摇了摇头："服了你了，你连我们老大是谁都不知道就来了？他不喜欢人家叫他大名，你喊他 Edwin 就行，或者像我们一样，叫他老大。"

"唔……"秦嫣应道。

没一会儿，杨明浩接到一个电话，抱歉地说："那你先坐一会儿，我舍友没带钥匙，我得先回去一趟。"

秦嫣赶忙起身，让他先去忙。

杨明浩走后，秦嫣兀自坐在偌大的图书馆窗边发呆，竟然……脑中又浮现出南禹衡的身体，脸颊不自觉爬上一抹红晕，甚至都没有察觉她的对面有个男人正默默朝她走来，眼神落在她明艳红润的脸颊上，干净柔和的气质像雨后纯净的露珠，美好安然。

直到秦嫣感觉对面的椅子被人拉开，她才回过神来，条件反射地站起身喊了句："老大。"

对面的男人拉开椅子的手略微滞了一下，那双藏在金丝眼镜后的眼温凉地瞥了她一眼，随后从容地拉了下半高领纯白色中袖衫，说道："叫我 Edwin，请坐。"

他说完便优雅落座，将手中一个透明的文件袋放在一边，双手交握放在米白色的桌面上。

秦嫣这时才发现她见过这人，她去音乐教室面试那天，这人便是坐在后排不起眼的地方，从头到尾一言不发。只是她没想到的是，他竟然就是传说中音乐系的系草。

秦嫣不动声色地观察着他。他皮肤很白，细腻得甚至连毛孔都看不见，鼻子高挺精致，隐在镜片后的双眼虽然不算大，但锐利清透，嘴唇削薄，整个人看上去斯文克制。

在她默默观察之际，Edwin 已经先开了口："今天是想告诉你，我们系即将代表南城大学和二十多所院校共同参与省里每两年举办一次的音乐盛典，届时会有三十多个表演节目，有国内专业领域的人士进行点评。按照往年的惯例，会选出前三名的节目进行全省通报表彰，当然，也会有一些关于学校和个人的荣誉奖励。"

秦嫣认真地听着，随后 Edwin 将手边那个透明的文件袋推到秦嫣面前，继而语调平淡地说："学校很重视这次的参演，也特地找我沟通过，因为时间有限，所以我决定，这次的演出由我和你共同完成。"

秦嫣略微诧异地直起背："我和你？就我们两个？那，表演什么呀？"

Edwin似乎料到她会有些惊讶，淡定地抬起干净的食指点了点透明文件袋："我用钢琴，而你……"

他微微抬起下巴，优雅的气质中有一种从骨子里透出的高贵，就这样看着秦嫣吐出四个字："用大提琴。"

他坐姿俊逸斯文，嗓音波澜不惊，藏在镜片后的双眼似蕴含着一种洞悉世事的能力，让秦嫣暗自心惊。她下意识地看向Edwin放在桌上的手，这才注意到他的指甲修剪得与肉平齐，手指修长均匀，干净有力，手掌宽大，的确是一双弹钢琴的手。

Edwin接着说道："这里面有两份琴谱，一份是你的，一份是我的，我已经做上标记。我们有三天的时间分别练习，三天后我会在音乐教室等你，以我们俩的能力，周末两天时间我想足够磨合了。"

秦嫣简直不敢相信自己听见的："总共就五天时间？我们什么时候参加演出？"

"下周。"他嗓音温凉，仿佛只是在说一件微不足道的事。

"下周？时间也太紧了。"

Edwin垂下视线推了下眼镜，道："时间不紧我也不会考虑由我们俩合奏。虽然对别人来说这几乎是不可能完成的事，但对于天才来说，这个时间已经很宽裕了。"

秦嫣嘴角几不可见地抽了抽，这，这人是在夸她，还是在拐弯抹角夸自己？

Edwin似乎已经说完了，抬起手腕看了看时间。秦嫣虽然对于奢侈品并不是很感冒，但从小的生活环境让她对奢侈品也不陌生，一眼便看出Edwin手腕上的那块表是一块上世纪就诞生的手表大牌所出的复古表，价值就不用说了，关键是当年一共也就生产了三块，放到今天就是限量版古董表。

如果戴在别人的身上，秦嫣或许还会猜想是不是仿货，但她从小生活在东海岸，见多了富贾名流，也出国接触过各类人士，对于他人身上那种与生俱来的教养和气场自然比较敏感。

面前男人的气质和那种深藏不露的气场让她明白，他手上那块表可以买下图书馆外一排汽车。

秦嫣收回视线问道："这个音乐盛典办了多少届了？影响大吗？"

Edwin回答道："这次是第十一届，现在国内很多知名音乐人都是大学时期通过它被签走的，所以五千人的场馆不光只有大学生，也不乏很多业内人士。"

他再次看了下手表，似乎还有事的样子："今天暂时就到这里。乐谱上留了我的联系方式，这几天你有问题可以打那个号码联系到我，那么周末见。"

秦嫣见他要走了，匆匆开口："我们学校往年拿过什么名次啊？"

Edwin 推了下眼镜框："没有。"

秦嫣略微震惊。南城大学好歹是南城最好的学校，在省里也是数一数二的，来这所学校的基本上都是省内的尖子生，怎么音乐系没落成这样？她不免讶异："哈？一次都没有？怎么会这样？"

Edwin 优雅地站起身，抚平身前的褶皱淡淡道："因为以往坐在这个位置上的人不是我。"说完轻瞥了秦嫣一眼便转身离开了。

秦嫣看着他均匀的脚步和修长的背影，满头黑线。

4

接下来的几天，但凡秦嫣在家，她的房间里总能传出悠扬的大提琴声。

南禹衡知道她时间紧，这几天没多去打扰她，也就每天晚上洗澡那半个小时和她说会儿话，听她讲一些在学校发生的事，或者嘱咐她一些该看的专业书，告诉她哪些教授的课需要特别注意等等。

很快便到了周末，秦嫣已经基本上将乐谱熟记于心。

秦嫣按照约定的时间来到音乐教室。清晨的光照在走廊上，周末的早晨，校园里很冷清，一路上没什么人，秦嫣独自背着大提琴，阳光洒在她柔顺的鬈发上。她穿着高腰紧身牛仔裤，一双简单的球鞋和短短的 T 恤，有种简约的时尚感。

快到音乐教室时，她忽然听到一连串刚劲有力的钢琴声，她脚步微顿，当即听出来这是《EnglishCountry-Tunes》。她快速走到音乐教室门口，透过窗户看着教室里的男人。

他穿着半高领的黑色紧身衫和白色裤子，背脊笔直，优雅地坐在钢琴前，身体随着黑白键发出的节奏而晃动。

这首曲子是全世界最难演奏的钢琴曲之一，单单一个小节里就有三百个音符之多。绝大多数演奏家在表演这首曲子时都是双钢琴演奏，秦嫣第一次亲眼看见有人用单钢琴演奏这首曲子，弹奏至激昂处，他不仅十指，甚至连手肘都用上了，整个人仿佛已经融入这架钢琴里，看得秦嫣目瞪口呆。从灵魂深处激发的震撼让她待在窗边，安静得仿佛连呼吸都消失了，就这么怔怔地看着他毫无半点儿差错地弹完整首曲子。

当最后一个音符消失后，Edwin仰起修长的脖颈闭着眼，整个人仿佛都静止了。

秦嫣不禁露出会心的微笑。她有时候拉琴触动心底时，也会闭上眼感受整个过程带来的震撼，铭记于心。

秦嫣安静地站在窗边看着他，仿佛看见了自己。

直到Edwin睁开眼，缓缓偏过头对她说："早，你打算什么时候进来？"

秦嫣这才抱着大提琴从后门绕了进去，而后将大提琴从琴盒中拿了出来。左右看了看，她从边上搬了一把椅子，放在离钢琴不远的地方。

Edwin上下打量了她一番，突然说道："表演那天我希望你能穿纯白的纱裙，最好灯打上去有淡银光的那种。"

秦嫣愣了一下，侧头去看他，他修长的手指扫过琴键："这首曲子大意是把女人和爱情比作铺满闪烁繁星的天空，你那样穿更合适，到时候我会穿黑色正装，这样我们看上去也会比较配。"

"……"秦嫣干干地应了一声，试了试音。

Edwin坐直身子转向她。

"你先拉一遍给我听听。"他语气高高在上地命令。

秦嫣调整了一下身形，将这首曲子演奏了一遍。大提琴浑厚饱满的声音在音乐教室蔓延开来，窗外微风轻拂起秦嫣柔黑的秀发，美到极致的天鹅颈让她看上去精致优雅，明明穿着如此随意，可双手一旦触碰上大提琴，她就像变了一个人，顿时气场全开，仿若自带聚光灯，用琴音将自己点亮，耀了人的眼。

Edwin坐在钢琴前，眼神落在秦嫣身上，一向克制冷淡的他，嘴边勾起一丝极其寡淡的弧度。

一曲毕，秦嫣抬起头说道："请学长指教。"

此时的Edwin已经收回所有表情，显得专业而冷静："第二段我们换个方式演奏。"

于是一整天的时间，Edwin不停改变两人演奏的方式，甚至疯狂地临时改编了其中一大段乐曲和节奏。

直到太阳西落，他们才确定了最终的呈现方式，甚至都没来得及练习。

南禹衡打电话过来问秦嫣什么时候回家，她走到窗边接起电话，然后有些为难地回头看向Edwin，问道："学长，我们还要练多长时间？"

"看情况。"Edwin冷淡地回道。

秦嫣便对着电话里的南禹衡说："可能还有一会儿呢。"说完走出门压低声音委屈道，"我们社长大人有点儿强迫症，改了一天的曲子刚刚才定下来，我们这边还没合练呢，我都急死了。"

电话那头的南禹衡沉默了一瞬，对她说："我让荣叔去接你了。"

半个小时后，荣叔到了。

换作平常，荣叔都在车上等，可今天他一直立在音乐教室外面，也不出声，就杵在那儿。

Edwin中途对外望了一眼，秦嫣忙说："这是我家人，来接我的。"

Edwin点点头，也没有要放人的意思。两人足足又过了五遍，Edwin又扫了眼外面，终于站起身说："今天就这样，明天六点半就过来。"

"六……行吧……"

秦嫣累得连胳膊都要抬不起来了，一进家门芬姨就对她说："禹衡让我跟你讲，他在房间等你。"

秦嫣推开门，见南禹衡靠在床上，她惨兮兮地说："今天能不能自己洗？"

南禹衡合上笔记本放在一边，抬头看着她："我都等到这会儿了，你说呢？"

秦嫣如今已经习惯多了，今天帮他洗澡时她不停地跟南禹衡抱怨："我们那个社长真的有点儿变态严格，一个音让我拉十几遍给他听，也不知道他在听什么。而且明明刚确定的小节，一会儿后他又全部推翻了。我真怕明天一早过去，他又跟我说昨天的不满意，要重新设计啥的，那我真的会崩溃。而且这个天他还穿高领也不嫌热，你说他会不会是女的？"

南禹衡斜了她一眼："你这是什么乱七八糟的想法。"

"挡喉结啊。他皮肤那么好，连手都那么漂亮，我很少见到哪个男人长得像他那么好看的。"

南禹衡侧眸盯着她看了几秒，突然站起身，兀自扯过浴巾往腰间一系。

秦嫣从小到大没有在他面前说过别人好看，一次也没有，这话对着他倒是从小说到大。

直到南禹衡从浴缸里站起身，秦嫣才意识到自己说错话了，赶忙从他身后搂住他的腰，软糯地补充道："我是说很少见到嘛，也只见过你这么好看的呀，所以免疫了，他再好看我都看不上的。"

南禹衡看着镜子中的秦嫣并没有生气，脸上若有所思，随后转过身托起她的小脸吻了下："去睡吧。"

第二天，秦嫣都没有晨跑就赶去了学校，荣叔把她送到的时候才六点一刻，让秦嫣没想到的是，Edwin已经到了，连口气都没给她喘匀，就直接进入练习。

好在第二天太阳落山后，Edwin便说可以了，秦嫣也松了一口气。

她早早赶回家，跑进南禹衡的房间，一脸兴高采烈的样子，像讨好的小猫一样凑到他床前，问他能不能去看她演出。

南禹衡抬手顺了顺她柔软的鬓发，安抚着她："我去不了。"

秦嫣不免有些失落，可她也明白明天人太多，那样的环境不适合南禹衡。

她又跑回家告诉爸爸妈妈，秦文毅决定第二天开车带上全家人去市音乐厅看她表演。

秦嫣第二天一早起来打扮好，芬姨按照她的要求把订好的礼服拿给她。漂亮的盒子里，银白色的礼服平整地躺着，秦嫣带上礼服准备到后台再换。

秦文毅的车子在门口按了两下喇叭，秦嫣赶忙拿上东西冲到南禹衡的房间，门都没敲就推开门。南禹衡已经起床了，正靠在床头看电脑，听见动静，抬起头看向门口："你在我这儿倒是越发来去自如了。"

看似是在责备她又不敲门，不过语气里没有半点儿责备的样子，反而带着一丝轻快的笑意。

秦嫣深呼吸后，对他说："我走了。"

南禹衡给了她一个笑："不拿第一别回来。"

秦嫣傲娇地哼了一声，转身砰地关上门。南禹衡的视线再次落回电脑上，唇边的笑意消失了，眼神有些发直，似乎在想很久远的事。

却听见房门再次被人从外面打开，秦嫣的小脑袋又探了回来，眼睛弯成漂亮的月牙："拿了第一有什么奖励？"

南禹衡带着一抹深沉："回来告诉你。"

秦嫣便笑眯眯地走了。

到了楼下，芬姨送她出门，匆匆告诉她："你别怪他去不了，他要能去一定会去的，礼服都是他亲自为你选的。"

秦嫣脚步微顿，看了眼手上提着的精致礼盒，又抬头望了眼那扇被爬山虎萦绕的窗户，心绪翻涌。直到秦文毅又按了两下喇叭，她才匆忙出门。

临上台前，她让秦智把她的表演录下来发给南禹衡。虽然他不能亲自来，但秦嫣还是希望他能第一时间看见她穿着他为她选的礼服，在台上光彩夺目的样子。

他们表演的曲目是极具画面感的《A Sky Full of Stars》，钢琴和大提琴的声音乍一出来，空灵的感觉立马让人起了一层鸡皮疙瘩，让人感觉仿佛穿越南极的星空，攀上瑞士的雪山，落于喜马拉雅之巅，徜徉在北极的极光中。秦嫣和 Edwin 的配合天衣无缝，钢琴和大提琴完美交融，他们的演奏早已超越了大学生的演奏水平，甚至超过了一般的专业水平。

秦嫣本就有过好几场大型舞台表演经验，而让她没想到的是，Edwin 发挥得更加稳定，两人的表演大放异彩，让整个音乐厅沸腾，那是一场前所未有、强强联合的视觉和听觉盛宴，理所当然地摘下了音乐盛典的桂冠。

表演结束后，社团成员都疯了，这是南城大学从未获得过的殊荣，就连校长都亲自致电 Edwin 道贺，所有人将秦嫣和 Edwin 团团围住，哄闹着要开庆功宴。Edwin 也爽快答应，让杨明浩通知社里所有人去"名商"开个最大的包间。

秦嫣是今天的主角之一，当然不允许缺席，于是她便将东西让爸爸带回家，还特地打电话给南禹衡告诉他这个好消息，顺便和他说晚上有庆功宴会迟点儿回去，南禹衡嘱咐她少喝点儿酒。

夜里十点多，外面的夜空炸响几声惊雷，南禹衡放下手中的电脑下了床走到楼下，对芬姨交代道："联系秦嫣，问她什么时候结束，让荣叔去接她。"

芬姨赶忙去打电话，可电话打了半天，芬姨的脸色却越来越难看，转头对南禹衡说："电话打不通，联系不上她。"

"名商"是南城非常有名的高档娱乐场所，对于大学生来说自然比较奢侈，不过既然社长大人说去那儿，杨明浩便通知了社团里所有人。

这群大学生一进去就好奇得不得了，特别是走进包间后，大家不断发出惊叹。包间里有娱乐区，套间里是 KTV，推开门是位于二十八层楼的露台清吧，还有专门为包间服务的吧台，里面水果、鸡尾酒一应俱全，大家瞬间就玩"嗨"了。

由于 Edwin 待人向来比较冷淡，所以大家纷纷都来找秦嫣敬酒恭喜她。

南城大学的人基本上都不知道秦嫣结婚了。他们结婚时，南禹衡只邀请了几个比较熟的学长，秦嫣进入南城大学后，几个知情人都毕业了，导致她的已婚身份并没有人知道。这样一来，便有不少人哄闹说："你和 Edwin 在台上合奏的样子，简直就是金童玉女！"

秦嫣有些尴尬，不禁向 Edwin 看去。

Edwin 坐在外面的露台边上，似乎也听见了这话，转过头看了眼秦嫣，又平淡地移开视线。

秦嫣赶忙找了个借口从尴尬的气氛中逃离出来，恰巧听到杨明浩在打电话嘱咐运送钢琴的人注意点儿，包裹好了，碰着一点儿赔不起之类的。

他挂了电话，秦嫣便好奇道："社长不会每次表演都要让人专门把那架施坦威运过来吧？这也太折腾了。"

杨明浩不以为意地回："他表演时不弹其他琴。"见秦嫣有些茫然，回头看了眼悄声说，"Edwin 这个人对所有事情要求都很严格。"

"……"看出来了，秦嫣心说连自己穿什么礼服都要管，还真是一个有强迫症的人。

秦嫣随口提了一句："Edwin 看上去好像弹了很多年了。"

此话一出，杨明浩愕然地转头看向秦嫣："Edwin。"

秦嫣莫名其妙地说："怎么了？"

杨明浩笑了："你手机上查查他。"

秦嫣拿起手机搜索"Edwin"，当瞥见手机屏幕上跳出来的人物简介后，秦嫣被惊到了，抬起头看着杨明浩："他居然是 Edwin？"

杨明浩司空见惯地笑说："我在图书馆就跟你说他是 Edwin 了。"

秦嫣倏地回过头，牢牢盯着坐姿笔挺的社长大人，如雾的眼睛里浮上了一层说不出的激动。

怪不得他发挥如此稳定，恐怕他在世界各地参加演出的时候，秦嫣连初中都没毕业呢。

Edwin 是很有名的天才钢琴家，他九岁时因左右手同时驾驭两架钢琴参加演出一炮而红，十几岁便发行了自己人生中第一张钢琴 CD 曲目。

秦嫣还记得自己十二岁的时候，特地跑去买过 Edwin 的 CD 回家循环播放了很久，那时候她还用大提琴跟着 CD 里的钢琴一起合奏过。

CD 封面是抽象的油画，根本没有 Edwin 的样貌，所以她从来不知道 CD 里的钢琴家长什么样。

可她万万没有想到，有一天她真的能和 CD 里的人同台演出，这份激动的心情让秦嫣甚至连话都说不出来了。

直到 Edwin 注意到她异样的目光朝她看来，她才有些感动和不知所措地对他笑了笑。

Edwin 轻轻皱了下眉，这细微的表情让秦嫣感觉到一丝危险的气息。她身子一侧，余光瞥见什么东西朝她砸来，本能地纵身一跃，撑起吧台边的椅子腾空翻到了另一边，那盘滚烫的牛排就这样从她身侧飞了出去，吓得好多姑娘都尖叫起来。

秦嫣已经稳稳立在另一边看着一地狼藉。服务员跌倒在地，要不是秦嫣反应迅敏，那滚烫的铁板大概率会直接砸向她的后脑勺儿。

由于当晚太混乱，不知道谁把酒洒了，服务员脚下打滑才出了这个意外。好多人朝秦嫣围去，问她怎么样。秦嫣摇摇头说没事，只是虚惊一场，麻烦的是手上的酒洒得一身都是。

她抬起头朝 Edwin 看去，发现他靠在沙发里，镜片后的双眼也在默默注视着她。

秦嫣几步走了过去对他说："不好意思，我衣服弄脏了，一会儿我能先回去吗？"

她本以为 Edwin 会不高兴，却听见他说："好，路上注意安全。"

于是，秦嫣比其他人提早离开了庆功宴。没人知道酒是她故意往身上洒的，因为……她想着南禹衡还在等她回去。

第八章 / 得知真相

"披着兽皮的狐狸君。"

1

芬姨对着已经关机的电话又拨了好几遍，仍是没有拨通。

夏天的尾巴，天气依然风云莫测，几声雷鸣电闪过后，落地窗外黑压压一片，就连院中的植被都被压弯了腰。不一会儿，外面降下了倾盆大雨。

南禹衡缓缓走到窗边深锁起眉峰，芬姨回身看着他："怎么办？"

芬姨看着他的侧脸，精致的弧度泛着冷峻，周身散发的气息甚至比窗外的狂风暴雨还要令人胆寒，整个人沉默得可怕。

半晌，南禹衡声音很沉地说："帮我找到他们音乐社负责人的联系方式。"

当芬姨把电话号码放到南禹衡面前时，他盯着眼前的号码沉默不语地看了几秒才拨通。

手机接通后，南禹衡听见那边似传来震耳欲聋的音乐声，南禹衡没说话，那边也没说话，直到对方先开口："你好。"

他声音低沉地说："我是南禹衡，秦嫣和你在一起吗？"

电话那头沉默了片刻，Edwin平淡地回道："一个多小时前就离开了。"

南禹衡神色一紧，冷淡道："好，那打扰了。"

他刚准备挂电话，那头传来温凉的声音："不用担心，她身手不错。"说完没等南禹衡回答便挂断。

南禹衡握着手机脸色惨白，回过身就对荣叔喊道："备车！"

荣叔还不知道发生了什么事，匆忙从里屋出来，看见南禹衡的表情如此凝重，心里一惊。

却在这时，南家院门响了。

三个人齐刷刷地朝大门看去，就见秦嫣推开门走了进来，一身衣服被大雨淋得湿透了，头发也在滴着水，狼狈至极。

芬姨赶忙打开大门。秦嫣小跑进家，看见南禹衡和荣叔后脚步顿了下，问道："你们怎么了？"

南禹衡脸色阴沉得可怕，就如外面的天气一样，深邃的眉眼蕴含着复杂的情绪。

秦嫣转头看向芬姨："怎么了这是？"

芬姨见秦嫣终于回来了，长舒一口气："我的小祖宗啊，你手机怎么打不通啊？你看把我们急的！"

秦嫣宽慰地笑了下："我快下车时突然下大雨，手机好像丢车上了，我躲了好一会儿雨，后来看雨实在没有停的意思我就冲回来了。"

芬姨悬着的心总算落了地："没事就好，大半夜的，你可把我吓坏了！"看她湿漉漉的，芬姨又忙催她，"赶紧上去洗澡，别冻着！"

"好。"秦嫣对芬姨笑了笑，抱着湿透的身子低下头，匆忙跑上楼。

南禹衡盯着她的背影，眉头越皱越深，转过头对芬姨和荣叔说："你们早点儿睡吧。"

秦嫣一口气跑回房，刚准备关上房门，外面忽然探进一只手将门拉开。秦嫣看见南禹衡跟了进来，有些讶异："还有事吗？"

南禹衡脸色阴沉得吓人，他走进房间后带上门，随后转过身低头看着浑身湿漉漉的她，在秦嫣毫无防备之下突然将她抱起，往浴室走去。

秦嫣低低地惊呼一声："喂，放我下来，你别使力累着了！"

南禹衡却压根儿不理睬她，将她直接抱进浴室，顺手将浴室门关上，打开浴缸里的温水，回过身就要替秦嫣脱衣服。秦嫣站在地砖上，湿漉漉地抱着身子问道："你要干吗？"

南禹衡毫不客气地说："帮你洗澡。"说完拉开她的手臂，脱掉了她的衣服。

秦嫣冷得瑟瑟发抖："我自己洗就行了。"

南禹衡却已经利落地脱掉了她的长裤。

此时的秦嫣浑身上下只剩内衣，整个人抖得越来越厉害。南禹衡干脆将她背过去，从她身后解掉了内衣，声音暗哑："之前都是你帮我洗，该轮到我还礼了。"

秦嫣有些尴尬地说："这个……真不用客气的……"

然而南禹衡已经脱掉了她最后的衣物。秦嫣不知道是羞涩还是害怕，一双迷蒙的眼睛不停闪烁，用手挡住身体，人都不知道该怎么站了。

南禹衡的眼神只是匆匆扫过并没有停留，便将她抱了起来，轻轻放进浴缸里。

秦嫣立马感觉到身体被一股热流包裹，紧绷的神经放松了些许，这时她才用余光偷偷去瞄南禹衡。他的眼神紧紧盯着她的身体，没有半点儿欲望，反而眼眸里藏着让秦嫣有些害怕的阴沉。

她试图缓和气氛，问道："你洗过澡了？"

南禹衡没说话，但秦嫣看见他蓬松的头发就知道他洗过了，于是又刻意没话找话地和他开起玩笑："你今天不等我就洗了？我还以为你当真生活不能自理呢。"

南禹衡依然沉着脸不说话，将她的头移到浴缸边，为她上了洗发露，轻柔地按压着她的发丝。秦嫣舒服地闭上了眼，身体也放松了一些，没再刻意遮掩。

浴室里腾升着朦胧的水汽，一切都变得轻柔缥缈，秦嫣感受着南禹衡沉稳的呼吸，一颗心始终惶惶不安，两人都没再说话，南禹衡默默将她头发上的泡沫冲洗干净。

水溅到南禹衡的睡衣上，他直接脱下睡衣搭在旁边，沉沉地问道："那个人是谁？"

秦嫣的身体在水里微颤了一下，浴缸里的水荡漾起一圈圈波纹，她低垂下视线："什么人？"

2

城东隧道半夜车辆并不多，从市里打车回来，快的话二十分钟就能到家，即使再慢，顶多半个小时。然而据 Edwin 所说，秦嫣一个多小时前就离开了。

按照时间推断她，应该几十分钟前就下了出租车。明明大雨是十分钟前才下的，她却说快下车时下了大雨，躲雨躲了很久，手机丢车上才打不通，前后时间根本对不上。

虽然芬姨他们并没有怀疑，但是南禹衡知道她在撒谎。

秦嫣从懵懂无知时就喜欢跟着他，儿时没有那么多忌讳，她总是很黏人地爬到南禹衡身上要他抱，南禹衡自然清楚她的皮肤生得白嫩，吹弹可破，大约是天生皮薄的缘故，稍微碰她用力一点儿，身上便会留得红印，所以自小南禹衡对她从不上手，纵使有时候小秦嫣耍起脾气来倔得很，他恨不得揍她一顿，但也从来没有碰过她一下。

此时南禹衡脱掉秦嫣的衣服，看见她藕嫩的肩膀和胳膊上一片若隐若现

103

的瘀青，一颗心沉到了谷底。他知道自己的猜测应验了，秦嫣刚才出了事。

也许是因为他常年身体不好，无法和一般男孩子一样，秦嫣从小待他就很仔细，仔细照顾他的感受，尽量避开敏感的事情，不去触碰他内心封闭的伤疤。这也让她的心思比一般女孩儿要细腻一些，总是会善解人意地为别人着想，以至于明明刚经历了一场意外，却小心翼翼地伪装起来，不让他担心。

但这一切并没有逃过南禹衡的眼睛，他太了解秦嫣了，了解她的每个眼神、每个动作，甚至那匆忙上楼、掩饰的背影，正因为他太了解，才会在脱下她衣服的那一刻，心如刀绞。

短短几分钟，没人知道南禹衡脑中闪过了多少个可怕的念头，他看似只是安静地替秦嫣洗着头，然而内心早已风起云涌。

秦嫣能脱困，说明对方人数不多，但从她衣角和肩臂的瘀青来看，应该是经历了一番恶斗，南禹衡现在只想知道那个男人到底是谁。

秦嫣望着南禹衡深沉的目光，想到她从进门后他的神情，便知道她瞒过了芬姨和荣叔，但是不可能瞒过心思细腻的他，所以秦嫣干脆不再隐瞒，低着头拨弄着水说道："你知道东海岸哪家儿子比较年轻吗？个头大概一米八几，脸……"

秦嫣皱了皱眉，努力回忆了一下："脸有点儿方。"

南禹衡将毛巾弄热，轻轻盖在她的肩上，声音低沉地说："倪家小儿子。"

秦嫣抬眸看向南禹衡："你是说住在前山的倪家？"

南禹衡紧紧咬着牙根，一向文雅内敛的他，此时额边却绷出道道青筋。

秦嫣看见南禹衡的表情，心里咯噔了一下，柔软的手从水里探了出来握住他的大手："我真没事，就是刚才进门看见你们的表情那么吓人，不想你们担心来着。我当时手上没什么东西，只有一个手机，所以他又追上来的时候，我情急之下就用手机砸他了，可能砸得太狠，手机摔碎了……"

她晃了晃南禹衡的手掌试图让他宽心，可南禹衡紧皱的眉却一点儿都没有松开。

秦嫣干脆游到浴缸边上，将小巧的脸揉在他的大掌之间，尽量让声音听上去轻松一些："虽然他突然冲出来把我吓得不轻，但是他好像喝了很多酒，我感觉……感觉他有点儿神志不清的样子。"

说完，她抬起脸，下巴磕在南禹衡的掌心，像个犯了错的小孩儿闪着一双满是水汽的眼睛望着他，声音低软地说："我怕明天倪家人来找我算账，我对着他下面猛踹了好几脚，会不会把他踢废了呀？"

南禹衡从她下巴处抽出手，将已经半凉的毛巾从她肩上取下，又将她的身体从水中捞了出来："废了也不敢来找。"

秦嫣想想，倒也是这个理，难道让整个东海岸的人都知道他们家儿子干的好事？这个哑巴亏倪家只能咽下肚。她回来的路上还一直担心自己是不是下手太重了，听见南禹衡这么说，终于放下一颗心。

南禹衡的手臂直接穿过她光洁的腰，将她从浴缸里抱了出来。他的睡衣也脱了，抬手抱她的时候，秦嫣的身体自然而然跌到了他的怀中。她从来没有和南禹衡这样毫无阻隔地触碰着彼此，他紧致的皮肤火热地贴着她，秦嫣睫毛战栗地垂下眸，不敢抬头去看他的眼神，手臂攀上南禹衡的肩膀，把脸埋在他的胸口。

不知怎的，今天的南禹衡让秦嫣感觉到有些奇怪，似乎整个人都处在一种可怕的沉默之中。她待在南禹衡身边这么多年，她能感觉得出，似乎有什么沉重的事正压在他的心头，让他周身布满了煞气。

南禹衡在外人面前向来收敛锋芒，温文尔雅，很少会把具有攻击性的一面展示出来，但此时此刻，秦嫣却感觉到他浑身每个细胞都充满了危险的攻击性。

或许是她常年待在柔道馆的缘故，对于别人身上展露的这种攻击性能很敏锐地察觉到，从而大概判断出对方的实力。可明明弱不禁风的南禹衡，此时周身萦绕的攻击性却让秦嫣也有些不敢正视他。

在武术场上，这便是来自强者的压迫感，直逼对手的心理防线。

秦嫣此时的心理防线就在被面前的男人不断攻击着。

南禹衡将秦嫣放在绒白色的地毯上，拿过毛巾替她擦拭着身上的水珠。秦嫣双手挡在身前，浑身都感觉极其不自在，僵在原地。

却听见南禹衡不明所以地说了声："十几岁的小子。"

一句没头没脑的话让秦嫣抬起视线，疑惑地"啊"了一声。

南禹衡将毛巾扔在旁边，抬手将她圈在白色的置物台边，攻击性扑面而来，秦嫣下意识向后闪躲靠在置物台上，不知所措地看着南禹衡："你，你说什么？"

南禹衡再次靠了上来，微凉的吻落在了她的身上，声音喑哑而狠戾地从喉间挤出："一个十几岁的小子都敢对你动心思，在所有人眼中，我就这么废物！"

秦嫣整颗心都揪到了一起，眼眶湿润地说："不是的，你别管别人怎么想，那是别人的事，南禹衡，不是身体强大的人才是真的强大！"

然而她却感觉到南禹衡的一只手将她圈在怀中，另一只大手肆无忌惮地游走在她身上。那种陌生的悸动又开始在她的心头挠痒，她用手去推南禹衡，带着哭腔，有丝难过地说："我不需要你这样，真的，我嫁给你之前就做好准备了，我只要你能平安无事地活着，只要你活着，我什么都不要！"

可南禹衡的手臂突然变得像钳子一样有力，任凭秦嫣怎么推他，他依然将她纤细的身体圈在臂弯之间，炙热的吻纠缠上她的唇，宽大的肩将秦嫣完全笼住，充满征服的野性，像狂风暴雨侵袭而来，不断侵占着她最后的理智。

秦嫣感觉到身体被他分开，她的眼泪从眼角滑过，声音里满是祈求："你不要这样，南禹衡，我求你，我不需要你这样……"

最后她的声音全埋在激吻中，变得越来越混乱。

一开始南禹衡似乎还在努力克制，不时低头吻一吻她，照顾着她的感受，可当两人的身体都燃烧起来后，他就像变了一个人似的。

秦嫣发誓，认识他近二十年，从来没有见过这样的南禹衡。他臂膀肌肉偾张，身体每一处都透着强大的力量。那充满力量的攻击，似终于将深埋在心底十几年的能量全部爆发出来。她紧紧抱着他的脖子，声音里满是畏惧地颤抖着："南禹衡！南……你停下，你身体……你怎么能……"

她终于在如此猛烈的攻势中感到了不对劲，他身体的不对劲。这根本不像是个手不能提、肩不能扛的病人，他的力量太大了，那冲击力甚至要把她撞飞出去。

这样的疯狂终于拉回了秦嫣的理智，让她感觉到南禹衡的反常。

他将秦嫣放在置物台上，拨开粘在她额边的发丝，看着她迷雾般的眼神，他低下头狠狠撕咬着她的唇，声音沙哑地说："我都会告诉你，但不是现在。"

秦嫣已经说不出话来，身体在他臂弯中轻微地抽搐。他虔诚地吻着她漂亮的睫毛，俏挺的鼻子，异常温柔，像对待珍爱的宝贝，带着心疼和怜爱，让她幻化成水，彻底沦陷……

3

再次冲洗过后，南禹衡把像蚕宝宝一样的秦嫣抱了起来走出浴室，然后拉过被子将浴巾抽掉，把她放了进去。

秦嫣赶忙钻进被子里，南禹衡就这么在她旁边躺了下来，一切都那么自然，仿佛他们理应这样，像一对平常的小夫妻。

他的大手穿过她的后脑，脑门儿死死抵住她，声音沉得如大提琴的弦乐，摩挲在她心间："我从来没有这么庆幸你学了柔道。"

秦嫣眼里还含着泪花，身体瑟瑟发抖，蜷在南禹衡怀里，没了平时的矫健，成了一只温软的小白兔，娇喘着说："你不是身体不好吗？"

南禹衡握住她的腰带到自己身边，微笑道："我会活到你孙子喊我爷爷。"

秦嫣不可置信地睁大双眼，南禹衡躺在她身旁，将她扯到自己胸前，吻了吻她的额。

秦嫣抬起头："三个问题，你必须如实回答！"

南禹衡沉声道："说。"

"第一个，你的身体是真不好还是假不好？庄医生给我看的报告是怎么回事？"

南禹衡好心提醒她："这是两个问题。"

"我不管，我就当一个问。"

南禹衡挑了下眉，看着她耍无赖的样子，轻笑道："曾经是真不好。至于报告，庄医生会定期更新，方便有心人来查。本来那报告也不是为你准备的，只是你不断威胁我的生命安全，所以……"

秦嫣咬牙切齿地说："你知道那晚我哭得多伤心吗？我抱着我妈都快哭晕过去了！"

南禹衡淡笑道："起码让丈母娘知道你有多爱我。"

"爱你个鬼啊！"秦嫣气得都从床上坐了起来，双目通红地瞪着他，一副受了极大委屈的模样，接着又躺了下来气鼓鼓地说，"第二个问题，东海岸有多少人知道这件事？"

秦嫣清楚自己待在他身边这么多年，南禹衡对她都守口如瓶，说明这件事对南禹衡来说至关重要，她必须要清楚有多少人知情。

却听见南禹衡说："不加你的话，一个半。"

"一个半？一个是谁？半个又是谁？"

南禹衡漫不经心地绕着她的小鬓发："这个家里就荣叔知道，我总要有人帮我外出做事。"

秦嫣吃惊道："这么说连芬姨都不知道？你干吗连芬姨都瞒着啊？她照顾你这么多年，你难道还不信任她吗？"

南禹衡略微蹙眉，睨着义愤填膺的她的小脸："我连你都瞒着，我不信任你吗？"

一句话倒是堵得秦嫣鼓起腮帮子。

"芬姨不像荣叔，她在家时间多，还要和南虞一家子周旋，知道我的真实情况对她来说未必是好事，要不是迫不得已，我也不想让你增加心理负担。"

秦嫣低头想了想，便明白过来。

演戏并不难，难的是把戏演到生活中，连自己都要骗得过，才能骗得了别人，瞒天过海。芬姨如果不知情，无论是平时应对南虞他们，还是应对东海岸的邻居，都不会出半点儿差错。而一旦知道实情，芬姨承担的心理压力便更大，一个行差踏错被别人看出来，就有可能让南禹衡多年来的心血付诸东流，他不想冒这个险，给芬姨那么大的压力。

　　秦嫣想通后继而问道："那你干吗告诉我？"

　　南禹衡笑而不语地看着她。秦嫣被他看得莫名其妙，将下巴放在他结实的胸口眨巴着眼："问你话呢。"

　　南禹衡目光如水地说："我是男人。"

　　"我知道啊。"

　　"所以总有为女人冲昏头脑的时候，比如现在。"

　　秦嫣憋着笑转过身，伏在他身前："你之前不是忍得挺好的吗？"

　　"这个我们过会儿再讨论，你继续问完。"

　　"那还有半个是谁？"

　　南禹衡口气揶揄地说："你猜不到吗？"

　　秦嫣赫然抬起头："我爸爸？"

　　南禹衡低低地"嗯"了一声。

　　"我之前试探你，就是猜想你跟我爸说了什么，我爸才会同意。可那次我爸要我们离婚，你在我家装病还把我爸唬住了，我就打消了那个念头。所以，'半个'到底什么意思？"

　　"我提亲那天是和你爸说了一些关于我的事情，身体方面也如实告诉他并没有外人看到的那么严重，但的确有些旧疾，不过为了你的后半生，我会好好爱护自己的身体。"

　　秦嫣气笑了，立马翻身压在他的身上嚷嚷道："南禹衡！我以前怎么没发现你是这样的？你在我爸面前保证这保证那的，然后我爸就把我嫁给你了？你跟我开玩笑呢！"

　　南禹衡伸手将她一揽，从容说道："事实证明，你爸的确把你嫁给我了。"

　　秦嫣指着他的心脏处，双眼炯亮："第三个问题！这里面到底有没有装什么东西？"

　　南禹衡含笑问道："你听谁说的？"他鼻梁高挺，下巴精致，有种棱角分明的俊雅，竟让秦嫣觉得此时的他让她难以招架。

　　她如实回答："我爸。"

　　南禹衡捏住她小巧的下巴："嗯，反正我没说过。"

秦嫣就这样在寂静的夜里突然"哇"地放声大哭，哭得猝不及防，像个孩子一样。

南禹衡大笑出声，赶忙将她抱进怀里。她拼命往南禹衡身上打去，一边哭一边吼："你到底还放了多少不靠谱的消息出去？我认识你十七年了！我认识了个假的你吗？我爸从小就让我不要闹你，说你会突发心脏病，我知道的那晚哭了一夜！你没发现我后来跟你说话都细声细气的吗？就怕突然大声把你吓死了，你就是个骗子！骗子！"

南禹衡笑着说："我可没骗过你，我这里真装了东西，你不信自己剖开来看。"

秦嫣眼泪汪汪地愣住了，哭声戛然而止："啊？"

南禹衡嘴角漾起好看的弧度，眼里泛起一丝柔光："装了你。"

秦嫣气得扒在南禹衡肩头就咬他，她下了狠劲儿，立马咬出了血印。南禹衡始终含着笑也不推开她，就这样让她撒气，直到秦嫣感觉嘴里充斥着血腥味，才猛然抬起头看见一排牙印，又心疼得不得了，哭得更伤心了。

南禹衡无奈地将她的脑袋禁锢在胸前，气息沉稳地落在她的发丝之间："我回答你一开始的问题。你问我为什么忍不了，因为敌人的战书已经送到了家门口，侵犯了我最在乎的人，既然要打，我也不怕先发动这场战争，只是我身边能信任的人不多，知道我真实情况的人更少。小嫣，你知道我为什么要在今天把你变成我的人吗？"

秦嫣怔怔地看着他笃定的气场和眼里燃满的斗志，瞬间明白过来，震惊得心跳加快。

4

当南禹衡问她"知道为什么要在今天把你变成我的人"时，秦嫣一开始还有些羞涩，可旋即就明白过来，这个"我的人"不单单是指他的女人，从更深一层来说，是与他并肩的战友。

秦嫣等了很多年，若不是一直想走到他身边，她当年不会忍痛独自背着行囊到国外，不会浑身是伤被人不停放倒再不停站起来，不会在她觉得时机成熟时突然回国来到他身边。短短两年的时间，她付出的甚至超过了别人十年的艰辛，离开他的每一天，她的神经都是紧绷的，就连睡觉都在反复计算着未来的每一天。

陆凡发给她的邮件她能看上几十遍，一点儿信息都不曾错过，分析他的处境，试图感同身受地和他一起计划未来。

"未来"两个如此简单的字，她却知道对他们来说多么渺茫，只有克服重重困难，忍受分离、痛苦、成长，承受常人所不能承受的折磨，才能有坚硬的外壳去战斗，只有夺回他们自己的一片天，才能谈及"未来"两个字。

而此时此刻，当秦嫣得知南禹衡这么多年来的伪装时，比起生气，更多的是心疼。

心疼他对着身边亲近的人也无法放下面具，心疼他即使在自己家，甚至在自己的房间里也无法松懈。

这么多年从来没有一刻能真正做自己，该有多累啊！

正是因为她清楚南禹衡的心里压着一座大山，正是因为她知道他所有的隐忍终有爆发的一天，她才希望那个时候她不会拖他后腿，而是能站在他的身边，与他并肩作战。

短短几分钟，秦嫣心里闪过各种复杂的情绪，有激动、兴奋、释然，也有对未知的恐惧，可蜷在他的怀抱中，她就什么也不怕了。

秦智曾经告诉过她，真正的强者练的是心，在这个世界上，她从来没有见过像南禹衡这样内心强大的人，他可以承受所有屈辱、唾弃、白眼、轻视以及时光的蹉跎，按兵不动丰满自己的羽翼，这种"忍小忍不乱大谋"的气量，在她心中就是最强大的。

秦嫣低下头，紧紧抱着他说："这场仗会打多久？"

南禹衡轻轻摩挲着她的肩膀，若有所思道："尽量在你毕业前结束。"

秦嫣不解地问："为什么？"

南禹衡沉默不语地笑着，秦嫣又昂起头问了一遍："为什么？"

南禹衡漆黑如墨的眼眸牢牢注视着她，声音低沉好听："我想让我们的孩子出生在一个安稳的环境里。"

秦嫣立马又把脸埋了起来，用小拳头捶了他一下："什么嘛……"

她的声音有些娇嗔，让南禹衡的笑容更深了些。

秦嫣瞥了眼墙上的钟，深夜一点半了，不禁小声说："你不回房吗？要是明天早晨芬姨看见你睡在我房间，她会吓出心脏病的。"

南禹衡伸过长臂将她搂了过来，淡淡道："不急，还早。"

秦嫣很想提醒他，明天自己还有课，不是前不久才让自己不要荒废学业嘛。

可听着窗外的雨声，她突然又想起什么，说道："所以倪家的小儿子？"

这时，她突然反应过来有哪里不对劲，看向南禹衡，听见他低低地"嗯"了一声。

秦嫣后知后觉地说："怪不得，我刚才就觉得他有点儿不对劲，就是……

有点儿反常。他到底怎么回事？"

南禹衡心不在焉地说："不知道，可能有什么隐情吧，这家人我们以后要留点儿心。"

"所以你怀疑东海岸已经被某些势力渗透了吗？"

南禹衡翻身，细碎的吻浅浅地落下，声音低哑地说："是骡子是马，很快就会现出原形。"

第二天早晨，秦嫣是被敲门声吵醒的。她挣扎了半天才睁开眼，脑中忽然闪过一些朦胧的画面，倏地朝身侧看去，然后长舒一口气——身边并没有人。她同往常醒来一样，一个人睡在大床上，听见芬姨在门外说道："太太你起来了吗？今天不是还要去学校吗？"

秦嫣赶忙应道："起来了，马上下去。"

她听见芬姨走远，心里这才放松下来。

下楼的时候，看到南禹衡在餐桌上喝着咖啡看着杂志，穿着干净清爽的浅色格纹衬衫和卡其色休闲裤，又变回了那个沉静温雅的他。昨晚狂热的气息仿佛还在耳畔，可他此时却像什么事都没发生过，依然从容自若。

芬姨正好将秦嫣的早餐端出来，看她步子慢吞吞的，还有些奇怪地问："你的腿怎么了？"

一句话让餐桌上的人抬头朝她看去。

秦嫣的眼神短促地和南禹衡撞上，脸烧到了耳根，吞吞吐吐地说："早晨……在房间拉筋，扭到了。"

芬姨赶忙放下东西过来扶她："扭伤有时候很严重的，要不要喊庄医生来看看？"说着已经将她扶到了南禹衡的对面。

秦嫣看着他低头似笑非笑的唇角，黑着脸说："不用了，过会儿就没事了。"

南禹衡将旁边的热牛奶往她面前一放："吃早饭。"

这时，南禹衡的手机突然响了，他站起身，走到一边接电话。

秦嫣边吃早饭边看着他，发现原本神色平静的南禹衡脸色骤变，眉峰紧皱，短短十几秒，神色又变得有些悲痛。

挂了电话后，他转过身看着秦嫣，秦嫣也被他的神色吓了一跳，放下牛奶杯问他："怎么了？出什么事了？"

她感觉南禹衡似乎艰难地哽咽了一下，对她沉声说："学校那边我会帮你请假，今天跟我出去，我带你见一个人。"

第九章 / 长辈故去

从今以后，他只有她。

1

昨夜的狂风暴雨让到处都透着微湿的水汽，一路上南禹衡紧紧攥着秦嫣的手，眉宇深锁，沉静地看着窗外，整个人都很凝重的样子。

车子从城东一路开到城北，最终停在一栋中规中矩的建筑前。荣叔下车和门卫说话的时候，秦嫣看见站在岗台上的门卫穿的是笔挺的军装，顿时肃然起敬。

几句话后，那名军人笔直地走下岗台进了岗亭交流了几句，大门便缓缓打开，给秦嫣一种戒备森严的感觉。她本想问问南禹衡这是哪里，可看他神色紧绷的样子，便没再多问。

车子开进大院，又拐进一扇独立的铁门内。荣叔似乎不是第一次来，对这里很熟悉的样子，车子穿过两排修剪得平整肃穆的花圃，停在一栋楼前。

南禹衡带着秦嫣下了车，有个年过半百的男人候在门口。

南禹衡恭敬地叫了声："郑伯。"

郑伯眉眼间有丝伤感地说："老爷子的家属都在屋内，让我在这儿候着你，你到后直接带你去射击场，他一会儿过去。"

郑伯摆了个请的手势，南禹衡便紧紧牵着秦嫣的手，率先走向洋楼侧面的小道。

秦嫣回头看了眼，郑伯后面还跟了一排训练有素的军人，踏出的步子铿锵有力。

在去往射击场的路上，秦嫣听见南禹衡问郑伯："贺爷爷的身体，去射击场没问题吗？"

"他说在家里见你不方便，坚持过来。"

南禹衡轻皱了下眉："他大儿子回来了？"

"回来了，前天才到的国内。都这个时候了，也没那么多计较了，回国后家都没回，一直守在这儿。"

南禹衡这才舒展了眉心，点点头："总算能陪他一程。"

秦嫣侧头望着南禹衡，阴郁的气息将他的棱角磨得有些生硬，他声音里有着说不出的压抑和难受："太突然了。"

郑伯也皱着眉说："也就上月底忽然就有些不清楚了，拖了大半个月，昨天又清醒了些，把儿女挨个儿喊到面前说了会子话，今早起来，突然让我叫你过来。"

南禹衡虽然没再出声，但秦嫣感觉到他攥着自己的手很紧很热。

走了一段路，很远的地方秦嫣就听见整齐的吼声，洪亮庄严。她被突如其来的声音震了一下，南禹衡感觉到她细微的反应，侧过头告诉她："军人在操练。"秦嫣点点头。

门卫看到郑伯的身影，拉开小门，郑伯侧身，南禹衡拉着秦嫣走进射击场。

远处一排射击靶，中间是非常空旷的草地，有足球场那么大，这里似乎是个很老的射击场，场边是高大的松柏，将整个射击场包裹住，场中的绿色军装让秦嫣也不自觉站得笔直，目光敬畏。

南禹衡见她眼神一直落在那处，对她说："要不是小时候那场意外，我也会是他们中的一员。"

秦嫣望向他俊逸的侧脸："当兵吗？"

他声音沉稳地"嗯"了一声。

"我爸一直说，等我长大就把我送进部队待几年，说真正的男人该有这种历练。"

凉风吹拂起秦嫣的长发，她抬头看着南禹衡，深邃的目光，饱满的颧骨，削薄好看的唇，似乎都透着对命运的反抗，这样的他，甚至让秦嫣感觉有些陌生。事实上，从昨晚到今早，短短十几个小时，这个男人已经颠覆了过去十七年她对他的认知，从这一刻起，她才觉得自己真正走进了他的世界，开始重新认识这个她原本以为熟悉无比的人。

南禹衡侧过身子，低头将她罩在肩膀上的薄外套扣了起来。

"这里风大，冷吗？"

秦嫣盯着他摇了摇头。

南禹衡替她扣好衣服，漫不经心地说："你盯我盯了一早上了，现在还在外面，克制一下你迷恋我的心情。"

秦嫣立马拍开他的手，哼了一声。

南禹衡立起身子，忽然神色庄重地看着秦嫣身后。她也不自觉转过头去，看见有人推着一个老人，缓缓朝这个方向而来。

老人身上盖得非常严实，脑袋有些无力地耷拉着，眼睛也半闭着，无精打采的样子。

待走到近前，秦嫣才忽然反应过来这个老人是谁。

她见过，这人曾经每隔一两年就会来东海岸看望南禹衡，她记得这个老人每次来都是浩浩荡荡一排车队开路。

秦嫣记得在她很小的时候，有一次她在南家玩，老人突然来访，她还躲在楼梯处偷看，一向清冷孤傲的南禹衡面对这个老人时却态度谦卑，令秦嫣印象非常深刻。

好像爸爸也提到过外面那些对老人身份的猜测，据说是个深不可测的人物，如今秦嫣看见这里的环境，多少也能猜到一些。

她想到他们结婚那天，南禹衡也是听见芬姨说"贺老爷子来了"后，便神情严肃地迎了出去，他们结婚也就一个多月，没想到这个贺爷爷已经油尽灯枯了。

南禹衡大步走了过去，躬下身："贺爷爷。"

贺老爷子微微睁开眼，那只干枯的右手在毯子下面动了动，南禹衡便拉开一角握住他的手。

贺老爷子挪动了一下身子，努力抬起头望着南禹衡，嘴边浮起淡淡的笑意："还记得你第一次来这里几岁？"

南禹衡垂眸说道："五岁，和我爸一起。"

"你爷爷在世时总跟我说，你爸胆子大得能上天，后来他真开飞机到天上去了。你爷爷走得早，没有看到你成人，不然他会知道，你比你爸胆子还要大。"

南禹衡抿了抿唇："贺爷爷，我……"

贺老爷子拍了拍他的手背，扫了眼站在南禹衡身后的秦嫣："行了，别和我说这些没用的，小媳妇对你好吗？"

南禹衡这才回过头看了眼秦嫣，秦嫣立马蹲下身，乖巧地喊了声："贺爷爷好。"

贺老爷子目光里透出些许笑意："长得和小时候一样讨喜。"

秦嫣有些诧异："您……见过我？"

贺老爷子的眼里透出些许老谋深算的光来，说："你偷看我，我就不能

114

偷看你？"

秦嫣的脸立马红了。南禹衡偏头对她说："贺爷爷年轻时当过侦察兵。"

"唔……"秦嫣有些羞涩地笑了。

贺老爷子渐渐收起笑意："我们军人出身，就希望自己的儿子也能有血性，偏偏我那个不成器的儿子！唉……"贺老爷子重重叹了一声，转而又对南禹衡说，"你爷爷膝下子女，就你爸爸最像他年轻的时候，天不怕地不怕，走南闯北上天入地。还记得他第一次带你来这儿，就让你摸枪吗？"

南禹衡点点头："记得。"

"真是胆壮气粗。"

南禹衡漆黑的眼底泛上层层漩涡，似掉进过去的记忆中，一时有些晃神。

贺老爷子突然抬起手，指着远处："看到那一排靶了吗？"

南禹衡"嗯"了一声。

贺老爷子收回视线抬起目光，意味深长地说："我要不在，你还能射中靶心吗？"

南禹衡的睫毛颤了一下，随后沉稳地回："射不中也必须想办法射中。"

贺老爷子却冷笑一声："光有你爸的胆识可没用，让我看看你的本事！"

他说完扫了眼郑伯，郑伯立马走到一边。那队正在训练的军人很快便整齐地向右转，有序地离开了射击场。

那队军人走后，偌大的射击场只剩他们几个人。贺老爷子身边的人为南禹衡送上一副白色的手套和一把射击枪，那是秦嫣第一次近距离看见真枪。

南禹衡立起身子，从容地套上白手套。贺老爷子冷声道："你以为这么简单？"

话音刚落，便有人从旁边的小门牵来了一匹高大的黑马，马身健壮有力，昂着脖子，一副高傲的姿态。

贺老爷子侧头看去，缓缓说道："这匹马在我们这里出了名的野性难驯，只听孙连长的话，你骑这匹马射击。我和小孙说过了，你每射中一枪，他就要罚做五十个俯卧撑，所以他一定会想方设法阻挠你。"

秦嫣一听，立马急了："贺爷爷您这也太难为人了，多危险啊！"

刚说完，南禹衡便攥住她的手捏了下，暗示她放心。可秦嫣怎么可能放下心，她从来没见过南禹衡骑马，更何况骑在一匹随时会发疯的马上射击，那不是要人命吗？

贺老爷子转头看向秦嫣，混浊的目光里竟然透出一丝凛然："任何时候都别小看你身边这个男人。"

秦嫣被贺老爷子一句话堵得站在原地不敢再去阻挠，一颗心提了起来，担忧地盯着南禹衡。

　　南禹衡大步走到马前，秦嫣紧张地看着那匹黑马鼻子里吐出似生气的吭哧声，还不满地踢了踢后蹄。

　　南禹衡从孙连长手中接过缰绳，可那匹黑马完全不受南禹衡的控制，在孙连长一声哨音下，突然就撒开腿小跑起来。秦嫣惊呼一声，不自觉往那边走去，却听见贺老爷子对她低吼道："丫头，回来。"

　　秦嫣回过身，气鼓鼓地盯着贺老爷子，贺老爷子见她这样反而笑了，对她说："推我到那边走走。"

　　秦嫣推着轮椅，眼睛却牢牢盯着南禹衡，一刻也不敢松懈，整颗心提到了嗓子眼，然后见南禹衡越跑越快，追着黑马的身影在场中疾驰，到最后，速度竟然像爆发的猎豹。

　　她唯一一次看南禹衡奔跑是她刚上小学时，有一次在后山南禹衡和秦智他们踢球。那是这么多年秦嫣见过的仅有的一次，在她的脑海中，南禹衡是不能运动的，他心脏不好，体弱多病。

　　然而此时，场中的男人脱去外套，浑身透着紧绷的线条感，那疾驰的步子，挥洒的汗水间爆发出强大的力量，蕴含着势不可当的凶猛。

　　太阳从乌云中探出了头，洒下束束金光，照亮了南禹衡矫捷的身姿，也照亮了秦嫣那双清亮的大眼，她紧张得连呼吸都停滞了，眼睁睁看着南禹衡疾步抓住缰绳，紧接着狠狠一拉，踩着马镫纵身一跃，甚至在秦嫣还没有看清楚整个过程时，他已经跃到了马背上，速度迅疾，快如闪电。秦嫣震惊地松掉轮椅，一张小嘴张得大大的，呆在原地。

　　身侧的老者唇角透出笑意，眯起混浊的双眼声音迟缓："我早告诉你，任何时候都别小看他。你还打不打算推我了？"

　　2

　　秦嫣忽然回过神来，再次转身去推贺老爷子。风越来越大，贺老爷子低咳了一声，秦嫣弯腰将他身上的毯子裹好，贺老爷子笑道："丫头倒挺仔细的。"

　　秦嫣委屈地说："那不是给他调教出来的嘛，最后还被骗了。"

　　她负气地回头看着在场中御马疾驰的身影，听见贺老爷子声音有些虚弱地说："他八岁的时候遭遇海难，送回国没多久，肺部严重感染，又引起了很多疾病，高烧一周才被送去医院。等我赶到市儿童医院的时候，他就被扔在走廊上，没有床位，只能裹着个毯子窝在那儿。

"他们南家没一个人管他，就让他在医院自生自灭。"

秦嫣听见贺老爷子的话，心脏一颤，鼻尖忽感酸涩。

"后来啊，我只能想办法联系他父亲生前的亲信，接到他身边照顾他。"

秦嫣清楚，贺老爷子说的便是芬姨和荣叔。

忽然起风了，松柏迎着风岿然挺立，风一吹，松叶像绿茸茸的大伞轻轻摇曳，苍翠挺拔。

贺老爷子长舒了一口气，断断续续地说："他爷爷……走的时候交代我，让我……顾好他的嫡孙。"

他缓缓抬起头，看着苍拔的松柏有些喘地说："大树底下虽然好乘凉，但恶虎也多，我就是能为他遮风避雨，他自己要是不成器，照样会被恶虎吞了。"

贺老爷子接着道："他那会儿太小了，手无寸铁，我指给他一条明路，也是想试探探他，如果他足够聪明，我也能保他安然长大，如果他愚钝，即使我有心护他也护不住。"

贺老爷子说到这儿露出浅笑："两个月后，就传出南家嫡孙再次入院、命不久矣的消息。

"所有人都感到惋惜，我却感到欣慰。一个这么小的孩子，能分析出自己的处境，有这样的决断，光这一点，我就必须答应他爷爷生前的嘱托。"

那一瞬间，很多记忆在秦嫣脑中涌现出来。她记得南家先后换过三个私人医生，她努力回想，庄医生是什么时候来的？

那是她还很小的时候，有一次听爸爸说碰见南家的私人医生聊到南禹衡的病情。那个医生说南禹衡受伤的时候年纪小，慢慢调理几年，恢复的概率不是没有，言辞间很是乐观的样子。

但自从庄医生来到南家后，南禹衡的身体不可能复原的消息便渐渐传开了。爸爸那时候还找过荣叔，说这个小姑娘不靠谱来着。

秦嫣把所有事情串联了起来，这么说，南禹衡初中的时候身体就应该痊愈了，这么多年只是在掩人耳目罢了。

秦嫣眼眶微润，嘴角漾起释然的笑容，轻轻说了声："谢谢，谢谢您！"

谢谢您指给他一条保险的道路。

谢谢您这么多年为他挡去那些看不见的刀剑。

谢谢您在他身后为他竖起屏障，让外人不敢轻易对他出手。

秦嫣也终于理解南禹衡为什么对他如此恭敬，贺老爷子于他便是再生父母，没有他，也就不会有如今的南禹衡。

贺老爷子笑道："傻孩子，停下吧。"

他们停了下来，秦嫣将轮椅转向场中，而后站在他的身旁，却忽然看见那匹黑马跟疯了一样，拼命想摆脱背上人的控制，在孙连长长短不齐的哨声中，黑马在场内转着圈地狂奔。

马背上的南禹衡饶是长腿紧紧夹着马肚子，也被这匹强壮的黑马颠得整个人悬空，凶险无比！

却在这时，孙连长手上的鞭子往旁边的水泥地上狠狠一甩，啪的一声巨响，黑马瞬间受了惊，两只前蹄高高竖起，凶狠地就要把南禹衡甩下马背。秦嫣惊叫一声，南禹衡的身体直接被甩向了一边，但他依然死死抓着缰绳，身体完全挂在了马侧，差点儿就被甩出好远，然而黑马并没有停下，猛地又撒开步子狂奔起来，试图把挂在它身上的人彻底甩出去！

秦嫣急得带着哭腔朝贺老爷子喊道："贺爷爷！"

贺老爷子抬眸看着乌云里透出的微光，混浊的眼睛越来越涣散，声音极弱地吐出几个字："他总要离开大树走向阳光……"

南禹衡手臂的线条全部紧绷起来，青筋暴起，眼神带着凶狠的征服欲，只听见他发出一声嘶哑的吼声，再次翻身跃上马背。

大自然的生存法则，弱肉强食，要想完全驯化一只充满野性的动物，只有让它感到畏惧，感到更强大的压制！

黑马此时便感觉到背上男人强大的控制力，让它根本无法摆脱钳制，只能任由他掌控行进的方向，臣服于他的身下。

南禹衡正是抓准这个时机，拿起腰间的枪，对准其中一个靶心上去就是一枪，既快又准。

秦嫣激动地高呼，赶忙弯腰去喊贺老爷子，骄傲地说："贺爷爷您看！南禹衡打中了，打中了！"

贺老爷子的胳膊却顺着轮椅无力地耷了下来，双眼紧闭，一动不动。

秦嫣立马愣住，又轻轻喊了声："贺，贺爷爷？"

没有任何反应。

乌云再次遮蔽了太阳，光线更加暗沉了一些，秦嫣立马转身哭喊道："南禹衡！"

南禹衡听见秦嫣颤抖的声音后，在马背上的身体猛然一僵，转过身看着静坐在轮椅上的老者，眼里涌出巨大的悲恸。

郑伯一行已经朝这里狂奔，混乱中将贺老爷子往回推。天空又暗沉了一些，南禹衡就这样僵在马背上，怔怔地看着一行人越来越远。

秦嫣看见他的样子，焦急地喊道："南禹衡，你快下来！"

然而下一秒，他突然掉转马身，疯狂地在场中疾驰，手中的枪不停朝着一排靶扫去，仿若战场上的修罗，身姿挺拔如松，带着排山倒海的气场，疯狂地扫射着那些靶心，一个也没有落下！

空中响起一声惊雷，射击场的人越来越少。秦嫣就这样立在场边，感受着他的痛苦，呼吸着他的哀伤。他将所有靶心全部射穿，可最终贺老爷子没有亲眼看见。

天上落下了豆大的雨滴，所有人都跑走避雨，秦嫣依然笔直地站着，目光幽深地看着他。他若难过，天上即便掉下刀子，她也会陪他一起承受。

直到南禹衡翻身下马朝她大步走来，将她拥进怀中，紧紧地搂着她，仿若要把她揉进骨髓。

从今以后，他只有她。

3

荣叔已经将车子开到了射击场外，南禹衡揽着秦嫣，两人朝着场外小跑而去。他们身上淋了一些雨，车中荣叔早已开了暖气，车子路过那栋洋楼并没有停下，秦嫣一直回头，不停朝那栋楼看去，门口人进进出出地忙碌着。

南禹衡不方便出现在贺老爷子的子女面前，所以车子径直离开了。

回去的路上，南禹衡怕秦嫣受凉，温热的手掌攥住她两只手，秦嫣能感觉出来南禹衡的心情很沉痛，她安静地靠在他的肩膀上。

开到市中心的时候雨小了一些，南禹衡突然让荣叔停车，而后对荣叔说让他先回去，他带秦嫣出去，晚上不回家。

秦嫣诧异地问南禹衡去哪儿，然而南禹衡已经绕上驾驶座，回身对秦嫣说："坐到前面来。"

秦嫣不明所以地和荣叔挥了挥手，坐到副驾驶座。南禹衡拉过安全带替她系上，随后一打方向，车子直接朝着城外开去。

荣叔开车很稳，给人一种很安心的感觉，秦嫣坐惯了荣叔的车，这还是第一次坐南禹衡开的车，她发现南禹衡开车速度很快，目光如炬，全然没有之前温文儒雅的样子。

秦嫣不禁发现，自从昨晚他彻底向她摊牌后，单独相处时，他已经卸下所有伪装。

不知道为什么，她脑中突然出现了一张小小的照片。那是她很小的时候在南禹衡床底下发现的，照片中的小男孩儿穿着大红色的机车服，手上拿着一个黑色酷炫的小头盔，靠在一辆非常大的摩托车上，嘴角漾起得意而喜悦的笑容，如雨后朝阳。

那时候的秦嫣完全没有办法把照片中的小男孩儿和南禹衡联系在一起，可直到现在秦嫣才明白，那才是真正的南禹衡。

一个早已被人遗忘的南禹衡，一个深埋太久的南禹衡。

她庆幸，此时此刻他在她面前可以卸下重重的躯壳；她也庆幸，她可以给他一个暂时放松的港湾。

昨晚秦嫣没睡好，车上暖气一吹，她便有些犯困，不禁靠在椅背上打瞌睡。南禹衡似乎察觉到了，攥住她的手说道："别睡，身上湿，会感冒。"

秦嫣嘟囔着："还要多久？"

"两个多小时？"

"唔，那我不睡久了，就睡两个小时。"

"……"

南禹衡见她困顿的样子，只好由着她去。

睡意蒙眬间，秦嫣感觉被人碰了碰，她缓缓睁开眼，南禹衡俊逸的脸在她面前放大。他侧过身子替她解开了安全带，秦嫣伸出双手勾住他的脖子，刚睡了一觉感觉舒爽极了，僵硬的身子都柔软了一些。她就这样赖在他的身前靠着他，眼里蒙上一层雾，就势对着他的唇吻了一下。

南禹衡微愣，随即抬起眼皮看向窗外，秦嫣这时才发现不对劲，也缓缓侧头朝窗外看去，顿时大叫一声："我去！"

就见窗外立了足足四个人，正尴尬地朝车内看。

秦嫣的脸红到耳根，难堪地问南禹衡："这都是谁啊？"

南禹衡意味深长地看她一眼，拉开车门下了车，跟那几个人交代了几句。

等他们转身走远后，他拉开副驾驶侧的门，弯着腰拍了拍她的头："出来。"

秦嫣这才红着脸走出车子。

天空刚被雨水洗涤过，透着澄澈的蓝色，很远的地方立着一幢气势恢宏的大楼，秦嫣依稀可以看见大楼上熟悉的红色祥云标志。她顿时眼前一亮，转头问南禹衡："这是哪儿？"

南禹衡顺着她的视线望向远处的大楼说道："那里是办公大楼，左边是机库，往后去是高尔夫球场，另一边你现在这个位置看不见，那里有个空港中心，很多数据工作都在那儿进行，边上是一个湿地公园，出了湿地公园往南十公里不到是东滨国际机场。"

秦嫣眼睛睁得越来越大:"所以这里是?"

南禹衡沉声回道:"东祥主运营基地。"

秦嫣停住脚步,不可思议地望着眼前气势磅礴的园区,空气中还透着大雨初歇的清香,她突然就笑了,小小的梨涡在湛蓝的天空下澄澈迷人。

南禹衡侧眸望着她:"笑什么?"

秦嫣一双大眼里闪出炯亮的光,深吸一口气:"你猜我现在什么感受?"

"嗯?"

"我嫁给你时,所有人都说我脑子坏了眼睛瞎了,多少人上门劝我爸妈,背地里闲言碎语就没停过。可你看看,我嫁给了一个多么厉害的男人,我现在的心情就跟中彩票一样!"

南禹衡低下头,扯了扯嘴角:"所以……你在夸我厉害?"

他偏过头,深邃的眼眸里是昨晚秦嫣熟悉的幽光,带着些许调侃和意味深长的意思。

秦嫣立马转过头羞愧地说:"你真是……"

她说完赶忙大步往前走,南禹衡不急不慢地跟在后面悠悠说道:"那我继续努力。"

4

面前的现代化小楼里走出来一个中年男人,非常热情地张开双臂迎向南禹衡:"看看,看看,谁来了!他们跟我说我都不信,我说你过来不可能不打电话给我,你这是搞突击啊南小弟!"

秦嫣看着男人夸张的表情还有那一身过于装嫩的行头——看上去四五十岁了还穿着亮黄色的翻领衫,头发梳得锃亮。

男人很热情地抱了抱南禹衡,南禹衡只是双手插在口袋里站在原地,面无表情地看着他。

男人也不觉得尴尬,松开南禹衡,熟络地拍了拍他的肩:"行了,不喊你南小弟。南总,恭迎南总大驾光临,这行了吧?"

南禹衡没跟他瞎扯,直接开口道:"我打算过来待几天,把你办公室借我用用。"

这人一把搂住南禹衡的肩,夸张地说:"用!尽管用!除了老婆不能给,你看中什么随意拿。"

南禹衡一把移开他的手:"好像跟拿你的一样。"

秦嫣看出来这人大概就喜欢闹南禹衡，听见南禹衡怼他一句，不怒反笑，而且笑得还挺开心，让秦嫣满头黑线。

这时，中年男人忽然转身眯起眼睛盯着秦嫣，随后挑着眉一脸傲慢的样子："哟，你不是向来独来独往吗，这次还带了个小跟班，这姑娘谁啊？"

他看似在问南禹衡，实则眼睛牢牢盯着秦嫣。秦嫣眨了下眼，脸不红心不跳地说："南总秘书。"

中年男人扫了眼两人，秦嫣落后南禹衡半个身位，南禹衡的左臂在她身前，这是一种防御姿态，他可没有见过南禹衡对谁会有这种下意识的动作。

只扫了一眼，男人突然站得笔直，恭敬地说了声："初次见面，南太太好，我是赖跃京。"

一进这座现代化小楼，秦嫣便看见门厅处立着一个很大的飞机模型，她好奇地走上前看了看。

南禹衡对赖跃京说："你明早召集所有人开个会，我晚上会把会议内容整理给你，十点钟我们碰个头。"

赖跃京抱怨道："你不会吧，十点喊我开会？我最近可忙了。"

南禹衡斜睨了他一眼："你忙什么？"

赖跃京理直气壮地说："忙着招空姐啊！我还找人把空姐制服重新设计了一下，哎，禹衡，你待会儿跟我去主楼看看吧，新来的一批都在那边培训，我告诉你，个个长得那是……"

"喀……"南禹衡干咳了一声打断他停不下来的絮叨。秦嫣听说他要看空姐，回过身来盯着他。

南禹衡对赖跃京说："你把关就行了，我就不看了。弄几套衣服来，我们刚才淋了点儿雨，中饭也没吃，你让人直接送到房间吧。"

赖跃京笑着说："你有美人看，不看也罢，我自己看去。"

南禹衡不理会他，牵着秦嫣进了电梯，才对她说："赖总是东祥的现任总裁。"

两人出了电梯，一条透明的长廊直接通向尽头的房间。南禹衡按下密码，门便开了。秦嫣好奇地跟在他身后，看见他先是用身体挡住门，然后回过身有些神秘地看了她一眼："我没有带别人来过这儿。"

秦嫣听他这么说，更加好奇，一把推开他便走入房间。

秦嫣一走进房间便愣住了，她本以为这里面怎么也得是个总统豪华套间之类的，结果这一屋子都是什么呀！

乱七八糟的破铜烂铁堆满了整个会客室，还有像小型发动机一样的东西摆满了墙根，知道的这是南总的私人房间，不知道的以为是废品回收站呢！

秦嫣感觉都没地方下脚了，只能踮起脚，一脸嫌弃地看着南禹衡：“你神神秘秘半天，就是带我来垃圾场？”

南禹衡对她喊了声：“别踩，那几个联轴器是我才弄来的。”

秦嫣僵在原地，她之前认识的到底是个什么样的南禹衡？

秦嫣从小去南家没少跑去他房间，他向来给人感觉整洁清爽，东西摆放井然有序，好吧，她不得不承认，她可能认识了个假的南禹衡。

穿过满是机油味的房间，南禹衡拉开里面的门对她：“我婚后一直没时间过来收拾，你去外面吧。”

秦嫣只能小心翼翼地穿过那些乱七八糟的零件。刚走出会客厅，她整个人都呆掉了。

外面和里面简直就是两个世界。

入眼的是一方建在顶楼的无边泳池，正对着的是一眼望不到头的高尔夫球场，湛蓝的天空和无边的绿草让她眼前一亮，视野突然开阔起来。

泳池的另一边是一个建在露台上的篮球场，场边堆放了篮球、羽毛球之类的器材。

秦嫣转身走进另一扇门，里面居然是个健身房，基本的健身器械一应俱全，还吊着个沙袋。

秦嫣不可置信地回头睨了南禹衡一眼，旋即握起拳头，上去就抡了一拳，里面约莫有八公斤的铁砂。

她转过身对南禹衡摆了个请的手势，南禹衡缓缓走了过去猛地一踹，沙袋发出沉闷的轰轰声，剧烈摆动起来。

秦嫣抱着胸，目光炯然地盯着他：“这里就是你的小世界？”

南禹衡耸耸肩，秦嫣站在一边盯着他笑。

南禹衡抬眸问她：“笑什么？”

“我终于看见了一个正常大男孩的成长轨迹。你多久来一次？”

“以前每个月都会来。”

“你怎么可能有时间？你天天在家。”

南禹衡淡淡道：“我不是每个月都要去医院检查身体嘛。”

秦嫣恍然大悟，走向另一间摆满模型的房间，赫然发现她小时候送给南禹衡的船也在这里。

秦嫣大步走过去拿了起来：“你什么时候带过来的？”

“你出国后。”

秦嫣抬眸望着他，他不自然地转过身："放在房间每天看着就想到你，会扰乱我的思绪。"

秦嫣笑着把模型放回去，看着众多飞机模型不禁叹道："真多，这些模型都哪儿来的？"

"我爸以前喜欢收集这些，赖总这些年不管去哪儿，看到了都会送过来，习惯了。"

秦嫣昂起头问："他是你爸的人？"

南禹衡点点头："这栋楼里工作的绝大多数都是我爸的旧部下，核心层大概也就十几个人知道我的情况，主要办公大楼和空港中心包括对外，都认赖总。"

他说完走到秦嫣面前，很自然地抬手去解她的扣子。

秦嫣握住他的手："干吗？"

南禹衡略微蹙眉："看来你得好好习惯一下我们的关系，去冲个热水澡，洗完出来吃饭。"秦嫣便松开了他去洗澡。

等南禹衡再回来时，发现她已经在床上睡着了。

秦嫣这觉睡得并不安稳，梦里她总是看见当年出国时在机场的画面，她不停去找那辆黑色的车子，但怎么找也找不到。

她知道这只是个梦，可如何也醒不过来，就像被困在梦境中，大脑越来越乱。

第十章 / 探访基地

"小狐狸。"

1

秦嫣睁开眼时，外面似乎天黑了，南禹衡不在房间，她想起南禹衡要和赖总开会。

她迷迷糊糊地撑起身体，有气无力地走到房间外，看见晚饭已经送来了，南禹衡给她留了张字条，让她醒了后热一下自己吃，他晚点儿回来。

秦嫣耷拉着眼皮将饭菜热了一下，才吃了两口便感觉浑身发冷，没有胃口。

她再次倒在床上，昏昏沉沉的。

南禹衡回来已是半夜，他看见饭菜基本没有动过，于是放下手上的一堆文件，大步流星地走进卧室，见秦嫣还窝在床上，几步过去碰了碰她："怎么还在睡？"

秦嫣翻了个身，伸手抱着他。南禹衡碰到她手臂时愣了一下，赶忙又朝她额上贴了贴，担忧地说："你发烧了！"

"唔……没事，睡一觉就好了。"

南禹衡拿起手机打给赖跃京，秦嫣又迷迷糊糊地躺了下去。没过多久，她感觉南禹衡把她抱了起来，给她喂了退烧药，又喂了点儿热水。

后半夜的时候，她睡得一直不安稳，出了一身汗，热得一直蹬被子，南禹衡一遍遍地给她盖上。

本来南禹衡打算第二天一早直接送她去学校再回来，这样一来，学校肯定是去不成了，他干脆一早打了个电话给荣叔，安排了一下家里的事。

南禹衡刚下床没多久，秦嫣就醒了，南禹衡打完电话进房后，她已经梳洗干净，又窝在被窝里笑盈盈地看着他。

他将手机放在一边，立在她对面跟她说："我和荣叔打过招呼了，就说我这两天身体稍微好了些，带你出来度蜜月，正好我这几天都要待在这里有事。早晨看你还有点儿低烧，待会儿赖总会带你去附近的医院看一下，这两天你待在这儿恢复下身体。"

"哈？度蜜月？带我来你工作的地方度蜜月？然后……让我陪你工作？南禹衡，蜜月就这待遇？"

秦嫣虽然是故意跟他发脾气闹着玩的，但没想到南禹衡目光深沉地看着她，唇际紧抿，随后问道："你有什么特别想去的地方吗？"

秦嫣见他那样不像开玩笑，也正儿八经地说："你们航班都飞哪儿啊？我可以选一选。"

南禹衡认真地回答她："有将近一百个通航点，七百多个目的地，我下午让人给你送一份目录，你可以在那上面选。"

秦嫣勾着浅笑从床上站起来对他勾了勾手指，南禹衡走到床边，她调皮地跳到他身上，双腿挂在他的腰间抱着他的脖子："我跟你开玩笑的。贺爷爷一走，你就急着赶过来，告诉我，你要干吗？"

"弄钱。"南禹衡说得简洁干练，抬手握住她的双腿。

秦嫣皱了下眉："你难道不应该很有钱？这里不都是你的吗？"

南禹衡略显深沉地说："你觉得我在这里像是什么？"

秦嫣挂在他身上想了想，说道："像是幕后大佬。"

南禹衡单手托住她，另一只手拿衣服给她穿上，说道："你既然进了商学院，难道就不能用更专业点儿的词吗？"

秦嫣歪着脑袋看着他。南禹衡试图将她放下来，她却像树懒一样始终挂在他身上，他便放弃了，干脆单手替她穿上衣服，说："不直接参与企业经营和管理，而在幕后操纵企业的宏观思路，这叫资本家，而资本家的产品就是各个企业。

"纠正你一开始说的话，不光这里是我的，我还可以通过投资、入股、并购、重组等各种游戏规则把控任何一个企业的未来，这里只是一块基石。

"前提是，我有足够的资金，因为我接下来准备吞并一只大老虎。"

秦嫣看着他意气风发的样子，也跟着热血沸腾："听上去很厉害的样子，我能做什么？"

南禹衡把她扔在床上，握住她白嫩的双腿替她套上丝袜："你得把病看好。"

秦嫣看着身上的制服，莫名其妙道："为什么要给我穿空姐的衣服？变装吗？南禹衡你还有这种嗜好？"

他走到一边淡淡道："赖总让人拿来的，这里只有这种衣服是新的，他给我的也是空少的制服。"

秦嫣躺在床上穿着丝袜，侧头看了眼挂在一边的双排扣深蓝色制服外套，兴奋地说："你穿上给我看看。"

"不想穿。"南禹衡一口回绝。

秦嫣板着脸瞪他，跳下床扯过那件外套就往南禹衡身上套，南禹衡极其不自然地随她折腾着。

秦嫣给南禹衡穿好制服后，站远几步欣赏了一番，高大挺拔，英姿飒爽，看得她少女心泛滥，刚准备扑过去，却听见外面有人敲门。

南禹衡推了推她的脑门儿打开门，赖跃京换了一身夸张的格纹西装，留着一撮小胡子，有种英伦风。

赖跃京很绅士地站在门边没进去，对南禹衡说："会议视频我发给你了，你赶紧看一下。然后直接下楼，他们在等你，我先接南太太去看病。"说完眼睛便扫向才从里面走出来的秦嫣。

正红色的修身制服，包裹着她玲珑的曲线，加上她身上蕴含着的艺术气质，这就是赖跃京要的效果，他顿时眼前一亮："哇喔，这套新款制服穿在你身上简直是……完美，我有一个想法，南总，我们可不可以用南太太的形象来做企业宣传，这样……"

南禹衡皱眉打断了他："快去快回，还有事找你。"

赖跃京清楚这就是拒绝了，所以也不再继续，带着秦嫣下楼。

2

附近的医院不大，但秦嫣该做的检查都做了，不是很严重，只是有些低烧，遵医嘱回去吃药就行了。

其间，秦嫣才发现赖总这人话真多啊，一路上嘴几乎没停下来过。

回来的路上还和秦嫣提到南禹衡的父亲南振，听他称南振为"大南总"，秦嫣便随口问道："南禹衡和他爸像吗？"

赖总正儿八经思考了一番说道："不太像。大南总脾气直，性格爽利，手下人事情做不好直接开骂，火气来得快去得也快。至于小南总嘛，啧啧，你没觉得他少年老成吗？

"我从来没见他骂过人。他刚来这儿的时候，我们那班老员工都说他性格好，斯斯文文的好相处，比他爸温和多了，后来才知道，根本不是那么回事啊！

"他就沉默地盯着你看，那眼神，看得人能起一层鸡皮疙瘩。"

秦嫣立马就笑了，她太熟悉那种眼神了，以前每次她闹他的时候，他都会用那种带有压迫性的眼神盯着她，什么话都不说就能让她秒怂。

赖总好奇地问秦嫣："你不觉得跟他在一起压抑啊？"

秦嫣想到早晨他处处像照顾宝宝一样替她穿衣服、纵容她的样子，不禁笑了起来："不会呀，我习惯了。"

赖总便接着问道："你才跟他认识多久啊，都习惯了？"

"三岁就认识了。"

"……当我没问。"

回到园区已经是中午，赖总带秦嫣去那座气势恢宏的办公大楼用餐。干净整洁的机组食堂菜品种类丰富，堪比外面豪华酒店的自助餐，菜肴精致得让人垂涎欲滴，饶是秦嫣胃口不太好，还是吃了一些。

后来赖总又带着她逛了一圈。工作大楼里处处敞亮且整洁，还有员工健身休闲区和游泳馆。路过培训室，秦嫣看见有讲师对着一架飞机模型在讲解，底下坐着的空姐身上穿的衣服和她一样的，个个面容姣好、身材匀称，看过去养眼至极。

往回走的路上，赖总告诉她："我刚来的时候，东祥还是一家小公司，只有十来架飞机，小南总成年后接手东祥，那时已经有二十五架了。"

秦嫣和赖总走在宽敞的园区内，呼吸着草木的清香，空气宜人，视野极好。秦嫣问道："现在多少架了？"

"九年时间增加到一百五十架，始发基地增加了十个，跻身国内六大航空集团之一，这条路走得很艰难啊。"赖总不禁感慨道，昂起头看向头顶飞过的一架客机。

正说话间，看见前面一群身着红色制服的空姐聚在一起，两人不禁朝那边望去，发现原本大步流星朝他们走来的南禹衡被一群空姐围住。深蓝色的空少制服穿在他身上让他原本俊逸的五官更加英挺，脸部轮廓干净流畅，朗眉星目，在人群中实在鹤立鸡群，让人想忽视都难。

那群刚刚参加完培训的空姐七嘴八舌地问着：

"你哪个组的啊？怎么之前没见过？"

"是啊，帅哥，叫什么名字？以后说不定能飞同一班，加个微信吧？"

南禹衡眉宇间闪过一丝不耐，但还算客气地说："不方便。"说着便想绕过她们。

其中一个长相精致的女人拉住他的袖子，笑得魅惑："你哪里人啊？"

南禹衡抬眸看见秦嫣抱着胸冷眼旁观，他的脸色变得更加难看。

赖总忍不住笑道："我过去不太好，就先回了。"

他走后，秦嫣放下双臂，踩着黑色高跟鞋，一步步朝那群空姐走去。她如今一米七的个头，穿上高跟鞋气势并不输这群精心挑选出来的空姐。

那个拉着南禹衡的女人只感觉到肩膀突然被人拍了拍，有些愕然地回过头，便对上秦嫣清丽的笑容，干净却绚烂，带着几许出尘的美感，看得空姐愣了愣。秦嫣收回手，对她清清淡淡地说："你好，能放开我男人了吗？"

空姐明显怔了一下，下意识地松开南禹衡，秦嫣便顺势朝他走去，自然地挽着他的胳膊转身往回走，众人只听见她有些娇嗔地说了句："这里温度真低。"

那个样貌出众的男人便伸出长臂将她的身体拢进怀里，撒了一地的狗粮。

下午南禹衡一直在忙，大概不放心秦嫣一个人待着，便把工作搬到了顶楼的会客室。他和其他人在外面忙工作，秦嫣就在里面的房间躺着休息，看无聊的节目打发时间。

他隔一个小时会进来给她送杯热水，摸一摸她的额头，又匆匆出去，一边忙一边照顾她。

秦嫣迷迷糊糊听着他们激烈地争论，一直到十点多，那些人才陆续离开。

秦嫣烧退了，但是整个人都没劲，又躺了一天，便让南禹衡抱她去浴室看星星。

南禹衡把她裹严实后，抱她去了浴室落地窗边，把她放在白色榻榻米上，然后自己也躺了上去，将她揽进怀里。

秦嫣蜷在南禹衡的臂弯里看着玻璃外的世界。这里是郊区，夜晚宁静安逸，可以看见漫天的繁星洒落下来，仿佛触手可及，整个人就像飘浮在半空中，脚下是芦苇荡，徜徉在大自然里，一切都变得有些神奇，就连思绪都放空了，内心格外平静，怪不得南禹衡说这里晚上很美。

秦嫣开口问他："生日宴那天，你看见我弹古琴是什么心情？"

南禹衡低下头，埋在她的发丝间，温热地说："我爸从前和我说见到我妈第一眼就有想娶她的冲动，以前不懂，那天体会到了。"

秦嫣却哼了一声："我要真答应爸爸和周家结亲呢？"

"你不会的。"南禹衡自信得很，让秦嫣想到生日宴那天她对陆凡似乎也说过类似的话。这种无声的默契让她的笑容在黑夜里渐渐绽放。

可到底才二十岁的年纪，总有些钻牛角尖，于是她又问道："要是真的呢？"

却听见南禹衡说："我会给你包个大红包。"

秦嫣气得弹了起来，压在南禹衡的胸口瞪着他。南禹衡见她气鼓鼓的样子，笑着环住她的背："要是我当初娶了裴家的小女儿呢？"

秦嫣瞪着眼说："那我就去上山区一把火烧了裴家，再把你抢回来！"

南禹衡攥住她的下巴，宠溺地笑骂道："胆大包天。"继而又说道，"看来你在国外没少做功课啊，说说南虞的事给我听听。"

秦嫣见南禹衡又要考她，翻身靠在他胸前沉吟了一瞬，分析道："南虞是二房的独女，又不得宠，嫁得也不好，要想在南家站稳，肯定得依附其他房的人。

"南家四房实力最强，人丁兴旺，儿孙成群，自然看不上二房的人。

"南虞要想找靠山，按道理说，和三房结盟互惠互利，三房要想打探你的虚实，用她也能避嫌。

"我们结婚那天，南虞也是和三房曹奶奶的女儿坐在一起。我特地留心了一下，她们好像很熟络的样子，所以我猜……南虞是三房的人。"

南禹衡点点头："南虞这几年经常往曹奶奶女儿家跑，两人是麻将搭子，荣叔几乎每个月都要跑几趟去她家接送南虞。"

秦嫣猛地一怔："不对，不对不对！"

南禹衡似笑非笑地摩挲了下她光滑的胳膊，等着她继续说下去，却看见她清秀的眉头忽而皱了起来："我突然感觉不太对啊。我要是个贼，当然得把偷的东西藏严实了，怎么能拿出来让人看呢！"

她停顿了片刻，南禹衡却催促她："说下去。"

"如果南虞真是三房的人，按道理说她就是再不聪明也知道避嫌吧，这么正大光明地跟三房走动，你不觉得很奇怪吗？

"南家四房除了南灏，四房奶奶还有一个女儿和两个儿子，难道，难道是四房窝里斗？"

她抬头看着南禹衡，南禹衡却答非所问地说："你觉得是南灏的可能性有多大？"

"零。"秦嫣不假思索。

"哦？"南禹衡挑起眉梢。

秦嫣便接道："我和他儿媳妇最近走动得多，我能感觉出来他们家的人都挺自大的，而且你爷爷开辟的中南美航线捏在他们家手里，又垄断了整个亚洲国际航线，他们没有那么多心思派二房来监控你这么多年，否则现在也不会光明正大拉拢我了。"

南禹衡嘴角挑起玩味的笑意："知道我为什么一直不动南虞吗？"

秦嫣忽然坐起来面对着南禹衡，目光和身后漫天的星河一样璀璨："老狐狸，你是不是早知道南虞是谁的人了？

"如果真是四房窝里斗，那这背后的人就有意思了，安插南虞到你身边打探虚实，到底是想吃掉你，还是想和你一起干大事？或者两者都有！

"如果你真的不堪一击，他们就干脆趁机端了你；如果发现你这边另有乾坤，索性和你统一战线。南虞根本就是一条长线，随时有可能成为战友或者敌人的存在，对不对？"

南禹衡对她招了招手，秦嫣凑到他面前，他揪了下她俏挺的小鼻子："不是发烧吗？脑子倒没烧坏，小狐狸。"

秦嫣兴奋地望着他："那你到底准备把这条长线变成战友还是敌人呢？"

秦嫣的言下之意是问南禹衡留着南虞，是准备引蛇出洞对付她背后的人，还是拉拢过来。

南禹衡的面色正了正："我手头有其他事要忙，南家这步棋我暂时不打算动，如果有可能，我想先探探对方的意思。"

秦嫣眼里闪过狡黠的光，像一只耍滑的小猫，柔声说："那么……我们策反南虞呢？"

南禹衡来了一丝兴趣："策反？有一定的风险，毕竟她男人的厂子是靠对方办起来的，你觉得对方手上没有捏住他们的把柄？"

秦嫣"唔"了一声，旋即眼里放着光："那，我能试试看吗？"

南禹衡看着她娇俏狡猾的模样，突然觉得以后谁得罪这只小狐狸，估计也是件头疼的事！

3

秦嫣陪着南禹衡又在那里待了三天，伙食倒是不错，把秦嫣养得水色更好了，加上秦嫣身体底子强，很快又生龙活虎起来。

在过去十几年里，秦嫣都认为南禹衡是世界上最闲的人，不怎么去学校，也不怎么出门，整天就知道窝在家里，闷得快发霉。经过这几天，她才知道南禹衡到底有多忙，她总是托着腮问他："我感觉像在做梦一样，你明明从小和我一起长大，我几乎天天都能见到你，你哪儿来的时间应付这么多工作？"

南禹衡倒是平淡地说："用你们在上课的时间，不然你以为我真天天在家睡大觉？"

秦嫣很想说她真的是这样以为的。

三天后他们便动身回去了，回到他们熟悉的东海岸，一切都恢复到原来的样子，人们看见秦嫣依然带着同情的神色，只是他们并不知道，秦嫣看他们跟像看弱智一样。

请了几天假重新回到学校，秦嫣忽然发现学校里的氛围有点儿不对劲，不管走到哪儿她似乎都被人指指点点的，还有不少人在她背后议论："她就是秦嫣，就是她……"

后来秦嫣终于从苏冉那儿打听到是怎么回事了——她和 Edwin 的表演实在太轰动，那场表演是南城大学悠久的历史长河中第一次，也是唯一一次在音乐上大放异彩，又因为 Edwin 超高的人气和知名度，大家都想看看这个被 Edwin 看中的搭档到底是何方人物，这让所有人对秦嫣产生了浓厚的兴趣。

好巧不巧，秦嫣这几天生病正好请假，慕名来围观的同学都扑了个空，这更增加了她在校友中的神秘感。

在这期间，商学院大三一个叫吴昂的富二代放了话，说是要在一个月内拿下秦嫣，那口气狂得简直前无古人后无来者，直接把校友们对秦嫣的讨论热度推到了高潮。

大概这个富二代也就是看大家对秦嫣这么感兴趣才夸下海口，结果等秦嫣去学校报到，当他亲眼看见秦嫣后，人立马就傻了。

那天秦嫣一头羊毛卷长发披了下来，耳边夹了一个白色的珍珠发夹，穿了件紧身的驼色中袖针织，外面套了件法式鱼尾背心裙，配上一双黑色小短靴，勾勒出优美的曲线，简约不失甜美，看得吴昂心花怒放，随即让人买了九十九朵红玫瑰高调地送去了秦嫣的班上。

秦嫣还在记这几天落下的笔记，班上同学起哄将玫瑰送到她面前，她抬起头，不解地愣了一下。

同班的男生笑着指了指外面，吴昂和两个兄弟站在一起，还对她招了招手。

秦嫣很平淡地扫了一眼后，放下笔接过玫瑰。吴昂心头一热，就见秦嫣从容起身朝教室外走来。吴昂身边的兄弟激动地哄笑，推搡吴昂。

吴昂笑着往前走了几步朝秦嫣迎了上去，秦嫣抱着一大束玫瑰出现在教室外，鲜红色一片太扎眼，周围的同学都驻足张望。

秦嫣走到吴昂面前停下脚步，抬起头语调平缓地问他："你就是吴昂？"

吴昂没想到秦嫣刚来学校就已经知道了他的名字，激动地咧开嘴："对，我是吴昂。"

秦嫣点点头，抬手便将玫瑰拍在他的身上微笑道："花很好看，但每个人都是爹生娘养的，难道就因为你家庭条件好，就可以随便把别人当作你游戏的筹码？"

　　吴昂的笑脸顿时僵住，握着那束玫瑰呆在原地，刚想解释，就看见秦嫣收起微笑，眼尾朝他淡淡一勾，清冷地说："况且，我不是你追得起的。"

　　她丢下一句极轻的话后，便看都没再看他一眼，转身进班。

　　吴昂被她的气场镇住，如果这句话换作别人来讲，怎么听都有些高傲，可从秦嫣嘴里说出来，仿佛只是在陈述一个事实，让吴昂一颗心不上不下的。

　　秦嫣回到班上后，苏冉立马围了上来，颇为失望地说："你拒绝啦？我的天，你居然拒绝吴昂了！"

　　秦嫣一边低头写字，一边不以为意地说："拒绝他怎么了？"

　　苏冉立马在她前面坐下来，对她说："吴昂家里生意做得很大的，你看到他开的车没？都是国内限量的跑车！"

　　秦嫣快速记录着，一心二用地问："做什么生意的？"

　　"达科食品集团，你听过没？就是他家的，都做到天上去了！"

　　秦嫣撩起眉："给死人做吃的？"

　　苏冉"扑哧"一声："哈哈哈，什么东西，是飞机餐！说是很多航空公司的飞机餐都是外包给他们家做的，你要是跟他好上了，以后不就是妥妥的总裁夫人啊！"

　　秦嫣要笑不笑地抬眸掠了苏冉一眼，将课本合上扔进包里，把苏冉的笔记还给她："谢了，我先走了。"

　　苏冉收拾完包，追了出去挽着秦嫣的胳膊："我说的是真的啊，你要不要考虑考虑？而且他长得还说得过去，虽然不能跟我们系两位大系草比，不过系草那个级别，咱们也认识不到啊！"

　　秦嫣看了看时间，心不在焉地说："为什么认识不到？"

　　"两个今年都保研了，其中一个那论文写得要'逆天'，我有时间找给你看看什么叫获得商经杯的高水准论文。"

　　秦嫣来了兴趣："谁啊，这么厉害？"

　　"南禹衡！"

　　"喀……"我谢谢你，千万别找给我看，我要看吐了。

　　就听见苏冉接着说："这个人反正我就听宿舍的姐妹提过，大家都没见过真人，神龙见首不见尾的，只活在传说中，你想见都见不到！"

　　"……"我正赶着回家见他。

苏冉又说道："另一个系草你就更别想了，说是有学妹找他表白，这人问了一堆专业课题直接把人家学妹刁难哭了。拒绝人家也就算了，还无形中侮辱了人家的智商，跟他表白的人就跟论文答辩一样，你说哪个女孩敢去认识他？"

　　秦嫣大概已经猜到一二了，望着前面的背影笑着问："这个人叫什么？"

　　"秦智啊！他已经不是学霸了，是学霸的祖宗！"

　　秦嫣的笑容逐渐放大，嘴边的小梨涡更深了些："那是有点儿变态！"说完大步朝前走去，猛地一跃，直接跳到了前面那个穿着风衣的男人背上。

　　男人先是怔了一下，刚准备去扯她，随后感觉到背上的人很有技巧地悬挂着，当即反应过来是谁，一个甩身就想把她摔倒在地，偏偏秦嫣像有心灵感应一样，先跳了下来，让他甩了个空。

　　苏冉吓了一跳，跑过去刚准备问秦嫣有没有事，抬头看见秦智的脸，惊得话都说不出来了。

　　秦嫣笑眯眯地对她说："我和我哥先走了，明天见。"

　　等秦嫣挽着秦智走出老远，苏冉还呆愣愣地僵在原地，跟石化了一样。

　　路上，秦嫣非常亲昵地挽着秦智，笑盈盈地问他："哥你打算去哪儿？"

　　"有事出去。"

　　"不吃饭吗？我都好久没见到你了，你不知道我前两天生病了吧？你看我都瘦了。"

　　秦智扫了她一眼："并没有觉得。"

　　秦嫣眨巴着一双眼睛委屈巴巴地说："这都看不出来，那你要配眼镜了。请我吃饭。"

　　"我欠你的啊？"

　　秦嫣死乞白赖地笑着。兄妹俩一个高大帅气，一个明艳动人，走在学校里回头率百分百。别人搞不清楚秦嫣和秦智的关系，就见到一个大美女挽着秦智，纷纷震惊得不敢相信自己的眼睛，以为大冰山终于被人征服了，但看到秦嫣的容貌后，又觉得征服得有道理，全然忽略了兄妹俩眉眼间的相似。

　　秦智被人看得有些不自然，于是抽出胳膊，秦嫣很快又抱住他的胳膊还晃啊晃的，看到自己老哥被捉弄的样子，她笑弯了眼："你怕什么呀，我给你减少点麻烦，免得老有女生来找你论文答辩。"

　　秦智皱了皱眉："什么论文答辩？"

　　秦嫣憋着笑转过头："没，没什么，呵呵呵……"

　　秦智心里清楚他这个妹子，今天放了学不回家非忽悠着让他请吃饭准没好事，还不知道她笑盈盈的表情下藏着什么心思。

但秦智向来对她嘴硬心软，就是表面再嫌弃她，被秦嫣这么一拽，还是打了个电话把事情推了，被她一路拽到一家高档西餐厅。

一坐下来，秦嫣就正儿八经地对秦智说："哥，你能不能借我点儿钱，我急用。"

秦智睨了她半晌，打火机有一搭没一搭地敲在深色桌面上，问她："要多少？"

"两千万！"

咚的一声，打火机磕在桌上，不动了。

4

秦智怔了一瞬，随即便没当一回事地调侃道："你是打算去国外买个岛玩玩，还是准备去绿化长江？"

秦嫣见秦智根本没当真的模样，坐直了身子，双手拘谨地抱着玻璃杯，声音阴霾地说："我告诉你，你千万别跟爸爸讲。"

秦智见她一脸严肃的样子，双手搭在椅背上挑眉看着她。

秦嫣往前倾了倾身子说："我之前在国外跟经纪公司签了合同，这次突然跑回国违了约，那边寄了律师函给我，说我如果不付清违约金，一定会把我告得身败名裂，以后都别想在圈子里翻身。"

秦智没说话，一双犀利的眼睛牢牢盯着秦嫣，没有放过她脸上一丝表情。秦嫣秀丽的眉紧紧皱着，手指不经意握住玻璃杯来回摩挲，看上去很焦虑的样子。

秦智就这么默不作声地观察了一会儿，开口问道："南禹衡知道吗？"

秦智提到南禹衡后，秦嫣的情绪显得更加不安："我没敢告诉他，他才出院，这么多钱，我怕把他气得再住院，而且我才嫁过去就问他要这么一大笔钱，那不跟骗婚一样嘛！

"哥，我实在被那边逼得没有办法了，你说我从小到大问你要过钱吗？你这次一定要帮帮我！"

秦嫣一脸乞求的神情，急得都快哭了。秦智最看不得她那个样子，有些烦躁地摸出烟，看了看周围，又把烟往桌上一拍，语气不善地说："屁股也不擦干净就跑回来，我到哪儿给你搞那么多钱？"

秦嫣的眼角都可怜兮兮地撇了下来，肩膀耷拉着，一副弱小无助的模样："那你，你背着老爸学机电工程，难道学着玩的？"

秦智微微一怔："你调查我？"

秦嫣无辜地鼓着腮帮子："我才没闲工夫调查你呢，你脑子够用，多学八门专业跟我也没关系，只是有人关心你，跟我提起过。"

秦智蹙眉望着她："谁啊？"

秦嫣不打算把陆凡卖了，于是含糊其词地说："你别管谁了，总之钱的事，你帮我想想办法嘛。"

秦智凌厉地瞪了她一眼，拉开椅子站起身，摸起香烟就往外走。

秦嫣在他身后喊道："你可别问端木哥开口啊，我还不起他这人情。"

秦智丢下一句"我还丢不起这个脸呢"，便拉开玻璃门出去了。

他刚走，秦嫣躬着的身体就直了起来，嘴角划过一抹得逞的笑意。

牛排上来了，她从容而优雅地切着牛排，不时含着笑意看一看在外面不停打电话的秦智。

她很久没有像现在这样隔着一扇玻璃去观察自己的哥哥，秦智的身形比原来更宽了一些，短款风衣微微敞开，手里夹着烟一脸严肃，倒真的挺有男人味的。

秦智打了好几个电话才拉开玻璃门再次走了进来，落座后他对秦嫣说："能不能再拖一个月？我这边钱最快下个月到位。"

秦嫣低眸，嘴角泛着淡淡的弧度，将面前才切好的牛排端到秦智面前。

秦智看她一脸轻松的样子，全然没了刚才问他借钱时焦虑的模样，眉头立马就皱了起来："你玩我？"

秦嫣喝了口水，不急不慢地用方巾擦了擦嘴角，往椅背上一靠，淡定地看着秦智："你什么事情都瞒得密不透风，从来不跟家里讲，我总要试试看我老哥现在发展到哪步了不是吗？万一我以后真捅了什么大娄子，我还指望你帮我兜着呢。"

秦智凌厉的双眼里迸发出冷光来，拿起刀叉没好气地瞪了她一眼："你是不是吃饱了闲得没事干啊？"

秦嫣修长的脖颈微微一歪，笑着说："能在一个月内调出这么大一笔资金给我，看来驰威电子的规模已经远远超出我的想象了。我今天找你有正事，找你谈合作的，你有这么强的改造和设计能力，与其找人外包生产，有没有兴趣自主开发生产线？"

秦智彻底将刀叉放下，有些不可思议地看着自己的妹妹，沉着脸说："你到底还知道我多少事？"

秦嫣耸耸肩："差不多就这些，我这边有个厂子，你帮我一把，吃掉后算你的。"

秦智侧头深吸一口气，随后邪邪地笑着，夕阳渐落，秋风飒爽。

秦嫣吃完饭回到家的时候，南禹衡正坐在轮椅上。入秋的夜晚有些凉意，他腿上盖着绒毯，照例捧着本书，有没有看进去秦嫣并不知道，但她知道他这时候出现在楼下是在等她。

秦嫣进家后故意不看他，而是走进厨房找芬姨。芬姨还在煲明天的汤，秦嫣走过去把下巴放在她的肩膀上，伸头闻了闻："我要喝。"

芬姨脸上立马露出笑容："小馋猫，还没好呢。"

"那好了喝。"

"好，好了我给你端一碗上去。"

秦嫣从小就喜欢跟芬姨撒娇，小时候每次她撒娇，芬姨都会像变戏法一样变出好吃的给她，可每次都不多给，馋得她下次继续屁颠颠地跑来。

后来她大一些后，才知道芬姨的用心良苦。芬姨是担心南禹衡整日一个人待着寂寞，所以用这种哄小孩子的方法让秦嫣能时常来陪陪他，日子才不会那么单调。

芬姨待在南禹衡身边十来年，没有结婚，没有生小孩儿，一颗心都扑在这个家里，甚至没有自己的人生。

秦嫣搂着芬姨的肩膀，有些好奇地问："你和荣叔都没有结婚，这么多年你们为什么不干脆在一起啊？"

芬姨听到后大骇，赶忙紧张地往外看了一眼，严肃地教育道："注意你的言行，南太太。"

秦嫣被芬姨瞪得眨了眨眼睛，笑着岔开话题："对了芬姨，你上次和我说南虞姑妈盘点库房发现少了一幅名贵的字画，你还记得那幅字画是什么样子的吗？"

芬姨不假思索道："记得，是裴洪大师赠予老爷的，那时候两人还一起拿着那幅画拍了一张照留念。"

"照片在哪儿？现在还能找到吗？"

"在旧相册里，太太要是想看，我晚上可以去找一找，应该还在。不过，你要这个干吗？"

秦嫣朝她俏皮一笑："尽快找给我。"说完便背着手优哉游哉地走出厨房，回头对她娇笑道，"帮你报仇。"

芬姨怔在原地，不明所以。

南禹衡听见秦嫣走出来的动静便合上书,抬头望向她,偏偏秦嫣故意拿他当空气,从厨房出来就往楼梯上走,才踏上第一层台阶,就听见身后的人将书往旁边的木桌上重重一磕,发出沉闷的响声。

秦嫣回过头对上某人略显深沉的目光,她当然知道他等了她一天,便乖乖收回脚步朝他走去。

南虞在楼上,芬姨在厨房,荣叔也在房间,此时客厅只有他们俩。秦嫣刚走到南禹衡面前,他本来静坐的身姿突然变了变,伸出长臂圈住她纤柔的腰肢,把她拽到了自己的腿上,语气里透着一丝不悦:"一回家就跑厨房和芬姨嘀咕什么?"

秦嫣伏在南禹衡的肩头,长发柔软地披散在他身上:"我问芬姨为什么不和荣叔在一起?"

谁料南禹衡斥道:"胡闹!"

秦嫣委屈地说:"怎么是胡闹了,他们俩男未婚女未嫁,又朝夕相处、互相扶持了这么多年,为什么不能在一起?两人没有感情吗?"

南禹衡揪起她的耳朵,把她的脑袋从自己胸前拎了起来,对她严肃地说:"荣叔以前结过婚,有老婆小孩儿。"

"哈?"秦嫣惊道,"我怎么没见过呀?"

"走了。"南禹衡沉声说道。

他见秦嫣有些震惊的样子,便对她解释道:"荣叔年轻的时候就跟着我爸走南闯北,也是条硬汉,芬姨那会儿不知道他的情况,对他动了心,后来荣叔告诉她,他结过婚了,老婆在老家,他结婚早,有个儿子,芬姨知道后就没再提这事。

"正好那时候我爸参与了一个工程,芬姨就向我爸申请去工地,想躲着荣叔,我爸一开始不知道情况就答应了。

"没多久我爸安排荣叔去监工,芬姨又向我爸申请调回去,一来一回的,我爸才察觉出来。

"本来准备等替换的人到位后就把芬姨换回来,正巧那两天荣叔的老婆孩子从老家来看他,找到工地正好碰上芬姨。他老婆是个老实人,听说芬姨认识荣叔,给了她不少鸡蛋,说孩子想爸爸,着急去里面找。

"按理说工地有安全隐患是不允许外人进入的,芬姨劝了几句,见孩子眼巴巴的样子,心一热就给指了路。

"结果……"

秦嫣忽然想到很久以前荣叔告诉她,他的腿是工地塌方时伤的,若不是南振，他可能连命也没了。

她忽地惊道："结果正好遇上工地塌方？"

南禹衡沉默地点点头。

秦嫣难过得五官都挤到了一起："以芬姨的性格肯定会自责一辈子的，怪不得我刚才在她面前提这事，她急得都要打我了。"

南禹衡见她愁眉苦脸的样子，捏了捏她白嫩的脸："下次还敢提？"

秦嫣低着头说："不提了。"

南禹衡见她情绪低落，便转移了话题："今天去学校怎么样？"

"抄了一天笔记，手都酸了，揉揉。"

她把手伸到南禹衡面前，南禹衡低眸扫了眼提醒道："这是左手。"

秦嫣干笑了一下，立马换成右手，南禹衡虽然知道她是故意撒娇，但还是握住了她的手腕轻轻揉搓着。

秦嫣随口问道："你有没有听过一个叫达科食品集团的企业？"

南禹衡淡淡地说："旗下一个子公司前两年招投标进来的，现在和东祥有合作。怎么了？"

秦嫣别开视线，轻描淡写地说："没什么，对了，我今天听别人提到你了，想知道你在学校什么名声吗？"

南禹衡先是若有所思地看了她一眼，随后才饶有兴致地"哦"了一声。

秦嫣笑着说："说你神龙见首不见尾，只活在传说中，哈哈哈……"

她咯咯的笑声激荡在南禹衡的心间，让他眸色动了动，俯身咬住她的耳垂，声音里满是性感的低沉："这么好笑？"

秦嫣浑身激起一股电流，瞬间老实得不敢乱动了，本想从南禹衡身上下去，却被他大力的手臂钳制住。她昂起漂亮的脖颈，他细碎的吻便落在她精致的锁骨之间，空气安静了下来，透着暧昧的情意。

没想这时芬姨正好从厨房出来，看到这一幕，惊得倒抽一口凉气。

第十一章／离家住校

暗潮汹涌的斗争开始了。

1

虽然芬姨知道南禹衡爱护秦嫣，但在她眼里，始终觉得他们还和孩童时期一样，关系密切，相互陪伴，她从来没有见过向来自持的南禹衡对秦嫣如此温柔动情的一面，自然被吓了一跳。

秦嫣很快察觉到芬姨的眼神，侧头看了眼，便慌乱地从南禹衡身上弹了起来，有些不知所措地整理着头发，就跟早恋的孩子被抓包一样，涨红着脸。

倒是南禹衡侧头扫了一眼芬姨，从容自若地拉了拉腿上的毯子，没有丝毫异样。

秦嫣匆忙跟他说："那我先回房了。"

南禹衡没说话，芬姨盯着他看了一会儿，出声提醒道："早点儿回房歇着吧。"

南禹衡没有转头看她，只是缓缓点了点头。

秦嫣第二天照常去学校，但让她没想到的是，中午一下课，那个吴昂又来了，颇有一种越挫越勇的架势，昨天九十九朵玫瑰没有打动秦嫣，今天干脆在他那辆拉风的跑车里装满了玫瑰，直接把车子停在秦嫣上课的教学楼外。

这样高调的追求方式自然引来好多人围观拍照。对于吴昂的举动，秦嫣昨天倒不觉得，今天的确是感觉有点儿困扰了。

她本想当作没看见直接离开，然而吴昂早已瞄准了她，大步堵在她的身前，还算客气地说："我欠你个道歉，之前是我轻浮了。今天没别的意思，我能请你吃个饭谢罪吗？"

秦嫣皱着眉看了眼周围兴奋的校友，对他说："你谢罪需要把车里装满花吗？是怕别人不知道你来找我？你这么喜欢出风头考什么商学院，应该去表演系。"说完转过身就打算从走廊另一头离开。

吴昂见她要走，赶忙转过身，刚准备去扯秦嫣的胳膊让她走慢点儿，手指还没触碰到秦嫣，秦嫣已经猛地转身擒住吴昂的手腕，抬脚往他脚踝上一勾，将近一米八的大男人就这么砰的一声被她放倒，动作干净利落，看傻了周围一众围观的人。

毕竟秦嫣在大家的印象中是个文文静静的女孩儿，突然将一个大男人放倒在地，这行为着实让人大跌眼镜。

秦嫣眸光微抬，对上一直靠在对面电话亭上的男人。那人身穿黑色高领毛衣，戴着金丝边眼镜，斯文淡静，手指间捻着一根白色的香烟，见秦嫣朝他看来，缓缓将烟按灭在旁边的垃圾箱上，每一个动作都像优雅的画卷。而后他抬步朝她走来，却在人群外围停住了脚步。

秦嫣没再管吴昂，穿过人群朝那人走去，一直走到他近前，男人才开了口："听说你病了，路过这儿，看看你。"

这时人群中突然一阵骚动，大家都反应过来和秦嫣说话的不是别人，正是钢琴王子 Edwin，大家顿时炸开了锅。

Edwin 冷淡地扫了一眼四周，转回视线对秦嫣说："你去吃饭？"

秦嫣点点头，他便侧过身子："我可以和你走一段。"

秦嫣和 Edwin 并肩走在校园里，吴昂从地上爬起来，看着他们的背影骂骂咧咧。

远离人群后，秦嫣双手插在上衣口袋里对 Edwin 说："不是听说我病了来看我吗？空着手？"

Edwin 被她的问题逗笑了，嘴角挂上很浅的弧度："我以为你不喜欢收别人的东西。"

中午的阳光有些耀眼，秦嫣昂起脖颈半眯起眼睛："那可不一定，得看什么情况。要说我会生病，还是因为那晚参加庆功宴回去淋了雨，之所以会参加庆功宴，是因为你的邀请我才会同你一起表演，所以总的来说，我生病是因为你呢。"说到最后，她的笑容更深了些。

Edwin 正经地问道："你平时也这么喜欢胡扯吗？"

秦嫣立马噗嗤地笑出了声："你平时也是这么一点幽默感都没有吗？"

Edwin 没有回答她，而是表情淡漠地问："你想要什么？"

秦嫣没去看他，轻飘飘地回道："你手腕上那块表。"

Edwin 拧眉侧头望向她，声音透着深沉："你挑了一样对我来说最珍贵的东西。"

秦嫣也收敛起笑意，脸上覆上一层冰霜："你还不是喜欢动别人最珍贵的东西？我们只是同道中人罢了。"

她说完转头迎上 Edwin 的目光，似笑非笑地说："看到刚才我是怎么让吴昂倒下的吗？"

Edwin 停住脚步转过身，藏在镜片后的眼睛透出几许幽光来："恐吓我？"

秦嫣低垂下眉眼，侧脸带着丝温柔的纯美："不敢。"

她单纯无害的样子让 Edwin 拧起眉峰，随后一言不发地转身欲走。

秦嫣这时才抬起头，淡淡地对着他的背影说："手表的事，你好好考虑考虑，不急。"

Edwin 脚步微顿，而后大步离开。

当天晚上回到家，饭桌上南禹衡又问起她今天在学校有没有什么事发生，秦嫣依然说没什么，只是她并未注意到南禹衡看她的眼神带着点深意。

自从 Edwin 来找过秦嫣后，学校里面顿时谣言四起，传到最后变成吴昂对秦嫣死缠烂打，被正牌男友 Edwin 撞见，将他打翻在地。

瞬间这对万众瞩目的天才 CP 便被吹上了天，大家都期待能在学校里嗑到这对 CP 的糖。

众人蹲守了几天都没见 Edwin 再来找秦嫣，倒是又等到了吴昂。这家伙头铁，就跟走火入魔一样，大约也不敢再靠近秦嫣，就每天等她下课，远远地看她。

直到几天后，吴昂终于忍不住又凑到秦嫣面前。秦嫣那天会把吴昂放倒，也是因为余光看见了 Edwin，她并不是想给吴昂教训，实际上她根本就没有把这号人物放在心上，她只是当下看见 Edwin，心头突然蹿出一团火苗，发泄在了吴昂身上。

所以当吴昂再次堵住她的时候，秦嫣语气缓和地说："又来请我吃饭啊？"

吴昂见秦嫣终于肯跟他说话了，立马解释道："我没有别的意思，就是单纯想和你交个朋友。我看了你之前的表演视频，真的是发自内心欣赏你……"

秦嫣没怎么听他说的话，而是将目光落在远处那辆慢慢驶近的黑色轿车上。

吴昂激动地转身拉开跑车的门对秦嫣说："要么先上车，我们找一个地方聊聊？"

黑色轿车缓缓停在跑车后面。吴昂看见秦嫣的嘴角漾起一丝笑意，也顺着她的目光朝那辆汽车看去，就见司机将后门打开，一个穿着深黑色大衣的男人走了出来，挺拔矜贵，相貌出众。

吴昂从来没有看过秦嫣笑得如此温柔，随后她声音清甜地对那个男人说："你怎么来了？"

那人缓缓走到近前看着吴昂，语调平缓："来找他谈谈。"

吴昂微愣："你是谁啊？"

"南禹衡。"

2

吴昂在商学院待了三年，当然听过南禹衡的名字，只是从来没有见过，此时很诧异："你就是南学长？"

吴昂又重新打量了南禹衡一番，南禹衡侧头扫了眼他的两座跑车："我们换个地方聊吧，你车子坐不下，要么跟着我？"

吴昂也很好奇这个从不露面的商学院传奇人物找他什么事，于是答应道："行，你带路。"说完他的手搭在副驾驶车门上看着秦嫣，示意她上车，可秦嫣已经转身走到黑色轿车旁，利落地坐了进去。

吴昂的手有些僵硬地关上了副驾驶侧的车门。

南禹衡上了车后，秦嫣便对他说："我真没想到你会特地跑过来找吴昂，这真不像你的作风啊。"

南禹衡不咸不淡地问："我什么作风？"

"就是替老婆赶跑追求者啊，我以为你不屑干这种事呢，你不觉得这有损您的风骨吗？"

南禹衡挑起眉梢，故作讶异地侧头睨着秦嫣："追求者？你可没告诉我他在追求你，我记得你说这几天学校里什么事也没发生。"

秦嫣知道自己被南禹衡套路了，负气地抬手去捶他："你少来了，明明心知肚明，老狐狸。"

南禹衡笑攥着她如棉花一样的小手，秦嫣凑过去靠在他的肩膀上："不过，你打算怎么让他打退堂鼓啊？跟他摊牌我们的关系吗？"

南禹衡却抬眉说道："你真认为我是来帮你赶跑追求者的？"

秦嫣抬起头看着他："那不然呢？"

南禹衡幽深的黑眸里藏着一些意味不明的光："这种小事南太太自己就能搞定，还需要我出马？"

秦嫣莫名其妙地说："那你来干吗的？"

南禹衡只是挂着如沐春风的淡笑，也不说话。秦嫣便知道这只老狐狸肯定又在盘算什么事了。

车子开到学校旁边的茶社停了下来，南禹衡对秦嫣说："是让荣叔先送你回家，还是在车上等我？"

秦嫣看了看车外："怎么，我还不能上去？"

南禹衡意味深长地说："你不是让我替你赶跑追求者吗？男人间的谈话，你上去，万一我们打起来呢？"

"呵呵。"秦嫣已经搞不清楚这老狐狸哪句真哪句假了。

"我在车上等你。"她说。南禹衡点点头，然后拉开车门进了茶社。

秦嫣也不知道里面什么情况，干脆拿出耳机开始听上个月在伦敦举办的那场交响乐演奏，时间倒也过得很快。茶社是玻璃窗，秦嫣看见他们上了二楼靠窗坐了下来，她坐在车上正好能看见，便一边听音乐，一边不时观察着他们。

不过奇怪的是，两人一直在说话。秦嫣心里吐槽也不知道他们有什么好说的，南禹衡对情敌会不会太佛系了一点，难不成还打算交个朋友？

二十几分钟后，一辆名贵的轿车缓缓驶到了前面，秦嫣看见车上下来一个中年男人，那架势看上去就身份斐然，还有两个随行的一起进了茶社。本来秦嫣也没当回事，结果几分钟后等她再次抬头朝那个包间看去时，竟然看见刚才上去的大老板走进南禹衡他们那间房了。

秦嫣落下车窗伸头看了看，嘀咕了句："什么情况？"

然后就见到南禹衡站起身和那个男人握了握手，然后一群人又坐下来了，弄得秦嫣一头雾水。

秦嫣又等了好一会儿，靠在后座上闭着眼都快睡着了，才听见有人敲了两下车窗。她刚坐直身子，车门就被南禹衡从外拉开了，他弯下腰对她说："出来见下吴总。"

秦嫣莫名其妙地扯掉耳机踏出车子，看见吴昂跟着那个中年男人从茶社里走了出来，南禹衡跟他寒暄道："我会让人把后期方案发给你，我们再联系。"

中年男人笑着和南禹衡握了握手，微笑之间透着生意人的精明。

南禹衡松开手后，自然而然地将手臂揽在秦嫣的腰间对他说："那吴总慢走，我就不送了。"

吴总身后的吴昂看见南禹衡手臂的动作，整个人愣了一下，听见自己的爸爸"呵呵"笑道："太太和你很般配啊。"

秦嫣嘴角噙着清甜礼貌的笑意，南禹衡也淡笑了一下，而吴昂整张脸惨白惨白的。吴总回头对吴昂说了声"走吧"，便转身上了车。

南禹衡也拉开后座让秦嫣先上，而后回过身淡淡地掠了一眼僵在原地的吴昂，虽然只是一个平淡的眼神，却透着不容侵犯的震慑力。

回去的路上，秦嫣兀自弯着嘴角笑，南禹衡问她笑什么，她歪着脑袋说："这事也只有你能干得出来，还真的很南禹衡！"

南禹衡明知故问："我干什么了？"

"不费一兵一卒就让情敌缴械投降，更夸张的是，你还能利用情敌的老爸顺便谈笔生意，还真是深山里的千年老狐，估计你和吴昂在楼上说了半天都没告诉他我们的关系吧？"

"你看他临走时惊吓的表情，还只能忍着，不敢耽误老爸的生意，你这招杀人于无形也太损了，这不是让人回去吐血三升吗。"

南禹衡唇边荡起浅笑："他觊觎我的人，我今天对他算客气的了，主要考虑到后面的确有个事需要吴总助力。"

秦嫣懒懒地靠在他身上，眼睛眯成一道弯，她会说这事干得"很南禹衡"，因为在她很小的时候南禹衡就告诉过她，能动脑子绝不动手。

快到家的时候，她突然好奇地问南禹衡第一次发表论文是什么时候，南禹衡不假思索地说："大一，SCI 二区 TOP 期刊。"

秦嫣不可置信地盯着他："你，你这些年一共发表了几篇？"

南禹衡不紧不慢地说："嗯……差不多够评副教授了。"

然后秦嫣就不说话了，一路上沉默不语。对于从小成绩优异的她来说，自尊心受到了强烈的打击。秦嫣暗戳戳地决定，大二前自己也要整出一篇像样的论文来。

3

元旦过后，南家所有人都很忙。秦嫣要准备期末考；吕治辰的厂子年尾赶工，已经一个月都没有回来了；南舟不知道在学校犯了什么事，学校竟然要开除他，南虞急得整天外出，到处找关系试图保住南舟的学籍；芬姨忙着筹备过年要用的食材，置办新年礼品；就连荣叔也几乎天天外出，替南禹衡去打点南振留下的旧关系。

一直到过年前，所有人都在忙忙碌碌，只有南禹衡依旧整天窝在家里清闲悠然——起码表面看上去是这样的。

南禹衡见秦嫣近来准备期末考的时间很紧，每天家和学校来回跑，于是建议她搬去学校住一段时间好好准备考试，免得路上来回折腾。

秦嫣当然是不愿意的，尽管路上的确累了些，可起码回家可以见到他。虽然考虑到南虞在家，两人不能腻歪在一起，可如果搬去学校，一周才能见一次，她不得不承认，她会想他的。

南禹衡却板着脸坚持道："宿舍我帮你安排好了，你晚上收拾一下东西，明天搬过去，也就一个月的时间。"

他说这话的时候是在某天晚饭后，南虞在看电视，芬姨在收拾饭桌，他把秦嫣喊到落地窗边的茶桌前对她说的。

秦嫣听完鼓了鼓腮帮子，脸上立马露出不高兴的神色："你怎么没和我商量就帮我安排了？我不想住校。"

南禹衡见她任性，继而说道："年关在即，荣叔要经常出门帮我办事，没法儿天天去学校接送你，外面冰天雪地的，你一个人来来回回我不放心，听话，住一个月。"

秦嫣别过头，当即眼睛就红红的，又碍于南虞姑妈在不远处，她不好对南禹衡发脾气，可心里就是堵得慌，一双水嫩的唇瓣紧紧抿着，跟受了多大的气一样。

南禹衡见她那个气包子的样子，眉梢不禁染上笑意："你来。"

南禹衡的本意是想让她凑近些，好和她说些悄悄话，偏偏秦嫣在气头上，赌气地说："不过去！"

南禹衡见她眼眶都湿了，挑起眉梢调侃道："我看你去国外两年，也没这么恋家嘛。"

秦嫣听出来他在责备自己出国后一趟都没有回来的事。她的确是故意不回来的，只有这样才能让南禹衡惦念她，加快他自己发展的速度，她才能更快地回到他身边。

可现在不一样了，他们结婚了，关系更近了一步，又是新婚夫妇，本来能腻在一起的机会就不多，还要让她住校一个月，秦嫣当然觉得满腹委屈。

她站起身说："我回房了。"便气鼓鼓地上了楼。

虽然她很不情愿搬去学校，可她向来是听南禹衡话的。

小时候林岩外出工作，秦文毅忙，秦智野得很，没那么多耐心教她，她和南禹衡在一起的时间多，南禹衡又比她大，心思也比较细腻，所以秦嫣小小的世界观基本上都是在南禹衡潜移默化的引导下构建成的。他教她识字认人，如何去看这个世界，了解东海岸的人性，把她亲手送出国，这么多年，她早已习惯了他的安排，所以回到房后，她还是乖乖把衣服打包了。

稍晚些的时候，秦嫣躺在床上看着天花板眨巴着眼睛，突然听见门外响起了敲门声，她一骨碌坐了起来，南禹衡的声音从门外传了进来："睡了吗？"

秦嫣盘腿坐着，咬了咬唇赌气地说："睡了！"

南禹衡的声音似乎带着些笑意："傻丫头。"

秦嫣等着他下面的话，然而他的脚步却越来越远，她气得一下栽倒在床上，胸闷得打滚。

4

第二天一早，秦嫣拎着个行李箱下楼，南禹衡坐在餐桌边，她把行李往旁边一扔，拉开他对面的椅子。

南禹衡穿着藏青色的毛衣外套，深沉儒雅。见她面色不好，南禹衡放下勺子，漫不经心地拭了下嘴角问她："昨晚睡得好吗？"

秦嫣看都没看他，回道："不好。"

然后她三两下把粥喝了，芬姨看她就吃了那么一点儿，让她再吃个鸡蛋补补营养。秦嫣拿了两个鸡蛋，一边口袋装了一个，之后就拉着行李箱，招呼都没和南禹衡打就出门了。

南禹衡让荣叔送她去学校，然而当荣叔把她送到宿舍后，秦嫣才恍惚地察觉，这间宿舍怎么有点儿眼熟？

荣叔将宿舍钥匙给秦嫣就离开了。她打开门才发现，宿舍床褥已经铺好了，干净整洁，所有生活用品也都有。关键是，这间宿舍她来过，正是以前南禹衡住的那间单人宿舍，到处都能看见南禹衡的影子。

书桌上的书架里有很多他的书，放得整整齐齐的；他的外套还挂在简易衣柜里；他干净且单调的拖鞋正放在床边……

一早上的阴霾终于烟消云散，秦嫣把靴子脱了，穿着他大大的拖鞋，将自己行李里的衣服全都扯了出来挂在他的衣服旁边，便去上课了。

晚上她吃完晚饭回到宿舍，洗完澡后将长发盘到头顶，打开台灯，把白天画的重点拿出来背。外面起了风，宿舍的纱窗嘎哒嘎哒地响，秦嫣抬起头，看见对面那棵大榕树被风吹得枝丫乱颤，在寂静的夜里像鬼魅的影子，莫名感觉瘆得慌，她干脆拉上窗帘，继续低头看书。

刚看没多久，屋外风的呼啸声似凄厉的女鬼，南城大学的单人宿舍本就不多，一般人根本申请不到，所以这片区域人烟稀少，秦嫣左右两边的宿舍都是空的，这样的环境，不免让她莫名打了个寒战，她刚抬起头，便看见窗帘外面飘过一道黑影。

秦嫣立马警觉地丢掉笔，就听见自己宿舍的大门居然被人从外面敲响了。

她防备地站起身，浑身汗毛都竖了起来："谁啊？"

没人作答，依然是闷闷的两下敲门声。秦嫣挪到门口对着猫眼往外看，竟然黑漆漆一片，似乎被人堵住了，什么都看不见。

她瞬间进入戒备状态，眼神扫视了一圈，匆匆走进浴室拿起拖把棍子跑了出来。

门外又响起了两声敲门声，秦嫣谨慎地将门开了一道细缝，看见门外的确站着一个戴着鸭舌帽、低着头的男人。男人一身黑色大衣，夜色朦胧下也看不大清他的容貌。那人见门开了条缝便伸手拉门，秦嫣下意识拿起拖把棍子朝他抡过去。

男人虽然眼隐在帽檐下，但反应迅敏，他头一偏，轻松躲开了拖把棍子，抬手一握，反而将身侧的拖把棍子握在掌心就势翻转，带得秦嫣的身体背了过去。秦嫣跌进身后人的怀中，刚准备反击，忽然感觉到熟悉的气息包裹而来，秒变自然卷小绵羊，转过身笑眯眯地跳到了他身上。

南禹衡将她手中的拖把一扔，单手托着她进屋，用脚带上门。秦嫣的脸埋在他的颈窝委屈地吸着鼻子："坏蛋。"

南禹衡闻着她才沐浴完的味道，抱着怀中柔软的小人径直将她放下，顺势扔掉了帽子和大衣，他精致的轮廓在幽暗的光线下夺目迷人。

秦嫣眼里忽然就蒙上一层水汽，声音软糯地说："我以为你真舍得让我搬出去呢！"

南禹衡俯下身吻住她的唇，辗转纠缠，他的眼窝很深，会让人不自觉陷进去的那种深邃。他托起她精巧的下巴："记得这里吗？"

房间只亮着一盏微弱的台灯，他高大的身躯线条流畅，像完美的艺术品，带着征服的野性，他太了解她，了解她的脾气，了解她的习惯，也了解她身体的每一处。

所以他能轻易掌控她，让她瞬间缴械投降。

直到这时秦嫣才终于知道南禹衡让她暂时搬来宿舍的原因。

她本来还以为南禹衡当真一周不见她也没关系，还气他心狠来着，后来她才知道，这个披着兽皮的狐狸君几乎每天都会抽个时间来看望她。

他并不是把她送走了，而是把她藏了起来，藏在了一个他可以随时拥有她的地方。

但让秦嫣无语的是，每次南禹衡折腾完她，她都困得不行了，他还非要让她把书拿过来，美其名曰他过来是监督她学习的。

针对她画的重点，有的部分他会全部推翻，然后重新帮她画，画完了再让她按照他画的背。

秦嫣当然是不服气的，说凭什么要按照他画的背，万一考不到呢？岂不是白背了！

南禹衡便合上书，完全不跟她进行专业方面的争论，而是凉凉地问她一句："你知道这门课，试卷谁出的？"

"应该是张慈铭教授。"

"嗯，我和他认识了四年多，你跟他认识多长时间？"

一句话把秦嫣堵得哑口无言，只能乖乖照做。

然而神奇的是，临近考试，张教授给出了考题范围和题型，等秦嫣再回去看的时候，发现南禹衡早在一个月前已经帮她画好了，全在范围内，而且她已经全都背熟了。

所以考试前几天，别人都在疯狂抱佛脚，她反而悠闲地去理发店做了个头发准备迎接新年，还有，那场恶战。

第十二章 / 气势汹汹

一把汗青壶。

1

让秦嫣万万没有料到的是，她盘算的那场恶战还没有发动，东海岸另一场暗潮汹涌的战争已经在她搬出去这一个月悄无声息地展开了。

考试前的两三天，南禹衡都没有再过来，每天只是匆匆给她一个电话，叮嘱她早点儿睡之类的，然后就草草挂断。

直到考试前一天的半夜，秦嫣本来已经躺下了，突然听见敲门声，又一个激灵爬了起来。当熟悉而沉闷的敲击声响起时，她欣喜地跑去一把将门打开，南禹衡单手撑在门框上，身后是皎洁的明月，镀在他米白色的翻领风衣上，将他颀长的身形勾勒得更加高挑，一双深黑色的眼眸在夜色中泛出疲惫，有些风尘仆仆的样子。

在他看见她的那一瞬，脸上的倦容消失了，旋即露出迷人的笑向她张开双臂。秦嫣一下子扑进他怀里，南禹衡搂住她的腰将她整个人抱离地面进了屋。

这时秦嫣才闻到他身上浓烈的酒味，她诧异地从他怀里挣扎出来，皱眉盯着他："你居然喝酒了？"

南禹衡深邃的眼眸牢牢锁住她干净的小脸"嗯"了一声，充满蛊惑的男性气息夹杂着酒精的味道让秦嫣心跳加速。

可她依然皱着鼻子瞪着他："你怎么这么晚还喝酒啊？"

南禹衡将她放了下来，把风衣脱了，笑得像个妖孽："想喝。"

秦嫣怔怔地看着他，她很少看见南禹衡笑得如此不羁，仿佛卸下一身重荷，超然洒脱。虽然她不知道发生了什么，但她能感觉出来他今晚很轻松，整个人都有点儿亢奋。

他走进浴室冲了个澡，出来拉开被子躺在秦嫣身边。秦嫣看了看时间已经不早了，小声提醒他："我明天一早要考试的。"

南禹衡啪地将灯关掉，把她揽进怀里，声音透着戏谑："我是来睡觉的，你以为我要干吗，还是你想干吗？"

秦嫣将脸埋进他胸口。以往南禹衡过来，顶多待上一会儿就要回去，从来不在这儿过夜，今晚他的反常，让秦嫣有些奇怪地问道："你晚上不走吗？"

"嗯，不走，睡觉。"

他说完没多久便呼吸均匀了。秦嫣发现他真睡着了，而且似乎很累的样子，这让她本想问他话都问不了。

南禹衡的睡眠向来很浅，秦嫣以往和他睡在一起通常都是她先睡着，南禹衡都要在她睡着很久以后才能入眠，但凡她稍微动一下，他都能醒来，秦嫣从来没有见过他像今天这么累。

她悄悄抬头看了他一会儿，轻柔地拨弄了一下他头顶短而削薄的黑发。她本以为南禹衡睡沉了根本不会察觉，没想到他明明闭着眼，却迅速抬手攥住了她的小手，沉沉地说："快睡，再动你就别想睡了。"

秦嫣想想明早的考试，还是乖乖闭了眼。

第二天一早，秦嫣的闹钟还没响，南禹衡就已经起床了。他利索地穿好衣服出门，去校门口买回了秦嫣爱吃的包子和那家她说好喝的豆浆，然后将她从暖和的被窝拖出来，帮她把衣服套上推进浴室。

秦嫣洗完脸出来，南禹衡坐在书桌前将热乎的早饭摆好，秦嫣走过去亲昵地坐在他的腿上，清爽白净的小脸在他颈窝温柔地蹭了蹭。南禹衡嘴角扬起弧度，他不知道别人家的媳妇儿是不是也这么喜欢撒娇，但是他家的小媳妇儿黏起人来的时候，还真是让人能瞬间放下心头大石。

南禹衡虽然有时候对秦嫣挺严厉的，比如监督她学习的时候。但宠她的时候也能把她宠上天，就像这个安逸的清晨，他任由她坐在他的腿上，把热乎乎的包子喂到她嘴边，再拿起豆浆给她喝。而秦嫣就这么安然地靠在他怀里，他喂什么，她就吃什么。

把她喂饱后，南禹衡一直将她送到教学楼前才停下脚步。秦嫣侧过身问他："你去哪儿？"

他双手插在米白色风衣口袋里平静地回道："回去了。"说完他又拉了拉她的衣领，目光清浅温柔，"这几天我不过来了，你好好考，听到没有？"

秦嫣心里闪过一抹异样，她总觉得南禹衡那语气就跟交代后事一样，但很快又把这怪异的想法甩掉："那我先进去了。"

"去吧。"

秦嫣看了看周围，低下头等身后那几个同学走远了才踮起脚吻了下他的唇，踏着轻快的步子往大楼里走去。

直到她踏上台阶回头看去时，南禹衡依然站在原地注视着她，目光悠远。秦嫣不知道自己是不是看错了，她感觉南禹衡好像拧着眉，表情很严肃的样子。

很快旁边有认识她的同学在叫她，她便收敛心神进了考场。

虽然那晚南禹衡突然半夜来找她，总让秦嫣感觉说不出的奇怪，但这几天她打电话回去，南禹衡语气依旧地和她闲聊，并没有什么异样，秦嫣便也放下疑虑，专心应付考试。

直到最后一天从考场出来拿出手机的时候，她发现手机上有八个未接来电，五个是秦文毅打来的，三个是秦智打的。

本来同学喊她聚餐，可当秦嫣看到这八个未接来电时，心已经陡然沉到谷底，一种不好的预感盘踞在她的心头。

她立马推掉聚会打给爸爸，秦文毅还在外地出差，电话里匆匆问她在哪儿，说已经让秦智去找她了，还问她南禹衡到底出了什么事，让她跟秦智赶紧回去看看。

一句话问得秦嫣心咯噔一下，赶忙挂了电话，连手指都在颤抖，又拨通了秦智的电话，秦智说已经到学校了，问她在哪个考场。

几分钟后秦智开车赶到，秦嫣一上车便浑身发冷地问秦智到底怎么回事。秦智将车子开得飞快，皱着眉说他也不太清楚，也是刚刚接到老头子的电话。

秦嫣紧张得指尖冰凉，她打南禹衡的手机，可电话一直无人接听，她一颗心更加七上八下。

秦智直接将车子开进东海岸，还没到南家门口，远远地就看见街道上停了好多辆汽车，几乎要将整个街道占满。南家大院门敞开着，好多人在往里拥，似乎还有争吵的声音。

秦智远远地将车停下，皱着眉对秦嫣说："南禹衡什么时候让你住校的？"

"一个月前。"

说完，她就准备拉开车门，却被秦智一把擒住："你现在不能进去，你看门口那些人。"

秦嫣坐在车中拧眉观察了一下，停在院门口的都是高档轿车，门口站着的人五大三粗的，像是打手。她一颗心跳动得更加剧烈。

秦智略微思忖了一番，说道："我要猜得不错，他事先把你支走是不想你受到波及，我建议你现在不要回家。"

秦嫣失控地扬起声调："你是让我看着一群人抄我家吗？让我看着我男

人在里面被一群打手围住不管？我做不到。绕到后门去！"

秦智犹豫地扫了她一眼，秦嫣反瞪住他："快！"

秦智便一打方向将车子绕到南家后门。

秦嫣拿出手机打了个电话给芬姨，芬姨倒是接了电话，秦嫣告诉她自己在后门，问她方不方便溜出来。

秦嫣徘徊在南家后门附近，好在后门比较隐蔽，一般人不太能找到。

几分钟后，芬姨打开后门探头看了眼，秦嫣回头对秦智说："在这儿等我。"然后小跑上去问芬姨，"出什么事了？"

芬姨满脸焦虑地说："我也不知道，刚才裴家突然带了好多人过来，把我吓了一跳，硬是闹了半个小时。禹衡让我把大门打开，结果一群人就这样冲了进来，现在又陆续来了不少东海岸的人。

"裴家先生在里面和禹衡谈判，说什么我也不大懂，就听到什么要联合所有人把禹衡赶出东海岸，好像马上准备派人去请东海岸其他大家族过来，说是不信今天赶不走我们南家！"

秦嫣立马皱起眉，急切地问道："谈了多久了？"

"一个多小时了。"

"南禹衡什么态度？"

"禹衡没有表态，几乎都是那个裴先生在说话。"

秦嫣感觉有点儿奇怪："没有试图周旋？"

芬姨回道："没有，就任由他们闹，禹衡什么话也没说。"

秦嫣双手冰凉地抬头看了眼黑色的房子，五官拧到了一起，忽而又收回目光回头看了眼车上的秦智，赶忙对芬姨交代道："你现在上楼把孟壶拿给我，不用告诉南禹衡我回来了。"

芬姨惊道："你要拿孟壶干吗？老爷说过那个东西是我们的家底。"

秦嫣昂起下巴，眼里迸出强大的震慑力："家都没了，要家底做什么？南禹衡要是问起来，让他找我要！"

芬姨听她这样说，不敢再耽误，赶忙回身跑上楼。秦嫣焦急地候在小门处，不时还能听见前院传来的闹声，脸色越来越难看。

好在没等多久，芬姨便又从后门绕了出来，手上抱着一个高档的正红色锦盒走到秦嫣面前，小心翼翼地将东西双手交到秦嫣手中。

秦嫣接过那个沉甸甸的锦盒，目光幽暗地对芬姨嘱咐道："把家里最好的茶拿出来，但凡进门的人都送上一杯热茶，包括门口那些看门的，不管别人说什么，不要丢掉南家的气度，等我回来。"

芬姨重重地点点头。

秦嫣便没再说什么，回头上了秦智的车子，死死抱着那个锦盒，目光看向秦智说："掉头，去上山区！"

2

车子开到上山区，秦嫣直接让秦智把车停在端木家门口。秦智单手扶着方向盘，转身对她说："端木翊还没回来。"

秦嫣拍了拍腿上放着的锦盒，目光暗沉："猜猜这里面是什么？"

秦智蹙眉，眼神落在锦盒上。

秦嫣侧过头朝他勾起意味深长的冷笑："孟壶。"

秦智顿了下，随即明白过来，她是来找端木明德的。

秦嫣下车绕到驾驶座外拍了拍车门："帮我看好大门，我没出来前，一只苍蝇也别放进来。"

秦智邪性地睨着她："我是你的保镖啊？"

秦嫣缓缓直起身子，优雅地假笑道："辛苦了，秦保镖。"说完她径直转身，捧着那个锦盒走向端木家大门。

门开后，秦嫣道明来意，接着便被引到端木家的正厅。

落座后，秦嫣把手中的锦盒小心翼翼地放在面前的红木桌上，安静地等待着。

没多久端木明德便下来了，看见秦嫣，有些讶异地笑着说："秦嫣啊？真是稀客，你爸让你过来的？"

秦嫣站起身，挂着微笑："端木叔叔好，我爸出差了，我才考完试放假回来，就想来看看您。"

端木明德虽然感觉有些奇怪，不过依然和颜悦色地问她："现在转专业还习惯吗？"

秦嫣等端木明德落座后，也跟着坐了下来，倾身回道："南禹衡有时候会指导我一二，现在好多了。"

"对啊，我都忘了你们在一个学校，他毕业了吧？"

"保研，还是会去学校的。"

提起学习，端木明德不免又念叨起自己的儿子："都是一届出来的，看看你哥，还有南禹衡，都能保研，我那个儿子呢，哼。"

秦嫣含着笑听端木明德抱怨端木翊的学习情况，随后不着痕迹地接过话头："前段时间听爸爸说您才动完一个小手术，现在您身体最重要，端木哥能进公司帮您，也是您的福气呢。我哥虽然学习好，可我爸还没享到我哥的福，这不，又出差去了。"

端木明德自然清楚秦家儿子脾性执拗，秦文毅跟他抱怨了好多次，还不知道儿子什么时候能接班让他退休。秦嫣几句话让端木明德心里舒坦些许，自家儿子虽然学习方面不成器，但也算能帮衬他，人总是有得有失的。

端木明德招呼秦嫣喝茶，秦嫣喝了一口，缓缓放下茶杯，笑着说："知道叔叔喜欢品茶，又喜欢收藏茶具器皿，我前段时间一直忙考试，您出院也没来看您，今天一回来就赶过来了，给您带来了一份薄礼，我也不是很懂，要么叔叔您看看？"

端木明德自坐下来就看见了那个特别的盒子，只消一眼他就知道里面的东西是好货，虽然也好奇，不过还是客气道："你爸爸前段时间来看过我了，你还特地带份礼过来干吗？"

秦嫣莞尔一笑："端木叔叔不能这么说，我现在都嫁人了，这份礼自然是代表南家送的。"

端木明德的双眼精明地微微眯了眯，没说话。

秦嫣直接将锦盒掀开，那线条流畅精致秀美的壶便安逸地躺在锦盒里。

当端木明德看见这把壶时，立马从沙发上站了起来，甚至有些激动地问："孟壶？"

秦嫣将锦盒稳稳地放在红木桌上供他观赏，从容回道："孟老先生的巅峰之作，汗青壶。"

端木明德窄小的眼睛迸出贪婪的光来，伸着头跃跃欲试地问："我能看看吗？"

"请便。"

端木明德回身让人把他的手套拿来，戴上手套后他才小心翼翼地将那把壶从锦盒中取出来仔仔细细地端详着。秦嫣也不着急，拿起茶默默地在旁喝了几口。

如果她预料的一样，接下来，东海岸所有有头有脸的人物全部会被裴家请去，这便会是一场围剿南家的斗争。

爸爸不在家，东海岸说话最有分量的便是上山区三户人家，她不能让所有人一面倒欺压南家，只要这三户人家中有一户肯站在南家这边，今天就是整个东岸商会的人到齐了都动不了南家。

所以在芬姨告诉她前院发生的事后，她当下便决定必须要在裴家动手前抢占先机，弄到一张保命牌，不管南禹衡葫芦里卖的什么药，她都要为他打通一条后路。

秦嫣会想到用孟壶，还要归功于秦智带给她的启发。她依稀记得很久以前，有次端木翊在秦智房间打游戏，吐槽他老爹花大价钱拍了一把壶，脑壳子坏掉了。而孟壶正是壶艺泰斗、一代宗师集六十年抟壶之技打造而成，是所有爱壶人穷极一生追求的梦想，又因为存世的孟壶一共只有十八把，拥有孟壶成了一种可遇不可求的缘分。

孟壶中又以汗青壶为壶首，所以虽然她没有绝对的把握能用这把壶砸出一条后路，但她必须试一试。

在端木明德狂喜的眼神中，秦嫣看到了一丝希望。只见端木明德仔细端详过后，又轻轻将孟壶放回锦盒内，脱掉手套感叹道："我没想到有生之年能亲眼看见汗青壶，我曾经为了找一把孟壶还被骗了，虽然也是出自大师之手，但并不是真正的孟壶。我打听过汗青壶的下落，听说早年间落到一个商人手里，你是怎么得到的？"

秦嫣如实告知："那个商人就是南禹衡的父亲。"

端木明德恍然："原来这壶在他父亲的手里。"

秦嫣缓缓将茶杯放下，淡笑道："不，准确来说，这把壶现在在南禹衡的手里。"

她侧头看向端木明德，目光坚定不移。

端木明德精明的眼睛微微上挑，扫了眼锦盒内的孟壶，又看了看秦嫣，往沙发椅背上一靠，手掌拍了拍沙发扶手，嘴角勾起了笑："你这礼太贵重了，我恐怕收不起啊。"

秦嫣面不改色心不跳地接道："是吗？听说对面的钟先生对茶道也颇有研究，要是端木叔叔不喜欢这份大礼……"

她故意拉长语调看着他，端木明德一拍沙发扶手，严厉地说道："我和你爸还是老交情呢，丫头啊，你就这样套路我，让我替你办事？裴家上你家大闹的事，真当我没收到风声？"

端木明德沉着脸，颇具威严地瞪着秦嫣。秦嫣背脊挺直，目光沉着冷静地回视着他，没有丝毫躲闪："端木叔叔认为我是来套路您的吗？我要真想套路您，现在就不会带着这份厚礼来找您，而是直接跑到端木哥面前哭去了。您觉得我要真跑到端木哥面前装可怜，端木哥会坐视不理吗？您知道，他不仅不会，还会跑回来跟您闹！

"但是我没有。我知道端木哥从小待我不薄，但我秦嫣无论身处任何境地，都不会利用他的感情为自己铺路！"

她一番掷地有声的话让端木明德的脸一阵青一阵白，她坦荡的眼神更是让端木明德一时接不上话。

秦嫣缓缓调整了下呼吸，慢慢收敛起强势的锋芒，声音再次变得平缓且真诚："我来是请求端木叔叔能看在我爸的面子上，看在我的诚意上，如果待会儿他们真要把我们南家逼上绝路，您能站出来为我们说句话。"

端木明德沉着脸看着她："知道我的生意为什么能做这么大吗？那是因为我不会盲目地为人情买单。"

秦嫣默默收回视线垂下眼帘，她清楚端木明德之所以是东海岸最成功的商人，与他圆滑的性格和敏锐的洞察力有关，东海岸几次风云变幻，端木家都能避开风口浪尖，无论旁边的裴家和钟家怎么斗，他都能独善其身。

眼下的情况，只有让端木明德看见足够的利益，他才有可能走近这个风口浪尖。

秦嫣思忖了半分钟，猛然抬头看向端木明德。端木明德点燃了一支雪茄，也在默默观察着这个让他有些刮目相看的小姑娘，直到此时，她依然没有显出半分慌张，反而神情笃定地抬起头，对着他微微一笑。

"我丈夫从小无父无母，被南家人一路'惦记'到大，东海岸各方势力对他虎视眈眈，您看他出过事吗？"

端木明德渐渐皱起眉，目光锁住那张坚定的脸。秦嫣眼里迸发出强大的自信，嘴角微微翘起："我能告诉端木叔叔的是，今天这场战争，谁赢谁输还不知道呢。风险往往和利益并存，这世上的汗青壶仅有这一把，敢不敢拿，就得看叔叔您的胆量了。"

秦嫣说完便起身礼貌地对端木明德说："壶我给您留下了，家里事情多，我就先回去了。"

语毕，她转身大步往外走。

端木明德看着这个丫头胸有成竹的气场，眉头越皱越深，心里越发狐疑。

3

秦嫣刚走到院中便碰见才从外面回来的端木翊。端木翊自从进了公司后头发理得正经多了，平添一分成熟男人的气息，只是在见到秦嫣后依然不自觉地咧开嘴："你哥说你在我家，你找我爸干吗啊？"

秦嫣笑了笑："叔叔不是前段时间生病吗，今天有时间就来看看他。"

端木翊摆摆手："哎呀，他那个小毛病，你还特地跑一趟。"

秦嫣赶着回去，便匆匆说道："我哥还在外面吧？那我先走了。"

"喊你哥一起进来吃个饭再走呗。"

秦嫣已经大步往外走去，回头对他笑道："不了，下次我请你。"

端木翊站在原地，看着秦嫣被驼色大衣包裹的清丽身姿，一时间有些恍惚。

端木翊刚进门就看见老爸在对着一个锦盒发呆，他不禁走过去问道："看什么呢？"

端木明德回过神，抬起头问道："秦嫣来找我，刚才碰见了吧？"

端木翊点点头："在院子里碰见了。"

端木明德颇有深意地问他："她有跟你说什么吗？"

端木翊一屁股坐下来，大大咧咧地回："说你生病来看你。要我说，秦嫣也太客气了。"

端木明德默默抽了口雪茄，一双窄小的眼睛缓缓眯起，想到秦嫣那句掷地有声的"我要真想套路您，现在就不会带着这份厚礼来找您，而是直接跑到端木哥面前哭去"。

这倒让端木明德感觉小姑娘不仅胆识过人、心思细腻，更遗传了她爹的做事风格，光明磊落。

秦智将车子往山下开去，他出声问道："你指望端木明德来保南家，还不如问他借钱更靠谱。"

秦嫣当然清楚，整个东海岸要真闹起来，光靠端木家当然是没用的。

她靠在椅背上，一双漆黑浑圆的大眼里闪着晦暗不明的光："南禹衡既然能把我事先隔离，说明这场战争在他的预料中，我刚才问芬姨他有什么反应，芬姨说南禹衡根本没有试图周旋，反而任由事态继续发展。

"裴家闹成这样，南禹衡却一言不发，反而敞开门任由他们闹，这不像是他的作风，太奇怪了。

"我觉得……他似乎是在拖延时间。我多缠住端木明德一个小时，就能为他多争取点儿时间，至于待会儿端木明德会不会为南家出面，这个只能尽人事听天命了。"

秦智斜了她一眼，冷笑一声："你是他肚子里的蛔虫，能猜到他的用意？家都被人闯了还挺自信的。"

秦嫣却淡淡地回了句："我相信我男人，有问题吗？"

一句话让秦智闭了嘴。他不知道姓南的从小给她喂了什么迷魂药，就这么着吧，反正人都给他家了，秦智还能说什么，只能赶紧载他妹再次回到南家后门。

可让他们没想到的是，刚才还空无一人的南家后门，此时大敞着，也被各种车辆堵满了。

秦智看秦嫣准备往里走，皱了下眉说："我跟你一起进去。"现在南家几乎被东海岸的人占领了，裴家万一恶意煽动，他的妹妹虽然不见得会吃什么亏，但他还有个体弱多病的妹夫。

然而两人刚走进南家，便发现很多大家族都带了人来，前院站不下，此时一窝蜂全涌进后院，从后院往屋里走的路上，秦嫣看见南家整齐的草坪被人随意践踏，车轮碾过，停得横七竖八，修剪整齐的花圃上挂满打手的外套，压得树丫变了形。

秦嫣只是默默地看着自己的家被糟蹋成这样，又默默地收回视线。

家里的情况并没有好到哪儿去。能在里屋站着或坐着的基本上是东海岸各大家族的男人，突然来了这么多人，有的人还把茶打翻了，地上湿漉漉的，脚再一踩难免脏兮兮的，原本整洁干净的南家瞬间变得鸡飞狗跳。

而前院的情况更糟糕，荣叔每天悉心照料的花草药材被裴家人全数毁了，一片狼藉。

秦嫣并没有走进正厅，只是远远地看了眼南禹衡的背影。他被一群长辈围着，那些人七嘴八舌地说着话，南禹衡穿着深色翻领毛衣，独自沉静地坐在轮椅上，形单影只，仿若要被无数条巨鳄吞噬。

秦嫣咬了咬牙根，在某个瞬间有股冲动，想冲过去把那些人全打一顿，但到底还是忍住了，转身拽着秦智从后面绕进厨房。

芬姨一见秦嫣回来了，深锁的眉头透着焦虑："人越来越多了，怎么办？"

秦嫣走到她身后抬手揉了揉她的肩，替她缓解了下紧张："没事，我来了。这些都是要泡的茶吗？我来弄，你把外面的茶水拖一下，我怕有人滑倒。"

芬姨受惊地说："这事怎么好让你来干。"

秦嫣却不以为意："他现在没工夫管这些，但这些琐事必须有人为他打理。都什么时候了，你还讲究这些干吗。快去吧，你忙完正好歇会儿，待会儿估计来的人更多。"

虽然外面的情况一团乱，但好在秦嫣回来了，纵使秦嫣在芬姨眼中依然是个小姑娘，可不知道为什么，她一回来，芬姨便感觉心里踏实多了，刚才那种六神无主的心情似乎也稍缓了一些。

芬姨稳了稳心神刚走出厨房，秦嫣又叮嘱她："不用特意告诉南禹衡我回来了。"

芬姨点点头，秦嫣不想让南禹衡分心来顾及她。

秦嫣反正想好了，待会儿她就一直站在角落，最坏的结果就是谈崩了，那些人要动南禹衡，她就拉她哥冲出去！

秦嫣让秦智帮她把杯子倒上热水，她亲自一杯杯送出去。

前院此时站着的都是东海岸的年轻男人，本来激昂地争论着，忽然一抹倩影不停穿梭在他们中间，为他们送上热腾腾的茶水，不管谁跟她说话，她都会笑盈盈地跟别人问声好，她的笑容让那些人心里的烦躁莫名平复了一些，目光不禁都跟着这个俏丽的美人转悠。

自从秦嫣嫁来南家，关于她的流言就没停歇过，此时看见这个总被人议论的美人如此落落大方地出现，男人们不免遐想。

就连被一群人包围的南禹衡都感到奇怪，嘈杂的前院怎么忽然安静了许多，他暗暗揉了揉太阳穴，吵了一下午，的确有些头疼，总算能安静一会儿。

秦嫣送了几趟茶，穿梭在这些男人中间竖起耳朵聆听，已经零零碎碎把事情拼凑起来。

说是南禹衡本来要和正庆集团签署战略合作协议，却临时变卦，直接将关键技术卖给正庆，也就是正庆将全面收购智能核心技术，带领工业电器领域进入新纪元，大力推动正庆集成到本体的转型。这件事的落成会直接决定正庆集团在国内工业电器行业的先驱地位，全面进驻南方地区，彻底侵占裴氏企业高安集团的市场份额，按照正庆现在的发展和高安集团的现状，不出五年就能让裴氏企业快速崩盘。

正庆位处北方，属于都会商圈，本来和东岸商会就有些利益冲突，南禹衡的这一举动对裴家来说几乎是致命一击，也直接影响了整个东海岸的经济体，一旦裴家势力崩塌，东海岸的经济联盟就会被削弱。

裴家今天召集所有东海岸的人，要的就是一个说法，南禹衡给不出说法，就得滚出东海岸，这里容不得一个让东海岸陷入水深火热的叛徒，也容不得一个不顾东岸商会利益的副理事。

秦嫣送完前院的茶后，又跑去后院，为那些司机、保镖送茶。

如此来来回回好几趟，不知情的人问她是谁，她会温和地告诉他们，她才嫁进南家。

秦嫣不是一个软弱的女人，但她懂得适时示弱为自己争取更大的利益。果不其然，那些男人听说她才嫁进南家便遇上这么个事，不免产生了同情心，对她的态度都客气许多。

秦嫣刚送完后院的茶，南家大门前便一阵喧哗，她赶忙跑到厨房门口向外看去，就见端木明德和端木翊走进了南家。

秦嫣回身看了秦智一眼，悄声说道："看来要开始了。"

秦智也从厨房走了出来，靠在旁边默不作声地往正厅瞧去。

荣叔把端木明德请到上座，裴鑫国见端木明德来了，立马对着南禹衡发难："好了，这下人都到了，你考虑了这么长时间，也应该给大家一个说法吧。"

旁边陆续有人插嘴道："是啊，我们既然都仰仗着东岸商会的势力，那么哪些钱能赚，哪些钱不能赚，位置得摆正，如果人人都像你这么年少不懂事，我们商会也不会发展到今天这般。"

这时，人群中一个男人激动地站了起来，指着南禹衡破口大骂："我看你早就跟都会那帮人勾搭上了吧？你们大家想想，他一个势单力薄的小子，早几年凭什么能拿出金羽左右东海岸的局势？到底是他们南家在背后作祟，还是都会势力插足，你们都好好想想！

"另外，这个时候，你那个大义凛然的老丈人今天怎么不在家？还是知道东窗事发先躲起来了？"

秦嫣看着那个大腹便便的男人，拳头紧紧握了起来，出声问秦智："他是谁？"

秦智的眼中泛着森冷的光，低声说："住在前山的倪耀鹏。"

秦嫣猛然滞住，呵，倪家。

她忽然想起几个月前那个大雨滂沱的夜晚南禹衡对她说的话，嘴边不禁泛起一抹冷笑："果然是骡子是马今天都能现出原形，哥你记性好，可要把这些站出来说话的人都记牢了。"

4

秦嫣记得那晚对倪家小儿子下手可不轻，他爹倪耀鹏虽然当时并不好跑到南家来闹事，但大约也是记着仇的，趁今天这个机会大肆煽动屋内外的人，把"叛徒""内奸"，甚至"走狗"的帽子扣在南禹衡的头上。

都会商圈人口众多，或多或少和东岸商会存在竞争，旁人也都怕今天的裴家成为他们的前车之鉴。万一都会商圈势力侵袭，以后他们的生意都有可能遭受威胁。

所以在倪耀鹏激昂的煽动和裴家的施压下，越来越多人的情绪被带动起来，甚至还有些年轻人对着南禹衡破口大骂。

秦嫣的眉头越皱越深，她牢牢盯着南禹衡，他侧面的轮廓清晰俊朗，深邃的眼神毫无波澜地望着眼前不停向他发难的人，眸光中透着不可侵犯的疏离和冷漠，腿上盖着深红色的毯子，一直拖到了地上，像鲜红的血流淌下来，渗进一室人心。

秦嫣记得很久以前，范筱萧离开东海岸时曾对她说过："东海岸就是个吃人的地方，弱肉强食，尔虞我诈，你不知道什么时候什么人会把你推向地狱！"

这一刻，秦嫣看着眼前的画面，浑身的汗毛都竖了起来。她仿佛看见无数的洪水猛兽要将南禹衡彻底吞噬，全然不顾他此时看似病弱的模样，一张张利欲熏心的嘴脸恨不得立马将南禹衡推入深渊永不翻身。

而秦嫣身旁的秦智双臂抱着胸，冷毅的线条紧紧绷着。他脑中回想的是那个挂着残月的夜晚，也是像现在一样，无数的冷讽和唾弃的刀子划在那个女人的身上。

东海岸！呵，去他的东海岸！

众人正在争吵，秦嫣似乎瞧见倪耀鹏抬头扫了眼裴鑫国的身后，然后一个高个子年轻人突然爆发，气冲冲地朝南禹衡走去："你装什么深沉，你再不吭声我就动手了！"说着人已经冲到南禹衡身前。

秦嫣一看情势不妙就准备往正厅跑，被秦智一把拉住。几乎同时，她看见荣叔挡在南禹衡面前，虽然荣叔比那个男人矮一些，但丝毫没有避让，就这么立在南禹衡的身前，不让那个男人碰他一下。

可让所有人都没想到的是，砰的一声，那个年轻男人毫不犹豫一拳朝荣叔面门揍了上去，骂道："什么东西！"

荣叔身子跟跄了一下，嘴角立马溢出血。

秦嫣再也不能忍了，当即甩开秦智，却被秦智从身后擒住她的脖子，将她的身体完全禁锢在身前说："不能去，他们巴不得南家有人反击，你一旦去了，这么多双眼睛看着，今天这事更过不去！"

秦嫣的胸口剧烈起伏，南禹衡是她男人，荣叔是她家人，现在家人被人欺辱，她如何坐视不理？此时急得一双眼睛通红，死死盯着正厅那群妖魔鬼怪，恨不得把这些人生吞活剥了！

这时，一直坐在旁边没有发话的端木明德突然开口道："老裴啊，管好你的人，事情还没个说法，是想直接把人打进医院？你以为我们很闲啊，特地跑过来看你打人？"

裴鑫国咳了一声，那个年轻气盛的男人恶狠狠地盯着南禹衡退到一边。

南禹衡偏头看了眼荣叔，眉宇间轻轻皱起。荣叔不动声色地对他摆了下手，示意他不要管自己。

南禹衡便缓缓收回视线环视了一圈众人，精致的下巴拉伸到脖颈露出优雅的弧度，在所有人的注视下终于缓缓开了口，声音不大，却清晰明亮："你们到我这儿也闹了一下午了，到底要我给你们什么说法？说我把核心技术给了正庆，合同呢？"

秦嫣身体一僵，周围一圈人也面色迥然。南禹衡接着不紧不慢地说："技术材料呢？框架协议呢？再不济，邮件往来、会议纪要呢？总得有什么能证明的东西吧？"

外围站着的一圈人窃窃私语起来，裴鑫国却并没有被他的话搪塞过去："你的意思是，你没有和正庆合作？"

南禹衡淡淡地瞥向他，沉声道："合作了，并且会继续保持良好的合作关系。不瞒在座的各位，我现在占有正庆集团 7.8% 的股份，股权变更在上个月落实的，我现在是正庆集团第三大决策人。"

此话一出，仿若平地一声惊雷，整个大厅炸开了锅，当即沸腾起来。所有人都用不可置信的目光盯着那个病弱的男人，没人知道他是如何入股正庆，更没人知道他怎么有胆子在这个节骨眼上公布这件事。

连秦嫣都震惊得说不出话来，而秦智已经松开她走到一边，静观事态的发展。

一时间，包括裴鑫国、倪耀鹏在内的数十人齐齐从座位上站了起来。裴鑫国狠戾地说道："大家看看，看看！刚才还义正词严让我们拿出合同，现在他自己承认了他就是正庆的大股东，是都会商圈的人！这样的人，居然住在东海岸这么多年，钟家的金羽计划也是你搅黄的！

"秦文毅呢？当年都说秦文毅是叛徒，怪不得肯把如花似玉的闺女嫁给你，你们根本就是一丘之貉。

"我要求立即罢免他东岸商会副理事一职，即刻搬离东海岸！所有东岸商会的人，从以后断绝一切与他的生意往来！"

"同意！立即滚出东海岸！"不停有人附和道，外院的呐喊声更甚，一浪高过一浪。

南禹衡缓缓蹙眉，抬头盯着他们，声音透着冷意："我是说我入股正庆，但请问，我哪句话里说了我入了都会商圈？你们又不是不认识都会的人，查一查备案就知道的事，跟着裴先生在这儿起哄。裴先生的企业遭遇危机，你们也都想遭遇危机？"

一句不轻不重的话，顿时让很多人脸色大变，目光不善地盯着南禹衡，仿佛把面前这个二十几岁的男人当成可怕的魔鬼。

气氛僵持不下，静坐在一边默默观察的端木明德忽然说道："都安静，听我说一句。"

他在场中的分量自然不容置疑，所有人都安静下来朝端木明德看去，包括裴鑫国也重新坐了下来。

端木明德清了清嗓子，看了眼不远处坐在轮椅上的儒雅男人，目光透出一种老辣的市侩，继而不紧不慢地开了口："刚才大家听说南禹衡入股了正庆，反应都很大，感觉咱们东海岸出了一个叛徒，恨不得人人得而诛之。

"的确，从某种程度上来看，以后可能对裴家的生意有些影响，但我们换个角度，从大方向来看，咱们东海岸是不是又多了一员猛将？

"正庆集团现在是工业电器行业的巨头，这么好的资源就在我们面前，我们反而不屑，硬生生要把自己强大的队友推给都会那边，为敌人增加势力，这是什么想法？

"难道大家就这么不自信？为什么不能联合起来把正庆集团拉拢过来？以前是因为地理条件限制了沟通发展，现在正庆的第三把交椅就在我们东海岸，还要把他赶出去？

"你们也不怕成了商圈的笑话！"

端木明德轻松地跷着腿，正厅内顿时鸦雀无声。刚才大家的情绪都被煽动起来，没有从另一个角度去考虑这件事背后的利弊。

裴鑫国脸色一沉，单刀直入地扬声问道："照端木老弟的意思，你会支持一个背景不清不楚的人？"

端木明德立马正色，纠正道："我只支持对大局有利的判断。"

一句简单的话已经表明了立场。

裴鑫国沉着脸，没再跟圆滑的端木明德周旋，而是问起旁边的下人："钟家怎么还没过来？去请的人怎么说？"

下人回道："钟先生和他家大儿子都不在家，我们去的时候，他家小儿子正要出门，说没时间过来。钟夫人……听说这段时间卧床不起，病得很重。"

裴鑫国皱着眉，拿出手机直接给钟昌耀发了一条信息：再不过来，东海岸就要变天了！

裴鑫国看端木明德那个架势是要跟自己对着干了，如今只能指望钟家的人赶紧过来，只要裴、钟两家联手就能镇住场面。然而这条信息就跟石沉大海一样，一直得不到回复。

南禹衡此时听到端木明德的立场，有些讶异地朝他看了过去。端木明德只是回给南禹衡一个意味深长的眼神。

南禹衡心里疑惑。端木明德出了名的精明狡猾，但凡东海岸有什么事，他从来都是躲在后面审时度势，绝对不会站出来做出头鸟，让自己陷于任何风险之中。今天端木明德的态度着实让南禹衡大吃一惊，包括一开始裴家那边的人对荣叔动手，也是端木明德将事情岔开。

端木明德突如其来的态度，不免让南禹衡垂下眼帘，思考他到底有什么用意。

南禹衡和端木家向来没有交情，又因为秦嫣，端木明德的儿子从小就对他充满敌意……

想到秦嫣，南禹衡突然抬起头不停在屋内扫视，越过层层人群又猛然转过头，当他的目光对上站在角落那个纯净柔美的女人时，顿时什么都明白了。

在这一刻，南禹衡眼里涌动着翻腾的情绪，他的目光越过混乱的环境将她融化。

秦嫣对他漾起一丝浅笑，温柔纯净，情深似海。

第十三章 / 针锋相对

最后一片金羽现世。

1

本来一面倒的情况，因为端木明德的表态，事情又进入了新一轮的探讨，正厅里的人意见渐渐开始分化，分成了保守派和自由派。

保守派以裴家为首，主张不能留南禹衡下来，最起码不能让他再担任东岸商会副理事的职位，否则不知道他们日后的一些合作信息、商务资源会不会流向北方。

自由派则以端木家为首，主张不宜把关系搞僵，不管南派北派本质上都在一个大环境里，本来东岸和都会多年来矛盾就不少，如果这时候把南禹衡推出去激化了矛盾，可能会引来更大的商业战争，他们更赞成南北互通，搞好关系，实现商业自由化。

众人争论了将近一个小时，其间南禹衡始终没说话，时不时侧头瞥一眼左侧。其他人也许没有注意到南禹衡这个细微的动作，但秦嫣注意到了，她很清楚左侧那面墙上挂着的是一架复古的木钟，也就是，南禹衡在看时间。

秦嫣不禁眉峰深锁，四个小时了，这些人从中午就冲进了南家，南禹衡已经拖了整整四个小时，他到底在等什么？

正在秦嫣揣测之际，不知道谁先挑起的话题，两方人忽然全把矛头指向南禹衡，让南禹衡表明自己的立场，愿不愿意放弃副理事一职，以后又将如何在东海岸发展，对裴家的高安集团接下来会不会有大动作。

一系列犀利的问题抛向南禹衡，饶是自由派看似站在他这边，但也希望他能先拿出个态度让众人信服，否则没人敢留一个定时炸弹在东海岸。

南禹衡先是漫不经心地拉了下毯子，随后清淡的眼神微微垂着，似在沉思一般。

裴鑫国最后一点儿耐心终于被磨完了，这个小子从中午开始就一直是这副不温不火的样子，问他十句，一句也不正面回答，不管别人故意说多少难听的话激他、骂他，甚至动手打了他身边的人，他始终不为所动，折腾了几个小时什么结果都没有，反而被端木明德那个凑热闹不嫌事大的突然插一脚，让事情更加复杂。

　　此时的裴鑫国只想快刀斩乱麻。他转过身，让自己的人把后院的人全喊进来。

　　秦嫣眼睁睁地看着身后的过道突然冲进来一群人。这些人也已经在南家耗了半天，人太多连张椅子都没得坐，自然站得累得慌，面上的表情都有些不耐烦，凶神恶煞的。

　　这些人一走进南家便全部立在裴鑫国的身后，足足二十号人，气势顿时高涨。

　　裴鑫国缓缓从椅子上起来，一字一句地对着南禹衡说道："既然你已经入股正庆，多的话我们也就不谈了，你今天只要立下字据，保证正庆绝不踏足本省，不干预南方市场，关于你的去留，大家说了算，我们裴家不再参与。如果你不能保证，不好意思，今天我身后这些人就会把你们家拆了，把你撵出去。我裴鑫国说到做到！"

　　南禹衡的去留暂且不说，他和裴家的这个承诺便成了事情走向的关键，所有人都不再议论，安静下来，等待南禹衡的回应。

　　而他依然是那副温温吞吞的样子，看得裴鑫国火大，上去就指着他骂道："你哑巴了？"

　　南禹衡修长白净的指节有规律地敲打在轮椅扶手上，漫不经心地抬眸对上他。那一瞬，裴鑫国竟然在这个年轻男人的眼中看见一丝嘲弄，就像在看一个跳梁小丑。

　　就在南禹衡的指节敲下整整十下时，裴鑫国刚准备发怒，前院突然一阵骚动，让正厅的一群人都不明所以地回头往外看去。

　　就见南家大门外忽然冲进一队黑衣保镖将人群分开，众人都很好奇，这么大的阵仗，是什么人要来？于是都纷纷伸头张望。

　　一分钟后，一个头发花白的老者拄着拐杖，穿着一套深灰色中山装缓缓走进南家大门，出声抱怨道："你们车子乱停乱放，把路都堵死了，害我多走这么多路，什么素质！"

　　瞬时间，前院沸腾了，有些人认出来人，赶忙半弯下腰毕恭毕敬地喊道："冯老爷子好。"

前院的年轻人根本没有见过这个传说中东岸商会的主理人，但关于冯老爷子的传奇，南城经商的人无人不晓。

众人见面前这个圆脸、有些胖胖的矮老头居然就是传说中的冯老爷子，赶忙发出一声声问候。

冯老爷子一开始还摆出一副德高望重的表情，对那些小辈的问候淡淡地点点头，后来大概人实在太多了，问得他烦了，干脆举起拐杖怒气冲冲地说："好什么好，都要给你们这帮不省心的气死了，给我闭嘴！"

此话一出，整个前院的人大气也不敢喘。这个矮老头儿虽然看起来跟隔壁公园的遛鸟大爷没两样，但说起话来那气势，顿时能让人感受到这个小老头儿的威严。

想到他一生的经历，逢山开路、遇水搭桥的本事，众人不禁生出一股敬畏。

众人让道后，冯老爷子不疾不徐地拄着拐杖穿过南家的院子，临进门前还回头看了一眼那些被折掉的兰花，"啧啧"了两声，踏进屋里。

冯老爷子的身影刚走进屋内，整个大厅的男人都齐齐从座位上站起来，发出此起彼伏的惊讶和问候声。

端木明德也站起了身，颇为恭敬地对冯老爷子说："哟，老爷子怎么亲自来了？"

冯老爷子面色不善地盯着他："关你什么事，又没跑你家。"

没见过冯老爷子的人听见他这么说，都吓了一跳，心说这老头子脾气不得了啊。但端木明德听见后反而笑着让出身边的上位，横扫了端木翊一眼，然后对冯老爷子说："来，老爷子坐我这儿。"

端木翊赶忙上去搀扶冯老爷子。

冯老爷子抬起头看了看瘦瘦高高的端木翊，声音洪亮地说了句："小伙子长得像你妈吧？不像你爸那么歪瓜裂枣的。"

后面有些人没忍住发出一阵哄笑，端木明德脸色有些挂不住地瞪了那些人一眼，端木翊倒是接得很快："我的脚跟我爸一样。"

此话一出，后面又传来一阵大笑，冯老爷子也弯起嘴角，在端木翊的搀扶下落座。

本来都已经一触即发的气氛，因为东岸商会主理人、十年也露不了一面的冯老爷子突然到来，气氛轻松了一些。

秦嫣也像绝大多数人一样，从小就听爸爸说过冯老爷子那富有传奇色彩的人生故事，但从来没见过本尊，小时候爸爸和她还有秦智说的时候，她脑中一直想的是电视剧《上海滩》中许文强的形象，但没想到真实的冯老爷子像个弥勒佛，和她印象中那个牛人形象差别也忒大了点儿。

秦嫣在冯老爷子刚进门的时候，听见别人对他的称呼已经立马回身跑进厨房，拿出上好的紫砂杯亲自为冯老爷子泡上茶，在端木翊刚扶着他落座后，秦嫣已经穿过人群，径直将那杯茶端向冯老爷子。

2

直到这时，正厅的男人们才看见南家的新媳妇儿。秦嫣忙的时候脱掉了大衣，此时只穿着一条黑色紧身裤，上身是一件纯黑的针织衫，姣好的身材包裹得玲珑有致，一头如瀑的黑色长发就这样散落在肩上，泛着柔顺的光泽，衬得她的容貌更加温婉，别有一番让人挪不开视线的风韵。

今天这个场合聚集了太多有头有脸的人物，这些人对她的丈夫并不友善，场内的气氛透着难掩的紧张，虽然她走入正厅时所有人的目光全落在了她身上，但秦嫣是在东海岸长大的孩子，从小经历过太多这种场合，又曾走出东海岸独自面对国际舞台的视线和压力，所以尽管此刻所有人都把目光聚焦在她的身上，她的步子依然走得从容大气，发丝微动间每一步都养眼至极。

冯老爷子此时也注意到这个长相不错的小姑娘，就见她人未到面前，笑容先在脸上漾开了，带着从骨子里透出的清甜，让人看着很入眼。

秦嫣走到老爷子面前，弯下腰对他恭敬地说："冯爷爷您好，请喝茶。"

冯老爷子抬眸看向她，问道："南家才进门的小媳妇儿？"

秦嫣依然躬着身露出浅笑："是的，我是秦嫣。"

冯老爷子接过茶点点头："嗯，秦文毅的女儿。"

旁边裴鑫国忽然插道："既然冯老爷子来了，那正好，主事人都来了，该怎么解决，今天也好有个了断。"

冯老爷子喝了一口茶，将茶叶重重吐进茶杯中："你赶着回家吃饭啊？"

旁边也有人接道："是啊，赶紧解决，免得大家都在这儿干耗。"

冯老爷子清了清嗓子，声音嘹亮得像自带扬声器一样："你们也清楚我很少过来，上一次也不知道是多少年前了。今天在解决你们的问题前，我先说两件事。

"第一件，我想和大家唠唠老子的《道德经》。什么是道？这个道说的不光是自然之道，更是我们的修行之道。什么是德？不单指你们这副德行，更多的是指一个有道德的人该有的世界观和为人处世之法……"

端木明德和裴鑫国等一些大家族的人都耷拉着脑袋，绝大多数人脸上开始出现不耐烦的神色。

"老子这本书的用意呢，就是教导我们如何为人，道在物中，物在道中，人人都想修道，但是没有德的人，是根本没有能力谈修道的。"

说到这儿，已经有人忍不住插道："冯老爷子啊，这《道德经》没读过的可以回去慢慢研读，您在这时候谈论这些，和今天的事没有什么关系啊。"

冯老爷子一听，立马吹胡子瞪眼："看看你们一个个什么样！我话还没说完，打什么岔？就你这样还能管公司？最起码的长幼尊卑都不懂，何来有德？如何修道？"

说完他一拐杖重重敲击在地砖上发出沉闷的声音，回响在整个大厅，也敲击在所有人的心间。

冯老爷子从椅子上站起身，缓缓踱着步，中气十足地用拐杖指着前院："我从外面进来，一路上这院子里的花花草草被你们全数破坏；走到这屋中，七嘴八舌乱糟糟一片，横竖站了那么多莫名其妙的人，对着一个体弱多病的年轻人咄咄逼人。"说完回头看了眼荣叔，"他这脸怎么回事？不要告诉我是你们打的，啊？"

气势汹汹的逼问让整个大厅鸦雀无声，仿若一根针掉在地上都能听得见。

冯老爷子冷哼一声，缓缓踱到大厅正中，拿起拐杖指着周围的人，声音洪亮地说："看看你们自己现在的样子，你们还知道自己的身份吗？还知道你们是整个南城的中流砥柱吗？还知道你们的一个决定能影响整个南部地区经济走势吗？

"我要不是知道待在这里的都是谁，刚才一路走进来，我还以为到了土匪窝子！带一群人过来显摆什么？看你们一个个能的！"

裴鑫国阴沉着脸对后面挥了下手，他身后的人从后门鱼贯而出，大多数人都垂着视线不说话。

冯老爷子虽然个子不高，但嗓门儿大，气场全开，顿时骂得一屋子的大男人都低下头。

秦嫣躲在角落，默默掏出手机给老头子拍了张照，秦智歪过头问她："拍什么？"

"突然感觉这个胖老头儿挺帅的，留个纪念。"

秦智无语地白了她一眼。

冯老爷子说到这儿，双手扶在拐杖上稳稳立在场中央，说道："一个失德的人，不管你今天是想处世、治家，甚至治国，都别想能走得多长远。

"我不怎么来东海岸，但今天一来，我失望至极！这就是我们东岸商会的人？我们不说和北方商圈比，就和邻近的沪市商圈比，人家飞速发展经济，大力拓展技术，努力跟国际接轨，你们就窝在东海岸这个鸟不拉屎的地方斗个你死我活？

"我非常担忧这样的你们，在南方经济飞速发展的今天，还能抱团活多久。

"因此，今天我做了一个非常重要的决定，这也是我要说的第二件事！

"我冯坤在今天正式辞去东岸商会主理人一职，印章我也带来了，今天选出新任主理人，我会把印章亲手交付，正式退休。"

铿锵有力的话语让场内一片喧哗。

端木明德立马站起来说道："老爷子您这也太突然了吧，说撂挑子不干就不干了，您让我们怎么办啊，不是难为人吗……"

冯老爷子侧过身子掠他一眼："看看我这白头发，我再不退休，迟早被你们一帮人给气死。"

裴鑫国也十分头大地站起身说道："您退休也不是不可以，但是得先把今天的事解决吧，我们这边事情没解决，您现在这样不是给我们添乱吗，总得有个主理人啊！"

其他人陆续七嘴八舌地劝说，让冯老爷子千万别这时候拍屁股走人，本来商会就四分五裂一团乱，这时候他再走了，后面就不知道怎么办了。

冯老爷子听着众人的抱怨点点头："你们说的也是啊，这样，我帮你们想想办法吧。"

众人一听冯老爷子有主意，又稍微松口气，就怕这老头儿突然掉头走人，留下一盘散沙就难办了。

冯老爷子又坐回座位，跟旁边那个他带来的西装男交代了几句，那人便匆匆往外走去，冯老爷子则悠闲自在地品起茶来。

就在大家交头接耳之际，那个西装男拿着一个小盒子匆匆回来了，他弯腰将小盒子交到冯老爷子手中。

这时大家又安静下来，全都好奇地盯着冯老爷子手中的盒子。

冯老爷子放下茶杯，将盒子口面向大家，胖胖的脸上挂着老谋深算的笑意，轻轻将盒口向上一弹。

瞬间正厅沸反盈天，连秦嫣都听见声音从厨房跑了出来，随即瞪圆双眼。

最后一片金羽惊现东海岸！

3

当那片栩栩如生的金色羽毛出现在众人视线中时，所有人眼光大亮，羽毛根根分明，仿若无风自舞，璀璨夺目。

冯老爷子胖胖的脸上露出高深莫测的笑意："东海岸建立之初的盟约，拥有金羽者就拥有一次召集众人之权，这第三片金羽原则上是归东岸商会的理事长保管，这么多年我不透露风声，也是怕你们这些人没事跑来烦我，扰我清静。

"按道理，创始人将其中一片金羽给我，也是希望在关键时刻，特别是当大家的意见发生较严重的分歧时，由理事长做决断，所有人无条件服从。

"不过我刚才也说过了，这个位置我打算让贤。我给你们出的主意是，你们先选出一个人接任主理人之位，我将金羽移交给他，那么今天这个事也就是他说的算，你们也不用在这儿跟我瞎嚷嚷了。"

冯老爷子话说得轻巧，众人脸色却更加难看了。本来事情没解决，老爷子来了，大家指望着终于有个可以做主的人了，这下好了，事情没谈完，还得选新的理事长出来。

立马就有年轻一辈的人问道："冯爷爷，理事长选举有什么要求啊？是按照辈分来，还是按照资产？或者其他什么？"

冯老爷子看着站在门口提问的那个年轻小伙子，笑道："没有那么多限制，能者上，平者让，庸者下，你要觉得自己可以，你也可以站出来让大家评评。"

所有长辈回头看着那个年轻人，他立马心虚地摆摆手："我就问问。"

冯老爷子笑得讳莫如深："不过对于理事长人选，以下几种人是没有办法参选的：第一，存有异心，与外面人勾结，试图阻碍东岸商会发展的人；第二，入驻东海岸不满十年的人；第三，上山区三大家有两家以上反对的人。

"第一条大家应该没有什么疑问；第二条，也就是理事长人选必须熟悉东海岸的整体情况和东岸商会的结构，所以不满十年的会员不建议参选；至于第三条，我特别解释一下。

"东海岸包括东岸商会，是依托上山区三大家族多年来的支撑才走到今天，所以新任理事长必须得到两家以上的首肯。"

此话一出，立马有人说道："那还不简单，在三个家族里选出一个人来接任不就行了。"

正厅的气氛陷入沉默。

东海岸内部并没有外表看上去那么团结，上山区三户人家之间表面一团和气，背地里，裴家和钟家这样的世家自然是看不上端木家的，在他们眼里，端木家再有钱也上不了台面，满身铜臭。

端木家多年来处事圆滑，更是和谁都不远不近，让人不好得罪，也不好拉拢；至于裴家和钟家之间，因为当年钟藤和裴毓霖的婚约没成，这么多年关系也不尴不尬，多少有些芥蒂；各户人家的底下又不免都有些裙带关系。这就导致东海岸地方虽不大，但暗潮涌动着几股势力。眼下要在三户人家中选出一人为首，让其他两家点头同意，并不容易。

但是，要在除了上山区的其他人家选出一个让众人俯首称臣的人，更不容易。

端木明德把玩着脖子上戴着的一串文玩，看向裴鑫国，眼里似笑非笑，仿若只要裴鑫国手底下的狗敢跳出来推举，端木明德会立马掐住他的咽喉。

无声的较量蔓延在整个大厅里。

今天最超出裴鑫国预料的并不是冯老爷子的到来，而是一贯中立的端木明德突然倒戈，这完全在他的计划外，而这件计划外的事显然在此刻成了最大的阻力。

大厅里刀光剑影之际，原本应该被所有人针对的主角南禹衡，反而这时候被完全忽略了，他便得空嘱咐荣叔去把脸上的伤处理一下，待会儿再出来。

冯老爷子一盏茶喝完了，瞧了眼站在角落的秦嫣。秦嫣也很机灵，立马走上前为他添水。

冯老爷子摸了摸肚子，说道："你们再这么僵下去，真要到饭点了。既然你们选不出来，那就让东西来选吧。"

冯老爷子这话说得众人莫名其妙，就见他向旁边抬了下手，西装男再次将装着金羽的小木盒交到了冯老爷子手中。

冯老爷子轻轻打开盒子，金羽再次出现在众人的视线中。这片金羽做得非常逼真，微弯的弧度和根根羽毛的走向，无论从哪个角度观赏都像是一根正在被风撩起的羽毛造型。

冯老爷子脸上挂着深沉的笑意："这片羽毛的来历，我想很多人应该都调查过，是咱们国家素来有'国匠人'之称的彭承飞大师耗时一年多用黄金打造而成，为了减少金属本身的重量，让羽毛看上去轻盈，据说彭大师当年采用了特殊的工艺，最终完成'三羽连金'这件作品。

"当年创始人将金羽给我时，顺便也把这片羽毛中藏着的秘密告诉了我。"

所有人都竖起耳朵，金羽是东海岸同盟的象征大家都知道，但没有人听说过这金羽里面还有什么秘密。

冯老爷子抬头对刚添完茶的秦嫣说："你去找一个东西过来，正好可以摆放这片金羽的。"

秦嫣有些不明所以，但还是很快转身进了厨房，找出一个平盘走回正厅问冯老爷子："这个可以吗？"

冯老爷子接过盘子正反瞧了瞧："行，就这个。"说完他站起身将平盘递给身边的西装男，"去把盘子反过来放在大厅中间。"

　　西装男很快走到正厅中央，蹲下身将手中的盘子反过来放在地面。后排的人全都站起身勾着头看，不知道这老头子要干吗。

　　此时冯老爷子拿着那个装着金羽的木盒缓缓朝场中走去，声音洪亮地说道："我手上的这片金羽可以见羽识主人，只要将它放置在没有丝毫阻挡的平面上，它的主人但凡在这里，它便会自己朝他飞过去。"

　　众人一听，不禁咋舌，全都用十分质疑的目光盯着冯老爷子，无一不觉得他在胡扯。

　　冯老爷子脚步一顿，环顾四周："怎么，觉得我在耍你们？这法子我也没试过，不过是几十年前听过罢了。我让你们自己选主理人你们选不出来，还不让金羽自己选啊？"

　　又是一声响亮的质问，众人面色各异。

　　冯老爷子干脆出声喊道："端木家的，裴家的，你们都来看看这片金羽有没有问题，看看这个盘子有没有问题，别弄得像我老头子愿意替你们管这闲事一样。"

　　端木明德根本没有拿这老头儿的胡扯当回事，慢悠悠地走过去，先看了看地上的盘子，又看了看那片金羽，什么话也没说，又回去了。

　　裴鑫国根本不屑去看，不耐烦地抬抬手表示不看。

　　冯老爷子便把盒子给了那个西装男说道："既然裴家不想确认，那我们就一起看看这片金羽到底是不是真的那么神。"

　　他说完往后退了几步扶着拐杖站在一边，西装男将金羽拿出高举过头顶给所有人都看上一眼，然后蹲下身将那片轻盈的羽毛放置在平盘底部。

　　羽毛的形状呈现出优雅的弧度，两头弯起，只毛身落于平盘，西装男放置完后，也起身退后一步，静止不动。

　　这时所有人屏息凝神，盯着那片羽毛，就连一脸不屑的裴鑫国也斜着眼睛往地上看。

　　羽毛放上去后先是微微晃动了一下，因为弧形的原因并不是很稳，屋内鸦雀无声。十秒钟过后，羽毛晃动的幅度渐渐变小，有趋于静止的架势。

　　裴鑫国冷哼一声："冯老爷子啊，我看你是老糊涂了，尽搞这种……"

　　话还没说完，人群中一阵骚动，几乎在所有人还在听裴鑫国说话之际，那片快要静止不动的羽毛忽然飞下盘底，极其轻微地叮一下落在地上，缓缓朝着前方挪动了两下，又慢慢静止了。

众人抬头看去，羽毛的正前方是坐在轮椅上的年轻男人，他儒雅沉静地垂眸，盯着不远处那片指着自己的羽毛，眼里波澜不惊。

裴鑫国扫了一眼，哼笑道："冯老爷子，你这是耍的哪一出啊？"

冯老爷子也跟众人一样，脸上写满了惊讶。听见裴鑫国问他，他一手拿着拐杖，另一只手一摊："我可什么都没干，你以为我还有道法不成？"

旁边有人立马喊道："这也行啊？麻烦你换个位置，看看羽毛还会不会再选中你。"

南禹衡缓缓抬眸掠了那人一眼，不动声色地将腿上的毯子往上拉了拉，移动轮椅到了另一边。

西装男再次将金羽捡起来放在平盘上。这时外院的人听说了，全都涌进来，刚才还不以为意的人，这次也都全神贯注地盯着地上那片金色羽毛，生怕看漏了。

西装男放完依然退后一步。这片羽毛也和刚才一样微微摆动，那精湛的造型远看就像一片有生命的羽毛，栩栩如生仿若活物。

这次所有人都看清楚了，这片原本静止不动的羽毛就这样突然腾空飞下盘底，再次向着南禹衡飞去，停在他几步之遥的地方。

不少人倒抽一口气，睁大双眼，顿感太不可思议了！

秦嫣也觉得神奇，神奇到她都要开始怀疑人生了。

裴鑫国却站起来，几步走到场中，直接拿起那个盘子看了看，对冯老爷子说："这个盘子不会有鬼吧？"

冯老爷子眼神透着凉意，裴鑫国不好跟他发难，只得转过身对南禹衡说："麻烦你再换个方向，这次我来放，我就不信这个邪了。"

南禹衡面无表情地看着他，目光中的幽寂如雪山之间的一汪深潭，宁静也寒冷，是那种能让人瞬间冷到骨子里的寒冷，看得裴鑫国的心头不禁颤了一下。

南禹衡缓缓挪动轮椅，这次干脆直接移到了正厅的另一边。滚轮碾压在地砖上发出沉闷的响声，他昂着脖颈，目不斜视，轮廓清晰俊逸，深邃的眼眸透着不容侵犯的矜贵。

直到这时，周围的人才惊觉，从中午到现在，饶是"万虎逼山""火烧大门"，这个年轻的男人依然没有丝毫狼狈和慌乱，像个内心强大的王者。

裴鑫国一脚踢开了那个盘子，又低头反复看了看手中的羽毛，金子细软，他干脆拿在手中使劲捏了捏，金羽一下子变了形。

冯老爷子大骇："你干什么！"

裴鑫国却不为所动地冷嘲道："老爷子不是说这片金羽会认人吗？既然有灵性，变成什么样都应该认得人。"

　　说完他将那片形状走样的金羽往地上随意一扔，冷眼看着它。

　　这下金羽没了弧度无法摆动，就这么平直地落在地上。

　　旁边有人说裴总明智，前几次羽毛能飞向南禹衡，一定是设计暗藏玄机。

　　裴鑫国挑衅地质问冯老爷子："怎么样老爷子，你得给我们个交代吧？"

　　然而他刚问完，耳边就传来一声惊呼："动了！"

　　裴鑫国瞬间低头看去，震惊地发现刚才还在脚下形状已经走样的金羽，竟然再次朝着南禹衡直直地飘了过去！而这一次，金羽直接停在了南禹衡的脚下，像臣服于他的子民！

　　南禹衡的眼帘微微下垂看着脚边这片薄薄的羽毛，缓缓弯下腰将它捡了起来，从容不迫地掀掉了腿上的深红色毯子，在所有人的瞩目下从轮椅上站了起来。

　　傲睨万物，气吞山河。

第十四章 / 金羽认主

东岸商会的新理事长。

1

南禹衡这几年但凡出现在东海岸人的视线中，几乎都是坐着轮椅，一副体弱多病的样子，久而久之，人们对他便产生了一种刻板印象，总觉得他腿脚不好。此时他突然掀掉毯子从轮椅上站了起来，不免让众人都微微一怔。

只见他身着低调的黑色翻领针织开衫，下身一条笔直的黑色直筒裤，勾勒出颀长的身形，缓缓面向冯老爷子："冯爷爷刚才说金羽选中的人就是东岸商会的新任主理人，这话可当真？"

冯老爷子双手搭在拐杖扶手上，高傲地昂着头："这话可不是我说的，是创始人说的。不过小子，你能拿得稳这片金羽吗？"

南禹衡几不可见地勾了下唇角："拿不拿得稳那是以后的事，我只想先听听这场中长辈们的意见。"

倪耀鹏当即开口说道："这不是拿我们大家当猴儿耍吗？先不管这金子为什么老往你那儿飞，就说刚才老爷子提到的三条中，你就有两条不符合参选人资格。"

南禹衡不为所动地点点头："哪两条？"

倪耀鹏即刻回道："这还用问吗？你入股了正庆，和都会商圈到底是什么关系大家现在还不清楚，光东海岸两家点头同意这一条你就不符合。"

南禹衡依然身姿挺拔地站在原地，嘴角挂着不冷不热的笑意，语调平缓："那你推举一个合适的人选，只要他符合这三条，我立马转交手中的金羽。"

倪耀鹏一听这话，当即就瞄了眼左侧，而后又不露声色地确认了一遍："如果我推举的人真符合这三条，你肯让出金羽？"

南禹衡目光淡漠地盯着他，悠悠道："在场这么多双耳朵都听见了。"

倪耀鹏眼里闪过一丝得逞的光，说道："我推举上山区的裴总。以裴家在东海岸的实力，拿下这片金羽当之无愧。"

南禹衡侧头扫了眼裴鑫国，裴鑫国此时端坐在位置上，看他的眼神带着老辣的嘲讽，似在嘲笑南禹衡自己给自己挖坑。

南禹衡稍皱了下眉，拖长了语调："裴家啊……恐怕也不符合你说的这三条。"

倪耀鹏随即一愣，质问道："你倒是说说哪条不符合了，最后一条吗？钟总还没表态，你结论别下得太早。"

南禹衡却摇摇头："后面两条我们暂且不谈，光说第一条，我要没记错，刚才冯爷爷说的是，存有异心，与外面人勾结试图阻碍东岸商会发展的人无权参选，是吧倪总？"

倪耀鹏的脸色在短短一秒之间有了细微的变化，很快厉声道："你这是在贼喊捉贼？"

南禹衡负手而立，昂首阔步，每一步都沉稳有力，待走到正中，身子一转，面向众人说道："我来帮大家回忆一下第一片金羽出现在什么时候，是在六年前钟家小儿子的成年礼上。当时第一片金羽出现的目的，是钟先生想打造城东 CBD 计划。

"大家应该都记得当天我太太的父亲，也就是秦文毅先生站出来反对了这个计划。

"今天，我可以当着整个东海岸人的面告诉大家，虽然当时养老机构的计划在我岳父心中已经成型，可是如果不是当天的一个插曲，有人推波助澜、借刀杀人，那天我岳父根本不打算站出来反对金羽计划。

"至于惹怒我岳父的始作俑者……"

南禹衡身子一侧，面向裴鑫国："还需要我点名道姓吗？"

周围一片哗然，裴鑫国侧了眼议论纷纷的人，冷笑道："这是在翻旧账还是为你老丈人洗白？怎么明里暗里都像在污蔑我们裴家？"

南禹衡低头笑了笑："我姓南，但很遗憾，我母亲没有得到南家的认可，所以我并没有出生在南家。

"我南禹衡从小没有指望过南家一分一毫，却一直被南家人惦记着。"

说到这儿，他侧头扫了眼站在二楼楼梯上的南虞，南虞匆匆移开视线。

南禹衡接着说道："你们质疑南家人在我背后搅动东海岸的局势，我也很想背后有南家做靠山，只可惜这座靠山的确插手了东海岸的发展，却并不在我的身后。"

他转身喊道："荣叔，把东西拿出来。"

众人看见荣叔拿着一个黑色的文件夹从旁边的房间走了出来，递给南禹衡。

南禹衡接过文件夹后几步走到冯老爷子面前，将文件夹递到冯老爷子手中。冯老爷子把拐杖给了西装男，接过文件翻开。

南禹衡双手背在身后，手上拿着那片轻薄的金羽，缓缓道："高安集团的现状不用我说，大家也都心知肚明，这几年居然能在一次次财务危机中神奇地挺过来，各位不好奇原因吗？

"去年高安旗下金融公司理财项目崩盘，两个亿的兑付金额，请问裴总，南家帮你兑付了多少？有一个亿吗？"

话音刚落，无数人脸色剧变，道道目光如尖锐的刀子全部落在裴鑫国的脸上。

冯老爷子匆匆翻看着文件夹，纸张翻页的声音在安静的大厅中尤为突兀。看到最后，冯老爷子干脆狠狠合上文件，往裴鑫国身上一扔："你自己看看吧。"

裴鑫国面色发紧，拿起文件夹翻开几页后，脸色铁青。

南禹衡此时对着他毫不留情地说："裴先生从中午来我家就问我要说法，好，我现在给你一个明确的说法。

"东岸商会理事长一职，只要你出言反对，我在此向你承诺，正庆集团年后就会在南城设点，全面扩张南方市场的占比，用五年时间实现对高安集团旗下小家电公司的全面并购！"

不仅是裴鑫国，在场没有一个人不被南禹衡震惊得说不出话。裴鑫国气得指着南禹衡，刚准备出口，南禹衡伸手制止他："听我说完。"

"我虽然入股正庆，参与重大战略性决策，但并不参与实际经营，智能核心技术也没有以专利的形式卖给正庆。

"只要理事长一职大家不反对，我现在点头，掌握核心技术的三方公司照样可以将技术授权给高安集团。

"包括你们集团下面那些没有兑付的金额，我也可以一并承揽。

"甚至后期我可以将正庆集团的资源纳入东岸商会，实现高安和正庆某些方面的战略合作。"

这个诱饵太大了，大到所有人大气都不敢喘一下。没人知道这个常年孤卧病榻的年轻男人是如何能突然拿出这么大的筹码压在这个位置上，这已经完完全全超出了他们对南禹衡的认知。如果他说的全部兑现，那么他给东岸商会带来的利益不可估量。

裴鑫国震惊得咬牙切齿："你要什么？"

南禹衡清浅的笑容挂在唇边："要你给我和正庆同样的股份占比。"

瞬间，场内喧哗声一片。有人高声问道："南禹衡，你能拿出那么多钱吗？"

南禹衡用蔑视的眼神睨着那个人，不言不语，只那么淡淡一眼，却让所有人惊讶于这个年轻男人背后深不可测的实力。

秦嫣总算知道几个月前陪他加班，他说要吃掉的大老虎到底是谁了。

裴鑫国没再说话，低着头面色阴沉。

秦嫣眉头却越来越皱越深，她突然觉得有哪里不对劲，可又一时说不上来哪里不对。

秦嫣想到这儿，忽然冒了一身冷汗。钟家不在！钟家为什么到这时候都没有来人？连冯老爷子都惊动了，从来没有缺席过东海岸大事件的钟家怎么可能不到场？太诡异了！

秦嫣侧眸瞥见站在楼梯上的南虞，眼神一凛，几步走到厨房门口对秦智说："哥，帮我个忙，今晚帮我盯着南虞，不要让她回房，她只要一打电话就直接把她的手机抢过来。"

秦智斜了她一眼："你真拿我当保镖啊？"

秦嫣的嘴角划过一抹意味深长的笑意："你看，我丈夫在前线的战斗就要打赢了，我也该为他把后院的火给灭了。"

她重重拍了拍秦智的肩，秦智表情凛了凛，没说话。

南禹衡望向窗外逐渐西落的太阳，缓缓将手中的金羽从背后拿了出来面向众人："这片金羽现在在我手中，请问端木先生和裴先生还有什么意见吗？"

秦嫣看着他沉着的背影，笑着弯起了嘴角，这只狐狸就是喜欢踩住别人的尾巴问人家疼不疼。

秦嫣没再继续围观，而是从楼梯处走了上去。路过南虞身边的时候，她不轻不重地问了句："姑妈站了一下午不累吗？"

南虞侧了她一眼："你干吗去啊？"

"累了，上楼躺躺。"

南虞冷笑一声："你这小姑娘也真是心宽。"

大约几十分钟后，南家一楼的人陆续散了，门外的汽车也迎着夜色一辆辆开走了，虽然南禹衡绅士地留大家吃饭，但这突如其来的变故让谁也没有心思吃这顿饭，便纷纷推托改日再聚。

人散得很快，没多久南家黑色大铁门一关，随着黑夜的来临，整个南家再次恢复一片静谧。

秦嫣的房门被咚咚敲响，半晌后，她才打开门，南禹衡站在门口看着她一头长发在脑后扎成了一个团子，露出饱满的额头，像个俏皮的高中生，她满头大汗、气喘吁吁的样子让南禹衡蹙起眉问道："在干吗？"

秦嫣随意说道："运动啊。"说完松了松手腕，发出嘎嘎的响声。

南禹衡疑惑地挑眉瞭她，又往她身后的房间扫了一眼，秦嫣拽着他的黑色毛衣领一把将他拽进房间，顺势跳到他身上，双腿挂在他的腰间热吻着他的唇。

南禹衡被她突如其来的热情弄得有点儿蒙，一边回身关上门，一边反身把她压在门上反客为主，或许是今天这场战争实在大快人心，两人的热情都被瞬间点燃。

喘息之间，秦嫣声音柔软地问道："我今晚能搬进你房间吗，南理事长。"

南禹衡将她抱起压在床上："恐怕还不行，理事长夫人。"

秦嫣双腿依然勾着他紧致有力的窄腰："这可不是你说了算哦，南理事长。"

南禹衡擒住她的下巴"哦"了一声。

秦嫣一把推开他，从床上一跃而起，干净利落地将衣服拉了下来，板着脸正色道："今晚住不进你房间，你休想碰我！"

南禹衡刚挑起眉梢，便听楼下传来大骂。

他皱起眉回身看了眼："怎么回事？"

秦嫣淡定地拉了拉被他揉乱的衣服，昂首挺胸走到门边，一把打开房门回过头对南禹衡妖孽一笑："下来观战呀，我的理事长大人。"

2

外面的天空随着东海岸人的散去暗了下来，没过多久，一场突如其来的暴雨伴随着夜幕降临，席卷了整个南城。

天气预报发出黄色预警，街道上的人越来越少，整个东海岸的红枫在大风的侵袭下顽强地乱颤。

这注定会是一个不平凡的夜晚。南家楼下，南虞的骂声盖过了外面的狂风，秦嫣打开门径直往楼下走去，南禹衡看着她的背影，饶有兴致地跟了上去。

秦嫣刚走到一楼的拐角处便看见南虞指着秦智破口大骂，而秦智坐在一把椅子上跷着腿夹着烟，俊挺的轮廓紧紧绷着，一脸戾气，秦嫣知道那是她哥哥要发脾气的前兆。

楼上的南舟听见声音也跑了下来，不知道发生了什么事。

秦嫣赶忙出声问道："姑妈怎么发这么大火啊？"

南虞听见声音立马回头嚷道："瞧瞧你哥，到底怎么回事，拿走我手机不肯给我，这什么人啊！"

秦智狠戾地瞪了她一眼："我有说不给你吗？我都告诉你在我外套口袋里，你没手啊？"

南虞当然不可能把手伸进秦智的衣服里去拿手机，被他气得只能回头质问秦嫣。

秦嫣几步走过去扫了一眼，芬姨还在收拾屋子，荣叔也立在旁边，她便安抚南虞道："姑妈不要急，事情是这样的，刚才端木叔叔不是帮我们说话了嘛，然后我就想去库房拿样东西随个礼给端木叔叔，毕竟今天这么大的场合，要是没有端木叔叔站出来，我们指不定还要被东海岸的人怎么排挤呢。

"结果我去库房找了半天，突然发现少了一样东西，我记得之前在名录上见到过，想找的时候却找不到了，你们说奇不奇怪？

"我才接手库房没多少天，嫁到南家也没多久，南家的贵重物品突然不见了，今天正好我哥也在，我一定要当着你们的面把这件事说清楚了，我绝对没有私拿南家的东西。

"而且这件事不是小事，今天不解决，万一以后再有东西不见，我就说不清楚了！"

南虞一听，提高声调："你不会认为是我拿的吧？"

秦嫣转头看向她："当然不是，我相信姑妈应该干不出这种事吧，那也太掉您的身价了。不过我刚接手南家的库房，南家就丢了这么贵重的东西，我哥大概也是怕我受委屈被人冤枉，他大老粗一个，发起火来就是这样不讲道理，您别生气了，等事情解决我哥不气了，我肯定让他还您。"

秦嫣说完便看向拿着吸尘器的芬姨，脸色一板："麻烦芬姨家务先别做了，过来，我有话要问。"

南禹衡走到一边稳稳地坐在沙发上，目光沉寂。南舟靠在楼梯口，秦智手上的烟缓缓燃烧着，荣叔有些担忧地看着众人。

窗外的雨越来越大，水柱洗刷着落地玻璃。

芬姨望着秦嫣严肃的脸，放下吸尘器，不明所以地走过来。

秦嫣的眸中透着些许冷意，突然扬起声调，纤瘦的身体爆发出强大的震慑力："库房的钥匙我只给了你，我自问嫁到南家拿你当长辈一样敬重，芬姨你有什么难处可以跟我说，但是同住一个屋檐下，你要是手脚这么不干净，不管你曾经对南禹衡，对这个家付出多少，今天这个事，我依然不会就这么算了！"

南禹衡蹙起眉盯着慌乱的芬姨，芬姨立马急切地辩解道："我怎么可能偷拿南家的东西？我吃住在南家这么多年，问心无愧！"

一向内敛稳重的芬姨此时突然被秦嫣当着这么多人的面逼问，也有些激动起来，回头看向南禹衡，刚烈地说道："我是什么样的人你应该清楚！"

南禹衡沉着脸若有所思，没有吱声。

秦嫣却怒斥道："你问他有什么用？库房是我在管，幸好今天是我发现东西不见了，万一是南禹衡或者姑妈发现的呢？他们会怎么想我？"

此时站在一边的南虞冷哼道："又不是没有前科，上次南禹衡对你网开一面，你这次还敢偷东西？"

窗外的狂风凄厉，吹起了院中折断的枯枝，随着一阵劲风，枯枝砰地砸在大厅的玻璃上，发出一声巨响。

芬姨不禁打了个寒战，盯着秦嫣："你说我拿了东西，到底是什么东西不见了？"

秦嫣一字一句地说道："裴洪大师的一幅字画。"

芬姨一听，顿时脸色大变，紧紧盯着秦嫣，试图从秦嫣眼中看出什么端倪。这幅字画的事她早跟秦嫣说过，而且前段时间秦嫣还让她找裴洪大师和南振生前与这幅字画的合照，为什么突然会问起这幅字画来？

可秦嫣的双眼里蕴含着怒气，完全看不出一点儿异样。

南虞倒是说道："那幅字画啊……"

秦嫣回过头挑眉看向南虞："姑妈知道？"

"那幅字画早就不见了，在你嫁过来之前。我怀疑就是她拿的。"

秦嫣扬高几个声调："居然有这种事？姑妈为什么不彻查？难道要放任家里有个贼吗？"

一声"贼"说得荣叔脸色发紧，赶忙几步走了过来："秦嫣，你芬姨怎么可能偷东西……"

秦嫣目光往他冷冷一扫："你有什么立场为她担保？"

这句话问得荣叔面色局促，紧紧抿着唇："她不可能偷南家的东西！"

"好，现在东西的确不见了，姑妈也怀疑是芬姨拿的，荣叔又说芬姨不可能拿。不如这样，趁着我娘家人在这儿，也有人为我做个主，我们干脆把每个房间搜一搜，包括我的房间。如果今晚在南家搜不出这个东西，这件事就当翻篇了，也免得以后我落人口实。"

南虞看了看外面说道："大晚上的，有必要这样吗？"

秦嫣立马义正词严地回道："当然有必要了！今天我都说开了，万一我睡一觉东西被送出去了，以后南家污蔑我，我找谁说理去！"

南虞便不再说什么，丢下一句："随便你。"

秦嫣看向南禹衡问道："可以吗？"

南禹衡眼眸里挑起一抹深意，知道她根本不是在问自己，今天她想搜家，他同不同意，她都是要搜的。

为了公正，秦嫣让秦智和荣叔跟着她一起搜房间，这样一家出一个人，也能互相做个证。

众人先从芬姨的房间开始搜。芬姨从小跟着母亲在老南家大院长大，长在南禹衡的奶奶身边，南振回国后便一直跟着南振做事，在南家兢兢业业几十年，如今却眼睁睁看着一群人浩浩荡荡进入她房间，芬姨浑身仿若被人泼下一盆冷水，她杵在门口，心尖都在发凉。

南禹衡侧头看着芬姨抬手抹去眼角的湿润，缓缓从沙发上站起身眼眸深暗，走到落地窗边干脆不去看他们。

南虞见他们搜芬姨房间，她倒是很积极，自告奋勇闯进去，将芬姨的衣橱扒拉了个干净，什么衣物东西全都往外扯，扔得一床一地都是。

秦嫣冷冷扫了眼南虞的背影，又看了眼站在门外低着头的芬姨，眼底闪过一抹狠意。

之后他们又去了荣叔的房间，不过南虞没有兴趣进去搜，秦嫣也就匆匆走了过场。

接下来是秦嫣的房间，南虞虽然没有动她的东西，但也是走进去抱着双臂站在一边看着。

秦嫣房间的另一边就是南虞的房间，于是一群人直接拐进她房间。

南虞时不时插嘴，说这个别碰很贵，那个别拿怕搞乱了。秦嫣毫不客气，直接掀了南虞的衣帽间，南虞却不好发作，因为刚才秦嫣搜自己的房间也是这么狠。

最后走到南舟的房间，秦嫣突然停住脚步转过身说道："哥，你和荣叔在门口等一会儿，我和姑妈进去就行了。"

两个男人站在门口，南虞率先进了自己儿子的房间，秦嫣跟在她后面，她进去后关上房门就听见南虞说："我儿子这两天才回来，怎么可能拿东西，再说他拿那东西干吗？"

秦嫣却并没有像刚才去她房间一样大肆破坏，而是就这样站在门边冷冷地看着她。

南虞莫名其妙道："不搜了？"

秦嫣缓缓走到床边，窗外电闪雷鸣，豆大的雨滴敲打在玻璃上，忽明忽暗的光线让房间里的气氛有些怪异。秦嫣低头看着南舟的床，下一秒一把掀开了床垫。

南虞赫然看见自己儿子的床底下平放着一幅字画，她只看上一眼，脸色瞬间煞白，声音尖锐地说："怎么可能！"

秦嫣漫不经心地将那幅字画拿了起来，放在南虞的面前："姑妈看来要头疼了，一旦我从这扇门走出去，南舟偷盗的罪名可就洗不脱了。"

南虞大骇道："不可能，这幅画不可能是南家库房那幅！"

秦嫣指了指字画的右下角："这里可是有裴洪大师的落款。上次的事，我看在姑妈的面子上没有报警，饶了南舟，但不好意思，做人是有底线的。"她刚说完，提着画转身喊道，"哥！"

南虞立马抱着秦嫣的胳膊急切地说道："等等，你手上这幅根本不可能是真迹！"

秦嫣把她的手一甩，狠声道："姑妈还懂字画？是不是真迹我们先到警察局备个案，再请专家来慢慢鉴别。"

南虞一听她要闹去警局，情急之下说道："真画早卖出去了，怎么可能在南家！"

轰的一声，窗外惊雷乍起，照得秦嫣的脸色惨白如女鬼，吓得南虞猛地退后一步，惊恐地看着她。

秦嫣见到南虞的反应反而笑了："姑妈在怕什么啊？是在心虚把我们家东西偷出去卖，我会把你撵出去？外面可是下着暴雨呢。"

南虞惊恐地喊道："你别诬陷人！我什么时候说过……"

秦嫣脸上的笑意越来越深，从口袋里拿出手机晃了晃录音的界面。南虞猛地扑上去，秦嫣迅速将手机放回口袋，利落地闪身让开，南虞的身体撞在柜子上，疼得骤然回身，死死瞪着秦嫣。

秦嫣好心提醒道："姑妈别嚷啊，现在外面我哥和荣叔可不知道我搜出了东西，你一嚷不是让全世界都知道了。

"你刚才说芬姨说得那么欢，现在在你儿子房间里搜出东西了，芬姨肯定心里不解气，今天死活也得找南禹衡讨要说法的。

"南舟之前对我图谋不轨，南禹衡当时身体那么差还把他打了一顿，要是今天再激怒了南禹衡，南舟这碗牢饭可就吃定了，南禹衡说不定会亲自送他去警局，你信不信？"

南虞气得浑身都在发抖。秦嫣淡淡地瞄了她一眼，卷起画卷："你要是出去说这幅是赝品呢，那也就是承认正品被你卖了，你就是这个家的贼；你如果认可我手上的是正品，那我一旦走出这间房，你儿子就成了贼，这可真难办呐！"

南虞在听见秦嫣的这番话后，瞳孔骤然收缩，再看面前的小姑娘时，仿若看着一个可怕的魔鬼，连她在灯光下清甜的笑都让南虞浑身打寒战。

秦嫣见她这副样子，继而说道："姑父有一个月没回来了吧？眼看都要过年了，有这么忙吗？是不是前阵子手上的订单突然囤积了一大堆，货赶出来了，订单却被搁置了，应收款也收不回来？真不知道姑父手上囤这么一大批货，又有那么多钱收不回，怎么过年呢？工人不得把厂房掀了？这可是人家一年到头的辛苦钱呀！"

南虞到这时终于回过神来，怔怔地盯着秦嫣："你怎么知道的？"

秦嫣不屑地将那幅画往南舟床上一扔，走到南虞面前停住脚步，居高临下地睨着她："我们来做个假设，假设今天晚上不管是你还是南舟闹到警察局，明天只要有一家媒体报道姑父的老婆、小孩儿要靠偷拿东西卖钱进行财务周转，消息传到工厂，工人们本来就在盼着年底这笔钱，一旦他们听说厂长口袋里一无所有，还会像现在这么老实吗？

"我不说掀了厂房，但凡只要其中一部分工人罢工，姑父这厂子年后还能不能正常运转都要打个问号吧？

"就算你背后的某些人愿意用资金支持你们，但隔行如隔山姑妈听过吧？姑父要想渡过这个难关是订单公司说了算，我可以好心地告诉你，这个事可以找谁？"

说着秦嫣缓缓将头转向房门的方向，南虞震惊道："你，你哥？"

秦嫣眼里透着疏离淡漠的笑意。南虞顿时怒火中烧："你个小丫头，你是故意的！包括今天这个事也是你设计的？！"

秦嫣丝毫不打算遮掩："你能拿我怎么办？你老公和小孩儿的前途现在可都捏在我手上，听说南舟在学校不老实，要被学校开除？今晚再坐实偷盗的罪名，你儿子这辈子就毁了，以后都别想被名流贵族认可。

"这事说起来像座大山，压得姑妈喘不上气吧？

"但其实很好解决。学校那边的关系南禹衡可以摆平；姑父工厂的订单和资金周转只要我出去和我哥说一声，姑父今年就可以安心回家过年了；关于这幅画，我走出这扇门说什么也没找到，今天的事也就画上句号了。

"你说，是不是很简单？就在我的一念之间。

"可我为什么要帮你呢？你吃里爬外这么多年，待在南禹衡身边监视他，恨不得把这个家的蛛丝马迹都往那边送，要不是我哥刚才抢了你手机，你大概也准备第一时间把下午发生的事告诉那边，好趁机拿笔钱吧？

"我只会帮衬自己家的人，可你是我的家人吗？我为什么要帮你？"

3

呼呼的风声钻进来，吹得南虞浑身发冷，窗外的夜色被暴雨冲刷着，来势汹汹，气势磅礴。

南虞看着面前长相纯净的女孩儿，这个不过和自己儿子一样大的女孩儿，这个她从来没有放在眼里的女孩儿，这个她认为什么都不知道的女孩儿。此时她震撼地发现，这个女孩儿的内心如明镜一样，照射出她最丑陋的一面。

她多年来的潜伏，理所当然地住在东海岸，并不代表她的内心是平静的。

可她的母亲不受南家重视，她又是个女孩儿，势单力薄的她只能嫁给平庸的吕治辰。吕治辰整日游手好闲，日子越来越困苦，她如果再不找一个靠山，如果不去做这些，以后自己的儿子说起来姓南，可连口饭怕是都吃不上。南家人也会像对待南禹衡一样对待她的儿子，她的儿子如何能独自抵抗南家那些成精的人？

她如果不对那边言听计从，就会被赶尽杀绝，她别无选择。

短短半分钟的对视，秦嫣双眼剔透得如夜空中璀璨的明珠，不断攻击着南虞心底的防线，南虞被逼得快要崩溃了，脸上露出痛苦的神色，低下头捂住脸。

秦嫣收回视线走到窗边，窗外的滂沱大雨阻隔了视线，她淡淡地说道："姑妈也不用感到为难，我没打算赶你走，也没打算逼你跟那边撕破脸。"

南虞放下双手震惊地看着立在窗户边的身影，明明那么年轻，明明那么纤瘦，可南虞却在她身上看见一种势不可当的气场，就像……就像下午的南禹衡！

南虞猛然一惊，她住在东海岸几年时间，好似在这个晚上才突然看清那个病弱的男孩儿和面前这个娇柔的女孩儿。

她声音有些颤抖地问："你到底要怎么样？"

秦嫣回过身，双手插在裤子口袋里平淡地说："我要姑妈和那边保持联系，原来什么样，现在还是什么样，唯一不同的是，但凡需要向那边汇报的，一律要南禹衡点头，他确定能放出去的消息你再放。

"另外，你定期到那边走动，南禹衡需要的消息，你要想办法弄回来。当然，不会让你做多复杂的事，也不会让你为难，只是……"

她缓缓几步踱到南虞面前，拍了拍南虞的肩："姑妈可别再卖我们了，我给你个机会又能收受那边的好处，又能得到我们的关照，只要你聪明，知道什么事能干什么事不能干，就算我和南禹衡以后真的敌不过那边，我也绝对不会拖你们全家下水。现在，我把决定权交给你。"

秦嫣嘴角浮起一丝若有若无的笑意，看上去清淡纯净，却藏着让人无力招架的犀利。

她说是让南虞决定，实际上根本没有给南虞第二条可以选择的路，她到底待在南禹衡身边这么多年，也学会了踩住别人的尾巴问人家疼不疼这招。

两分钟后，秦嫣走出那间房。荣叔迎了上来："怎么进去半天啊？"

秦嫣轻松地说道："和姑妈聊了会儿。"然后递给秦智一个眼神，"把手机给姑妈吧。"

秦嫣再次下楼的时候，秦智拿了把伞回家了，南禹衡回过身看着秦嫣，她朝他走去对他说："你去南舟的房间吧，姑妈在那儿等你。"

南禹衡微微眯起眼睛："你干什么了？"

秦嫣轻描淡写地耸耸肩："没干什么呀，就是让姑妈懂得站队的重要性，奉劝她不要一失足成千古恨。"

她双手穿过南禹衡的腰间，脸上漾着讨好的笑意："我不是说要策反南虞姑妈吗，现在她正在恭候理事长大人的差遣，我想，你今天晚上肯定有不少事要嘱咐她吧，你不是说想试试看那边是敌是友吗？路子我为你打通了，以后少小看我。"

秦嫣骄傲地昂着头，本来准备等着南禹衡夸一夸她，却不料南禹衡沉着眼揪了下她的鼻子："去看看芬姨吧。"说完南禹衡便上了楼。

秦嫣走到芬姨房门口敲了敲门，然后轻轻推开了房门，看见芬姨一边跪在地上收拾被扔到地上的衣物，一边默默流泪。这还是秦嫣长这么大，第一次看见芬姨如此难过的样子。

她什么都没说，走过去蹲下身，从身后抱住芬姨，将脑袋埋在芬姨的背后，内疚地说："对不起，你打我吧。"

芬姨身子明显一僵，而后低下头，抬起袖子抹着脸上的泪水。

秦嫣收紧双臂，脸不停在她后背蹭着："都是我的错，我下次再也不会这样了。"

她三言两语把策反南虞的事情告诉了芬姨，芬姨却说道："也不知道跟谁学的，现在越来越会使坏了，我都要被你气死了！"

秦嫣声音软甜地说："跟禹衡学的呀，还能跟谁学嘛，而且我这不叫使坏，我这叫'以其人之道还治其人之身'，她能诈你偷东西，那我就诈她。"

芬姨将泪水抹干净才拉开她的手，站起身低下头看着她："不早了太太，你该休息了。"

秦嫣干脆一屁股赖在地上："就不，我帮你收拾屋子。"

芬姨看着她不修边幅的样子，斥道："你会什么？"

秦嫣不服气地说："我会的可多了，在国外我都是一个人住啊，南禹衡让我少吃洋快餐，我还自己研究食谱呢，就是烧得没有芬姨好吃。芬姨，哪天把你的独家秘诀都传授给我好不好？"

她说着又跟黏人的小孩儿一样抱着芬姨的腿，芬姨被她赖皮的样子气笑了，故意板着脸说："不教。"

秦嫣嘟着嘴，委屈巴巴地说："你不教我，我怎么抓住南禹衡的胃呢？万一以后他不要我了怎么办？"

芬姨把她从地上拉了起来："你少贫嘴了，他是把你捧在手里怕摔了，含在嘴里怕化了。"

秦嫣咯咯地笑起来。

荣叔本来准备宽慰芬姨几句，刚走到房门口就听见秦嫣的笑声，先是愣了一下，随后摇摇头笑了笑，转身回了房。

这一折腾，南家众人直到半夜才吃上晚饭。虽然家里还是很乱，地毯还没清洗，厨房堆了一大堆垃圾，每个人的房间都乱糟糟的，南家上下像个战场，但那晚却是南家众人吃过的最其乐融融的晚饭。

这一整天大起大落，到此刻，南家众人才放松下来。

却在这时，迎着屋外的暴风雨，南家的大门在深夜里被疯狂地敲响。

当急促的敲门声传进屋中时，所有人都抬起头看向大门的方向，芬姨赶紧起身拿了一把伞冲进大雨中打开院门。

其他人也放下餐具望向门口，不知下着暴雨又这么晚了，还会有谁急着跑来。

不一会儿芬姨便推门而入，她的后面还跟着两个人。秦嫣一眼认出芬姨后面那个上了年纪的老妇人，就见她肩膀、头发上全是水珠，满脸焦虑地盯着南禹衡。

南禹衡此时也站起身，几步绕开桌子。

那个老妇人垂下眼睛，语气沉重地说："这么晚打扰您休息了，我是钟太太身边的王妈。"

南禹衡走过去立在她几步之遥的地方："有什么事吗？"

王妈再抬头时，眼里满是焦灼："我家太太突然发病，上山道的大树倒了，把进东海岸的口子堵住了，听说城东隧道也淹了。她现在状况很不好，我们不敢挪动她，救护车也过不来，您身边一直有医生，所以我们特地过来，能不能帮我们联系一下？"

秦嫣走到南禹衡身边，听见王妈的话也惊了一下，赶忙去看南禹衡。南禹衡什么话也没说，拿出手机走到一边打了个电话。

短短几分钟，王妈双手紧紧攥在一起，用迫切的眼神牢牢盯着南禹衡，直到南禹衡挂了电话走回来对王妈说："医疗团队现在正往这里赶，车子上不来，他们得背着医疗器械徒步绕路上去，你们赶紧回去安排车辆接应他们吧。"

王妈感激涕零，重重点了点头，带着人冲进狂风暴雨中。

南禹衡对荣叔嘱咐道："今晚可能要辛苦下你了。我现在还不知道庄医生会带多少人过来，但半夜劳烦这些医生顶着大雨上山也不容易，你到时候跟去打点一下吧。"

荣叔点点头："行。"

说完南禹衡回头看了眼身边的秦嫣："不吃了？"

秦嫣摇摇头："没心情吃了。"

她总有种隐隐的不安，外面天气如此恶劣，现在又已是半夜，钟家那边怕是这一夜都不得消停了。

南禹衡见她面色凝重的样子，干脆牵起她的手："不想吃就上楼睡觉吧。"

到了二楼，秦嫣故意从他手掌挣脱。南禹衡脚步微顿，一双深邃的眼眸蛊惑人心地看着她。

秦嫣说道："那我回房了。"

她说完便转过身准备往三楼走去，却被身后的男人抱起。南禹衡嘴角噙着清浅的弧度，声音低沉："想你了……"

简单的三个字便让秦嫣弯起了眼睛抬手勾住他的脖子，任由他把自己抱回了房。

进了房间后，秦嫣窝在他怀里撒着娇："我刚考完试就跑回来帮忙了，倒了一下午水，你看我手都被烫出了个泡。"

她将食指伸到南禹衡的眼前，那里果然起了一个小水泡。南禹衡将她放到地上，握住她的手，眼里流露出些许心疼。秦嫣的手天生为了艺术而生，这双柔软的手可以演奏出世上最美的音符，却为了帮他里里外外张罗起了泡。

然而秦嫣就喜欢看见南禹衡紧张的样子，看着他严肃的表情，秦嫣嘴角的笑容反而放大了，像个耍赖的小孩子一样挂在他的身上："所以……我不能自己洗澡了。"

她学着他之前无赖的模样，南禹衡抬眸淡淡地瞭了她一眼，也不跟她计较，直接把她拎进浴室。

秦嫣不是个懒惰的人，她从小对音乐有着异于常人的勤奋，在学校也总是精神饱满的样子，不喜欢麻烦别人。可关起门来单独面对南禹衡时，她就会流露出她小女人的一面和对南禹衡的依赖。

从前南禹衡还会时不时板起脸训斥她，让她自己的事自己做，别指望他。可自从两人成婚后，她那股酥麻劲儿总能戳到南禹衡的心尖上，不知不觉中，他也越来越惯着她。

于是，南禹衡让她伸胳膊她就伸胳膊，让她伸腿她就伸腿，这点倒还和小时候一样听话。

秦嫣看着他精致的五官，在浴室的灯光下格外好看。他生了一副好骨相，无论从哪个角度看去都优雅俊朗，明明刚才还不可一世地对着东海岸的大佬们霸气外露，现在却蹲下身帮她脱袜子。

秦嫣突然觉得自己的眼光真好，三岁就挑中了一个万里挑一的好老公。

南禹衡没有抬头，却知道她在用花痴的眼神对着他笑，便问她："笑什么？"

秦嫣轻快地说："你和钟藤从小就不对付，也一直不喜欢和钟家来往，刚才王妈来找，我以为你顶多会帮忙和医院打个招呼，没想到你会安排庄医生带人来。你让我想起一句话，'天之高，纳君子气度；地之厚，蕴仁者胸怀。'

"南禹衡，我有点儿崇拜你了怎么办？"

南禹衡站起身，轻推了下她的脑门儿："你崇拜我又不是一天两天了。"

"……"秦嫣无声地笑着。南禹衡并不知道她的目的是待会儿给自己找台阶下。

他说："今晚钟先生他们应该不在家，能帮就帮一把。"

秦嫣刚想问钟先生不在家他是怎么知道的，然而人已经被他抱了起来放进浴缸里。

秦嫣喜欢南禹衡帮她洗头，她的头发很长，每次洗头都是浩大的工程，特别在冬天。

南禹衡手指的力道不轻不重，揉着她的头皮缓解了一天的疲劳。秦嫣闭上眼，笑着问身后的男人："你第一次帮我洗头是什么时候呀？"

没想到南禹衡不假思索道："你四岁的时候。"

秦嫣有些讶异："你那时候为什么要帮我洗头？"

南禹衡声音沉沉地说："奶油粘在头发上了，你哭得我头疼。"

所以仅十一岁的南禹衡便把四岁大的小秦嫣夹在腋下弄进浴室，又因为他也是第一次帮女娃娃洗头，整得两个人都很狼狈。

可显然这些事情秦嫣都记不得了。

于是她便好奇地问："我那时候乖不乖呀？"

南禹衡嘴角抽了下："呵，乖。"

乖到跟个贵宾犬一样把满头泡沫甩在他的身上，乖到他好不容易把她洗干净了，她还跑回家跟林岩告状说南哥哥欺负她，乖到害那时候身体本就弱的他着凉生病，跑到医院挂了三天水。

他那会儿躺在医院的床上就在想，他为什么要帮个黏人精洗头……

南禹衡将她长发上的泡沫冲洗干净后，秦嫣忽然翻过身，头发在浴缸里散落开来，像一条曼妙诱惑的美人鱼，一双大眼闪着水汽弱弱地说："我要和你坦白一件事，可你先答应原谅我，不跟我计较。"

南禹衡挑起眉将毛巾弄热，罩在她光洁的肩上："怎么，我几天没去学校看你，你看上别的小哥哥了？"

秦嫣正儿八经地说："比这个严重。"

南禹衡这才站起身，居高临下睨着她。秦嫣趴在浴缸边上，脑袋磕在手背上，声音跟蚊子哼哼一样说道："我把家里的孟壶拿给端木叔叔了，芬姨说那是我们的家底。"

她说完，不敢去看南禹衡的眼睛，只感觉到面前的人强大的气场压了下来，挑起她的下巴，南禹衡漆黑的眼就在面前，带着锐利的光，让秦嫣摸不透他此时的心情。

对视几秒后，南禹衡突然对她沉声道："要是我爸还在世，现在他已经抄皮鞭了。"

虽然秦嫣听出南禹衡语气里的不悦，但还是厚着脸皮柔声说："我才不怕呢，真要罚我你肯定也会挡在我前面，舍不得让你爸动我的。"

南禹衡用劲捏了捏她的小下巴："真自信。"说完松开她，转过身脱掉上衣淡淡地说，"给就给吧，也不是一次性交易。"

一个孟壶换来端木家以后的扶持，这笔买卖不亏。如果不是秦嫣亲自去一趟，以南禹衡和那边的关系，他是不可能拉下这个脸去拉拢端木家的。

南禹衡突然意识到，他的小女人已经在不知不觉中成了他不可分割的一部分，与他并肩战斗着。

他不禁勾起唇角说道："我爸在时，或许家底是孟壶，对我来说，那不是我们的家底。"

秦嫣两只眼睛冒着光："真的啊？我们家还有什么值钱的宝贝吗？"

南禹衡赤着上半身走回浴缸旁，将泡了足够久的秦嫣从水里捞了出来，大浴巾往她身上一裹，然后拿着干毛巾揉着她的头发，眼里透出些许笑意："无价的宝贝，你要敢给人，我就绑了你。"

秦嫣昂着脑袋各种好奇："在哪儿？"

南禹衡垂眸看着她，目光里是让人怦然心动的暖光："在我面前。"

秦嫣愣了一瞬便反应过来，水润的脸色越来越红，像熟透的苹果，香甜诱人。

窗外的大雨依然没有停歇，满山的红枫被压弯了腰，却抵不上屋内的狂热。

于是屋外电闪雷鸣，屋内满室旖旎。

4

不知道睡了多长时间，一阵嘈杂的手机铃声把秦嫣从迷迷糊糊的睡梦中惊醒，身边抱着她的手臂也收了回去。秦嫣眯起眼睛，看着南禹衡拿起手机坐了起来。

不知道电话里说了什么，他声音低沉地回道："好，我知道了。"

他挂了电话，秦嫣迷糊地看了看外面还黑着的天，大雨倒是停了。她不禁问："现在几点了？"

南禹衡低下头看着她，伸手抚了抚她柔顺的头发，将被子给她裹好，对她说："五点多。你再睡一会儿，我出去一趟。"说着便准备下床。

秦嫣一把拽住他的胳膊问："怎么了？"

南禹衡这才呼吸沉重地说："钟太太走了。"

秦嫣本来还有些睡眼蒙眬，当听见钟太太走了的消息，立马从床上坐了起来："什么？"

南禹衡下床拿衣服："我要去一趟上山区。"

秦嫣也赶忙跳下了床："我和你一起去。"

南禹衡回身看见她匆忙穿衣服的样子，没有阻止。

两人来到上山区的时候，钟家门口已经陆陆续续停了不少车子，很多人都听说了，一大早便赶了来。

庄医生忙了一夜未合眼，此时看见南禹衡，匆匆走过来说道："钟太太积郁成疾，身体早已不堪重负，我们尽力了。"

南禹衡应了一声。

钟家上下都在准备葬礼，虽然事发突然，但到底是东海岸最大的家族，即便钟家气氛凝重，此时依然安排得井然有序。

钟先生远远看见南禹衡，本来和人说着话，忽然转过身来。大冷天的他只穿着一件单薄的白色衬衫，袖口卷起几道，虽然上了年纪，依然威风凛凛，一双眼里射出寒星，自带不怒而威的沉淀。

南禹衡牵着秦嫣径直朝他走去，待到他近前，出声说道："钟先生节哀。"

钟昌耀目光落在南禹衡的脸上，暗沉压迫，随后寡淡地说："昨晚的事，多谢了。"

秦嫣知道钟昌耀在谢南禹衡联系医生的事，可不知道为什么，她总觉得这话有些意有所指。

南禹衡淡淡地回道："应该的。"

钟昌耀将视线移到了站在南禹衡身边的秦嫣脸上。她起得早，白净清丽的脸蛋不加修饰，弯弯的眉毛下是灵动的眼，美得似能透出水来，看得他一时失了神。

秦嫣感觉到南禹衡攥着她手的力道微微加重了一些，而后听见他说："那您先忙吧。"

他们并没有在钟家停留太久，毕竟钟太太刚走，钟家上下都在筹备葬礼，他们也只是匆匆慰问了一下便离开了。

暴雨过后的南城，很多树被压垮了，街道积水淹没了车轮。这几天陆陆续续下着雨，虽然不大，但路面一直湿漉漉的，直到几天后降水量小了些，秦嫣才出门去了趟学校，把宿舍里的一些东西收拾回家。

南禹衡让荣叔开车送她去，回来的路上又开始下雨了，不是非常大，但淅淅沥沥的，不久地上又积了一些水。

秦嫣靠在椅背上看着车窗外，烟雨朦胧的东海岸透出被大雨洗礼过后的澄澈，被风吹倒的红枫枝丫纵横交错，又透着一种暴风雨过后的颓败。

不知道从什么时候开始，东海岸给秦嫣的感觉是在窒息中透着希望，是混乱纵横的地方，但也是宁静升起的地方。

快到家的时候，雨又稍稍大了些。

荣叔忽然踩下刹车说了句："钟藤。"

秦嫣收回思绪看向窗外，钟藤就这样站在雨中，黑色的呢子衣上落满了雨水，下巴蓄了短短的胡楂，雨簌簌落下，打湿了他的睫毛，滑落在他英挺的轮廓上，那双猩红的眼里布满悲怆，似乎连他周身的光都黯淡下来。

钟藤一眨不眨地盯着车中的秦嫣，眉宇间凝着一股化不去的悲痛，像天地之间无家可归的苍鹰，寒风凛冽，凄冷孤寂。

秦嫣皱起眉看着狼狈不堪的钟藤，缓缓低下头对荣叔说："回家吧。"

车子再次发动，从钟藤身前慢慢驶过。他望着车中女人的侧脸渐渐消失在他的眼前，复杂的目光里透出巨大的苦痛。

他什么都没有了，他从来什么都没有！

他从小就在钟昌耀的眼神中看见对方对自己的厌烦和痛恨。

他的母亲不惜利用还在襁褓中的他来挽回蒋家的声誉、两家之间的利益和那段早已溃不成军的婚姻。

终于，他长大了，母亲蒋华珠多年的忍耐也到达了极限。在她缠绵病榻时，蒋家撤回了这些年对钟家所有的资金扶持，而他也成了钟昌耀眼中的叛徒，钟昌耀将企业的继承权全部给了他的哥哥钟洋，让钟洋正式接替钟氏集团总裁之位。

从那一天起，他便没有了父亲，从此搬离东海岸，搬离钟家，他只有一个尚且还能利用上他的母亲。

可如今，他什么都没有了。

他的父亲甚至不顾及他还在服丧期间，把他赶出了钟家。

他本该离开东海岸的。他不知道为什么要到这里，不知道为什么要等她，不知道为什么那么渴望她能跟自己说句话，哪怕就一句话。

可直到那扇黑色的院门紧紧合上，她也没有再回过头看他一眼。

寒冷的雨水打在他猩红的眼中，直到这一刻他才幡然醒悟，他来到这个世界上就是一个最大的错误，穷极一生，他想得到的东西永远都握不住。

寒风更加凛冽，枯叶横飞在山间，钟藤昂起头看着苍茫的天空，灰茫茫一片，像冰冷的网将他罩住，没有尽头。

他终于体会到人在最痛的时候眼里没有泪，有的只是恨，一种渴望摧毁全世界的恨意！

却在这时，面前的铁门又突然开了。他缓缓低下头看着前方，芬姨打着一把伞从里面走了出来，径直走到了钟藤的面前，将手中的伞递给他，恭敬地说道："太太让我转告你，节哀。"

钟藤紧紧咬着牙根，宽大的手掌有些颤抖地接过那把伞，通红的眼里布上一层温热。

芬姨没再停留，转身回了南家。

铁门再次关上，将他阻隔在外。

第十五章 / 继任仪式

捏了十几年的底牌。

1

秦嫣回到家后便跑上楼找南禹衡，可推开房门，发现他并不在家。她脱掉羽绒服，随手拿起南禹衡的睡衣外套穿上，这才感觉暖和多了。她喜欢穿南禹衡的衣服，嗅到属于他清幽的味道，心里会踏实许多。

秦嫣的手刚伸进口袋便摸到一个小盒子，她随手拿出来，居然是那天装金羽的小木盒。她走到桌前小心翼翼地打开，果不其然，那片金羽安然地躺在盒子里。

秦嫣好奇地伸出两根手指将金羽捏了起来，这是她第一次触碰金羽，她惊讶地发现这片金羽比她想象中还要轻薄，捏在手中就跟金箔一样轻巧，不知道那个传说中的大师是用什么工艺打造的。秦嫣用手指去触碰那根根分明的羽毛须子，仿佛真能随着她的手指微微舞动，落在掌心就跟一片真的羽毛似的，完全感觉不到重量。

秦嫣仔细研究了一会儿，又小心翼翼地将金羽放回盒子中，摆在一边，然后跑下楼问芬姨南禹衡去了哪儿。

芬姨刚从外面回来，告诉她："禹衡去你家了。"

秦嫣有些莫名其妙："我家？去我家干吗呀？"说着就准备出门。

芬姨赶忙把伞递给她："别淋着雨了。"

秦嫣想到门口的钟藤，还是决定从后门回家。她转过身刚走到正厅中央，忽然感觉到暖气吹在身上，她不经意地抬头看了眼，又掉头看了看另一边的屋顶。

芬姨见她站在客厅中央不动，奇怪地说："你不是说回家吗？"

秦嫣回过身说道："哦，那我回去看看。"

秦嫣回到家中的时候，南禹衡正和秦文毅坐在客厅，她一进门，两人同时止了声望向她。

秦文毅说了她一句："大门不走，回家走什么后门？我当进小偷呢！"

秦嫣将伞收起，笑盈盈地走到南禹衡身边坐下来挽着他，而后在他肩膀上蹭了蹭，自然而亲昵。秦文毅端起茶杯喝了口水说道："进家爸也看不见，就知道跟他腻歪，真是嫁出去的女儿泼出去的水。"

秦嫣这才甜甜地喊了声："爸！"

秦文毅哼了一声。

南禹衡低眉柔和地说："怎么又穿我的衣服？"

秦嫣理所当然地说："你的衣服暖和呀。"

秦文毅听得不是滋味："行了，你们回家腻歪去吧，别在我这个老头子面前碍我眼。我不留你们吃饭了，你妈头疼。"

秦嫣转头问道："妈怎么了？"

秦文毅看了眼南禹衡："你回去跟她慢慢说吧。"

秦嫣不明所以地看向南禹衡，他已经把她牵了起来，对秦文毅说："那我们先回去了。"

外面的雨小了很多，南禹衡撑起大伞，把秦嫣拢进怀中出了秦家。钟藤已经离开了，湿漉漉的街道铺满枯叶。

刚出门，秦嫣就迫不及待地昂起脑袋："你和我爸说什么了呀？我妈怎么回事？"

南禹衡轻轻抚了两下她的胳膊对她说："你爸打算把你妈送去新西兰。"

秦嫣立马停住脚步扬声道："我爸怎么想的？我回去找他！"

南禹衡将秦嫣揽住，圈在自己身前沉声道："新西兰环境好，你妈过去也能养养身体，未必是坏事。"

秦嫣怔怔地看着南禹衡，嘴角撇了下去，一副要哭不哭的样子。

南禹衡无奈地摸了摸她的头："你也不小了，还要妈天天在你身边？"

秦嫣低头吸了吸鼻子，抬眸死死盯着南禹衡皱起眉头："你刚才在和我爸商量什么？为什么早不送晚不送，偏偏在钟太太刚过世时要送我妈走？"

秦嫣感觉出不对劲，之前从来没有听爸爸提过要将妈妈送出国疗养，这也太突然了，让她不禁联想到钟太太的过世。

她望着南禹衡，试图从他那里得到答案。

南禹衡并没有回答她，漆黑的眸有暗潮汹涌的光，让秦嫣越来越狐疑。她试探地说："你们在担心什么？钟先生？他对我妈怎么可能！"

却听见南禹衡声音很沉地说道:"不要低估一个男人对一个女人的贪恋。"

秦嫣彻底陷入沉默,刚才那股准备冲回家找爸爸理论的劲儿也被浇灭了。

她深深皱着眉,随后缓缓低下头:"我那天一直在想一个问题,裴家既然能带那么多人来闹,肯定是有十足的把握能逼你退让,或者签署什么竞争协议。

"如果裴家和钟家同时给你施压,即使端木叔叔站在南家这边也是寡不敌众的,可那天钟家自始至终都没有出现。

"那个黑色文件夹,你为什么不早点儿拿出来一巴掌拍死裴家,而是硬生生从中午拖到天都快黑了?

"你明明可以轻松对付裴家,却兴师动众让所有人陪着你耗了一下午,又是为什么?"

雨停了,南禹衡将伞收了起来,抬起头望着远处的群山,烟雾缭绕之中,雨后的东海岸像是披上一层轻盈曼妙的薄纱,影影绰绰,似海市蜃楼一般不真实。

他淡淡地说:"外面冷,回去吧。"

说完他转过身走上石子小径。秦嫣怔怔地望着他的背影,声音轻颤:"除非,你那天想对付的根本不是裴家!"

南禹衡停下脚步,缓缓回过头,黑色笔直的伞立在他的身侧,他就这样站着,笔挺的身姿仿若一座无法撼动的大山,熟悉……却也陌生。

这是秦嫣从小到大第一次从心底深处对南禹衡爆发出强大的敬畏感,这个男人心思太缜密了,这场战争布局太精细了!每一步,每一个人都被他算了进去,拿到东海岸控制权的同时牵制住了整个上山区,一个都没有放过!

秦嫣的心头剧烈颤动着,连手指都变得冰凉,她脑中浮现贺爷爷临走时对她说的话——任何时候都别小看你身边这个男人。

雨后的空气透着湿润,细小的水汽阻隔在他们之间,秦嫣望着他轻抿的唇和冷白的皮肤,向他走近一步,轻声开了口:"你从小身体弱,如果我记得没错的话,南家的通风系统是后来专门找人设计的,可以在闭窗的情况下保持家里各个角落的空气流通,还能调节温度,确保你在家里任何一个地方都不会着凉。

"以前我总觉得我哥记性好,看过一遍的东西过目不忘,现在想想我到底是他的妹妹,多少还是有些像他的,当时施工的那张图纸虽然我看不懂,但我毕竟也算从小在你家长大的。

"正厅东西北三面的屋顶都有可以随时调节的出风口,风向可以精确到

198

某一个特定的方位。

"我要不是刚才触碰那片金羽，根本想不到它那么轻薄。

"金羽放在场中间，只需要一个熟悉南家通风系统的人在背后默默地控制，将风向对准那片羽毛，就能轻易左右那片羽毛的去向，而周围坐着的人根本感觉不到。不知道那个时候，荣叔在哪儿？"

南禹衡眼里依然毫无波澜，只是用深邃的眼神望着她。

秦嫣再走近一步，来到南禹衡的身前，声音又小了些，说道："即使后来裴先生怀疑金羽有问题，可他怀疑错了，他把所有焦点都放在那片金羽本身，觉得是金羽被做了手脚，自然不会在意周遭环境的变化。

"而冯老爷子带来的那个男人从头到尾站在场中，离那片金羽始终只有一步的距离。

"我当时注意到他的站位一直在变化。气流速度和自由气流比例的增加，会导致压力的降低，反而令气流速度更快，如果我猜得没错，那个男人的站位是有讲究的，目的是更精准地让那片金羽飞到你的脚下。

"南禹衡，幸亏你想要的只是南家，如果你的野心更大，那很多人都岌岌可危了。"

南禹衡依然沉静地立在秦嫣身前，黑色的长款羽绒服穿在他身上挺直修长，浓密的睫毛缓缓眨了下，嘴角勾起极淡的弧度。

秦嫣的脸色反而变得更加严肃，抬头牢牢盯着他："冯老爷子一来就表明他和我们南家没有丝毫人情可言，先把关系撇清。

"之后又暗中让他带来的人为你助力，好给你找个由头铲除阻碍，拿稳这片金羽。

"南禹衡，我真没想到，连冯老爷子都是你的人。

"所以……东海岸的创始人到底是谁？"

南禹衡伸出双臂环住她的腰，低头睨着她："我们能回家慢慢说吗？"

秦嫣却倔强地回道："不能！你今天不跟我说清楚，我就不跟你回家了。"

南禹衡看着她任性的模样，嘴角挂着笑。秦嫣气鼓鼓地踮起脚，拽住他的两只耳朵生气地说："我来帮你回答，这东海岸的创始人是你爸，南振！所以冯老爷子才帮你。我想不到创始人除了他还会有第二个人。南禹衡，你到底还有多少秘密瞒着我？"

南禹衡眼眸忽然收紧，将她整个人抱离地面，吻上她的唇，声音里满是低沉的磁性："怕是要连老底都瞒不住了，你上次说你哥讲你是我的什么？"

"肚子里的蛔虫。"

南禹衡又吻了下她冻得通红的鼻尖才将她放到地上："嗯，因为你，我都开始怀疑我是不是真有这玩意儿了。"

随后他正色道："你之前说东祥是我爸留给我的后路，其实东祥不过是我爸生前玩票性质搞的小公司。我爸真正留给我的后路，是东海岸。"

秦嫣感觉从头到脚生起一股凉意，她脑中无数的记忆纵横交错，仿佛看见了那个昏暗的午后，一个清瘦孤拔的少年从锃亮的轿车里缓缓走了出来，立在车门边抬头望着这座黑色的房子，神色冰冷安静，蕴含着超乎他那个年纪的深沉。

从那时起，这个少年便开始了长达十八年的布局来收复这片波谲云诡的地方。

他的第一步棋是参加秦嫣的生日宴，目的是当时同样不起眼的秦文毅，他需要一个刚进驻东海岸的新背景，这样才能毫无顾忌地挑动整片红枫山。

2

秦嫣眼里氤氲上一层雾气，忽然大力挣脱了他的束缚，声音哽咽地说："所以你其实从小就很讨厌我，嫌我吵、嫌我烦，就是因为你需要用到我爸这步棋，你只能忍耐。南禹衡，你为什么要娶我？"

南禹衡对她突如其来的反应有些怔住，他不是故意要对她隐瞒，只是他不愿意让秦嫣看见他用尽心机的一面，东海岸的人际关系已经够复杂了，如果可以，他希望他们之间的关系能够简单一些。

可在这片土地上，又有谁和谁的关系能真正做到纯粹而简单？

南禹衡没有松开手，反而将她不停挣脱的身躯狠狠揉进怀里，急促地对她说："我早告诉你了，你还记得吗？"

秦嫣双手抵在他的胸口拼命地摇着头。

南禹衡沉沉的呼吸落在她的头顶："我和你说那个杯子的故事，我问你如果我是坏人，你会相信吗？你记得你当时怎么回答我的？"

秦嫣的眼泪滑落下来，她声音轻柔沙哑地说："南哥哥不是坏人，说你是坏人的人才是坏人……"

南禹衡笑了，双臂收紧，吻着她的发丝："你当时和我拉过钩的，说无论以后发生什么事，你一定站在我这边，记得吗？"

秦嫣抬手捶打了他一下："不记得了！"

南禹衡弯下腰，好听的声音落在她的耳边烧红了她的脸："我记得，所以你休想抵赖。"

秦嫣将脸埋在他的胸口，此时她内心矛盾极了。她始终认为即使东海岸人与人的关系再复杂，可她和南禹衡是个例外，他们从小相互陪伴，一起长大，亲密无间，再到爱上彼此，她认为他们的关系是最纯粹的，可到头来，这一切从一开始就在南禹衡的计算之中，让她多少感到悲凉。

南禹衡感觉到怀中的女人此时此刻伤心无比，他大手轻柔地抚摸着她的后脑勺，声音清浅温柔："我那时候才十岁，即使有这个心也没有那个能力。你小时候是很吵，我不赶你走，是怕你哭鼻子，所以就想着自己耳朵倒霉就倒霉一会儿吧，后来也就习惯了，你不吵我，我反而感觉不自在。

"我是算计了很多事，但唯一超出我算计的是我自己的心，我娶你因为什么，你不清楚吗？"

秦嫣听见他气急败坏的话，躲在南禹衡怀里忍不住笑了。

南禹衡要把她拉开，她还在生气，当然不愿意让南禹衡看见她被哄笑，那也太丢人了。于是她硬把脑袋塞进他胸口，南禹衡干脆就这样环住她说："东海岸建立的目的是我爸打算利用南城商圈的势力对抗南家，如果我爸在的话，可能十几年前就完成了对东海岸势力的收复，对南家动手了。

"可惜发生了那场意外，我不得不多花上十几年的时间，让我自己有这个能力来接手东海岸，你懂吗？"

秦嫣窝在南禹衡怀里没有动。南禹衡低头看了看她，叹了一声："我才打赢第一场仗，有了自己的军队，暂时能吃住裴家。端木明德野心不大，只看重钱财，只要我能站稳，他就不会倒戈。"

南禹衡微微凛起眉说道："还记得那个吴总吗？"

"吴昂的爸爸？"

"嗯，钟家底下目前有富汇食品和经全商业两家上市公司，你知道富汇食品主要是做什么的吗？"

"知道，肉制品嘛，超市里都有。"

南禹衡眼里闪过意味深长的光："冠洋这个品牌属于达科集团。"

秦嫣顿时愣住了。吴昂家的这个达科集团她虽然并不熟悉，但冠洋倒是熟悉得很，从小到大超市里面都能买到冠洋的食品。

南禹衡简单和秦嫣说了下他和吴总的战略布局，虽然他已经尽量简化了，但秦嫣依然听得云里雾里。

大意理解就是，冠洋几个月前突然将一款销售很好的平价食品大幅度降价，各大超市顿时抢购一空。

肉制产品都有保质期，为了解决自家产品滞销问题，钟家的富汇见情势不对，也只能采取降价措施，结果冠洋不计成本，继续降价，两家的价格战打得你死我活，富汇为了降低成本，只能在质量上缩水。

却在这个时候，冠洋推出了一系列高品质的产品，让消费者眼前一亮，吃惯口感差的肉制品，消费者一时间有了比较，高品质产品带来的利润用来补贴低端产品的成本，短短几个月的时间冠洋就把富汇这个品牌的销售量和口碑玩死在手中。

东海岸集会的那天，富汇爆出回收过期产品重新加工来降低利润的消息，富汇厂房门口被记者和愤怒的群众堵满了，当天股市暴跌，钟昌耀和钟洋哪还有心思参加什么东海岸的会议。

南禹衡继而说道："只是超出我预料的是，当天晚上，钟氏集团旗下的另一家上市公司经全商业也出事了。

"我那天的确对他们做了些小动作，拖住了他们，目的是分散势力，逐个击破。

"但秦嫣，我还需要留着钟家，我不会对他们当真赶尽杀绝。那晚真正让钟家受到重创的人，不是我。"

秦嫣猛地抬起头，怔怔地看着南禹衡："什么意思？还有别人要对钟家动手？"

"我收到的消息是经全出了内鬼，倒打一耙，具体情况现在钟家正在全力封锁消息，外人很难查到，但你想想，钟家为什么这么怕外人知道这个内鬼是谁？谁又这么了解钟家的人脉和企业运作？"

秦嫣瞬间捂住嘴，声音不可置信地从指缝中溜了出来："钟……藤？"

秦嫣下意识地朝着南家正门看去，随后转头对南禹衡说："不可能是钟藤啊！他为什么要对自己家的企业动手，他再怎么样也姓钟啊！还有，刚才钟藤来过，就是……我回来的时候。"

南禹衡将秦嫣按在自己身前，眼神压迫地睨着她："所以你特地从后门绕回家，就是为了躲开他？"

秦嫣垂下眸嘀咕道："那不然我能怎么办？他的样子看上去痛苦极了，就算不计较过去那些事，我现在的身份也不适合去安慰他。"

南禹衡沉声说道："还记得你刚嫁给我时我告诉过你钟藤的处境吗？"

秦嫣点点头："记得。你说钟先生和钟夫人这几年关系越来越差，钟先生把钟洋提成了总裁，同年，蒋华珠让钟藤进了蒋氏企业。"

南禹衡将她的脑袋揉进怀里，声音低沉地告诉她："自己的妈去世没几天，他这时候还能出现在这里，唯一的可能就是，他和钟家彻底闹翻了。你想，钟昌耀本来就因为富汇食品的事情一个头两个大,钟藤还趁机添了一把大火,要不是亲儿子,这时候钟昌耀恐怕灭他的心都有了。

"钟太太虽然积郁了一辈子,始终无法放下芥蒂,和钟昌耀也形同陌路,但自始至终她也没有离开钟昌耀。"

秦嫣听明白了南禹衡话中的意思。这两年蒋家那边全面停止与钟家的商业往来,大概也是蒋华珠知道自己时日不多了,不想再助长钟昌耀的势力,这样一来,一旦她不在了,钟家势力就会大幅度削弱,钟昌耀也就无法只手遮天,得到他想要的……

当一个女人用了一辈子的时间也无法挽回她的男人,即使含恨而终,也要千方百计、处心积虑影响她的男人。

但归根结底,蒋华珠只想牵制住钟昌耀,让他没有那个能力翻云覆雨,自始至终没有想害他。

秦嫣想明白后,埋在南禹衡的胸间说道:"所以钟藤是利用蒋家的势力,背着钟太太给钟先生致命一击?"

南禹衡呼吸沉重地说:"我猜这大概是压垮钟太太的最后一根稻草,所以钟昌耀不可能再容得下钟藤。从大义上来讲,钟藤离经叛道,同时背叛了自己的父母和家族,至于他为什么会这么做,钟家的事也只有他们自己最清楚了,但钟藤既然能调动蒋家的资源,说明他现在的实力不容小觑。

"至于钟家,瘦死的骆驼比马大。钟先生和你爸年轻的时候有些恩怨,具体我也不是很清楚,既然你爸做了这个决定,说明他大概能猜到钟昌耀接下来的动作,别忘了你爸也在东海岸待了这么多年。

"但是他不想让你妈再卷进来,无论如何,你妈现在的身体都不适宜再牵扯到这些纷争中。

"你现在能明白了吗?"

秦嫣抬起双手穿过南禹衡的腰际抱着他,她刚才就想明白了,可情感上依然无法接受:"我只是舍不得妈妈。"

南禹衡温热的呼吸落在她的头顶,缓缓抚摸着她的后脑安抚道:"你有空可以去看她,我可以保证,任何时候只要你想去,我都可以安排。"

秦嫣难过地将脑袋埋在他的胸口蹭了蹭。

身后,秦家的院门开了,秦文毅从里面走出来打算出门买点儿东西,侧头看见这两人还在家门口抱着,不禁将拳头放在唇边干咳了两声。

秦嫣的身体一僵,从南禹衡怀中钻了出来,回头看见秦文毅双手背在身后眯着眼睛看着他们,秦嫣羞得恨不得躲到南禹衡背后,就听见秦文毅开口道:

"我说你们从我那儿走了也有半个小时了吧，回个家这么难啊，走半天才走了这几步？真不知道你们现在年轻人是怎么想的，也不怕冷。"说完上了汽车扬长而去，徒留两人一脸尴尬。

3

这个春节是秦嫣嫁到南家过的第一个春节，也是南家最热闹的一个春节。

秦嫣正式搬进了南禹衡的房间。虽然芬姨一开始也很奇怪南禹衡怎么突然连着几天不坐轮椅了，可后来琢磨着，似乎自从秦嫣和他住在一起后，身体就越来越好，精气神都和以往不一样了。

年后，林岩便被秦文毅悄无声息地送离了东海岸。

没多久，东岸商会理事长继任仪式的日子到来了。

秦文毅一早就到了南家。秦嫣下楼的时候已经看见爸爸和南禹衡在一起说话，两人均是一身正装。

今天是东海岸的大日子，就连秦嫣都能感觉出来两人言谈之间透着愉悦，她不免也有些亢奋。

过了今天，她的丈夫将会是东岸商会的理事长，登上南城乃至南方商圈最有话语权的宝座，本该兴奋的早晨，可秦嫣总有些隐隐的担忧。

临走的时候，南禹衡到一边接了个电话。秦嫣正好要去学校，走到门口又折返回来，到秦文毅身前忧心忡忡地说："爸，钟家今天也会去现场吗？"

秦文毅点点头："都要去的。"

"那……应该会顺利吧？"

秦文毅侧过头看着正在打电话的南禹衡，目光带着看不透的深意："有爸在。"

这句话让秦嫣心里踏实了许多，就像小时候，不管家里发生再大的事，只要有爸爸在，她就知道事情总能过去的，她的爸爸虽然不是东海岸最厉害的商人，却是为了家人竭尽全力的好爸爸。

秦嫣抱了抱秦文毅的肩膀，秦文毅笑道："去吧，都嫁人了还跟我撒娇。"

秦嫣便对南禹衡摆了个"加油"的手势，南禹衡握着电话，含笑目送她走出大门。

继任仪式的地点是在城中心的一个礼堂内，整个东岸商会的企业家几乎全数到齐。东岸商会理事长二十年没换过人，隐居多年的冯老爷子这一天也亲自到场，正式签署聘任文件，这是轰动整个南城商圈的大事件。

南禹衡和冯老爷子包括东岸商会所有常任副理事全数被请上台，共同见证。

就在签署文件前，钟昌耀带着钟洋亲自赶到现场，连抛八问直逼南禹衡。

一问南禹衡的资历，二问南禹衡的经商经验，三问南禹衡在东海岸的地位……

数道问题试图当场让他下台，底下坐着的裴鑫国和端木明德虽然没有出声，但钟家毕竟是东海岸最有威望的家族，无论是从前还是现在，他们都能轻易煽动众人的情绪，一时间，各种质疑纷纷砸向南禹衡。

他太年轻了，在外人看来没有任何商业背景，也没有任何从商经验，虽然之前他气势汹汹地掐住裴家的命脉，夺走了那片金羽，但经过一个春节的时间，许多人慢慢慢回过味来，让一个不到三十岁、没有商业背景的毛头小子牵头东岸商会，这个商会还有什么存在的意义？

秦文毅料到钟昌耀近期会有动作，但他没有想到钟昌耀会在南禹衡继任当天直接冲到会场大闹。南禹衡如今和秦文毅是一家人，钟昌耀当然不会看着他们这边的势力越来越强大。

随着钟昌耀的八问，所有人的情绪都被煽动起来，甚至提出要求重新推选东岸商会理事长一职。

呼声最高的就是钟家！

南禹衡刚准备出声驳斥，坐在后面的秦文毅对他摇了摇头，他匆匆起身走出会场打了个电话。

电话一接通，秦文毅便对着那头的秦嫣说："看来你早上的担忧是对的，你男人被针对了，我现在给你一个地址，你去接一个人过来。"

于是整整半个小时，南禹衡一直保持沉默，底下的人各种质疑和难听的话接踵而来，试图激怒这个年轻男人，让他做出失态的举动，从而抓住他的小辫子，让大家看看这么一个轻浮毛糙的小子根本没有资格胜任这个位置。

可南禹衡修长的双手交叠着放在面前的桌子上，沉默不语，任由别人对他各种言语攻击，他始终不喜不怒。

他从小在质疑和嘲笑声中长大，早已修炼出一颗强大的内心。

半个小时过后，这些老家伙的嘴都说干了，南禹衡依然纹丝不动，噙着自若的微笑看着一众人。直到这时，所有人才惊觉，这个年轻人的定力和稳重早已超出了他的年龄。

开始陆续有人重新坐下，不再继续激进地质问。

就在这时，会场大门开了，有人发现动静，回头看去。

秦嫣穿着白色毛领大衣，绑着高高的马尾，眉眼清澄气质出众，而她的身后还跟着一个看上去有十二三岁的男孩儿。

秦嫣一进会场便看见稳坐在最前方、面向众人的南禹衡，她快速扫了他一眼，南禹衡的眼神落在了她的身后，那个小男生的身上。

秦嫣又在人群中找到了后排的秦文毅。

秦文毅依然坐在位置上没有动，虽然刚才时间紧急，他并没有跟女儿详细交代来龙去脉，但他相信他女儿能搞清楚其中缘由，用这个他捏在手上十几年的把柄助他女儿的男人坐稳这个位置。

秦嫣很快收回目光。她身后的男孩见到这么多人，有些畏畏缩缩的样子，问秦嫣这是哪里，秦嫣回过头笑着对他说："别怕，我们坐一会儿就走。"

小男孩儿便低着头，一直跟着秦嫣。

秦嫣修长的脖颈围着一圈洁白的毛领，高贵淡然，她从容地掠过一众东海岸的叔伯，钟昌耀和钟洋就站在过道处。秦嫣径直向他们走去，待到他们面前，扬起得体温婉的笑容，向钟昌耀问候道："钟先生中午好。"

钟昌耀蹙起眉，这个女孩儿有着和她母亲八分相像的容貌，可那股从容不迫的睿智和伶俐却和她母亲寡淡的性格一点儿也不一样，甚至她此时此刻恬静美好的外表下迸发出的慑人气场，让钟昌耀有种不好的预感。

秦嫣又缓缓向前走了一步，停在钟昌耀和钟洋之间，然后将身后的男孩儿让了出来，面带笑意地看着钟洋："钟洋还记得他吗？"

钟洋莫名其妙地盯着那个男孩儿："谁啊？"

秦嫣点点头："是该不认识的，毕竟你也没见过，不过，姜寒——你还记得吧？"

一瞬间，钟昌耀和钟洋的脸色骤变，不可置信地盯着秦嫣身边这个唯唯诺诺的小男孩儿。

秦嫣回身对那个男孩儿说："你就坐到那个空位上等我，我马上来。"

小男孩儿很敏感，能感觉出面前两个男人眼中的敌意，甚至不敢再看钟昌耀和钟洋一眼，匆忙回过身坐在不远处的空位上。

他一走，秦嫣便用身体挡住身后一众好奇的视线，对面前两人轻声说道："听说这次你的企业危机，你太太帮了你不少忙，亲自回娘家周旋，宋家出面才让事情有所转机，要是知道你在外面有个这么大的私生子，你说……宋家人会怎么想？"

钟洋目露凶光地盯着秦嫣，要不是她身后是整个东岸商会的企业家，他恨不得当场撕了这个女人。

秦嫣丝毫不惧他的眼神，嘴边漾着温软的笑意，身后众人看来，秦嫣只是在和他们闲聊。

钟昌耀微怔地盯着秦嫣，秦嫣昂头回视着他，仿佛知道他眼神里的意味，噙着笑意说道："我可不是我妈，能任人拿捏！"

说完，她利索地转身走到那个小男孩儿身边优雅落座，笑盈盈地看着台上的南禹衡。

南禹衡的目光落在那对父子身上，就见钟昌耀缓缓坐了下来，端起茶杯面色阴鸷。钟洋看了看周围，又看了看正在和秦嫣说话的男孩儿，紧紧握着拳头，也在钟昌耀的前面落座。

钟家父子没有再出过声，别人看钟家都不再表态，自然也不愿意出这个头。

南禹衡从冯老爷子手中接过聘任书，所有人站起身道贺，现场掌声雷动。钟家父子起身，沉着脸离开了。

会议结束，所有人都朝南禹衡围了上来，就连刚才会议上出声质疑的那些人也都上前道贺。南禹衡越过人群对秦嫣招了招手，旁边人看见，给她让了位置，她几步走到南禹衡身旁，南禹衡自然地揽住她的腰，游刃有余地应对着这些商界大佬。

秦文毅站在人群后方对秦嫣摆了个先走的手势，秦嫣点点头，看见秦文毅带着那个孩子离开了会场。

正午的暖阳从外面照射进来，秦文毅迎着光，高大的背影镀上了一层耀眼的轮廓，秦嫣隔着人群就这样看着爸爸。

很多小时候不懂的事突然就恍然大悟了。例如当年那个混乱的夜晚，秦文毅从钟家人手中救下姜寒；例如秦文毅不顾整个东海岸人的指指点点，依然保下了那个女人；例如一向远离尘世的林岩，特地排开所有档期回到东海岸，陪秦文毅出入各种场合，亲自打破流言蜚语。

这一刻，秦嫣望着爸爸的背影，全都懂了。

很久以前秦文毅对她说过，一旦她和南禹衡沾上关系就不是他们两人之间的事了，所以为了今天这个时刻，秦文毅早已准备将手中捏了十几年的底牌扔出来。

想到早晨临出门前秦文毅那句"有爸在"，秦嫣笑了。

4

南禹衡正式上任东岸商会理事长一职。这个消息虽然东海岸的人年前已经知晓，但依然在南城的商圈里引起了不小的轰动，这位年纪轻轻的董事长像平地里生出一道惊雷一样，走入人们的视野。

绝大多数人对南禹衡都很陌生，各路人都在打听他的来路。

有人说他是巴蜀南家岷派唯一的嫡出后人；有人说他不仅手握东海岸企业家的命脉，甚至将手伸到了北方商圈；还有人说他就是南城第二个冯老爷子，逢山开路，遇水搭桥。虽然各路流言不断，但没有人真正摸清南禹衡的底。

这些具有传奇色彩的流言在南方商圈蔓延开，那个病弱低调的少年摇身一变成了整个南城商圈的新贵，真正走入大众的视野，整整半年的时间，南家的门槛都要被各路人马踏平了。

有的是来拉拢结交的，有的是来寻找商机的，有的是慕名拜访的，也有想打探虚实的。

南禹衡那十几年如一日的平淡生活也随着身份的变化，彻底天翻地覆。

他不再刻意隐藏自己的锋芒，开始出现在各大商务场合，亲自召集东岸商会的企业家们举办了几次大型商业活动，首先在东岸商会内部进行了一次洗牌，之后又制订了一系列合作框架，正式借由东岸商会的名头对外发起合作邀请，将网越撒越大。

冯老爷子坐在东岸商会主理人的位置二十年之久，从来没有什么大动作，而这个年轻人一上位就大刀阔斧地改革，那魄力根本就不像才二十几岁。

当然，东岸商会内部起初也出现了各种声音，有对南禹衡质疑的，甚至直接出面带头打压他的。

有人打压，就必定会有人巴结。南禹衡就地取材，直接调动内部资源，拿带头人开刀。

直到这时，人们才发现这个向来温和儒雅的男人手腕有多么狠辣，不费吹灰之力就在东岸商会挑动了一场激烈的内部斗争，以友制敌的同时，顺便排除异己，丝毫不留情面。

南禹衡并非不能慢慢周旋收复人心，但是此时此刻，他需要争取时间，他不能给南家那边任何蓄力的机会，所以商业战成了收服人心最粗暴迅速的方式，接下来他可以慢慢整治。

半年时间，南禹衡已经让自己的名头顺利打响，同年，他登上了国内各大知名财经商业杂志。

当苏冉成功从班上女生手中把杂志抢过来时，迫不及待地跟秦嫣分享："来来来，看看我们商学院走出去的才子商人，帅爆了！"

秦嫣握着鼠标的手顿了下，侧眸扫了眼杂志封面上的南禹衡。一袭手工条纹西装挺括有型，只那么随意地坐着便是一部大片，比起那些明星，南禹衡眼中的沉淀更加深邃，秦嫣都不知道他什么时候去拍了这种东西，她记得他最讨厌拍照了。

可今时不同往日，南禹衡不再是窝在东海岸不起眼的病弱少年，他已然成为整个商界追捧的新贵，要应付的事情自然也就更多了，总有些迫不得已的安排。

秦嫣收回视线，继续在笔记本上将论文里需要修改的地方标黄，眼里却浮上暗淡的光，他有十来天没来看她了。

秦嫣知道他现在很忙，所有事情已经按照他的设想上了轨道，他更不可能在这个时候掉以轻心，他说，他唯一希望她做的，就是好好完成学业，他会在她毕业的时候，争取一举拿下南家。

所以，大二的时候秦嫣搬来了学校，为了更好地融入大学生活，她搬进了集体宿舍。为了避免麻烦，南禹衡将她保护得很好，所以南城大学几乎没人知道秦嫣和南禹衡的关系。

苏冉打开杂志，直接略过文字欣赏起内页南禹衡访谈的照片，她不禁往座椅背上一靠，说道："帅是帅，只可惜咱们这个牛烘烘的学长结婚了。"说到这儿，她合上杂志神秘兮兮地凑到秦嫣旁边，"你猜他老婆是谁？"

秦嫣心跳有些加快，侧过头看着苏冉平静地问："是谁？"

苏冉小声地告诉她："也是我们系的，比南学长小一届，现在在读研究生，叫韦颜。"

秦嫣清秀的眉宇几不可见地拧了一下，随后问道："你怎么知道的？"

"上次情人节她拍照发了条微博，有人眼尖看见照片里的餐桌上出现了南学长的 Picasso 钢笔。和南学长认识的人都知道，那支钢笔他用了很久，一直随身携带的。然后就有人在底下留言问她，那是不是我们商学院南大才子的钢笔，他们不会同居了吧，结果她回了个笑脸，这就是默认了嘛！"

苏冉激动地八卦着，秦嫣握着鼠标的手却在默默收紧。那支钢笔是她送给南禹衡的生日礼物，那时候她可能才上高一，为了挑选一支符合他气质的钢笔，她在商场纠结了一整个下午，最后没好意思跑去他家送给他，而是塞进了南家的信箱里。

现在想想，情人节那天南禹衡的确没有陪她，因为那天他飞去了外地。秦嫣自认不是一个喜欢胡思乱想的人，她从小待在南禹衡身边，对他从来都是无条件的信任，她当然知道这些传言都是假的，可不知道为什么总是静不下心来，她干脆关了电脑对苏冉说："我回宿舍睡会儿。"

苏冉感觉秦嫣有些奇怪，但她没有往其他方面去想。

直到晚上，苏冉冲进秦嫣的宿舍，将靠在床头看书的她拉了起来，激动地说："你手机呢？"

秦嫣见苏冉风风火火的样子问她干吗，苏冉已经从枕头底下搜出秦嫣的手机兴奋地说："学校邀请南学长明天下午过来进行一次专业性讲座，百年不遇啊！赶紧报名，不然连名额都抢不到了！"

秦嫣却冷冷地说："他又不是什么知名教授，为什么要去听他的讲座。"

睡在上铺的姗姗听不下去了，立马伸出个头："秦嫣你疯了吗？谁要去听他的讲座啊，都想去瞻仰他的盛世美颜啊！苏冉，快，帮我报个！"

"好，手机拿来！"

刚说完，苏冉手中的手机弹出一条短信，她下意识地低头看，内容是：我明天下午去学校，见一面。

苏冉睁大眼睛盯着秦嫣笑得贼兮兮的，问："谁啊？还要跟你见一面？男的吧？"

秦嫣赶忙夺过手机，苏冉当然不可能放过她，跳到她的床上就逼问道："你有情况啊？谁啊谁啊？帅不帅？那你明天下午是不是不能去听讲座了？"

秦嫣翻身用被子捂住脸："谁说我不去了！不是说那个人很厉害嘛，我倒要看看多厉害！"

苏冉和上铺的姗姗继续哄闹着，而秦嫣独自躲在被窝里盯着那条短信看了半晌，然后将手机屏一锁，没有回复。

第十六章 / 讲座偶遇

"谁控制了现在，谁就控制了过去。"

1

第二天是个大晴天，秦嫣早晨去教室的时候就听见有人议论下午的讲座，班上好些女生都精心打扮，还涂上了正红色的口红，反观秦嫣，印染的淡蓝色中袖雪纺衫配上一条简单的白色短裤，长发松松地绾在脑后，要不是有她的颜值撑着，感觉她就像才从宿舍起床没有换睡衣就来了，不过在一群花枝招展的同学中，她也算美得清新脱俗。

两点整讲座开始，校领导正式介绍，特邀南城东岸商会理事长南禹衡，为大家讲解在校大学生关注的专业焦点。

南禹衡随着介绍声出现在了众人的视野中，他穿着一件简单干净的白色衬衫从门口处走了进来，身高腿长骨相好，像个衣架子，简单随意的衬衫穿在他身上有一种清逸之姿，顿时让整个多媒体厅陷入一片沸腾之中。

南禹衡侧头望向底下坐着的学弟妹们，嘴角微提，那漆黑深邃的星眸瞬间让无数女生呈眩晕状，纷纷拿出手机对准他。

他走到讲台前和校领导点了点头，然后便对着台下勾唇一笑，低沉磁性的声音通过话筒传了出来："大家好，我是南禹衡。"

声音一出，又迷倒了一片听众，于是接下来的演讲过程中，不停有人对着他咔嚓咔嚓拍照，或者干脆举着手机全程录像。

讲了七八分钟，南禹衡止住声音低着头，突如其来的沉默带着一股压迫感，让全场陷入寂静，大家面面相觑，就见他忽然抬起头，声音清冽地说："我感觉自己是在对着一片手机演讲，你们脖子以上全是手机。"

一句简单却又不失幽默的话，让底下的学子们大笑的同时纷纷收了手机，他的演讲才又继续。

大概十五分钟后，秦嫣抱着笔记本悄无声息地从后门溜进了多媒体大厅，在最后一排找了个位置坐了下来，然后将笔记本打开，继续校对论文内容。

后排的扬声器就在她头顶不远处，南禹衡的声音通过扬声器传了出来，仿佛就落在她的身边，让她的思绪有些混乱，她透过笔记本屏幕，微微侧头朝前看去。

南禹衡一只手随意地插在西裤口袋里，另一只手握着话筒，绕过讲台，缓缓踱步面向底下的同学，讲述目前商业模式的几大板块和大家比较关心的、适合就业的发展前景等一系列问题。

他从头到尾眼神都没有扫向秦嫣这边。底下坐着的人太多，秦嫣想着反正他也看不到自己，干脆躲在电脑后面托着腮肆无忌惮地打量他。他最近消瘦了些，轮廓都变得愈加清晰，下巴的线条依然硬朗却不失优雅，秦嫣渐渐看入了神。

南禹衡比她高，她每次抬起头都只能刚好碰到他的下巴，所以她总是喜欢亲吻他的下巴，有时候调皮起来还会咬一口……想着想着，秦嫣已经完全听不见南禹衡到底在说些什么，脑中开始出现她向南禹衡耍无赖撒娇的画面，随后鼻子一酸，重新躲回笔记本前。就在她的脑袋收回去的同时，南禹衡的目光淡淡地朝她那个方向瞥了一眼。

演讲结束后便是提问环节，所有人都跃跃欲试，大家都清楚南禹衡在校期间已经发表过多篇高质量的论文，所以都想抓住机会向他请教。

南禹衡再次绕回讲台前对着底下的学弟妹们说："大家有什么问题举手提问，我可以多留十五分钟的时间。"

话音刚落，台下的手举了一片，秦嫣终于坐直了身子，将电脑合上，跟着举起手来。

南禹衡点了前排两个同学，有一个同学根本没有准备什么问题，大概就是想凑个热闹，临时被点名，慌乱地脱口而出："请问南学长平时有什么学习习惯？"

后面有人吐槽问的什么鬼问题，南禹衡淡淡一笑："如果我要跟你说时间规划、自我测试这些，不免耽误大家的时间，我的确有个习惯，习惯在吵闹中练专注力，不过不建议大家这么做。"

底下笑声一片，也有不少人发出惊叹，学霸的学习习惯就是和常人不一样，只有坐在最后一排的秦嫣脸色微红，她没忘记自己小时候总喜欢趁南禹衡写作业的时候跑到他旁边大唱《小红帽》，还是单曲循环的那种。

后来又有同学陆续问他有没有什么独到的论文研究方法和手段，还有一些就业形势的问题。

秦嫣手臂都举酸了，南禹衡都没有看她一眼。

在他再次发问"还有谁有问题"的时候，后排穿着蓝色雪纺衫的姑娘终于忍不住了，声音透过排排同学传到前方："学长，我举了好久了，什么时候能轮到我？"

所有人都回过头去，南禹衡却低垂着眉眼，嘴角泛起好看的弧度。

秦嫣见南禹衡没有看她，干脆朗声道："学长也给我们后排同学一些提问的机会嘛。"

这时大家才看清说话的女生竟然是秦嫣，不免都有些讶异。

秦嫣在学校向来很低调，不喜欢出风头，但她自小就有吸睛体质，即使她什么也不做，优异的成绩和出众的外貌就很难让人忽视她的存在。

此时大厅内的同学惊奇地发现秦嫣也来了，不仅来了还积极举手提问了，所有人都想看看这个商学院的才女有什么高明的问题，均在旁起哄："是啊，给后排留点儿时间。"

七嘴八舌的议论声中，南禹衡缓缓抬眸，眼神落向那个方向，眼里是深邃的光，灿若星辰。他朝秦嫣点了下头。

秦嫣便落落大方地站起身直面所有目光，声音清透："前面有同学提到一些论文方面的问题，我这里正好也有一些困惑需要学长帮忙解答一下。

"大家现在都很关注资产问题，我发现商业地产的回报率普遍不高，估值在整个市场环境中偏低，请学长回答一下，为什么会有这么多问题资产？"

南禹衡立在讲台前，淡然回道："资产估值需要衡量土地、开发、人员成本，核算利润进行定价，但在进行REITs、资产证券化的时候估值已经发生变化，核心问题变成了现金流，在短时间内市场上升空间有限的情况下，未处理的资产净值损失和潜亏资金会成为这部分问题资产难以闯过的一道难关。"

秦嫣很快接道："学长的意思是估值方法偏差产生的问题，难道不能用市场手段解决吗？"

南禹衡沉稳地回："这个问题之所以存在，说明短时间内市场是不缺资金的，当这个问题的影响压力到达一个临界点，可能会触发金融内部降杠杆问题，我想你们应该学到过这个知识点。"

他朝着秦嫣从容一笑，秦嫣并没有因为他的反将一军而放弃，反而问题越来越犀利："我手上有一份近五年南城普惠商街的调查数据，租金增长停滞明显，运营成本却在上涨，资产估值持续下跌，请学长分析其中原因和解决措施。"

所有人都傻了眼，场内一来一去的刀光剑影暗潮汹涌，明眼人都能看出来这个坐在后排的学妹道道问题直逼台前的人，竟然拿一个成熟的商街案例让南学长分析，还要他提出解决措施，这根本已经不是在提问题，而是故意刁难人。大家不约而同地开始观察南禹衡的表情，不禁为他捏把汗。

然而台前的男人依然身姿笔挺，单手抄在裤子口袋里，一派悠然自得的样子，不仅没有被后排女生的逼问惹恼火，反而低头浅笑了下。这个笑容，让台下一干人等莫名其妙，也让众女生心脏扑通乱跳。

随后南禹衡缓缓抬起头，声音舒缓平稳地传进每个人的耳朵里："普惠商街的问题在于电商分流影响线下销售额，一部分高昂的奢侈品消费流向境外，加上南城近几年在河西、临东、北江、西路各区分别都建设了生活广场，同质化严重带来业态竞争愈加激烈，零售物业的场地不再是稀缺资源，而盈利点恰恰和价值是匹配的，当价值取向和盈利模式出现偏差，这种情况只会越来越严重。

"突破口是发现新的价值点，或者开创新的盈利模式，从根本上解决消费趋势变化带来的影响。

"具体的方法可以从供应链、大数据、营销管理方面着手，因为时间有限，我就不一一阐述了。

"我想以上回答至少可以拆分成六个论点，应该可以帮助这位同学完成手上的论文了。"

话音刚落，台下响起一片掌声。本来所有人都认为秦嫣的问题太刁钻，拿一个成熟的街区让南学长当场分析劣势给出解决方案，本就是一件几乎不可能办到的事情，这种商业模式的分析通常都是由专业团队进驻调研过后才能给出结论，然而南禹衡几乎不假思索，正面回答了她的问题，而且答案堪称完美，让所有人精神亢奋，满眼冒星地盯着台上沉稳的男人。

秦嫣却在掌声中微微挑起下巴，声音清亮："最后一个问题。"

掌声停止，场内再次恢复一片寂静，众人的目光全部朝秦嫣看去，所有人情绪高涨，激动地看着商学院的才女和才子过招，纷纷大呼过瘾。

秦嫣不卑不亢地直视着前面的男人大声问道："你爱你老婆吗？"

整个多媒体厅在一秒的静谧之后瞬间沸腾了，所有人反应过来后激动地喊了起来，情绪感染很快，短短几秒，哄闹声响彻整个大厅，就连远处篮球场中打球的同学都莫名其妙地望了过来。

而台上的南禹衡却在一片哄闹声中淡定地敲了两下讲台，对着话筒说道："这个问题超出了今天的提问范围。"

秦嫣丝毫不示弱，嘴角微勾，继续逼问道："是吗？学长刚才并没有设置提问范围呢。"

她说完，目光再次牢牢注视着南禹衡。

场内又是一阵起哄的声音，还有好多人对秦嫣竖起了大拇指。

大家再次拿出手机向着南禹衡发出欢呼声，等待拍摄下这激动人心的时刻。

南禹衡在众人激动的喊声中抬起头，迎上后排那道犀利的目光，而后笔直的身姿微微前倾，削薄好看的唇对着话筒，声音低沉动听地吐出一个字：

"爱。"

秦嫣唇边的笑容忍不住绽放，在哄闹声中她淡淡道："那我没什么问题了。"说完从容落座。

南禹衡眼角扫了她一眼，带着厚重的压迫感，但秦嫣丝毫不理睬他，将电脑一收，直接从后门大摇大摆地走了。

众人也是看得一头雾水，感觉南学长是不是欠了这个学妹一套房，她故意来刁难他的？

2

下午的阳光有些刺眼，秦嫣疾行几步快速走进回廊才凉快了些。这个时间绝大多数人都在上课，长廊幽静无声，她颇为愉悦地踏着轻快的步子，想到南禹衡沉着脸的样子就有种畅快淋漓的感觉。

却忽然听见身后一阵急促的脚步声跟了上来，她倏地转过头正好撞进一个结实的胸膛，来人直接将她抱了个满怀。当熟悉的温度笼罩而来时，秦嫣的心脏被猛然掀了起来，震如擂鼓，腰被南禹衡的大手握住，他将她柔软的身躯揽进怀里，极具占有欲的热度喷洒在她耳边。

秦嫣抬手重拍了他一下："放开我！"

南禹衡并没有妥协，反而将手臂越收越紧，带着惩罚而挑衅的口吻："有本事你对我动手。"

秦嫣果真猛地发力，与此同时，南禹衡直接将她抱离地面，让她的身体失去重心被迫依附着他。

寂静无声的回廊中，暖阳照在两人身上，南禹衡眼角带笑，秦嫣气急败坏，两人相拥在一起，倒像一幅缠绵悱恻的画卷，直到南禹衡机警地松开秦嫣，猛地抬头望去。

秦嫣被南禹衡的反应吓了一跳，下意识地回过头，看见回廊边的竹林里有个男人坐在石凳上，一身浅白色的休闲装，手里夹着根烟，正似笑非笑地观赏着他们相拥的画面，眼里流露出些许闲情逸致。

秦嫣憋红了脸："Edwin？"

Edwin 跷着的双腿缓缓放下，站起身踏上竹林间的小道向着回廊走来，路过垃圾箱时，顺手把烟按灭了，几步走上台阶，立在两人面前，先是看了看秦嫣红透的脸，又将眼神落在南禹衡的脸上，温凉地开了口："光天化日之下乘人之危，不像君子所为。"

南禹衡极其冷淡地扫视着他，声音疏离且凉薄："光天化日之下帘窥壁听，也不像君子所为。"

Edwin 低头寡淡地笑了笑，又习惯性地推了推鼻梁上的金边眼镜，文雅地说："这片竹林是公共场合，我想坐就坐。"

南禹衡眼里闪过一抹冷意，低沉道："这个女人是我老婆，我想抱就抱。"

站在一边的秦嫣感觉出一丝不大对劲的气氛。

金色的阳光透过疏密有致的紫藤落下斑驳的倒影，两人静默地平视着对方，一个清新俊逸，一个斯文深沉。秦嫣忽然感觉到周身的温度并没有因为暖阳而升高，反而让她不禁打了个寒战，那是一种无声的较量。

良久，Edwin 昂起下巴高傲地睨着南禹衡，声音温润："谁控制了过去，谁就控制了未来。"

南禹衡嘴角划过一抹讽刺的笑意，立马接道："谁控制了现在，谁就控制了过去。"

空气凝滞，万籁俱寂，一阵风而过，竹林发出簌簌声，就连秦嫣都竖起了一层汗毛。

Edwin 眼里透出让秦嫣读不懂的深意，随后转头对她斯文克制地说："记得到社团排练校庆节目。"说完便直接转过身，步履均匀地离开了。

南禹衡立在秦嫣身前看着他的背影，逐渐深皱起眉，眼里涌动着凝重的光，直到秦嫣绕到他身前向他伸出手："把钢笔给我！"

南禹衡低眸看着伸向自己的小手，有些不解地挑起眉梢："要钢笔干吗？"

秦嫣干脆直接将手伸进他的口袋自己摸索起来。南禹衡无奈地看了看周围，张开双臂任由她搜身，最后秦嫣在他右边西裤口袋里发现了那支有些旧的黑色钢笔。

她举起钢笔抬眸问他："用了几年了？"

"六年。"南禹衡不假思索地回道。

秦嫣将钢笔拿到眼前看了看，六年，用得还真够仔细的，只有一道细小的划痕。

她再次问道："用这么长时间干吗不换？"

"习惯了。"

秦嫣朝他凑近一步。她头发松松地绾在脑后，颊边的碎发勾勒得她的容貌更加温婉动人，在她靠近的时候，身上那软甜的味道也凑了上来，南禹衡眼底的光不禁柔了一些，他低眸看着秦嫣一双明亮的大眼带着些许勾人的光泽，将白净的脸凑到他面前再次问道："为什么不换？"

南禹衡侧过头抬了下眉，眼底蕴上一层笑意，秦嫣大多时候都挺让他省心的，但她耍起小脾气来，只能顺着她的毛摸，否则她能直接掀了他的房顶。

看着她伸头等待的模样，南禹衡收回目光，干脆直接说出她想听的话："因为是你送的。"

他很少说这些肉麻的话，偏偏两人单独相处的时候，秦嫣总会逗南禹衡说些好听的话来哄自己，所以南禹衡只以为她好久没见到自己又撒娇了。

谁料他刚说完，秦嫣便点点头，然后转身对着旁边的垃圾箱抬手一抛，钢笔被她精准地抛进垃圾箱里发出咚的一声。

南禹衡立马拧眉："扔掉干吗？"

秦嫣退后一步，凉凉地说："你不是说因为是我送的才一直用的吗，那我过几天再送你一支。"

南禹衡目光带着慑人的穿透力，牢牢盯着面前的女人，秦嫣被他注视得浑身不自在，干脆撇过头问道："韦颜是谁？"

南禹衡缓缓蹙起眉："什么韦颜？"

秦嫣转过身朝着回廊另一头走去，顺带丢下句："不知道吗？都说是你老婆呢。"

南禹衡望着她清丽的背影，长廊的风吹起她的淡蓝色雪纺衫，柳腰若隐若现勾勒出曼妙的身姿，像一朵随时会被风吹走的云，看得他嘴角勾勒出笑意。

这个女人连生气的方式都这么清新脱俗，不吵不闹，无声地发泄着心中的不满，却挠得人浑身不舒坦。

直到快走出长廊秦嫣都没听见身后有脚步声跟上来，一颗心渐渐沉了下去，眼里布满了委屈，她的脚步停了下来，却倔强地不肯回头看一眼。

小时候南禹衡嫌秦嫣吵，经常当她是空气不搭理她，可秦嫣就是再生气也从来没抛下过他，例如现在。

南禹衡眼里的情意更加浓烈了一些，他大步流星朝她走去，从她身后轻易解开她的发夹，那头如瀑的长发落下的瞬间，秦嫣的身体也被他抵在旁边的柱子上，狂热的吻伴随着午后的阳光烧红了她娇艳的脸颊。秦嫣抬手反抗，南禹衡有力的臂膀钳制住她的胳膊将她整个人环进怀里，让她动弹不得，他温柔的目光像身后的暖阳扫过秦嫣的心尖，让她渐渐融化在他的吻中。

南禹衡的鼻息飘过属于秦嫣特有的甜味，像雨后的芍药，他的目光越来越炽热，甚至有些失控地抬手提起她的腰，又猛然松开她，呼吸急促地说："你让我怎么去和任校长他们开会？"

秦嫣身体绵软地依附在他胸口，有些委屈地说："关我什么事？"

南禹衡竭力隐忍住眼眸里的火热，笑骂道："磨人精！"随后他轻抚着她的长发轻声哄道，"等下个月正式和都会那边签署同盟协议，我的心头大石就落定了，到时候也不会像现在这么忙。我总有种不太踏实的感觉，怕这之前出什么岔子，所以最近……"

"我知道了。"秦嫣接道。

南禹衡挑起她小巧的下巴望进她的眼底："你知道什么？"

秦嫣眼里透着湿润："我男人得去做大事，我得乖乖听话。"

南禹衡不禁笑道："好像很委屈？"

秦嫣转过身轻描淡写地说："那你去吧。"

她刚准备走出回廊，南禹衡从身后环住她的脖颈，低头咬住她的耳朵："是不是想我了？"

秦嫣浑身战栗却嘴硬道："没空想你。"

南禹衡随即松开她："好。"然后他便大步离开。

秦嫣回过头看见他长腿阔步越走越远，没一会儿就拐出长廊消失在她的视野中。秦嫣长长地舒了一口气，抱紧电脑，回去写论文了。

连着好几天，南禹衡一个电话都没有打给秦嫣，秦嫣心里憋着口气也不打给他，两人仿佛在无声地较着劲儿。这大概是他们婚后第一次冷战，准确来说是秦嫣认为的冷战，她也不知道南禹衡到底是因为她那句"没空想你"有意不理她，还是他真的太忙。

秦嫣有时候会盯着手机发呆，心不在焉的样子，苏冉好心地问她："你最近怎么回事？是不是失恋了啊？"

秦嫣才惊觉自己的状态真跟失恋的小女生一样，随后她平静地告诉苏冉："失恋吗？我这辈子都不会失恋的。"

苏冉看着她谜之自信的侧脸，眨巴了两下眼。

校庆活动音乐社要出两个节目，所以每天下午秦嫣都要抽空去社团排练，每次都练到很晚，这倒让她没空再对着手机发呆了。

其中一个节目是乐器演奏，社团临时组建了一个管弦乐团，Edwin 几乎天天都在那儿，亲自指导每一个同学，细致认真。大家发现 Edwin 几乎是个音乐全才，不仅钢琴弹得好，任何乐器到了他的手上都像被赋予了灵魂似的。

Edwin 对音符的敏感度很高，即使在所有乐器共同演奏的过程中，他也能精准地找到哪一个人的哪一个音出了问题，当场指导，推翻重来。

秦嫣因为之前和 Edwin 合作过，所以不止一次见识过他对音乐的执着和专注。

虽然 Edwin 排练的时候异常严厉，但是每次排练结束总会非常大手笔地请所有人饱餐一顿，及时消散了大家的怨气，大家慢慢也都习惯了 Edwin 的严厉。

Edwin 说话做事总给人一种高高在上却又不得不服从的王者风范，这大概跟他天生透出的气质有关。社团的女生最喜欢的就是讨论他每天的穿着，他在男生中间算是穿衣非常考究的那一类，衣服从来不重样且搭配养眼至极，质地名贵，有种与生俱来的艺术家气息。

第三天休息的时候，又有女生道："你们说老大的那件蓝色开衫是什么牌子的啊？"

大家七嘴八舌，还想拉着正在低头调试大提琴的秦嫣加入，就在这时，Edwin 拉了拉外套缓缓站起身，看向女生们："你们都练好了？"

女生们吐了吐舌头赶紧闭嘴，Edwin 又转向秦嫣："你过来。"

秦嫣指了指自己的鼻尖，然后放下大提琴走过去。Edwin 背脊挺直，居高临下地看着她："我临时调整了一下，大提琴的部分我会重新找一个人过来接替你。"

秦嫣诧异地问："那我呢？"

"和我一起四手联弹。"

身后的女生立马惊讶出声："秦嫣能弹吗？"

秦嫣有些为难地盯着 Edwin："你确定？"

Edwin 很快回道："不确定。"

秦嫣眼皮子跳了跳，Edwin 拿出手机找到一个谱子递给秦嫣："这是我才写的，你照着弹给我听听，可以的话我再确定。"

此时所有人都放下乐器看了过来，秦嫣接过手机，兀自回身走到钢琴面前，将手机放好后，快速浏览了一遍，直接将谱子拉到顶端，手指轻轻放在钢琴上，随即一连串音符便在场中荡起一阵涟漪。大家听见钢琴声都走过来围观，Edwin 则是托着腮默默听着。

秦嫣弹到高潮处，右手将手机滑过翻页，身旁忽然出现一双精致的手落在钢琴上，Edwin 站在她的身后，双手时而落在她的旁边，时而环住她的身体落向另一边。秦嫣不太习惯和其他男性距离过近，她拧了下眉，努力忽略身后人的动作，稳住双手，继续弹奏。Edwin 毫无章法的加入让这首原本平淡的曲子变得跌宕起伏，惊艳了众人。

手机上的乐谱已经拉到底，秦嫣弹出最后一个音符完美收尾，Edwin 几乎与她同时抬手。

秦嫣回过头，Edwin 干净流畅的轮廓就在她眼前。这是两人第一次尝试联弹却配合得天衣无缝，他们在对方眼中都看到了对彼此的欣赏。

周围掌声响起，大家都在夸赞，Edwin 却缓缓直起身子对秦嫣说："出来，我和你谈谈。"

3

Edwin 朝着教室外走去，秦嫣不明所以地跟了出去。他走到一棵玉兰树下，停住脚步回过头望着秦嫣，秦嫣穿着简单的牛仔裤和球鞋几步走到他面前，Edwin 头顶的路灯突然亮了，两人都不禁望向远处越来越暗的天色。

玉兰树上的白色花朵全部绽放，脚下洁白的花瓣落了一地，空气中飘散着清幽的香味。

Edwin 先出了声："你对社长这个位置有什么想法？"

秦嫣回过神来看向他："没有什么想法。"

Edwin 侧头望向教室里的社团成员，开口道："我快毕业了，社团需要一个新的领导者。"

秦嫣笑了："你不会打算推荐我吧？"

Edwin 收回目光望向她，语气笃定："整个社，只有你稍微能跟得上我的脚步，虽然我走后这个社团肯定会没落，但我希望不要没落得那么惨。"

秦嫣嘴角抽了抽，清澈的双眼弯了起来，本来想努力憋住脸上的笑意，可是看着 Edwin 一本正经的样子，她就没见过像 Edwin 这么严重的自恋狂，虽然秦嫣竭力隐忍，但还是很抱歉地走到旁边笑去了，徒留 Edwin 一个人站在大树下无语。

他本来是想找秦嫣谈谈接手社团的事，也只是陈述了一下事实，有什么好笑的？

等秦嫣笑了一圈回来后，还顺便拿了两瓶矿泉水，扔给 Edwin 一瓶，大概笑出了泪来，睫毛上都沾了一层水汽，眼睛弯起的时候，莫名有些可爱。

Edwin 板着脸接过矿泉水："我明天有事，排练你盯，我回去把谱子再完善一下，后天晚上七点我们过一遍。"

秦嫣刚准备拧开矿泉水，Edwin 已经将他拧开的水递给她，把她手中的夺了过去，然后高冷地走了。

秦嫣看着手中的矿泉水，抬头喝了一口，盯着 Edwin 的背影，笑容渐渐敛了下去。

Edwin 这个人时间观念特别强，秦嫣之前就领教过，他是个极其自律的男人，不仅对自己如此，对身边的人也是如此，但凡他约定的时间，从来没有人敢迟到。所以那天晚上七点没到，秦嫣就赶到了音乐教室。

路上下了大雨，秦嫣将伞撑了起来放在教室门口，自己先练了会儿。

意外的是，过了七点 Edwin 都没有来。秦嫣看了看时间，又站起身走出教室伸头张望了一下，然后给 Edwin 发了条信息：你不会忘了今天要排练吧？

秦嫣发完信息又重新将教室门关上，坐回钢琴边练了几遍。等她再次停下来拿出手机时，已经将近八点了，Edwin 还是没有过来，也没有回复信息。

秦嫣感觉有点儿奇怪，干脆将电话拨了过去。Edwin 的手机是通的，但一直没人接听。

秦嫣有些无语地挂了电话，打算自己再练习三遍，要是 Edwin 还没回复，她就回去了。

不知不觉到了八点半，Edwin 依然音信全无，秦嫣只能合上琴盖，站起身走到门口拿起伞关掉灯，准备走人。

她刚走出教室，就见滂沱大雨中似乎有个人隐在漆黑的夜里，迎着夜色向这里走来。秦嫣脚步顿了下，走到走廊上向远处张望，雨并不算小，倾泻而下，宛如曼妙的纱，让远处的画面变得朦胧不清。

直到那人越走越近，秦嫣才惊住。是 Edwin，他身上单薄的半高领衫早已被雨水淋透，雨珠不停打在他的身上、脸上。秦嫣看清了他的样子，那总是清逸冷淡的脸上此时阴云密布，早已分不清到底是泪水还是雨水，抑或是从心底溢出的沉痛。

秦嫣怔怔地看着他，撑着伞跑出去朝他喊道："你怎么了？怎么出门没带伞呀？"

Edwin 却径直从她身边走过，踏上阶梯走入音乐教室。

周围漆黑一片，他却并没有开灯，就这样径直走到钢琴前猛地掀开琴盖，

221

双手重重地落在黑白键上。沉闷的音乐夹杂着远处的惊雷,那是秦嫣这辈子听过最压抑的旋律,仿佛每个音符都狠狠砸在她的心脏上,让她呼吸困难。

秦嫣虽然不了解 Edwin 的过去,不了解他的生活,不了解他的一切,可是在音乐的海洋里,他们又是如此相像的人。秦嫣拿着伞站在走廊上,透过微弱的光看着 Edwin 身后一排湿漉漉的脚印一直延伸到钢琴下,他周身不停滴落的水珠泛着银白色的光。

Edwin 始终闭着双眼昂着头,脸色苍白,浑身的力量都发泄在十指之间。

音符的穿透力直击人心,不需要任何言语秦嫣也能感受到他内心深处迸发的悲恸,竟然不知不觉湿了眼眶。

而 Edwin 就像根本不知疲倦一样,就这样整整弹了将近半个小时才忽然双手重重拍在钢琴上,巨大的响声仿佛让整个大地都在震颤,秦嫣的心脏突突地跳动着。

Edwin 收回双手缓缓低下头,整个人彻底静止。又过了几分钟,Edwin 合上琴盖站起身,眼神空洞地从秦嫣身旁走过,消失在滂沱大雨中。

从头到尾,他没有和秦嫣说过一句话,没有告诉她发生了什么事,也没有交代一句,就这样离开了。

直到看见他的背影完全消失在夜色中,秦嫣才回身准备关上音乐教室的门,却忽然发现钢琴盖上多了一样东西。

她放下手中的伞再次走进教室,直到近前才怔然地伸出手将那块表拿了起来,表带还有些湿漉漉的凉意,仿佛能感觉到历史的厚重感。

秦嫣渐渐皱紧眉头,她将表攥在掌心,回过身看着苍茫的雨夜……

那个晚上,秦嫣没有睡好,几乎一夜都迷迷糊糊的,耳边总是萦绕着那沉重的钢琴声,久久无法散去。

第二天她特地去了一趟音乐系和社团,别人都说 Edwin 请假了,这几天不会来学校。

回去的路上,秦嫣拿出手机给南禹衡发了一条信息:今天忙吗?

一直到她上课的时候,手机才振动,她赶忙拿出来,看见南禹衡回复:忙。

简单的一个字让秦嫣刚提起来的心又沉了下去,她狠狠锁屏将手机扔在一边,然而手机却又振动了一下,她瞥了眼,看见南禹衡又发了一条信息过来:气包子。

秦嫣盯着手机上这三个字愣是看了半天,想象着手机那头南禹衡调侃的眼神,气鼓鼓地关了手机干脆不回复了。

结果下午下了课,秦嫣还没走到宿舍门口,便看见荣叔站在汽车门口笑呵呵地看着她。

秦嫣愣了下，赶忙和同学打了声招呼朝街对面走去，问道："荣叔，你怎么来了？"

荣叔笑着说："禹衡忙，脱不开身，让我来接你。"

秦嫣的眼角立马撇了下去："接我去哪儿？"

荣叔见她闹别扭的样子，将后座车门打开，笑着说："有点儿远，但是禹衡交代了晚上一定要把你接到那儿，不然扣我一个月工资。"

秦嫣哼了一声，坐进车内。

后来她才发现荣叔没有骗她，车子都开上高速了，好在七点多的时候总算到了地方。

这里是邻市一个度假村，很热闹，正在举办为期三天的商业文化交流会。度假村很豪华，晚上到处都是人。

荣叔告诉秦嫣："这个交流会是禹衡牵头搞的，对接下来和都会那边的合作很有影响，这次南方商圈来了不少老总，有好些人禹衡都有意纳入商会，昨天晚上禹衡应酬到深夜三点多，今天一早又出现在会场，亲自交代上午的会议流程。他本就没休息好，又诸事缠身，所以你待会儿见到他，别跟他赌气了。"

其实秦嫣听见荣叔这样说，气已经消了一大半，但还是故意说道："荣叔你就是护犊子，你怎么不护护我呀，我这几天也练琴练到很晚。"

荣叔立马笑了，他将车子开到主楼，然后到前台领了一张房卡给秦嫣："这是禹衡的房号。他这会儿还在和人谈事情，你先到三楼吃东西，挂在他房卡上。"

秦嫣拿着房卡先去把肚子填饱了，然后又来到楼下。度假村这几天住满了人，秦嫣下楼的时候正好碰见几个老总，看她年纪轻轻的问她是哪家公司的，秦嫣笑着回道："我是张总助理。"

虽然她也不知道张总是谁，不过这么大的地方，总有个姓张的老总吧，然后果然看到这群人点了点头，露出一副了然的神情。

秦嫣悠闲地在度假村里找了辆单车。五月的天气不冷不热，骑上一圈还是有些冒汗，她看见露天泳池亮了灯，有几个十几岁的孩子在那儿玩，大约是跟着大人来开会的，秦嫣突然也起了玩心，走到度假里面的专卖店买了一件泳衣，钻进更衣室换上后也跳下了水。

几个孩子回头看见一道白色身影潜进水下半天没出来，都好奇地东张西望，过了好长时间，突然一道人影从几个孩子中跳了出来，水花四溅，把他们吓得哇哇大叫。秦嫣咯咯地笑着，一群孩子立马报复性地拿水泼她。

秦嫣在水下转身，像条灵活的人鱼越游越远，会游泳的几个小孩立马就朝她追了上去。

秦嫣刚探出水，就看见一个小胖子在水中用狗刨式溅起大片水花，笑得她大喊道："喂，小子，我在这儿，你往哪儿游啊？"

小胖子呆头呆脑地将头探出水面，这才愣愣地发现自己越游越远。

秦嫣好笑地朝他泼水，旁边几个调皮的小孩立马帮小胖子反击，秦嫣像孩子王一样在泳池里跟他们打起水仗，反正她游得快，打不过就钻进水下逃跑。

泳池里嬉闹声不断，坐在二楼窗边喝茶的几个男人不时朝楼下看去，一个年近五十的老总笑着说："这些孩子劲儿真大。"

南禹衡的目光盯着那道白色的身影，露出颇有深意的笑："小孩子都这样。"

另外一个老总提议："我们也下去逛逛吧，坐了一天了，腰酸。"

于是几人从包间出来朝着后面的花园走去，一个老总闲聊道："老杨啊，你的思维模式得变通，现在传统行业都在做互联网转型，你跟着政策走不会有错，南理事你说呢？"

南禹衡双手插在西裤口袋里，缓缓接道："杨总的企业做了这么多年，资源虽然不错，但是要想可持续性发展，运作模式上是可以考虑突破一下，俗话说'兵马未动，粮草先行'嘛，我们商会里有不少互联网公司的老总，我明天抽空给你引荐一下，你可以先了解看看。"

杨总赶忙点点头："行，那你明天记着这事啊，别搞忘了。"

南禹衡淡笑道："不会的。"

一行人走到泳池畔，秦嫣被一群熊孩子追了快一个小时了，累得游到扶梯边灰溜溜地爬了上去，身后一群孩子还在向她挑衅："姐姐你别走啊，再玩会儿。"

秦嫣浑身湿漉漉地爬上岸，回过头对他们做了个鬼脸。一个十几岁的小女孩儿不想让她走，还特地游过来不满地朝她泼水，秦嫣笑着赶忙往后让去，手肘正好撞在一个人的身上，她倏地回过头说道："不好意思啊。"

正说着，秦嫣抬眸猛然撞上一双熟悉的眸子，她顿时睁圆双眼，又看了看其他几个男人，尴尬地呆住。

秦嫣身上穿着浅白色的连体荷叶边泳衣，姣好的身材展露无遗，修长的脖颈和锁骨还挂着水珠，在银白的月光下娇艳欲滴，透着让人挪不开视线的妩媚。

周围几个老总的目光停留在她的身上，南禹衡立马走到旁边拿起浴巾将她整个人裹了起来，看着她的脚，声音沉沉地问道："鞋子呢？"

秦嫣瞥了眼远处："在那边，我自己过去。"

她匆忙拉着浴巾转身离开，旁边几个老总这才回过神来说道："南老弟，这美女你认识啊？"

南禹衡转过身："我还有点儿事，杨总那事明天上午记得找我。"

几个老总都是人精，眼睛一扫便心中有数，笑着道了晚安。

等秦嫣换了衣服从更衣间出来的时候，就看见南禹衡抱着胸靠在椰子树上，目光沉静地等着她。

4

秦嫣远远地看着南禹衡穿着深色格纹衬衫，头发短而削薄，深邃的轮廓在阴影下透着蛊惑的成熟感，眉眼间隐有一丝疲惫，看得秦嫣心头紧了下。

她大步朝他走去，到了他面前站定，吸了吸鼻子，有些尴尬，不敢与他对视，撇开眼问道："忙完了？"

南禹衡抬手按在她的头顶，强行将她的脑袋扭了过来，视线压迫下来盯着她："怎么，还不好意思看我了？"

秦嫣的眼神左右乱瞟，最后停在他精致的五官上，他浓密睫毛下的黑眸仿佛能吸走人心，让人沦陷。秦嫣咬了咬唇，嘟囔着："这么忙还把我弄来干吗？"

南禹衡松开她，往室内走去，丢下句："你说呢？"

秦嫣站着没动，赌气道："不知道。"

南禹衡走了几步回过头，他的五官在半明半暗中像黑夜里燃起的火光照亮她，然后忽而笑了，笑得摄人心魄，肆意却致命，声音里透着挑衅："我在这儿住了两晚，连续两天夜里被人敲房门，你不觉得你再继续冷落我，你的私人财产会受到威胁吗？"

秦嫣当即就气冲冲地朝南禹衡跑去，一下子跳到了他的背上，像树懒一样抱着他的脖子："你敢！"

南禹衡眼里噙着笑，双手握住她的腿，带着她走进大厅等电梯。迎面而来一群人，秦嫣远远地看见，从南禹衡背上又跳了下来，往旁边挪了几步，和南禹衡拉开距离。

南禹衡是这次交流会的核心人物，不管他走到哪里，没有人不认识他的。

那群人眼尖，很快围了上来和南禹衡寒暄："理事长昨天忙到好晚吧？听说被梁总那帮人灌了不少酒？"

南禹衡双手放在身前，身姿优雅，淡定自若地和这些人周旋："是有点儿多了。"

"今天不继续了？"又有人玩笑道。

电梯门正好开了，旁边人按住电梯请南禹衡先进，南禹衡侧了眼秦嫣，秦嫣走进电梯站在角落，她穿着不起眼的休闲衣低着头，也没什么人注意她。

南禹衡走进电梯笑道："梁总到现在还在房间躺着，怎么继续？"

其他人陆续走进电梯，有人接道："我跟梁博恩喝过，他是酒壮英雄胆，不服老婆管。"

一电梯的人都笑了。

秦嫣窝在角落看着如今众星捧月般的南禹衡，他早已不是那个温润低调的病弱少年。

从前所有人都觉得南禹衡好欺负，打不还手骂不还口，是个没用的窝囊废，好像那时全世界只有秦嫣能感受到他病弱的身躯下那颗强大的心脏。

而如今，南禹衡脱去那层外壳，变得光芒四射，他不再只是她心中强大的南禹衡，而是所有人眼中敬重的理事长。看着他意气风发、谈笑风生的样子，秦嫣既骄傲，又有点儿小小的自卑。

电梯门开了，那些人鱼贯而出，有人抵着电梯门和南禹衡道了晚安，才退出去看着电梯门再次关上。

南禹衡回过头看着窝在角落的秦嫣，干脆将她一把捞了过来，目光压迫地低头看着她："躲在那儿干吗？"

秦嫣心里不是滋味："忽然感觉我们俩的差距有点儿大，你都成了手握庞大商业资源的理事长了，我还只是个大学没毕业的学生。"

南禹衡挑起眉梢掠她："你这是什么想法，给我把胸挺起来。"

见秦嫣依然耷拉着肩膀，南禹衡毫不客气，一巴掌拍在她的背上，迫使她挺起胸膛，接着玩味地说道："我就喜欢你这样的。"

一句话说得秦嫣脸颊微红。

电梯门再次打开，南禹衡牵着秦嫣大步走回房。

房间很大，秦嫣到处看了看，感觉身后炽热的目光一直跟随着她。她走到窗帘处回过头时，正对上南禹衡似笑非笑的眼神，像野兽看待到手的猎物那种势在必得的模样，有些坏坏的。

秦嫣心跳加快，却故意硬气地问道："看我干吗？想什么呢？"

"想要你。"南禹衡答得直白，倒让秦嫣手足无措，她内心升起了轻盈的飘忽感，心里像被小虫啃噬，痒痒的。

南禹衡的手机响了，他皱了下眉走到阳台接电话，还顺便对秦嫣指了指浴室的方向。

秦嫣便进去冲了个热水澡。出来的时候南禹衡还在讲电话，秦嫣躺在床上托着腮，盯着他优雅的下巴弧度，充满成熟男性的气息。

她打了个滚儿看着天花板，想到苏冉说自己像失恋，那刚才盯着南禹衡看像什么？像迷恋吗？

秦嫣摸了摸自己的脸，的确有点儿烫。她回国后就和南禹衡结婚了，虽然婚后一直有很多事，但是直到最近大半年南禹衡越来越忙，她才真正感受到热恋情侣之间那种患得患失的感觉，真折磨人啊！

南禹衡从浴室出来的时候，秦嫣正在看视频，也没注意到动静，就感觉一双温热的大手突然握住了自己的脚踝，将她直接从被窝里拉了下去。等她转过身来的时候，南禹衡已经悬在了她的上方，不知不觉她已被他拉到了身下。

今晚的南禹衡异常温柔，每个吻都像在对待心爱的宝物，而秦嫣的双眼里却逐渐溢出泪来。

秦嫣自认为不是一个脆弱的人，可今天不知道怎么了，情绪突然崩溃，把南禹衡吓了一跳。他赶忙躺在她身侧将她搂进怀里："怎么了？"

秦嫣躲在他的怀里不出声，只是默默地哭着。南禹衡耐心安抚着她，感受到怀中的人儿挺伤心的，他拉开她，低头吻着她眼角的泪，目光深邃迷人："是不是想我了？"

秦嫣紧紧咬着唇闭上眼，就是不看他，别扭得很，像和谁赌气似的。南禹衡吻了吻她的眼皮："睁开，看着我。"

秦嫣潮湿的睫毛轻轻颤抖了下，望向他的那一刻眼眸清澈。南禹衡的心被狠狠触动了，继而温柔地说道："以后想我就告诉我，别再跟我嘴硬了，听到没有？"

秦嫣依然没说话。南禹衡捏了捏她，再次强硬地说道："听到没有？"

秦嫣这才乖乖地应声："听到了。"

南禹衡这才满意地松开她。

他了解她，了解她的脾气，了解她的想法，也了解她的小执拗，所以当上午收到她的短信后，他便知道她绷不住了。中场休息的时候他便赶忙安排荣叔接她过来，他知道再不安抚好他的小媳妇儿，后院怕是要起火了。

而且，他也想她了。

半夜，两人都有些饿了，南禹衡起身点餐。

两人刚吃完，房间的门又被敲响了。

秦嫣诧异地看着南禹衡："这么晚了，又是谁？"

南禹衡表情僵硬地说："可能又是哪个老总的好意。"

秦嫣立马明白过来南禹衡的意思，一把按住他的肩膀："我去开。"

说着她把身上的白色浴袍拢了拢，露出诱人的锁骨和若隐若现的香肩，还有那点点痕迹。

秦嫣走到门口看了眼猫眼，然后将门打开，懒散地倚在门边，睨着门外那个香水味很浓的性感女人，问道："找谁？"

门外的女人长得不错，五官精致，穿着彰显线条的裙子，是个尤物。

女人看见屋内的秦嫣一时愣住，随后上下打量着她。秦嫣虽然不施粉黛，但那出尘的容貌和满满胶原蛋白的青春感，已经让门外浓妆艳抹的女人生出了一种不自在的感觉。人最怕对比，秦嫣的底气来自身后的男人，所以面前这个女人在气场上先输了一截儿。

女人问道："这是南理事的房间吗？"

秦嫣抱着胸，声音带着几分淡然："对，找他有事吗？"

女人笑了笑："没什么事，明天再说吧。"

女人刚准备转身，又多问了一句："你是？"

她其实想打探秦嫣是哪个老总塞到南禹衡房间的，却听见秦嫣轻飘飘地回了句："他孩子的妈。"

女人神色精神纷呈，尴尬地落荒而逃，外传南理事结婚了，只是没人想到他老婆看着这么小，怪不得金屋藏娇。

秦嫣将房门一关，正好对上南禹衡意味深长的眼神。他挑着嘴角问道："孩子呢？"

秦嫣没好气地说："欠着。"

刚说完，她定睛一看，南禹衡坐在椅子上，手中正缓缓摩挲着一块表，目光沉寂地盯着她问道："这块表哪儿来的？"

第十七章 / 不惧未来

我所有的运气都是你。

1

秦嫣盯着南禹衡骨节分明的手，他的拇指缓缓摩挲着手表，蕴含着诉说不尽的情怀。

秦嫣告诉南禹衡："从运营基地回来后我问 Edwin 要的，当时他说这是他最珍贵的东西，不可能给我。"

南禹衡目光深沉地盯着秦嫣："为什么问他要这个？"

秦嫣走到床尾坐了上去盘着双腿，腰板挺直回视着他："我被倪家小儿子找碴儿的那晚，你和我说敌人的战书已经送到了家门口，动了你最在乎的人，所以我想把敌人最在乎的东西拿过来。"

秦嫣并不是一个糊涂的人，她和 Edwin 素不相识，可他似乎了解她的一切，甚至贸然邀请她共同演出。那晚庆功宴上秦嫣躲开服务员后，看见 Edwin 的眼神带着深意。或许 Edwin 并不想对她动手，只是想通过她给南禹衡一个警示，而南禹衡也正是在那晚变得十分反常。

虽然他和 Edwin 没有正面交锋，秦嫣不知道他们之间有什么渊源，可她能感觉出每次她在南禹衡面前提到 Edwin，他都出奇地冷静，所以她便想试探一下 Edwin。

只是她没想到这块表来得那么突然。

秦嫣的目光落在那块表上，悠悠说道："昨天晚上他突然冒雨把这块表丢下就走了，什么话也没说，很不对劲儿，所以，你现在能跟我说说这块表了吗？"

南禹衡低垂着视线落在表面上，又轻轻摩挲了两下，声音有些悠远："这是我爷爷的表，Edwin 就是南竞涵。"他抬起视线看向秦嫣，平静地说，"还需要我告诉你，南竞涵是谁吗？"

"四房南鲲的儿子。"

南禹衡从椅子上站起身，走到窗边拉开窗帘。他高大的身影投在落地玻璃上，远处的高山隐约现出轮廓，他的声音缥缈地传了过来："我和竞涵从小一起长大，他父亲南鲲和我爸年轻时关系很好，虽然我爸后来搬出南家自立门户，南鲲还是每个周末带竞涵来找我爸钓鱼。他们钓鱼，我们就跑到后面的林子里玩，烤红薯、挖蚯蚓……"

南禹衡的亲姑妈南佳读完高中就去了外国学哲学，后来又嫁去中东，所以南禹衡的父亲少年时期就和四房的三儿子南鲲走得比较近，虽然异母，倒也亲得很。

只是南鲲相对而言性格沉闷，南振却风风火火。年少时南振带着南鲲到处打架惹事，虽然皮得天天被南老爷子打，但南老爷子最喜欢的还是南振。

南振自小聪明机灵，但也叛逆不服管，长大后更是不顾家族反对娶了个没有背景且名声不好的女人。南老爷子一再威胁他，只要敢娶那个女人就搬出去，以后别回南家，当时南振为了怀有身孕的魏蓝，毅然离开南家自立门户，和所有南家人断绝联系，除了南鲲。

后来南鲲也结婚了，南振有了南禹衡没两年，南鲲也有了南竞涵。南竞涵并不像他的父亲那么懦弱，反而性格和从前的南禹衡很像，两人都皮得上房揭瓦，整天混在一起。南竞涵小时候比较黏人，每天从幼儿园放学都吵着要去找南禹衡，兄弟两人天不黑不知道回家。

南竞涵小时候长得斯文漂亮，南振也喜欢这个小侄子，到哪儿都记挂着两人，出国回来，有南禹衡的礼物，肯定也会有南竞涵的。

那时候是南振最风光的时候，他经常出门一手抱一个小孩儿，不管走到哪里，别人问他"哪个才是你儿子"，南振总会霸气地说"两个都是"。

有时候魏蓝教南禹衡看书，也会顺便教南竞涵。有一次，魏蓝外出把两个小孩交给南振，南振教两个屁大点儿的小孩儿看《一九八四》——那是一本英国作家乔治·奥威尔出版的长篇小说——两个小孩儿哪听得懂，可有一句话他们却记住了，那就是——谁控制了过去，谁就控制了未来；谁控制了现在，谁就控制了过去。

听到这儿，秦嫣不禁打了个寒战，她想起那天在回廊两人的对话。

其实不管过了多少年，有些事情，有些人，总会扎根在记忆中，难以磨灭。

南竞涵曾和南禹衡说，他最大的愿望就是长大以后能变成像南振叔叔一样顶天立地的男人，娶个像魏蓝婶婶一样漂亮的女人。

后来有一天，南竞涵和南禹衡背着大人跑去爬树，几岁大的小孩儿不知天高地厚，两人比赛爬树。大夏天的，两人都赤着上半身，爬得满头是汗，南禹衡到底大一些，身高腿长先爬到了上面，对南竞涵喊让他快点儿。

南竞涵抬头的时候就见一条竹叶青伸着头，就在它朝南禹衡咬去的时候，南竞涵猛地拽了他一下，却因为力气太小、重心不稳，从大树上摔了下去。

下落的过程中，有根树枝狠狠地扎进南竞涵的锁骨，离他的喉咙仅一厘米的距离。他被送去医院后，才发现跟腱也断裂了。

那次以后，南竞涵的锁骨永远有一道丑陋的疤痕，从此也无法再做任何剧烈运动。

那时候南振的生意做得还不错，家里条件好，魏蓝给南禹衡买了一架施坦威的钢琴，可南禹衡那会儿跟有多动症一样根本闲不下来，也不愿意学钢琴，听说南竞涵两个月不能出门，便和魏蓝吵着说把钢琴送给他，南振怕那孩子在家烦闷便也同意了。

那架施坦威是南竞涵的第一架钢琴，也从此开启了他的音乐之路。

听到这里，秦嫣说："怪不得他总是穿高领衣，大热天的也这样，那道疤很大吗？"

南禹衡瞥了她一眼："自那以后，竞涵越来越自闭，也很少来找我了。"

秦嫣听着觉得挺可怜的，继而问道："那你到底做了什么，怎么舍得让你的竞涵弟弟昨晚伤心成那样？你知道吗，当时我真的有点儿被他吓到。"

南禹衡立在窗前，声音很沉地说："我爷爷不喜欢南鲲，觉得他唯唯诺诺，整天阴沉沉的，不像南家人，但他却对我爸言听计从，从小就跟在我爸后面，也算是出生入死过。

"可是，谁能想到，我爸最后会栽在最信任的兄弟手上。"

一句平淡的话却让秦嫣起了一层鸡皮疙瘩，她走到南禹衡身旁震惊地问道："你是说当年是 Edwin 的爸爸……"

南禹衡冷笑道："应该说整个四房都脱不开干系。三房有没有参与现在不好说，就是没有参与也是恨不得落井下石。我爸和南家早就不来往了，他的动向，他身边的人，他生意上的事情，你觉得南家人怎么会了如指掌？"

秦嫣忽然打了个冷战："南鲲，南鲲出卖了你爸？还是……他从很久以前接触你爸就带有目的性？"

南禹衡的手掌撑在玻璃上，眉头深深皱着："当年沉船的事情不好查。虽然贺爷爷在世时也查过，但根本查不到南家人头上。我大学以后通过一些途径试图调查当年的事故，好不容易搜集齐了那年所有登船人员的信息，花了几年的时间对幸存者进行排查，但一直没有结果。

"南虞姑妈这个人不够聪明，做事也不细致，大的事情我不敢交给她办，只让她帮我想办法把所有南鲲平时接触的关系告诉我，然而也没什么收获。后来我把目标转移到南鲲身边一个走动比较勤的徒弟身上，顺藤摸瓜，花了几个月终于找到蛛丝马迹，给我摸到了一个人，是当时船上的机匠长，叫平良健。南鲲大概也没想到，时隔这么多年我还会找到他头上。

"昨天晚上，我让人把我手上的一些证据摆在了南竞涵面前。"

秦嫣垂下眸，怪不得昨晚 Edwin 一直没有回复她。她不禁问道："你为什么要拿给南竞涵？我不懂。"

南禹衡将她的身体从冰凉的玻璃上扯进自己怀中，带着她看向漆黑苍茫的夜："我的确可以拿这些证据和南鲲对簿公堂，但结果呢？这些证据不足以让他抵我爸妈的命。而且南鲲主要参与的是陆路货运还有一些酒店地产的生意，他当年没那个能力左右一艘邮轮的命运，所以这件事如果拿南鲲出来顶包结案，岂不是便宜了其他人？"

秦嫣感觉有些冷，双臂穿过南禹衡的腰抱着他："那南竞涵？"

"其实，我对他已经很陌生了，这么多年我们没有联系，我也没有把握他在得知这件事后会有什么反应。

"南家的话事人自从我爷爷走后，位子一直空着，虽然明面上没有领头人，但你也清楚，主要航线都捏在南灏手上。

"我给了竞涵两个选择，要么我拿这些证据直接将南鲲送进大牢，要么有朝一日我真要拿回属于我的东西时，他必须无条件放弃那个位子。

"只不过昨晚他没有给我答复。"

秦嫣看着玻璃上他的轮廓，眼眸不停闪烁。眼前的男人太冷静睿智了，默默铲除了一个劲敌，让他以后的道路上又少了一个羁绊。

南禹衡没有把这份证据公布于众，而是给了南竞涵，赌的就是人心。

秦嫣想到昨晚南竞涵的神色，无法想象当他知道南振的死和他父亲有关时，他的心情是怎样的。

可最终他把那块表留在了钢琴上。

直到这时秦嫣才知道，南禹衡赌赢了。

南鲲只有南竞涵这一个儿子，以后南禹衡和南家真要决一死战，她不敢肯定己方会有南竞涵这个战友，但可以肯定的是，他不会再成为她丈夫的威胁。

秦嫣对南禹衡说："《小王子》里面有一句话，'我太年轻了，甚至不懂怎么去爱他'。我想，我现在慢慢懂为什么我会爱你了，因为这个世界上，再也不会有人像你这样让我仰望。"

她抱着他，世界就在她的脚下，不惧未来，不畏过往。

2

六月，是分别的季节，校园里总是弥漫着一些期待，一些迷惘和一些伤感。

自从那天以后，Edwin 没有再在社团里出现过，连杨明浩他们都联系不上他。这几乎是从来没有过的事，大家都在猜测 Edwin 是不是出事了。

只有秦嫣依然按部就班地准备，这时所有人才发现，社团里不止 Edwin 能驾驭多种乐器，秦嫣也能。虽然刚开始大家因为 Edwin 的缺席手忙脚乱，但在秦嫣的指导下，几天后，所有人又恢复了正常排练。

秦嫣没有改动 Edwin 留下的琴谱，依然按照那个谱子把钢琴曲练熟了。

正式表演的那天，管弦乐团的成员都很激动，这是音乐社成立以来第一支真正意义上的管弦乐团，所有人都很期待他们的演奏能够震撼全场。

在后台等待时，不知道谁说了句："可惜 Edwin 不在，要是他也能来就太好了。"

听到这话，本来情绪高涨的众人瞬间都有些萎靡，虽然 Edwin 平时对大家非常严厉，甚至有时候到了变态的地步，但不得不承认他是整个音乐社的灵魂，在他加入音乐社之前，南城大学的绝大多数学生不知道学校还有这么个社团，每年招新也都是个位数。

所以此时，大家都很想念 Edwin。有人对杨明浩说："学长，你再打个电话给老大试试看呢？"

杨明浩抵不过大家，拿出手机给 Edwin 拨了过去。大家都安静下来，盯着杨明浩手中的手机。然而那头电话才通，后台门口突然响起了悠扬而熟悉的钢琴曲铃声，所有人条件反射地转过头去。

就看见红色的帘子被人掀开，一个颀长而优雅的身影从帘子后面走了进来。

时隔半个月，Edwin 第一次出现在所有人面前。他穿着墨绿色的复古衬衫，第一颗衬衫纽扣扣得严实，外面套了件深灰色格纹西装，一条咖啡色的长裤配上手工皮鞋，只往那儿一站，便透出精致的贵气。

Edwin 的头发理得很整齐，鼻梁上依然架着那副斯文的金丝边眼镜，从容不迫地走进后台。众人不顾形象地朝他扑了过去，激动地喊着："老大！你终于出现了……"

此起彼伏的吼叫声让后台参演其他节目的同学都站起来伸头张望，Edwin
被团团围住，脸上难得露出浅笑，而后他越过人群看向从化妆椅上站起身的
秦嫣，她一身纯白色的纱裙，黑亮的长发温婉地落在肩上，清透明艳。

　　Edwin 抬手，穿过人群径直走到秦嫣面前，高傲地睨着她："练得怎么
样了？"

　　秦嫣纤细的胳膊放在身前的裙摆处，抬起头迎上他的目光："社长大人
今天特地来观看演奏？"

　　Edwin 轻微地抬了下眉："谁说我来观看的？"

　　外面已经开始报幕，下一个表演就是管弦乐团的合奏。秦嫣匆匆看了眼
舞台，对 Edwin 说："我们一次都没合过，我不能冒这个险。"

　　Edwin 冷哼一声，挺起胸膛走向舞台，丢下一句："你按你的弹，我自
己跟。"说完他又回过身对着众人瞪了一眼，"都站着干吗？"

　　大家这才从激动中回过神来，意识到他们老大在一次都没跟他们排练的
情况下居然要和他们同台演奏，虽然有点儿疯狂，但都莫名兴奋，纷纷凑到
Edwin 身边。

　　Edwin 退后几步让大家拿着乐器先登台，然后回过身看了眼秦嫣，等秦
嫣踏着高跟鞋走到他身旁的时候，他们已经落在了最后。

　　秦嫣看着舞台的方向，轻描淡写地说："手表我给南禹衡了。"

　　Edwin 站得笔挺，表情平淡，整个人透着禁欲和严谨，看不出一丝破绽。

　　秦嫣低下头，轻轻勾起唇角："他和我说了那本《一九八四》，谁控制
了过去，谁就控制了未来……你们思想还真够超前的。"

　　前面的人陆续上了台，Edwin 终于有了细微的反应，他稍侧了下身子，
绅士地朝秦嫣伸出手，秦嫣掠了眼他干净温润的手掌，将指尖交到了他的手中，
他便牵着秦嫣踏上台阶，舞台上的聚光灯照射在那架黑色的钢琴上，所有演
奏者全部就位。

　　Edwin 牵着秦嫣缓缓踏上舞台，声音温凉地说："《一九八四》里面，
我记得最深的一句话是'我们将在没有黑暗的地方相见'。"

　　秦嫣侧头看向他，他嘴角噙着平和的笑意。

　　不知道是不是秦嫣的错觉，有那么一刻，她突然感受到 Edwin 的快乐，
虽然她不知道他的快乐来源于什么。

　　终于，他牵着秦嫣从舞台黑暗的角落走向光明，当他们出现在聚光灯下
的时候，台下响起一片掌声。

　　秦嫣优雅地抚了下裙摆缓缓落座，随后，Edwin 坐在了她的身旁。

这曲合奏由钢琴起调，秦嫣双手即将落下前，忽而轻声问了句："准备好了吗，南竞涵？"

Edwin侧头望向她，如清风般明朗的双眼里溢出深邃的光来："随时。"

秦嫣双手落下，Edwin紧跟其上，琴音仿佛水流从高处缓缓流下，畅快淋漓，流畅自然，在所有乐器的鸣奏中，气势迸发，一气呵成。

Edwin和秦嫣的脸上同时漾出笑意。这首曲子两人从没有在一起练习过，可就是有一种无声的默契弥漫在他们之间，秦嫣甚至能猜到Edwin即将弹奏的音符，随着他的旋律偷偷做了小改动，虽然别人根本不会察觉，但怎么可能逃过Edwin的耳朵，两个人，四只手，就像追逐的游戏，一边配合着整体的演奏，一边悄无声息地较量。

一曲毕，灯光大亮，掌声雷动，所有人来到台前致谢。

茫茫人海之中，秦嫣一眼便看见坐在观众席的南禹衡，他穿着简单的浅灰色休闲服随着众人一起鼓掌，眼里含着淡淡的笑意。

秦嫣根本不知道南禹衡今天会过来，他完全没有告诉她，所以此时她有些惊讶。

身旁的Edwin却忽然低声说道："他从来没有看过我的演出，本来以为上次盛典他会来。"

秦嫣讶异地侧过头："所以上次你硬拖着我折腾了一个周末，那么精益求精，就是想给他看的？"

Edwin收回目光回望向秦嫣，正儿八经道："你今天的表现我很满意，我下个月就要出国了，在这之前我会正式把社长的位置移交给你。

"你是个很优秀的女人，只可惜看男人的眼光差了点儿，选了个不懂音律的庸俗之人，我替你感到惋惜。"

秦嫣瞧着他像只不可一世的孔雀，半点儿开玩笑的意思都没有，忽然忍不住咧开嘴看着台下的南禹衡。她从小到大听过别人说南禹衡是病秧子、懦夫，或者嘲笑他不敢见人，这还是第一次从别人口中听到他是"庸俗之人"，要不是顾及自己还站在舞台上，秦嫣估计能笑抽过去。

南禹衡看见秦嫣那春光明媚的表情，蹙了蹙眉，站起身离场。秦嫣刚下台，换上衣服便冲了出去。

那辆熟悉的黑色轿车停在大礼堂门口的大树下。

秦嫣直接跑了过去拉开后座门，一骨碌爬上去。南禹衡冷冷地斜睨着她："不会好好走？"

秦嫣气喘吁吁地凑过去抱着他的脑袋吻了下他的脸，然后亲昵地挤到他面前问："为什么不告诉我你会来看我表演，是不是想给我个惊喜？"

南禹衡撇开眼，秦嫣直接爬了过去凑到他的面前："是不是？"

他这才低下头看着她期待的小脸，出声道："有这么高兴？"

南禹衡不经意的话让秦嫣愣住了，她突然想到登台的时候看见 Edwin 嘴角噙着平和的笑意，她甚至感受到 Edwin 的快乐。秦嫣醍醐灌顶地睁大双眼："原来是这个意思啊！"

荣叔已经将车子驶离学校。南禹衡见她莫名其妙的样子，问她："什么意思？"

刚才走上舞台的时候，Edwin 告诉她《一九八四》里面，他记得最深的一句话是"我们将在没有黑暗的地方相见"，秦嫣终于知道 Edwin 的快乐来自哪儿——同她一样，来自台下坐着的男人。

秦嫣靠在南禹衡的肩膀上，挽着他的胳膊喃喃地说："你知道《一九八四》里面还有一句话吗，我们将在没有黑暗的地方相见。"

南禹衡拧了下眉，车子驶过长长的林荫小道，他的目光落向大礼堂的方向，紧拧的眉也渐渐舒展了……

南禹衡告诉秦嫣，下周他就要正式参加与都会那边的启动大会，那将是最关键的时刻，所以下周他会非常忙碌，在这之前他特地给自己放了一天假，问秦嫣有什么想去做的。

秦嫣听说南禹衡可以一整天陪着她，顿时高兴得手舞足蹈，结果她要去的地方无比普通，只是拉着南禹衡陪她逛街、看电影、打电动，然后吃大餐。

这是所有普通情侣之间最平凡的约会流程，却是秦嫣最渴望的。

从前因为南禹衡身体不好，所以拉他去公共场合根本不可能；后来他好不容易摆脱过去的阴影，又忙得无暇分身。因此秦嫣最期待的就是能拉南禹衡到处溜达，全方位无死角地感受他的"男友力"。

南禹衡虽然对逛街看电影不太感兴趣，但仍然依着她。至于打电动，他还是很小的时候偷偷去过游戏厅，现在电玩早已更新换代了，很多东西南禹衡都没见过，还要让秦嫣手把手教他，秦嫣也很少来电玩厅，所以两个人偷偷观察旁边的中学生怎么玩。

秦嫣看中了一个酷酷跩跩的娃娃，在一个剪线的娃娃机里，旁边几个学生剪了二十八次都没把那个娃娃剪下来，秦嫣就在一旁眼巴巴地伸着头等。

终于等到那群学生走了，她迫不及待地投币，剪了七八次也没剪断。她有点儿没耐心了，刚打算放弃，却被南禹衡一把拽住衣领将她拉了回来，凉凉地对她说："给我试试。"

秦嫣白了他一眼："你又没玩过，这个很难的，你不会。"

南禹衡直接从她手上的篮子里拿了三枚币投了进去，他个子太高，只能弯下腰，目光牢牢地盯着里面。

彼时秦嫣已经发现了其他好玩的，早已走开了，等她回头喊南禹衡来玩的时候，某人正拎着那个长得跩跩的布娃娃，酷酷地盯着她看。

秦嫣激动地跑了过去，旁边一群剪了好久的小女生发出一阵羡慕的声音。

秦嫣笑得像个孩子一样，抱过那个娃娃问他："你是怎么剪断的？太不科学了，我剪了那么多次！"

南禹衡淡淡地说："这个玻璃应该进行过光眼处理，肉眼看去位置会有偏差，所以你怎么剪也剪不到。"

"那你怎么剪到的？"

南禹衡双手插在休闲裤口袋里，一派轻松的样子："干吗用剪刀找线，可以用螺丝对准传送带，笨！"

说完他悠然自得地走了，徒留一脸蒙圈的秦嫣对着他的背影叹道："你是裁缝班特级选手吧……"

旁边听见两人对话的几个学生在瞬间石化过后，全部拥到娃娃机面前开始找螺丝和传送带。

后来南禹衡终于找到一个他小时候玩过的电玩机，就见一群十几岁的少年热火朝天地对战，他立在那群少年身后饶有兴致地观看了一会儿，冷冷地飘了句："重腿打逆向再接连招。"

几个少年回头看了看他一脸高冷的样子，不服气地挑衅道："来一局。"

南禹衡立马回头向秦嫣伸手要币，就像个大小孩儿，把秦嫣逗乐了，于是她打赏给他几个币，他就跑到一群孩子中间坐了下来，泰然自若的样子。

秦嫣搬了个小板凳坐在他后面。一群孩子打电动很疯狂，耳边全是嘈杂的吼声，南禹衡熟练地操作着摇杆，随着战况越发激烈，秦嫣也跟着看入了迷。

后来一群小孩儿的游戏币被南禹衡打没了，灰溜溜地起身欲走，临走时还用愤愤的眼神盯着他，让他明天再来。

南禹衡从头到尾就投了一个币，颇为无奈地站起身对秦嫣说："套用你哥的话，孤独求败。"

秦嫣看着他跩跩的样子，和手上抱着的布娃娃一模一样。

从电玩城出来，秦嫣让南禹衡请她吃大餐，南禹衡爽快地答应道："你选。"

然后秦嫣就把他拉去了一家非常有名的火锅店，光排队就排了半个小时。

南禹衡拿着号牌站在一众等位的人中间，格外醒目，虽然他今天穿得很随意，只是一身简单的灰色休闲衫，但挺拔的身高和出众的气质，再加上精致的容貌，不得不让人将目光落在他身上。

南禹衡常年养尊处优，饮食方面一直由芬姨悉心搭配，所以不太能吃辣，但是来这里的人都是冲着吃辣来的。秦嫣颇为无奈地说："都是吃这个锅底的，这是特色。"

南禹衡动了下筷子就放下了，秦嫣发现他一直在默默喝水，她笑得眼睛弯成了月牙。南禹衡看见她的表情，放下水杯拧眉问道："刚才在台上干吗笑那么灿烂？捡到钱了？"

秦嫣想到这儿，又忍不住捂着嘴笑了起来。她好不容易笑停下来，才对南禹衡说："你猜你的竞涵弟弟刚才对我说什么？他说我眼光太差，找了一个不懂音律的庸俗之人，哈哈哈……"

南禹衡的脸越来越黑，拿起筷子又吃了起来，秦嫣好心提醒他："你不怕辣了？别一会儿胃疼了，少吃点儿。"

他理所当然地说："我要是当年在音乐上下功夫，现在还有他什么事？"

秦嫣愣了下，随后大笑道："你这话说得太'Edwin'了，不愧是兄弟！"

结果那晚南禹衡回家后肚子疼了一晚，秦嫣半夜爬起来用热毛巾给他揉肚子，又帮他找胃药，暗暗决定以后坚决不能刺激他了，这家伙狠起来连自己都不放过。

3

长久以来，南方商圈和北方商圈水火不容，为市场占有率拼得你死我活。

东岸商会是南方商圈里第一个走出来与北方商圈握手言和的商会，也是第一个与北方商圈建立同盟体系的商会。

要打破多年来的商业格局并不容易，但南禹衡给出了足够大的诱惑。

这次的启动会上，将会正式确定同盟体系搭建后的各项实际措施，以及后期全方位深入交流合作的具体计划。这将会直接影响东岸商会未来在国内的地位。

没人料到这个年纪轻轻的理事长才上任短短一年多的时间，就将眼光放得如此长远，他完全没有收敛自己的野心，也让所有人看见了他的来势汹汹。

一旦这次启动大会的各项框架确立，南禹衡在商界的地位将会扶摇直上，成为无法撼动的大亨。

外面无数双眼睛盯着，南禹衡唯恐出乱子，每一道流程，每一项文件都亲自参与检查，确保这一周的工作进展顺利。启动会在南城会议中心召开，这几天他忙得无暇分身，暂时住进了会议中心的招待所，以应付各种突发状况。

秦嫣一共看过两次南禹衡亢奋的样子，第一次是他正式收回东海岸控制权之前，他喝了酒，半夜跑去宿舍找她，之后秦嫣才知道他终于打响了人生中的第一场战役。

而这一次，秦嫣能感觉出来，他比上一次还要严阵以待。

也许是被南禹衡的情绪感染，秦嫣这几天也总是心慌慌的，不知为什么，总感觉有什么事要发生一样。

这次会议，北方商圈来了很多厉害的大佬，就等着敲定协议，落章签字，而关键人物就是南禹衡。

如果这时候有人想从中阻挠，南禹衡的人身安全势必会遭受威胁。

秦嫣猜测他这段时间一直待在会议中心，也是为了避免发生意外。会议中心戒备森严，安保措施到位，南禹衡只要不出会议中心，待所有框架确定后，启动大会一结束，谁也扭转不了局面。

不过还有一点让秦嫣不放心，那就是南禹衡的饮食，他从小饮食方面就是芬姨悉心照料，外面的食物稍微油腻一些他都不太适应。

虽然南禹衡可以一周不出会议中心，但不可能一周不吃饭，但凡在食物上动点手脚，神不知鬼不觉就能让南禹衡出事。

秦嫣知道这一仗对南禹衡来说太重要了，这一年来他发展得太快，身边真正可以信任的人寥寥无几，荣叔在会议中心帮衬他，根本走不开，秦嫣坚持每天亲自来回送饭，不过任何人的手交给荣叔，只有这样她才能放心。

第一天南禹衡忙完后回房看见饭菜，特意问荣叔是谁送来的，荣叔按照秦嫣交代的，说是芬姨坐车到城里，他再抽空去拿的。

南禹衡没说话，但在荣叔离开房间后，打给秦嫣问她在哪儿，秦嫣平淡地说在图书馆找资料。

她清楚南禹衡一旦知道饭菜是她送的，一定不会让她每天来回折腾，虽然的确有些奔波，要从城中到城东再辗转去城西，相当于满南城跑了两圈，但她情愿累一些，也不想这个时候横生枝节。

南禹衡的午餐和晚餐一般会和其他领导一起用，只有早餐是单独送到房间的，但他一般不会用那份早餐，而是吃秦嫣送来的东西。

果不其然，第三天，一个大约三十岁的服务员见那份餐食原封不动，就顺手拿回了家给自己女儿当早餐，中午就听说服务员的女儿上吐下泻被紧急送进医院。

消息被会议中心的工作人员压了下来，但南禹衡依然通过事先安排的人得知了此事，他再次打了电话给秦嫣，开门见山地问她："每天的饭菜是不是你送的？"

秦嫣故作轻松地反问道："什么饭菜啊？"

南禹衡声音很沉地说："今天原本送到我房间的早餐出了问题，被工作人员家属误食后，人已经送进医院了，芬姨没那么料事如神，秦嫣……"

电话那头忽然沉默了，秦嫣握着手机的指节微微收紧，听筒里，南禹衡的呼吸仿佛就在耳边，炽热温柔。几秒后，他对她说："我从小到大运气都不太好，有一段时间特别怨天尤人，现在我明白了，上天还是公平的，拿我所有的运气换回了你，我现在感觉内心极度平衡。"

秦嫣弯起了嘴角："你在向我表白吗？"

"你就当是吧。"

"那你还不如直接说那三个字。"

南禹衡在电话那头笑了："等我回家。"

秦嫣听见"家"这个字的时候忽地怦然心动，挂了电话，她又发了一会儿呆。

她最近总有一种被人监视的感觉，无论行走在学校，还是在外面，好几次她走着走着故意停下脚步四处张望，但并没有什么异样。

学生们近期都在准备考试，整个校园的氛围很紧张，她也疑惑是不是最近神经太紧绷，已经开始产生错觉了。

但为了安全起见，她不再用私人叫车服务，尽量坐出租车出行。

六月底的南城，天气多变，前一秒还烈日当空，下一秒就能阵雨连连。

苏冉不知道秦嫣这几天在忙什么，每天看她都跟打仗一样，累得沾枕头就能睡着。

秦嫣送饭的时间正好赶上上下班高峰，她不是每次都能拦到出租车，有一次坐公交车回来还坐过了站，直接睡到了终点站，折腾回学校的时候下了雷阵雨，浑身都被淋湿了。

所以她之后再出去时，苏冉便会多一句嘴："记得带伞。"

启动大会正式签署协议的前一天傍晚，秦嫣像往常一样回东海岸拿着芬姨准备好的东西直奔会议中心。

她刚出来就有一辆出租车路过，便顺手拦下，心说今天运气不错。然而刚出东海岸，城东隧道就开始堵车，秦嫣只能日常补觉。

一路颠簸了很长时间都没到，迷糊中秦嫣睁开眼，发现车子在绕城高速的上一个闸口就应该下去，司机却一脚油门开得飞快。

她顿时没了睡意，攥紧腿上的食盒开口问道："师傅，好像开过了吧？"

司机还在听电台，有些心不在焉地看了眼后视镜："啊？开过了？不会吧，我跟着导航走的。"

秦嫣瞄了眼前面，果不其然，手机上正在导着航。司机操着浓重的外地口音，抱歉地说道："我路线不熟，你别急啊小姑娘，这段路我不算你钱，待会儿带你绕下去。"

秦嫣低头看了看时间，匆匆回道："行吧。"

她估摸着明天就是启动大会，今晚南禹衡应该有应酬，所以她并不是很着急，只是想早点儿送过去以后赶回宿舍，她还有考试重点要复习。

于是秦嫣扯出耳机开始听音乐。

车子又开了半个小时，终于下了绕城高速开上一段小路。这里很偏，感觉都到了郊区，天色也逐渐暗了下来。

秦嫣对这一带不太熟悉，她默默用手机导航，查看离会议中心的距离，才发现比刚才更远了。

她干脆扯下耳机，语气强硬地问道："师傅，你打算带我开到哪儿？"

司机依然是那副温温吞吞的样子，用食指指了指导航，磕磕绊绊地回道："我也不知道啊，刚才好像开错一条路，这都绕到哪儿来了？"

秦嫣看了看周围，一副颓败的样子。车子穿梭在废弃的平房之间，远处还有很大的烟囱，已经断了一半，像是停运的化工厂，四处冷清，荒无人烟，尘土飞扬，让本就没有路灯的道路更是灰蒙蒙一片，视野可及的范围只能看见路灯照射的地方。

秦嫣干脆对司机说："这样，我来导航，你按照我说的路线开。"

然而，司机忽然一脚刹车，将车子停在一个土坡上，回头说道："你看我这导航都不动了。"

秦嫣立马拿出手机，皱了皱眉对司机说："等等。"

然后她打开窗户将手机伸了出去，眼睁睁看着信号栏最后一格信号一闪过后，彻底消失了。

就在她准备收回手时，突然啪的一声，手中的手机被人打掉，紧接着秦嫣这边的车门被人从外面猛地拉开。

黑暗中，颓败的平房后面陆续走出几人，将这辆普通的出租车围住。

第十八章 / 她的反击

我绝不会倒置干戈。

1

那是一个普通的夏日夜晚，空气中弥漫着滚滚热浪，沉闷的气压仿佛压得人喘不上气来，车辆碾过街道，汽车尾气蒸腾在这座城市，街边路灯旁扑火的虫子不停往亮灯处撞，不知疲倦，不畏艰险。

陆凡再次拨打秦嫣的手机，依然无法接通。她从烤肉店出来，雷瑞将车子开到她身旁，她再次翻出半个小时前秦嫣发给她的定位，越看越觉得奇怪，位置在邢州一带，大晚上的，秦嫣怎么会跑去那个地方？

雷瑞探过身子，将副驾驶的门打开对她说："上车。"

陆凡坐上车，把手机往车前一卡："我们去一趟这里。"

邢州位于城西后面的开发区，那一带去年年底才完成拆迁工作，目前新的规划还没有正式动工，所以一片荒凉，到了晚上别说车辆，连个人都没有。

雷瑞的车子在一条条老旧破败的街道转了一圈又一圈，四处尘土飞扬，砖瓦纵横，垃圾成堆，静谧的夜晚，连条流浪狗都找不到。

当他们的车子第三次拐回绕城高速路口的时候，雷瑞将车子停了下来对陆凡说："会不会弄错了？"

陆凡把手机从车前拿了下来，再次翻出秦嫣的号码拨了过去，然后拿到耳边，看着前方漆黑的夜。

就在这时，轰隆一声巨响，一道巨大的火光腾空而起照亮夜空，冲破天幕，让周围的平房都显得摇摇欲坠。

陆凡握着手机完全僵住，雷瑞已经反应过来，一脚油门，向着火光的方向开去！

很久以后他们再想起那个夜晚，依然无法忘记火红的星子像妖娆的花朵在黑夜里绽放，那个女人从火光中冲了出来，她的身后是漫天的大火，火星子像天际陨落的繁星，将她飞舞的长发照亮。

雷瑞当过兵，执行过各种危险的任务，当他看见那个浑身是血的女人，他便清楚她经历了一场多么恐怖的死里逃生。

陆凡震惊地拉开车门朝秦嫣跑去。秦嫣眼里透着煞气，在看见陆凡的刹那，她嘴角浮上妖冶鬼魅的笑容，身体的力量全依附在一把黑色的长伞上。陆凡赶忙拉开后座的车门，她们刚上车，雷瑞立马掉转车身，车子划破黑夜，疾速离开。

秦嫣下巴肿胀，面目全非。陆凡看着血淋淋的她，禁不住地发抖。她见秦嫣机警防备地盯着前面的男人，便匆匆向她介绍道："这是雷瑞，呃……我之前和你提过。"

"你好。"雷瑞熟练地操控着方向盘，将车子开得飞快，简短地打了声招呼。

秦嫣讪笑了下："在这种情况下见面真是……"

陆凡不停打量着她："你身上有没有哪里受伤？要不要去医院？"

秦嫣却拿出一部布满尘土的手机，发现离开那片区域后，手机慢慢有了微弱的信号，她淡淡地回道："浑身都是伤，但是不用去医院。"

刚说完，秦嫣便用手机拨通了陆凡的电话。陆凡拿出手机看着那个陌生号码，听见秦嫣说道："帮我查下这个号码近一个月来所有的通话记录，谢了。"

陆凡抬头看了眼雷瑞，他急转方向拐上绕城高速对陆凡说："号码发来，一个小时后给你结果。"

陆凡将号码转过去后满脸担忧地看着秦嫣："你这样回学校你同学不得报案啊？去我那儿吧？"

秦嫣侧头睨了她一眼："让我这个样子回你家见陆部长？"

陆凡愣了下："你知道我爸是……"

秦嫣握紧手中的伞，侧头看向苍茫的黑夜，目光幽深地说："送我去我哥那儿。"

秦智低头看着手中的设计图纸，拿起手机刚准备打给庄子，门铃突然响了。

这间公寓是秦智上大二时贷款买的，他搬出东海岸后一直一个人住，除了身边几个走近的兄弟，很少有人知道这个地方。

秦智放下手机走到门口，有些奇怪这么晚谁会来，然而当他打开门看见门口站着的人时，原本还停留在设计方案的思绪被瞬间扯断，夜风从走廊的窗户嗖嗖地吹来，钻心的凉意从头蔓延至脚底。

他甚至一下没有认出面前这个衣着破败、下巴肿胀、头发凌乱的女人是自己那个如琬似花的妹妹。

秦嫣在看见秦智的那一刻，眼里的坚毅倒塌。她的睫毛轻轻颤了下，缓缓走进屋中，关上门的刹那，身体倒在门上，浑身剧烈地颤抖。

她努力强撑的身体终于濒临极限，从门上滑落。秦智震惊地看着她，唇际紧抿，二话不说把她从地上抱起来放在沙发上。他蹲下身，抬起手落在她肿得触目惊心的下巴上，声音阴冷地问她："怎么回事？"

秦嫣将下巴藏在两膝之间，双臂环着自己，声音沙哑地说："甩棍砸的。"

秦智听见"甩棍"两个字后，太阳穴青筋暴出，眼里透着浓烈的煞气。

秦嫣整个人变得异常消沉，几乎是秦智问一句，她才简短地答一句。

东拼西凑中，秦智了解了大概情况，当他听闻自己的妹妹从七八个大男人手中死里逃生后，整个心脏都在剧烈震颤！

他看着秦嫣，她胳膊上全是擦伤，膝盖流着血，一只鞋子不见了。秦智根本无法想象秦嫣是怎么从那些人手中活着逃出来，更无法想象她带着一身伤是如何逃出那片荒凉之地的。

秦嫣在一段长时间的沉默过后，抬起头定定地看着秦智，对他说："我不能让他们得逞！我没得选择，我不这样做，根本逃不出来……"

她眼里浮上了一层湿润。秦智拧起眉盯着她："你干了什么？"

"我点爆了那辆车……"

秦智整个耳膜都在震动，不过寥寥几句话，秦智就明白自己的妹妹到底经历了一场多么可怕的战斗。他一下子瘫坐在椅子上，怔怔地看着瑟瑟发抖的秦嫣，又猛地站起身走到窗边点燃一根烟："你打算瞒着南禹衡？"

秦嫣听见南禹衡的名字后，情绪忽然激动起来："他明天要开启动会了！这些人的目的还不明显吗？"

秦智一拳捶在身旁的桌子上，倏地回过头："所以你这样了也不打算让他知道？要不是他，你会被人弄成这样？"

秦智整颗心都揪了起来。他的妹妹从小乖巧听话，生活环境单纯，在出国之前，她没有吃过一丁点儿苦，就如温室里的花朵，被所有人悉心照料着。他很久以前就知道南禹衡不是个简单的人物，但他从没想过自己的妹妹会因为他吃这么大的苦。

因为气愤，秦智攥着烟的手也有些发颤。

秦嫣从沙发上站起身，她浑身破败不堪，眼神却透出沉稳而强大的力量，她死死盯着秦智："你以为那些人的目的是什么？他们真正的目的不是我，是南禹衡。我今天但凡把这件事告诉他，他们的目的就达到了。南禹衡是能撇下一切回到我身边，那我拼死跑回来还有什么意义？

"哥，我不能让南禹衡十几年来的努力毁了！"

她大意了，她始终在考虑南禹衡的安危，根本没料到对方矛头一转，对向了自己。

秦智下巴的线条冷硬地绷着，一双眼似能喷出火来。却在这时，他的手机突然响了起来。秦智侧眸扫了眼，脸色一凛，匆匆看了眼秦嫣，将手机接通，而后说道："嗯，跟我在一起。"

秦嫣的睫毛猛地颤了几下，掀起眼帘，秦智将手机递给她。她接过手机再次蜷在沙发上，听见南禹衡的声音从里面传来："电话怎么一直打不通？"

他那边似乎有些嘈杂，秦嫣在听见他低沉的嗓音时，心脏微颤。

她被那些男人打的时候没有哭，死里逃生时没有哭，却在听见南禹衡的声音时，始终萦绕在眼眶里的泪忽然全部涌了出来，止不住地往下掉，却强忍住情绪说："和我哥出去吃饭了，手机没电了。"

她的肩膀剧烈颤抖，将食指弯起，放在唇齿间狠狠地咬住，逼迫自己冷静下来。秦智看见她那副竭力隐忍的样子，不忍心地别开眼望向窗外。

南禹衡嘱咐道："别乱跑了，听到没？"

她故作轻松地笑着："想我了？"然而眼泪却无声地滑落。

身上那部陌生的手机振了一下，秦嫣拿出手机，翻看着陆凡发过来的记录。

南禹衡听见她像往常一样撒娇的声音，心情变得愉悦一些："我明天结束后可能会直接去宁市，大概三天的样子。"

秦嫣听说他不会立马回家，心里反而松了一口气，故意娇嗔道："那么久啊……"

她知道，只有这样南禹衡才不会发现任何异样。

挂了电话，秦嫣发了条信息给陆凡，问她要了一个地址。

秦智掐灭烟回过身，看见秦嫣从沙发上站起来狠狠抹干了眼泪，目光里透出骇人的冷静："明天早上七点，送我去一个地方。"

秦智深皱着眉看着她："你有没有想过南禹衡知道后会怎样？"

秦嫣嘴角泛起一丝嘲弄："你们一直为我提心吊胆，生怕南禹衡没有能力保护我。

"可从我决定嫁给他的那刻起，我就知道我不能是他的累赘，阻碍他的发展，更不能是他的软肋，任人拿捏！

"所以这个仇，我会亲自报回去！我身上这些伤，也一定会加倍讨回来！

"我男人既然能征惯战，我也绝对不会倒置干戈！"

说完，秦嫣径直朝浴室走去。

秦智忽然在她纤瘦的背影中看到一股倔强不屈的韧劲儿，颠覆了他以往二十年对秦嫣的认知。

秦智出声问她："你打算干什么？"

秦嫣走到浴室门口停住脚步，她回过身，灯光打在她苍白的脸上，让她的五官也镀上一层阴冷的狠意。

秦嫣声音平稳地回："直接捅了那人的老巢。"

秦智深深皱着眉将电脑一盖。

第二天一早，两人七点不到已经准备出门。临走时秦智看了眼秦嫣，她穿着他的T恤，长得拖到了膝盖上面，下身牛仔裤被磨破，下巴的红肿异常明显，看起来触目惊心，胳膊上的伤虽然昨晚秦智帮她处理过，但依然清晰可见。

他提醒道："要不要先带你去买套衣服，最起码戴个口罩吧。"

秦嫣却将大门拉开，冷淡地说："不用，这样挺好。"

秦智不知道她到底要去见谁，但无论见谁，这副样子真的看不出来好在哪儿。

秦嫣将地址给了秦智，秦智驱车开了两个多小时，终于开到位于镇市的一个普通小区内。

秦嫣伸头看了看，这个小区不算新，进来直接抬杆，保安也没问去哪栋。车子停在居民广场边上，亭子里一些老头儿老太太聚在一起打扑克，篮球场上有小孩在玩滑板车，几只流浪猫窝在石柱上面，广场边还有两个大妈为了基围虾多少钱一斤争得面红耳赤。

秦智以为秦嫣说要来捅人家的老巢肯定是去什么戒备森严的地方，结果看了看周围的环境，把天窗打开，点燃一根烟斜睨着她："你确定是这里？"

秦嫣皱起眉说道："不太确定。"

她打开车门对秦智说："我上去看看，你在车上等我。"

秦智调低了椅背，夹着烟的手放在车窗外面。秦嫣突然走了回来，扒着窗户问他："你会街拍吗？"

秦智抬眉道："什么东西？"

"就是抓拍，我走路，你随意对着我拍几张照。"

2

虽然不知道秦嫣到底要干吗，但秦智还是拿出手机，隔着车窗对着她随意拍了几张，然后目送她进了楼栋。

楼栋很逼仄，电梯门上贴着不少开锁、借贷的小广告。等了半天，电梯门开了，里面出来一群大爷大妈，还有带小孩儿的年轻人，看见秦嫣这副样子纷纷投来异样的眼光。秦嫣不自然地扯了扯 T 恤领口，把下巴卡在领口里。

等人走得差不多了，她才钻进电梯。电梯上行很慢，晃悠悠地到了第七层后停下，出了电梯，楼道只有一盏微弱的顶灯照亮门牌号，秦嫣绕了一圈找到 707，相比其他住户，这家门口没有堆满待扔的垃圾或者鞋柜杂物，干净整洁，连门口的地垫都一尘不染。

秦嫣按了按门铃，不一会儿，里面响起一个女人的声音："谁啊？"

随后防盗门上的小门被打开，女人的轮廓出现在小门后，当看见秦嫣后，女人愣住，又问了句："你是谁啊？"

过去的回忆渐渐浮现，记忆中的女人和面前妇人的脸慢慢重合，秦嫣心绪复杂地开了口："范阿姨，好久不见，我是秦嫣。"

门内的女人在怔了一瞬后打开大门，先是震惊地将秦嫣从头打量到脚，然后赶忙让开身子对她说："进来吧。"

这是一套普通的三居室，虽然装潢并不考究，但整洁干净。客厅沙发上的垫子和靠枕摆放得整整齐齐，茶几上大小杯子也罩上一层镂空的印花布，给人感觉很清爽，餐桌上白色的花瓶里是盛开的百合，整个家都散发着好闻的淡淡香气。纵使今时不同往日，依然能看出女主人对家的用心。

屋内电视机开着，除了一条泰迪犬不停欢快地跑来跑去，没有其他人。

秦嫣大概近六年没有见过范太太，自从范家从东海岸搬走，她与范筱萧就失去了联系，范筱萧换了号码后并没有告诉秦嫣和陆凡，也许她想彻底和过去告别，无论是那些不堪回首的事，还是纷繁复杂的人。

如今见到范太太，她的身材依然保持得不错，脸上也没什么明显的皱纹，可是在神韵上让她和过去判若两人。

在秦嫣的印象中，范太太始终是个精致的女人，无论是参加东海岸的各种名流聚会，还是她家后花园的下午茶，抑或只是到门口买个东西，范太太永远是一副装扮得体时髦的样子，无论出现在任何场合，她都是所有人的焦点，能说会道，八面玲珑，善于察言观色。那个时候，她家的后花园没有一天是冷清的，在很长一段时间里，东海岸就属范家最热闹。

而如今看着这个冷清的家，只有电视机里发出嘈杂的声音，再无其他，这种落差难免让秦嫣有些说不上来的难受。

范太太给秦嫣泡了杯茶，随手关了电视，坐在另一边的沙发上看着她，眼神里是秦嫣熟悉的柔和："怎么找到我这儿的？"

秦嫣双手接过热茶捧在手心："有老同学知道您这里。"

范太太不动声色地看了眼秦嫣脸上和胳膊上的伤，拧眉问道："你妈还好吗？"

秦嫣垂下视线点点头："暂时算好吧，被爸爸送去了国外。"

秦嫣端起茶杯想喝一口，又因为下巴太疼，将茶杯放了下去问道："小小现在好吗？好久没见到她了。"

说着秦嫣四处打量了一番，整个家没有一点儿年轻女孩儿的气息。

范太太听见秦嫣提起范筱萧，忽然变得有些焦躁，顺手从沙发旁的矮桌上摸出一包烟，刚抽出一根，她抬眸看了看秦嫣，叹了一声又放了回去，说道："她去了澳洲。很早就去了，已经几年没回来过，在那边半工半读。"

秦嫣握着水杯的指节微微泛白，心头拧了一下，气氛一时间有些凝滞。

范太太很快转移了话题："听说你和南禹衡结婚了？都没来得及祝福你们，说起来，你们两个孩子能走到一起真是一桩好事。"

说到这儿，范太太脸上有了一丝生气，由衷地为他们感到高兴。秦嫣却低着头将水杯放在茶几上说道："看来范阿姨对东海岸的事还是清楚的，那您也一定知道南禹衡当上东岸商会理事长的事了吧？"

她放下水杯后平静地抬起眸看着范太太，范太太没有回避地点点头："听说了。"

秦嫣下巴的伤让她看上去有些怪异，但那双清澄的大眼一如从前，或者，比从前多了些沉稳。

她站起身，绕过沙发环视着这个简单的三居室，悠悠说道："本来大老远来看您，怎么也得拎点儿东西来，但您看我现在这样，大概也知道我才经历了什么。虽然来得匆忙，不过我也不是空手而来，我给您带来了一份大礼。"

说完，秦嫣转过身，背后是阳光明媚的阳台，她逆着光，丑陋的伤变得模糊，挺直的身姿显得修长。

范太太有些担忧地看着她："你这伤是怎么回事？"

秦嫣背过身看着阳台上随风飘荡的衣服，声音阴霾地说："昨天晚上七八个男人要对我动手，我这些伤就是从鬼门关爬回来留下的，我抢了一个牵头人的手机，通过他的通话记录找到了一个熟悉的人。"秦嫣猛地回过身盯着范太太，眼里是锐利的光，声音具有穿透力，"既然我今天一早能从南城赶来，相信范阿姨应该猜到那个人是谁吧。"

范太太的表情忽然变得紧绷，她面色僵硬，秦嫣一边走回沙发一边说道："当年的事情，虽然所有人都对您恶言相向，但我想范阿姨也是逼不得已吧？"

范太太脸上的神情渐渐变得复杂起来，她慌乱地拿起旁边的烟点着。

秦嫣干脆开门见山地说道："范阿姨也很清楚当年那些话是谁放出去的，钟洋当然不会搬起石头砸自己的脚，那时候我虽然还小，但现在回头想想，有些证据和谣言就像有预谋一样，招招想把你们往死里逼，听说你们离开东海岸没多久，范叔叔就破产了。

"又有谁能想到，这一切的始作俑者，正是那个知书达理、大度通达的宋荟。您不恨她吗？"

范太太猛地抽了口烟，抬起眸，眼神变得迷离难懂，藏着岁月的蹉跎，沙哑地说："恨有什么用？她只是在捍卫自己的家庭。"

"您难道不是在捍卫自己的家庭？"

秦嫣的反问让范太太的手腕轻颤了下，随后她转过头，牢牢看着秦嫣："你知道什么？"

"我什么都不知道，但我认识的范阿姨，是能不顾一切抢救我妈的命，能小心翼翼维护我妈的声誉，不让我被那些流言伤害，能二话不说带着所有家佣帮南家救急，能在我被钟藤逼上绝路时暗中帮我脱困的人。

"他们都说您背叛了范叔叔，什么叫背叛？我只知道成人的世界里，反戈一击才叫背叛！

"这个家里还挂着范叔叔的衣服，茶几上还搁着范叔叔喜欢玩的楸子，如果您真背叛了他，范叔叔还会这样不离不弃？

"南禹衡从小就教会我要相信自己看见的，我不知道当年您为什么要那么做，但我清楚您的为人。

"您为这个家牺牲够大了，沦落到今天这个结局，甘心吗？"

范太太手指间的细烟缓缓燃烧着，她跷起双腿，目光凝重地盯着秦嫣："你想搞钟家？这就是你到我这儿来的目的。"

秦嫣毫不掩饰地回："是！他想要我死，我只能要他亡。"

房间里忽然安静下来，只有范太太手中的烟依然无声地燃烧着。她的眼神落在秦嫣的脸上，五六年没见，当年那个乖巧可爱的小姑娘早已在时间的打磨中多了几分凌厉，她身上散发出的那种强悍的气场让范太太感到陌生。

秦嫣脸上那触目惊心的伤口看得范太太心口越发沉重。从第一眼看见这个孩子，范太太就对她颇有好感，她始终教导自己的女儿要如何融入名流之中，一言一行都对她言传身教，可秦嫣身上与生俱来的脱俗之气和她的优秀却能让她不费吹灰之力得到整个东海岸的认可。

然而如今她看着秦嫣脸上的伤和眼里遭受挫败后生出的坚毅，忽然有些心疼，她不禁想起了自己的女儿。

范太太离开东海岸许久了，却依然清楚南禹衡虽然坐上了那个位子，脚下的路却并不是一马平川，无论当初钟家如何点头答应，都不可能真正俯首称臣。

范太太按灭了烟，说："也许人脉和资源你们是有一些，但是要说到实业，你们根本不可能动得了钟家，要靠你爸的企业跟钟家硬碰硬，这就是鸡蛋碰石头，不仅扳不倒钟家，还可能让自己粉身碎骨，落得像我们一样的下场。"

秦嫣缓缓直起身子，眼里的光从容而勇悍："我今天既然能来，就有把握让钟洋翻不了身，我需要的，只是一个突破口。"

范太太往身后的沙发上一靠，双腿漫不经心地跷起，满眼审视地盯着秦嫣："你确定能在我这儿找到突破口？"

秦嫣再次端起桌上半凉的茶水，淡淡地说："范阿姨是聪明人，聪明人做事从来不会把自己的后路堵死。不管您当年因为什么要和钟家扯上关系，但既然您都冒着名誉俱损的风险，我相信您肯定会给自己留一手。"

太阳升至高空，烈日的光晕从阳台倾洒进屋内，楼下知了齐鸣，像气势勃发的乐章，舞动着整个屋内的气流。

范太太不说话，秦嫣也不催她，而是低下头品着这杯半温不凉的茶水，空气静谧得甚至能听见窗外微风拂过树叶的声音。

片刻的沉默后，范太太忽而笑了，笑得意味深长："我总算知道我女儿和你的差别在哪儿了，她看似比你聪明，但你从小在东海岸长大，你的格局注定你更适合在那个地方生存下去。

"是，我的确留了一道保命符，但既然是保命符，我怎么可能轻易地拿出手？"

秦嫣这才放下茶杯抬起头，目光变得凝重深沉："我知道你们当初离开东海岸是为了小小，可你们知道她是因为什么被钟藤害了吗？"

范太太的眼神突然颤动起来，死死盯着秦嫣，修长的指甲陷进沙发里。

秦嫣凄凉地扯了下嘴角："因为钟藤拿你和钟洋的视频威胁小小，她是为了你，毁了自己。"

秦嫣就这么回望着范太太，看着她嘴唇不住地颤抖，眼泪在震惊的哀伤中浮上眼眶。

秦嫣低下头，鼻尖泛酸地说："钟藤但凡将视频的事泄露出去，不顾钟洋的名声和钟家的体面，钟家还可能认这个儿子吗？虽然钟藤还不至于糊涂到自断前程，但他拿视频威胁小小的事，外人不知道，钟家人能不清楚吗？

"这个视频能同时让钟藤在钟家失去地位，又能成功把你们逼走，最后谁渔翁得利？

"我说过带了一份大礼来，只要范阿姨能助我一臂之力，我这份大礼就可以压得宋荟再也翻不了身，还你们家后半生安宁！"

3

秦智刚扔了烟头便看见秦嫣从楼栋里出来了，她直接拉开副驾驶一侧的门对秦智说："送我回学校，我下午两点半要考试。"

秦智发动了车子，一脸看神经病的表情盯着她："你知道现在几点了？"

秦嫣斜睨了他一眼："秦司机，你不跟我抱怨的话，现在已经开出小区了。手机给我下。"

秦智一手打着方向一手将手机扔给她。秦嫣用秦智的手机登录自己的微信，翻出一个号码按了语音通话，没一会儿那头女人爽朗的声音便传了过来："秦大美人，怎么有空联系我？请我吃饭啊？"

秦嫣看着窗外，嘴角微微上扬："恐怕学姐得请我吃饭了，最近你们公司业务做得怎么样啊？"

"一个头条才被翘走，损失惨重。"

听着她暴躁的声音，秦嫣不禁笑道："有个大公司总裁私生子的独家，感不感兴趣？"

"那也得看这个大公司是多大？"

"钟汇集团。"

秦智扶着方向盘的手微滞，秦嫣不禁侧头扫了他一眼，秦智面无表情地看着前方。

手机那头的女人惊呼道："这顿饭我请定了，你开个价。"

秦嫣从秦智脸上收回视线匆匆说道："我不要你钱，但需要你按照我的时间进度来放消息。"

挂了电话，秦嫣将手机往中央扶手一拍，转头对秦智说："猜猜刚才那里住的谁？"

秦智目不斜视地问道："谁？"

"范阿姨。"

秦智将车子驶上平坦的大道，目光如炬地盯着前方，唇际勾勒出一丝冷硬"昨晚搞你的人是钟洋？"

秦嫣没吱声，她清楚她哥脑子好使，告诉他楼上的是范阿姨，他自然能联想到钟洋。

秦嫣调低椅背，半躺着说："当初范家没有任何背景，突然搬来东海岸，以前年纪小没觉得有什么奇怪的，现在想想，他们一家自从搬来后就过于急功近利，做很多事情都带有目的性，所以凭直觉判断，范阿姨和钟洋之间的事情不单纯。"

秦智从烟盒里摸出一根烟刚叼到嘴上，秦嫣一把夺了过来又塞进烟盒里："开你的车，不许抽烟。"

秦智笑道："管家婆。"

随后秦嫣淡然地问："恒全听过没？"

"有些耳熟，不太清楚。"

"2005 年左右，钟汇和恒全合作，利用地产和股市的周期性螺旋上升趋势大量买股买地，恒全在钟汇的误导下决策失误，钟汇却拆分上市，乘虚而入吃了恒全才有了后来的经全商业，获得了大量的现金流，盘活了手上的富汇食品。

"恒全的方总一年后东山再起自立门户，企业名字叫重全，寓意重新拿回恒全，可惜一直不瘟不火。没多久，范家搬来东海岸，第二年重全开始有了起色。短短五年内，光经全商业流向重全的资金就高达三个多亿。

"不管范家因为什么搬走，当初范太太的确从钟洋身上拿到了她想要的东西。"

秦智已经将车子拐上高速，直奔南城。

"范先生大概有什么致命的把柄在那个方总手里。"

窗外排排侧柏快速掠过，正午的烈日刺得人睁不开眼，秦嫣的心里仿佛堵着什么东西，她想起一句话，人人都有辛酸泪，没人知道痛苦会在哪个阶段出现，也没人清楚下一站是不是就能看见天明。

就在秦嫣的思绪越飘越远之际，秦智冷不丁地问了句："有多大把握？"

秦嫣转头，手指点在他的手机上："照片拍了吧？"

"嗯。"

"这就是我额外的助力。"

秦智没再说话，眉宇深锁，目光复杂地盯着前方，不知道在想什么。

车子开到南城正好下午一点多，秦嫣直接让秦智先带她去买身衣服再赶去考场，秦智这才知道她早上那句"这样挺好"是为了用苦肉计增加筹码。

在秦嫣试衣服的时候，秦智跑到楼下帮她买了部手机，又从快餐店拎了一个汉堡一杯水塞给她，让她在路上吃了。

秦智将车子开到考场楼下，秦嫣正好吃完，刚准备下车，秦智拽了她一下，从车里摸出一个口罩扔给她："别吓着监考老师。"

秦嫣无奈地看了看镜子中自己怪异的模样，乖乖把口罩戴上。

临考试前五分钟，秦嫣还在和陆凡通电话，将所有事情安排好才卡着点踏入考场。

而秦智在秦嫣走进教学楼后，方向一转，直奔会议中心。

下午，整个礼堂坐了满满当当的人，这次启动会关乎太多人的利益，很多商界大佬都特地前来见证这个历史性的时刻。

当南北两方签字落章后，许多人心中的大石落定，整个礼堂响起震耳欲聋的掌声。南禹衡一袭铊驳领黑色西装，气宇不凡，他缓缓起身，迎着掌声走入人群，许多人围上前握手道贺。这是他人生中最辉煌的时刻，聚光灯就在他的头顶，全场目光聚焦在他身上，他的风采闪耀在整个礼堂。越来越多的人朝他围来，工作人员邀请他去会议厅，就在他准备离开礼堂时，忽然看见从远处走来的秦智，他对旁边人说："等下。"便越过人群朝秦智走去，嘴角透出一抹难得的笑意，"怎么来了？"

秦智的表情一如往常的冷淡，甚至还带着点儿寒意："来向你道贺。"

"谢谢。"南禹衡一只手抄在西裤口袋里，平静的眼眸里蕴含着光彩。

秦智却冷冷地回道："不用谢，毕竟是我妹用命换来的。"

南禹衡的神色僵住，眼里的漩涡不停下陷，声音徒然阴沉："你说什么？"

旁边的人不停催促："南理事，去宁市的车子安排好了，您大概什么时候方便动身？"

南禹衡没有理会周遭的声音，目光焦灼地盯着秦智："她在哪儿？"

秦智淡淡地吐出两个字："学校。"

南禹衡绕过秦智朝外疾行而去，身后的工作人员愣了下，追了上去："南理事，你去哪儿？车子安排好了。"

"不去了，全部推后。"

秦嫣向来没有临阵磨枪的习惯，虽然昨天晚上因为伤口几乎疼得一夜未睡，今天又奔波了一上午，但思绪依然清晰。

她几乎是第一个写完试卷的考生，换作平时她大概会多坐一会儿，但是今天她浑身都疼，只想赶紧交卷走人，可监考老师一再提醒她时间没到，她只能忍着疼痛趴在桌子上，闭着眼祈祷时间能过得快点儿。

不知道过了多久，台前的老师突然发出呵斥："你找谁啊？这还在考试就往里冲！"

"我找秦嫣。"

一声低沉的嗓音让所有还在考试中的学生闻声望去。听见自己的名字，秦嫣也倏地抬起头，旋即有些不可置信地盯着风尘仆仆的南禹衡，他的额上出了一层细密的汗，衬衫领口也被扯开，呼吸有些急促。

秦嫣以为他现在应该在去宁市的路上，怎么也想不到他会突然出现在考场。

秦嫣的脸上戴着一次性蓝色口罩，遮住了唇以下的部分，南禹衡在看见她后，眉骨下的双眼深邃得如漩涡，清晰的轮廓紧紧绷着，随后朝她大步走去，却被监考老师一把拽住，质问道："你是谁啊？"

他猛地回头，咄咄地盯着拽着他的人，语气冰冷："南禹衡。"

整个教室的学生好似突然反应过来，惊叹此起彼伏，拽着他的监考老师微微一怔，虽然他没见过南禹衡，但这个名字在南城大学，特别是在商学院无人不知，他在学术上的成就和在商界刮起的旋风已然让他成了商学院的传奇人物。

监考老师下意识地松开手，看了看手表，客气地对他说："时间还没到，你别让我难办。"

南禹衡拉了下被他拽皱的袖子，拧眉问道："还有多长时间？"

"八分钟。"

"好，我等。"说完南禹衡便阔步往门口走去。

那八分钟的时间，南禹衡就立在考场外面的柱子旁，高大的背影像巍峨的大山，沉静悠远，虽然只是一个背影，依然让整个教室的温度骤降了不少，就连最角落的同学都能感觉到这个男人身上散发的寒气。

秦嫣把自己的口罩往上拉了拉，在不少人的注视下如坐针毡。

好不容易到了时间，监考老师抬头看了眼秦嫣。

感觉到来自讲台的目光，秦嫣当即拿着试卷走上讲台交给老师，那位中年老师有些担忧地问她："门口那个人你认识吧？"

秦嫣点点头，朝门外走去，身后落了一地的目光。

南禹衡听见脚步转过身来，黑色西装搭在他的手臂上，原本寡淡的眼神在看见秦嫣的刹那覆上急切的光，眼神停在她下巴的口罩上，他刚准备拉开检查，却被秦嫣抬手一挡。

他的表情越发阴沉可怕，没有人见过这样的南禹衡，也没有人见过哪个女人会直接拍开南禹衡的手。

就在所有人以为窗外两人要吵起来甚至打起来的时候，南禹衡低下头，大手扣住秦嫣的后脑，浓烈的气息封住她的唇，带着排山倒海的情感将面前的女人吞噬。

一整个教室的同学瞬间倒抽一口凉气，监考老师吓得直接跑了出去指着南禹衡："你快放开这位同学！"

南禹衡将秦嫣按进胸口，抬起头看着他："不可能。"

监考老师顿时怒了，叉着腰问："你是她什么人？"

南禹衡眼神沉寂，不惧身前一众目光，声音平稳地回道："她老公。需要我让人送结婚证来？"

4

南禹衡在一众震惊的目光中攒着秦嫣离开了。

他们从小在东海岸长大，高中之前读的是私立学校，南城大学对他们来说是真正意义上的新开始。

所有人从五湖四海而来，没人知道你的背景，你的家庭地位，你的出身好坏，大家只是共同聚到一个地方，携手走过四年难忘的大学生涯。

南禹衡曾不止一次和秦嫣说过，进了社会就是另一番光景，他只希望秦嫣在大学的时候能尽情地享受，和所有学生一样去交朋友，参加社团活动，或是考证、写论文，这都是一生中无可取代的经历，所以，他始终为她保留了一份不被打扰的安宁。

然而今天，他却打破了以往的坚持，紧紧地攒着她，将秦嫣牢牢攒在自己身边，纵使周围人越来越多，纵使议论声此起彼伏，纵使无数的手机从各个角落对准他们，他依然昂首阔步，攒紧身边的女人，不曾松开。

从三楼教室一路走下楼，南禹衡始终一言不发，冷硬的表情像结冰的湖面，没有一丝破碎的缝隙，就连他周身都布满了肃杀的气息，凛冽刺骨。

秦嫣能感觉出来，那是一种痛到极致的沉默，她不忍看见南禹衡这样，这样的他比自己身上的伤更加让她难受。

一直走到最后一级台阶，秦嫣突然停下脚步不走了。南禹衡回过身望着她，漆黑深邃的眸光就在秦嫣眼前，她眼眶一热，鼻子涌上一股酸涩。

从小到大，只有在面对南禹衡的时候，秦嫣身上那层坚硬的躯壳才会瞬间溃不成军。

　　她咬了咬唇，声音轻颤地说："你走那么快，我跟不上。"

　　南禹衡胸腔起伏不定，眼神里浓烈的光让秦嫣不敢确定那是不是怒气，只听见他声音冷硬地说："平时也没看你跟不上。"

　　秦嫣瞄了眼楼上，小声地说："膝盖破了，走快了腿疼。"

　　她的眼睛红红的，下唇卡在口罩里，仅露出的上唇微微颤抖，那副样子让南禹衡的心脏被狠狠拧了一下。

　　他什么话也没说，转过身子弓起背："上来。"

　　秦嫣有些犹豫："这，不太好吧。"

　　南禹衡直接抓住她两只腿将她背到身上，围观的同学再也忍不住，发出阵阵激动的吼声，秦嫣只能将双手穿过他的脖颈任由他背着。

　　刚出教学楼，耀眼的光照在他们身上，南禹衡身高腿长，样貌出众，加上他背上有个女人，很快便吸引了过路人的视线，越来越多的人看了过来。有学妹捂着嘴凑过去问道："南学长吗？"

　　南禹衡淡淡地"嗯"了一声，没什么表情地绕过他们。

　　他那股冰冷的气息让秦嫣感觉有些不自在，出声问他："你怎么来的？"

　　"坐地铁。"

　　"哈？地铁站在北门，离这儿很远啊。"

　　南禹衡气息平稳地背着她走在南城大学那条满是樱花树的长道上，声音冷峻地说："地铁最快。"

　　秦嫣想到刚才他冲进教室满头大汗的样子，渐渐收紧双臂，他身上那股压抑的气息也感染着她，秦嫣干脆侧过头枕在他的颈窝对他说："南禹衡，你知道我最讨厌什么样的人吗？"

　　面前的男人没有说话，秦嫣自顾自地说道："我最讨厌阿谀谄媚的人。"

　　南禹衡冷哼一声。秦嫣又歪着脑袋继续说道："奥斯特洛夫斯基说过，人的一生可能燃烧也可能腐朽，我不能腐朽，我愿意燃烧起来！这句话是不是特励志呀？"

　　南禹衡这下连哼都懒得哼了。

　　秦嫣再次弱弱地说："可我最喜欢的还是康德的那句话，既然我已经踏上这条道路，那么，任何东西都不应妨碍我沿着这条路走下去。"

　　南禹衡冷冷地回道："少跟我扯这些思想家的名录。"

　　秦嫣没有招了，干脆将脸整个埋进他的颈窝里："你以前跟我说过你只有两只手，抱着我的时候你就没法儿做其他事了，你看，我现在长大了。"

她特意凑到他耳边说，南禹衡感觉到她温软的气息，将她往上拢了拢。

秦嫣接着说道："所以，我不需要你抱了，你在外面征战天下，我帮你把门前雪铲了，咱们双剑合璧，祖国未来的大好河山等着我们哪！"

却听见身前人飘来一句："你是不需要我抱了，要我背着。"

秦嫣乖乖闭了嘴，不再招惹这位大佬。

然而他却沉沉地问道："谁干的？"

简单的三个字，让秦嫣感觉到狠戾的煞气。

她靠在南禹衡的肩膀上，把早晨去找范太太的事还有她的打算简单和南禹衡说了一番，至于昨晚的经历，她只是轻描淡写地带过，说了个大概。

南禹衡始终沉默地听着，直到听见钟藤的名字，才突然冷声问道："你打算把范太太手上的那笔流水给钟藤？你就这么有把握他拿到东西会对钟家动手？"

秦嫣认真地思索道："七成把握吧，蒋华珠去世前他都能大着胆子对钟家动手，按照我们之前的推断和这一年来的动静，他应该是和钟家决裂了，蒋华珠头七都没过，他就被钟家赶出来，现在只会更恨钟家人。

"但是你放心，我让我哥转了几手，我哥有路子能找到恒全的老员工，到时候由那个人转给钟藤，就算钟藤想查，也只会查到老恒全的方总头上，绝对不可能怀疑到我。"

拐过长长的林荫小道，右边是一片椭圆形的跑道围成的足球场，紧挨着的便是篮球场，这里也是下午南城大学人最多最热闹的地方，大操场不时传来笑骂声和欢叫声，与两人之间凝重的气氛格格不入。

秦嫣双手弯起环在南禹衡的身前，声音低浅地说："而且，钟藤大概这几天就能看到我现在这个样子的照片，我想，这样的话应该还能多一成把握。"

南禹衡的脚步一顿，忽然将秦嫣放在地上，转过身眼神阴鸷地盯着她："你把你的照片发给了他？"

秦嫣不敢去看南禹衡的眼睛，低下头声音喑哑地说："我只是通过陆凡联系到以前景仁的学长，想办法把照片发给了那个二刚，他不是跟着钟藤吗，就……他看到后应该会告诉钟藤。"

秦嫣偷偷看了眼南禹衡。斜阳缓缓地沿着操场洒下，将南禹衡轮廓分明的五官镀成暖金色，饶是如此，他看上去依然透着锋利的冰锐，眼神锁在秦嫣的脸上。

秦嫣干脆不再闪躲，抬起头对上他冰冷的目光："我知道你介意什么，但是现在外面所有人都认为你手上没有实业，东祥的事情你瞒得这么严实肯定有你的打算，在没有真正打下南家之前，我不想让你，不！我不想让我们暴露在阳光下，耗费一兵一卒！

"我不是不信你，我只是不想让你冒着两败俱伤的风险为我报仇！那不是我想要的。

"况且钟藤……是，我是对他耍了点心思，但自从五年前他在巷子里对你做了那种事，这个人我一辈子都会视他为敌！我为什么要对敌人仁慈？"

天际边耀眼的光照在秦嫣长长的睫毛上，她的双眸仿若被雨水冲刷过一样清澈坚毅。外人都觉得秦嫣温婉恬静，可南禹衡清楚那都是假象，她从来都是这般外柔内刚，爱憎分明。

两人四目相对，一个充满压迫，一个毫不示弱。

他们的身影从一开始就被操场边的女生注意到，到后来越来越多的人都跑到操场边上围观，甚至拿出手机开始录像。

橘红色的光将他们染上一片炙热的色彩，太阳以肉眼看不见的速度缓缓西落，变幻的晚霞透着曼妙的流光。

秦嫣突然笑了，她抬起头，有些顽皮地说："喂，记得《大话西游》结尾的画面吗？"她看了看远处的同学弯起眼角，"你看，我们现在就差个城门了。"

说完，她朝南禹衡跨了一步，让那一拳的距离彻底消失，她踮起脚，抬起双手环住他的脖颈，声音如甘冽的清泉，沁人心肺。

"我的意中人是个盖世英雄，有一天他会踩着七色云彩亲手给我一个未来，我猜中了开头，也一定会等到结局！"

南禹衡眼中的冰冷终于有了丝裂缝，双手穿过她的腰间，温热的气息将她笼罩，霞光万缕，火红肆意，周围汹涌澎湃。

南禹衡在众目睽睽之下将秦嫣打横抱起，脸上是决胜千里的气势，拥紧怀中的女人，昂首阔步朝着南大门而去……

第十九章 / 有所行动

向左向右向前看。

1

出了学校，南禹衡直接把秦嫣带去了庄医生那里。庄医生当着南禹衡的面揭开了秦嫣的口罩，别说南禹衡，连庄医生都吓了一跳——秦嫣下巴的肿胀比昨天更加明显，原本俏丽的小脸因为下巴的伤让整张脸看上去都很怪异。

秦嫣不想让南禹衡看见自己难看的样子，转过头对庄医生说："能让他出去吗？"

庄医生回身看了眼脸色阴沉的南禹衡，对他使了个眼色。南禹衡却纹丝不动，完全没有要出去的意思。

下午，秦嫣怕引起注意，特地去商场买了长袖上衣和长裤，把身上的伤挡了起来。彼时，庄医生让秦嫣把身上的伤给她看一下，她只能照办，但南禹衡那过于冷冽的眼神让她浑身不自在。

庄医生见状对秦嫣说："你到帘子后面脱吧。"

于是秦嫣走到里面把白色连帽衫和长裤脱了下来。

庄医生刚绕过帘子，瞬间倒抽一口凉气，不可置信地说："你这个样子还跑去考试啊？你还真是够不要命的，马上进行全身检查，安排住院。"

南禹衡在帘子外面听见这话再也按捺不住，大步流星走到帘子后面。当秦嫣身上触目惊心的伤口和浑身瘀青呈现在他面前时，一向沉着冷静的南禹衡像猛地被狂风暴雨侵袭一般，整个人怔在原地，心脏好似被人生生挖了一块，表情阴鸷得可怕。

秦嫣身体一僵，拽过衣服挡着自己。

庄医生回身看了眼南禹衡，神情微顿。她认识南禹衡这么多年，就算当年他年纪还小，但面对再多的仪器针管，眼睛从来都不眨一下，可此时，庄医生看见他贴在身边紧握的拳头在微微发颤。她皱了皱眉，推了南禹衡一把："你出去等吧，别妨碍我工作，还想不想让我好好检查了。"

南禹衡被庄医生推出了帘子，秦嫣僵硬的身体才稍稍放松了些。

南禹衡走出庄医生的办公室来到走廊，紧握的拳头终于忍不住一拳抢在了走廊坚硬的墙壁上。他低垂着视线，眼里是强烈的后怕，甚至有那么一刻，他不知道如果真的失去了秦嫣，他赢来这一切还有什么意义！

南禹衡拿出手机拨通了秦智的电话，对他说："把昨天晚上事情的经过完完整整告诉我！"

秦嫣从庄医生办公室出来的时候，南禹衡站在走廊尽头的窗户边，挺拔的背影有些萧条。窗外的天色渐渐暗了下来，他整个人笼罩着一层阴霾，听见脚步声后他转了过来，秦嫣看见他眼中布满血丝，她滞住脚步，对视的刹那，她心里不比他好受。

南禹衡只字未提他和秦智通话的事，但是秦嫣感觉他的情绪比下午还要压抑。

回到病房后，护士为秦嫣送来了干净的病号服。秦嫣拿着衣服，有些犹豫地看了眼南禹衡："要么你先出去吧？"

南禹衡却直接夺过她手上的病号服对她说："床上躺着去。"

秦嫣一边爬上床一边说："我又不是瘫痪。"

南禹衡从小照顾她惯了，他比一般男人要心细许多，担心她碰到伤口，干脆自己动手，可当他看见秦嫣原本瓷白娇嫩的皮肤伤痕累累时，眼神里是令人窒息的冰寒。

秦嫣换好衣服后护士替她吊上了消炎水，南禹衡把饭菜放在小桌上，将枕头垫在她的后背，坐在床边喂她。秦嫣难得没跟他耍嗲，表现得特生龙活虎的样子对他说："我自己吃，你也吃吧。"

换作平时，南禹衡大概会让她自己来，但今天，他只是一言不发地将饭菜喂到她嘴边。虽然秦嫣享受着南禹衡无微不至的照料，心里却一点儿都不好受。

她故意表现出一副轻松的样子，笑着说："是不是庄医生跟你说了什么呀？你别听她的，我身上的伤虽然看相不好，但都是皮外伤，恢复起来很快的，医生嘛，就是喜欢夸大其词，这是职业病。"

南禹衡瞪了她一眼："行了，吃饭。"

"哦。"秦嫣眨巴了下眼，乖乖张嘴。

南禹衡把她喂饱后，将饭菜放到了一边，秦嫣坐在病床上看着他："你不吃啊？"

"不饿，待会儿再说。"

随后他转过身将病床调低，拉上窗帘对她说："你睡会儿吧。"

秦嫣的目光一直跟随着他，小声问道："那你呢？"

"我就在这儿，哪也不去。"

说完，他在病房里的沙发上坐了下来，然后拿出手机看似漫无目的地刷着新闻。

秦嫣侧过身子盯着他半低的侧脸，饶是看了这么多年依然看不够。病房一片寂静，秦嫣眨了几下眼，眼皮子越来越重。

一觉睡得昏天暗地，秦嫣做了很多乱七八糟的梦，并不算什么好梦，有些混乱，直到她猛地惊醒才发现点滴不知道什么时候已经被拔了，房间里漆黑一片，南禹衡并不在。她忽然感觉心里空落落的，像被人抽走灵魂一样无力而慌乱。

她看了眼饭盒，根本没有动过的迹象。她从床上起身，穿上拖鞋拉开门。

已入夜，空荡的走廊一个人都没有，秦嫣一直走到尽头透过窗户才看见楼下花园里站着的男人。

她立马跑进电梯走出住院部，很远就看见南禹衡站在路灯旁，银白的月光落在他白色的衬衫上，袖口被他挽了几道，有些松垮颓然，他背对着秦嫣，可她依然看见他手上夹着的烟。这是秦嫣从小到大第一次看见南禹衡抽烟。

迎着苍白的月色，他消沉的背影狠狠撞进秦嫣的心中，让她瞬间热泪盈眶，她撒开步子朝他跑了过去，从身后紧紧抱住他。

南禹衡的背脊顿时一僵。夜色静谧，繁星点点，他将手中的烟按灭，转过身低眉望着满是泪水的她，声音温柔地说："怎么跑下来了？"

秦嫣的眼泪越流越多，到最后完全控制不住地抽泣道："你不在，我睡不着……"

南禹衡将她搂进怀里，轻抚着她的后脑，望着她身后苍茫的夜空，悠悠叹了一声："回去吧……"

因为学习了柔道，秦嫣有过一些交锋的经验，知道在打斗中如何避开重要部位，那晚虽然受了些伤，但她身体素质还不错，恢复起来也很快，只是南禹衡不放心，所以又让她住了一段时间的院。

秦嫣用了各种方法来抗议，但都被南禹衡无情地拒绝了，他抛下一切事务在医院二十四小时守着她，秦嫣也只能乖乖在医院待着。

她受伤的事情是瞒着芬姨和秦文毅的，秦嫣不想让他们跟着担心。

　　白天她无聊的时候，就看南禹衡工作。他的工作伙伴是一台电脑和一部手机，有时候他会一边查看邮件一边核查东祥的经营数据，一边还打着电话处理商会的事，着实是三头六臂。

　　秦嫣总算见识到南禹衡平时的工作状态有多么变态，他忙起来的时候会让秦嫣帮他核对报表，一开始秦嫣根本看不懂，一个头两个大，可只要南禹衡抽出十分钟和她讲解，她就立马明白了。秦嫣心很细，所以数据分析这项工作还挺适合她的。

　　有了秦嫣的帮忙，南禹衡工作起来得心应手多了，他调侃道："毕业了来给我做助理吧。"

　　秦嫣摆出很贱的模样："喊，你能请得起我吗？你看我这双手可是在国际舞台上发光发亮的，给你打一份文件你得给我多少钱呀？"

　　南禹衡正儿八经地思考了一会儿，然后严肃地说："这两天我把手头上的一些资产转到你名下，想要多少自己拿。"

　　秦嫣笑得眯起了眼睛："那我考虑考虑。"

　　秦嫣身上的伤刚好，南禹衡就带着她飞去了马尔代夫，美其名曰补度蜜月，实际则是带着秦嫣换个地方继续养身体。

　　所谓的养身体就是秦嫣看着南禹衡各种放飞自我，但是只能看着……

　　例如陪他玩滑翔伞、潜水、冲浪，南禹衡说她不能下水会留疤，她便化身为小迷妹各种助威呐喊，好像比南禹衡还激动的样子，倒是正主满脸淡定。

　　南禹衡自从小时候经历过那次海难以后就一直比较排斥大海，而这次出来，秦嫣发现他专挑海上项目玩，什么惊险玩什么，恨不得天天泡在海里，跟大海较上了劲儿。

　　南禹衡从滑翔伞上下来的时候，秦嫣好奇地跑过去问他："怎么样？你怎么都不叫啊？"

　　南禹衡莫名其妙道："为什么要叫？"

　　"害怕啊！你不害怕吗？我第一次玩这个是和我哥在三亚，我嗓子都喊破了，被我哥鄙视了好几天。"

　　南禹衡好笑地斜睨着她："胆小鬼。"

　　秦嫣光着脚丫子沿着软白的沙滩追上他："你不觉得很刺激吗？那你玩它干吗？"

　　南禹衡热得脱掉了T恤，冷白的皮肤被日光照得泛着健康的颜色，他笑着说："试试看。"

秦嫣眯起眼睛想到他这几天疯狂的行径，茅塞顿开。

他在不停挑战自己心底的防线，突破那道阴影，直面过去的人生，然后重新起航。

也许是远离了国内的喧嚣和紧张的氛围，来到这里后的南禹衡就跟变了一个人似的。

秦嫣问他："以后等收复了南家，我们就搞个私家沙滩，建一座大房子，门前就停一艘游艇，不开，光看，当装饰好不好？"

南禹衡嘴角泛笑："好。"

"你能用我的名字命名一艘轮船吗？就叫秦嫣号，呃……会不会有点儿俗啊？还是低调点儿，就叫'南秦号'。"

"好。"

"到时候要是你不像现在这么忙了，我们能出海远洋吗，我的南大副？去很远的地方流浪，几个月的那种。"

南禹衡挑了挑眉梢："怕你以后看到海都想吐。"

秦嫣故意板起脸："我就问你好不好。"

南禹衡好脾气地依着她："好，我的秦大船长。"

秦嫣见他心情这么好，凑到他面前闹他："别人都说我嫁给你就是守活寡，那以后我给你生一支足球队让那些人见识下你的厉害好不好？"

南禹衡终于拿下架在脸上的大墨镜，眼里透出让人怦然心动的光来，牢牢盯着秦嫣："你在说我厉害？"

秦嫣笑骂道："你重点关注错了！"

下一秒，南禹衡捞过她的身体把她抱到自己身上，目光灼灼地说："足球队的事你说的，我记着了！"

清澈透蓝的天空，绵软细白的沙滩，纯净广阔的海平线，未来仿佛就在他们眼前。

2

从马尔代夫回来后，秦嫣的暑假已经过半，她之所以急着赶回来，除了不想再耽误南禹衡的工作外，还有一件重要的事——她得回来参加陆凡和雷瑞的订婚宴。

地方订在一家私密性很高的饭店内，由于人数严格控制，宴请的人并不多，除了秦嫣，陆凡也就喊了几个大学走得近的同学。

秦嫣从国外带了一件木雕工艺品送给他们当新婚礼物，虽然不是非常值钱，不过是她特地找到当地一个很有经验的手工艺者制作的。陆凡向来对于这些特色手工艺品无法拒绝，第一眼看到就喜欢得不得了。

也有其他不明就里的朋友带了名贵的礼物，他们一概拒收，陆凡只留下了秦嫣的礼物。

雷瑞在楼下和人说话，秦嫣陪着陆凡在楼上，有个朋友还特地跑来说："雷瑞真是的，我随份子也不肯要。"

陆凡耸耸肩："没办法，现在管得严，违规收受礼金一律收缴，就我们这个小订婚宴还要向上级报告呢。"说完笑着看向坐在一边沙发上优哉游哉的秦嫣，"就你聪明，送的东西拿着不烫手。"

秦嫣端着花茶笑盈盈地看着她。陆凡今天穿了一件淡白色的长款礼服，简洁却质地精良，衬得她干净清爽的容貌更加大气。

谁能想到当年天天骑个破自行车上学，跟个假小子一样，在景仁最没存在感的陆凡，却是背景最硬的存在。

陆凡看了眼身后正在交谈的亲朋，站起身拿着手包对秦嫣说："陪我出去补个妆。"

秦嫣随陆凡走到外面。

酒店建在一片绿化很好的园区内，全是独栋的设计，不存在单独的宴会厅，都是直接订下整栋楼，私密性较强。

拐过长廊，秦嫣跟着陆凡走到一处景观休息区，那里摆放着一组白色的沙发，旁边是圆形的透明玻璃设计，可以直接看见一楼大厅的人们。

秦嫣这时才意识到陆凡并不是出来补妆。果不其然，两人落座后，陆凡打开手中的包，从里面拿出一枚很小的U盘放在秦嫣面前的茶几上。

秦嫣不解地问："这是什么？"

陆凡有些尴尬地扯了下嘴角："这么多年，能用的法子你哥肯定都用了，如果还找不到她，应该是她出去以后更名改姓了。这里面是十年前全国所有叫于桐的后来改过名字的人，也就十来个，这些人的工作单位和联系方式都在里面，我能做的就这么多了。"

秦嫣怔怔地从茶几上拿起那枚U盘，紧紧攥在手中，目光复杂地盯着陆凡。

陆凡自嘲地笑道："别用这种眼神看我，这是我的事，从来都和你哥无关。"

秦嫣心里五味杂陈，很不是滋味："你早点儿跟我哥表白多好，你也真够能憋的，连我都瞒了这么多年。"

陆凡看着秦嫣笑，只是笑容里有些凄楚："注定没有结果的事，干吗说出来给大家找不痛快。"

两人都沉默了，很多事情，陆凡看得很通透。

她们的视线不约而同落向楼下那道笔挺的身影上。雷瑞今天一身西装，大概是当过几年兵的缘故，眉宇之间一股正气，往哪儿站都挺气宇轩昂的。

雷瑞和秦智看上去并不是一类人。秦智遗传了林岩的容貌，俊眉朗目，而雷瑞的五官更端正些。不知道为什么，秦嫣总能在雷瑞身上看到似曾相识的影子，要确切形容的话，大概就是他和秦智都有种逼人的英锐之气，身上充满不容忽视的危险性。

陆凡的眼神随着雷瑞的身影移动，声音清淡地说："他之前有过一个女人，为了那个女人跟家里闹翻了，他去了部队后，那个女人跟了个老板，雷瑞知道后差点儿发疯。"

秦嫣回过头深深皱眉盯着陆凡，陆凡目光笔直地看着楼下，接着说道："不过那都是他二十岁的事了。我和雷瑞确定婚事以后，那个女人来找过我，说雷瑞心里只有她，她也不会放弃雷瑞。"

秦嫣心头咯噔了下，有些担忧地说："你怎么回的？"

陆凡悠然地靠在靠背上，嘴角噙着一丝轻蔑："我对她说请便啊，只要她有本事踏进雷家大门，我随时让位。"

秦嫣被陆凡那副跩跩的模样逗得唇角弯起。陆凡似乎从上学起就没留过长发，如今依然是一头短发，只是微微卷了一下，她五官干净耐看，也许第一眼并不容易让人记住，却有种越看越挪不开视线的魅力。

人的成长环境是一个神奇的东西，小时候不觉得，当所有人长大以后，那种潜移默化的沉淀便随着时间的累积显现了出来。

秦嫣本来有些担忧陆凡这段婚姻，毕竟两人都曾心有所属，但看陆凡淡定从容的姿态，秦嫣默不作声地笑了笑。之前她还觉得他们发展太快，没认识多长时间就直接订婚了，担心陆凡不够了解他，现在看来，她又怎么可能不把人摸透就跟了人家。

订婚宴开始，陆凡回到了雷瑞的身边。

那天晚上有个小插曲，临散场时，陆凡和雷瑞到门口送客，结果一个新手女司机也不知道是不是把刹车当油门踩了，轰地就往楼梯上冲来，陆凡下意识转过身挡住雷瑞，把他一推，幸好那辆车的速度并不算快，撞上楼梯就停了下来，离陆凡仅一人的距离。雷瑞震惊地盯着陆凡，后怕地将她抱进怀里。

秦嫣当时看见雷瑞紧张的神色，那一晚上不踏实的情绪终于落了地。

真正有智慧的女人永远不会受别人摆布，更不会因为一些挫折羁绊就影响自己的脚步，她们只会是自己人生中的王，纵使陷入逆境也能开出花来。

3

八月份的某一天，南禹衡出门忙了，秦嫣在家关起房门练琴，芬姨忽然急匆匆地跑上来敲门。秦嫣打开门看见芬姨满脸焦急的样子，便问道："怎么了？"

芬姨喘着气对秦嫣说："你赶紧回家看看，你哥好像和你爸吵起来了！"

自从秦智将他的身世摆在秦文毅面前后，近些年他们之间始终有层隔阂，所以当秦嫣听说秦智和爸爸吵起来后，急得不行，当即往家里冲去……

秦嫣刚推门进家就看见秦智一脚踹飞身旁的行李箱，一副气势汹汹的样子。

她赶忙冲进屋挡在爸爸面前，对秦智吼道："你够了！发什么疯！多大人了还跟爸吵？"

秦智眉宇紧拧，面色虽算不上多好，但也并没有太凶，看见秦嫣挡在秦文毅面前生怕他动手的样子，反而冷笑了一下："你问问他自己，我什么时候跟他吵的？"

说完，秦智居然在身后的沙发上坐了下去，双腿懒散地跷着，点起烟来。

秦嫣不明所以地回头看向秦文毅，秦文毅却直接绕过秦嫣，疾步走到秦智面前夺过他刚点着的烟，狠狠掐灭在烟灰缸里。

秦智抬起头盯着他，眼里是不卑不亢的神色，反观秦文毅被气得不轻，指着秦智就骂道："你个不孝子！你还知不知道你妈一个人在新西兰？从前你说你还在读书，现在研究生都毕业了，我指望你能早点儿接手家里的生意，我也好脱开身去新西兰照料你妈，你现在跟我说你要出去闯。我问你，家里这一摊子事以后怎么办？我就你这么一个儿子，难道要我把辛苦一辈子拼回的家业送给外人？我们一家人难道要一直像现在这样分居两国？"

秦智凌厉的眉眼深深锁着，缓缓从沙发上站了起来。秦文毅到底上了年纪，不再像初来东海岸那般野心勃勃，很多时候他越来越力不从心。

秦智如今一米八五的身高站在秦文毅面前像堵墙，他虽然气势凶猛，但声音还算平静，甚至带着点儿冷讽："分居两国是我造成的？"

秦文毅听到这话后，脸色铁青，跟跄了一下，随后抬起拳头上去就给了秦智一拳。秦智依然像堵结实的墙，他没有躲，以他的身手想躲开秦文毅这拳太轻松了，但是他偏偏没有躲，就这样立在原地硬生生受了这一拳。

秦嫣震惊地看着秦文毅，这是从小到大秦文毅第一次对秦智动手。

秦智一动不动地立在原地，饶是两只手臂已经青筋暴出，他依然紧抿着唇，目光笔直向前。

虽然这一拳打在秦智身上，却好似狠狠砸在了秦文毅自己的心中，他颓然倒地。

秦嫣眼疾手快赶紧撑住秦文毅，把秦文毅扶坐在沙发上，秦文毅的胸口剧烈起伏，喘着粗气，脸色越发苍白。

秦嫣焦急地顺着他的气，声音发颤地劝道："行了爸，别跟哥生气了，有什么事好好说就是了，你要是气坏身体了怎么办？"

秦智侧头瞥了眼秦文毅面色苍白的样子，不想再跟他继续闹下去，默默拎起行李箱往门口走。秦文毅回过头，对他咆哮道："你给我站住，出了这扇门，我以后就没有你这个儿子！"

秦嫣站在秦文毅的面前，她看见爸爸双眼通红，整个人都在剧烈颤抖，不知道气秦智的毅然决然，还是害怕他的骤然离去……

秦嫣看着爸爸眼里闪烁不定的光，眼泪潸然而下。她长这么大从来没有见过这样的秦文毅，没有见过爸爸如此害怕的样子，他虽然是在对秦智怒吼，秦嫣却听出了一丝祈求，爸爸希望哥哥留下来不要走。

秦嫣再也不忍看见爸爸悲痛的样子，转头带着哭腔对秦智的背影喊道："哥……"

秦智在门口站定，却没有回头，声音低缓地说："你不认我就不认吧，我认你就行了。"

说完，他便打开门，头也不回地走了。

秦文毅的眼睛睁得老大，浑身的血液都像停止流动了一般，眼里逐渐湿润。此时，看着一手养大的儿子离自己远去，他再也抑制不住心中的悲怆。

秦嫣匆忙拍了下爸爸的肩膀对他说："爸你别急，我出去看看他。"说完，秦嫣便冲出家门。

秦智刚刚放好行李，顺手把后备箱关上，斜睨了一眼匆匆跑出门的秦嫣。

秦嫣这下是真的动怒了，上去二话不说直接一脚飞踢过去，秦智敏捷地避开，紧接着秦嫣再次发狠，不停朝他身前逼近，招招下了狠劲儿，虽然秦智一直在闪躲，但额上很快也出了一层薄汗，他干脆迅速跨到秦嫣身后从背后将她制服，粗壮有力的臂膀紧紧钳住她的脖子，狠声道："你也跟我闹？"

秦嫣不停扭动，朝他怒吼："放开我！"

秦智一把松开她。秦嫣转过身，抬起头逼视着他："你真够狠心的，说走就走，爸以后怎么办？你明明清楚爸有多想去陪妈，难道想让妈下半辈子都一个人待在国外吗？"

秦智嘴角还有隐隐的血迹，整个人透出危险的凶性，极其轻蔑地笑了下："你认为我回来守着这一亩三分田，妈就能安然回国了？我们家以后就能安枕无忧了？"

直到这时秦嫣才收起一腔怒火，怔怔地盯着秦智："你要干吗？"

秦智双手压在秦嫣的肩上，目光深沉地说："爸当年为什么会认识妈，为什么会搬来东海岸，后来又为什么那么拼，这些你都清楚吗？"

秦嫣感觉按在自己双肩上的大手非常沉重，仿佛把她钉在原地动弹不了，她的大脑一时间涌进各种不确定，深深皱起眉，抬眸望着秦智。

"你也不用知道，你只需要知道一点，爸今天得到的所有东西都是那家人所赐，所以那家人也可以轻易让他一无所有。他这一辈子都在拼尽全力摆脱那家人。他做不到的事情我会帮他办到，以后我不会再让他受人牵制！"

他目光里是笃定的光泽，秦嫣鼻尖一酸，眼眶温热："你刚才为什么不告诉他？"

秦智松开了秦嫣，转过身看着悠远的群山，缥缈虚无，却又像个无形的牢笼将所有人框死在这虚假繁荣的盛世里。

他长长舒了口气，叹道："不知道该怎么说，有些事情，说了他也不一定会信我。"

秦嫣望着他落寞的背影，出声问道："什么意思？"

秦智缓缓转过身，目光复杂地盯着秦嫣："他很早以前就防着我了……"

秦智垂下眸，适时掩饰住眼底的失落，声音阴霾且自嘲地说："我做了一个大逆不道的决定，这个决定对我来说很难，所以任何人都不能让我改变主意。"

秦智说完便拍了拍秦嫣的肩，转身上了车。

路两边的冬青在天地的挥墨下泛着沉重的墨绿色，烈日如一把大火将整个东海岸点燃。

秦嫣就这样看着那辆车迎着烈日消失在街道尽头。

秦智走了，除了不舍和难过，秦嫣并不意外，她的哥哥向来就不喜欢这个地方，走是迟早的事，他从来不属于东海岸。

秦智的车子驶上东海岸的山道一路朝山下开去，迎面而来一辆黑色的轿车，他放慢了速度，对面那辆轿车也停了下来，南禹衡从后座下来，秦智也拉开了驾驶座的门。

两人隔着几步的距离，秦智单手搭在车门上对南禹衡说："走了。"

南禹衡穿着干净的白色衬衫，目光深沉地看着他："数据一拿到手我就转给你，不要给他任何翻身的机会。"

秦智低低地"嗯"了声："照顾好我妹。"

南禹衡没说话，眼神坦荡地目送秦智离开。

他们曾是东海岸不那么起眼的两个男孩，一个体弱多病，一个出身平庸，然而没人能想到，就是这两个人却在一年多后彻底颠覆了这片红枫山。

黑色轿车驶回家，南禹衡刚下车就看见秦嫣站在门前，她的脸上阴云密布，目光牢牢盯着山顶的方向。

他开口问道："在想什么？"

秦嫣自然地靠在他的怀里，只是目光依然落在上山区的方向，喃喃地说："在想我哥刚才的话。他说，他做了一个大逆不道的决定，我刚才一度以为他是说不顾爸爸反对离开家，现在想想，我错了，我好像……突然知道了一个困扰我多年的秘密。"

秦嫣收回视线，神色灰暗："我也突然理解爸为什么会着急让哥接手家里的生意，大概也是走到了最后一步，指望穷途末路的时候，那个人能看在哥的份儿上手下留情。

"爸手底下有那么多跟着他打拼了多年的人，他不可能不管他们。

"你说我都能猜到的事情，我哥那么聪明，怎么可能看不出来？可这样多伤他啊，他认为爸以前一直防着他，却在这个时候又利用他想保全我们家，怪不得哥不愿意跟爸吵，吵开了全是不堪……"

秦嫣将脸埋在南禹衡的胸口，声音哽咽地说："我要早点儿知道就好了，他们都太难了……"

秦智一手拎着行李，一手拿着手机跟庄子通电话。庄子声音懒散，一副没睡醒的语气抱怨道："智哥啊，你到底受什么刺激了，干吗突然答应去做技术顾问？大西北啊！那地方你知道多远吗？周围全是戈壁滩啊！"

秦智将行李往旁边一放，从机器上取了车票对电话里说："少给我啰唆，你知道现在外面多少人想拿到我手上这个半成品？我不亲自跑一趟，万一中途被人截和，我们这几年都白干了。"

庄子顿时来了精神："智哥，你上次说一旦正式投放，整个汽车工业都得佩服我们，真的假的？"

秦智嘴角噙着一抹寡淡的笑意："我现在坐高铁往你那儿去了，你搞辆皮卡，我一到就直接动身。"

他边说边往检票口走去。不远处似乎有道视线一直落在他身上，他挂了电话转头对上那道视线，看见一个中年女人，穿着朴实干净。在他目光射过去后，那个女人好似总算确定了他的身份，有些激动地喊道："秦智！"

秦智微微拧了下眉，也认出了她，是从前在他们家做过事的孙田凤。说起来，秦智对秦文毅第一次爆发正是因为这个女人，之后父子俩的关系便急转直下。

如今虽然早已时过境迁，但突然看见孙田凤，依然让秦智想到年少时那段迷茫消沉的岁月。

秦智朝孙田凤淡淡地点了个头便收回视线继续排队，然而孙田凤却十分局促地走了过来，唯唯诺诺地说："秦智，我能和你说几句话吗？"

旁边人好奇地盯着他们，秦智侧眸淡扫了她一眼，干脆走出队伍来到一边。孙田凤跟在他身后，直到他停住脚步回身望着她，孙田凤才不安地说："这么多年，我心里始终有个疙瘩，幸好还能再碰见你。"

她仓促地抬头看了眼秦智："我看着你和小秦嫣一起长大，我从来没有想过伤害你们。

"这些年我经常梦到你质问我，我愧对你，愧对秦先生，我以为再也不会碰见你了，刚才我看了半天都没敢认你。"

孙田凤抬起头仔仔细细地打量着秦智，他早已不是那个青春叛逆的小男孩儿，如今眉宇之间透着沉稳的气息，让孙田凤动容。

"我只想跟你道个歉。我当时生活遇到难处，秦先生人好心帮了我一把，那时候秦太太很少回来，也许你们不知道，他经常一个人站在窗边抽烟抽到半夜，我太心疼他了，一时犯了糊涂。

"你爸是个正直的男人，他没有接受我，都是我的错，我不求你能原谅我，但我希望你别再怪秦先生。"

孙田凤低头揉了下眼睛："我也没别的意思，只是好不容易能碰见你，想和你说清楚了，也算解了心头的疙瘩。"

秦智看着火车站茫茫的人群，问她："你这是要去哪儿？"

孙田凤听见他平静的话语，有些讶异地抬起头："回老家，我女儿要生了，回去帮她带孩子。"

秦智点点头："恭喜。"然后看了看手腕上的表，"那我先进去了。"

说完，他就往队伍后面走去。孙田凤却再次喊住他："秦智！"

秦智停住脚步回过头，孙田凤眼眶湿润地说："谢谢你，保重。"

秦智若有所思地垂下视线，而后再次抬眸看向她："人都有糊涂的时候，我也是，但好在都过去了。再见。"

4

红枫东岸，又名"东海岸"，建在南城城东隧道口的半山，取名"红枫"是因为这里漫山的枫叶红如火，这片红枫山不仅是富有的代名词，还蕴含着许多人都向往的身份和地位。

东海岸以上山区为首，那里地势独特，只有三户人家，他们的势力无法估量，非一般人能撼动。他们盘踞在这片红枫山二十多年，掌控着南城乃至整个南部地区优渥的商业资源。

其中，背景最深的就是钟家。百年前在老南城做食肆起家的钟家，如今已发展成为集食品、物流、商业、房地产和金融于一体的民营企业集团，并拥有富汇食品和经全商业两家上市公司。

然而就在秦智离开东海岸的第二年年底，这棵在东海岸屹立二十余年不倒的大树，迎来了致命一击。

第二年春节过后，钟汇集团不断曝出负面新闻，后来一则重磅消息直接让富汇和经全两家上市公司先后停牌，那就是经全商业上市财务造假。

检察机关对两家企业的实际控制人进行了居所监视和强制措施，开始了长达半年违纪违法问题的调查取证。

在这期间，钟汇集团总裁钟洋的个人丑闻被各大媒体披露，他于多年前强行凌辱用人并殴打致伤，事情多次被压，后来用人逃出钟家并生下私生子。消息传得沸沸扬扬，姜寒在此时匿名接受媒体采访，一纸状书将钟洋告上法庭，钟家的老帮佣陆续出庭做证，这起沉寂多年的事件终于走入了大众的视野，一时间，"钟洋"这两个字在网络上遭到大量的谴责批判甚至谩骂。

宋荟多年来的隐忍在外界巨大的压力下终于到达极限，在宋家的不停施压下正式对钟洋提出离婚。饶是如此，宋家依然遭受到波及，旗下多家企业被查处。

与此同时，宋氏企业现今负责人、宋荟的弟弟要求宋荟立即放弃所持股份，与宋氏企业划清界限。宋家为了保全整个家族与宋荟达成协议，一旦调查结束就将她和她儿子送去国外，如果宋荟还想得到宋家的庇护，以后都不允许再回国。

短短半年的时间，钟家在整个南城引起一场巨大的地震，一棵大树被连根拔起时往往有很多盘根错节，那段时间很多人都感到惶恐不已，从前有多巴结钟家，现在就有多避之不及。

而扳倒钟家的关键就是一串神秘的流水，这份流水便是经全商业上市财务造假的突破口。

秦嫣大四那年，一纸判决终于落地，各项证据直指钟洋，他被判了无期徒刑，钟昌耀也被判了有期徒刑。就这样，随着钟家的陨落，整个东海岸重新洗牌，二十多年来的商业格局彻底被打破，南禹衡也在真正意义上完全收服了整个东海岸的势力。

钟家的陨落，是一个时代的终结。

只是所有人都认为离了钟家便一无是处的混账小子，没人看好的钟家小儿子钟藤，却在钟家落马后，开始了一连串力挽狂澜的动作，让整个商界都为之一振。

他摇身一变成了钟汇集团最大的股东，得到蒋氏财团的全力支持，后经董事会决议，全票推举他为钟汇集团新任董事长。很快，他成了整个南城乃至整个南部地区来势最凶猛的年轻企业家。

钟藤的这一步棋让所有人都大跌眼镜，毕竟钟汇集团已经成了烫手的山芋，别说接手，甚至连内部没有被波及的高层都纷纷离职，远离那块是非之地，唯恐避之不及。在这个时候投入大量资金拿下这个半死不活的企业还企图盘活，在外人看来根本就是无比疯狂的行径，偏偏钟藤反其道而行之，一系列大刀阔斧的动作完全让外人摸不透。

秦嫣有次和南禹衡闲聊时探讨过这件事。那天南禹衡去学校接秦嫣回家路过百货商场，巨幅屏幕上赫然是钟藤西装革履的样子，那栋百货商场隶属钟汇集团，而钟藤也以新任董事长的身份被大肆宣传，试图昭告众人钟汇集团正式进入新纪元。

在秦嫣看来，钟藤实在没有必要拿下钟汇，这对他来说不见得是好事，然而南禹衡对此事的看法却持保留态度。

他看着窗外若有所思道："钟藤如今的背景可能比我们看到的要深，那么大的资金量不是轻松就能调动的。要是我猜得没错，他现在应该已经是蒋氏企业背后真正的操控者。钟藤这个人从小就很偏执，我想他不是不知道盘下钟汇的风险，可是他更愿意冒这个风险得到自己曾经失之交臂的东西。"

说完，南禹衡渐渐拧起眉，回眸望向秦嫣，默默攥紧她的手。

果不其然，钟藤狠狠扇了那些不看好他的人一记耳光。他不仅盘活了钟汇，仅用了三个月的时间就让富汇食品重新投入生产，经全商业和重全合并，借力用力，把老恒全的方总直接提成了总经理，两手一起抓，一样也没落空。虽然钟汇集团元气大伤，但仅一年不到的时间内部运营就重新上了轨道，重整的速度让所有人瞠目结舌。

就在外面风云变幻的这两年里，秦嫣却过着最为简单的大学生活，南禹衡让她远离了一切纷扰，还她一片灿烂的青春年华。

不过，秦嫣的生活依然丰富多彩，因为全校都知道她是南禹衡的妻子，所以不管她出现在学校的任何角落，总有很多人善意地喊她"南嫂"，这个称呼一直陪伴到她大学毕业。

只是再安逸平静的岁月都有逝去的时候，学生时代终要随着时间的滚轮走到结束的那刻。

四年来南禹衡日夜忙碌，终于在秦嫣临毕业之际到了最关键的时刻，虽然秦嫣并不知道他进展到哪一步了，但感受到南禹衡平日里越来越紧张的节奏，秦嫣知道离最后的战役已经不远了。

毕业典礼那天，所有人穿着学士服在郁郁葱葱的校园里留下美好的合影，有人大唱，有人大笑，也有人大哭。

他们在阳光热辣的季节里相聚，也终要在阳光热辣的季节里分别，时光匆匆走过，每个人都要踏上新的起点。

秦嫣特地跟南禹衡约定了时间，她希望这令人喜悦的一天有他在身边。

南禹衡答应秦嫣的事从来不会做不到，可那一天，当所有人散去，当夕阳西落，当夜幕低垂，她始终没有等来他……

第二十章 / 直捣黄龙

不入虎穴，焉得虎子。

1

　　秦嫣打了很多电话给南禹衡，他的手机要么占线，要么无人接听，天色越来越暗，秦嫣回身往宿舍走去，在快要到宿舍楼下时，她忽然踩到什么东西，重心不稳差点儿栽一跤，吓得她出了一身冷汗。她下意识低头看去，赫然看见一块锋利的酒瓶碎片扎进了她的鞋底，她弯起腰将碎片拔了出来，结果用力太猛，她的手指感觉到一阵刺痛，紧接着血便流了出来。

　　当秦嫣看见那抹鲜红的液体后，没来由地一阵慌乱，脑袋越来越沉，她当即将碎片丢进垃圾桶，脱下学士服，将衣服抱在手中朝着学校大门走去。

　　她打算回家，她现在只想回家，她必须要知道南禹衡在哪儿！

　　秦嫣一路跑出校门，整个街道完全没入夜色，华灯初上，川流不息，一辆熟悉的黑色轿车飞速朝着她所在的方向疾驰而来。一直到车子停下，秦嫣才发现开车的人是南禹衡，他直接拉开车门走向她。

　　南禹衡深色的衬衫领口微微解开，深邃的眉眼在车灯的映照下覆上了一层阴霾，眼中的疲惫在看见秦嫣的那一刻急剧收缩，而后大步朝她走去一把将她揽进怀里。他紊乱的呼吸让秦嫣身体僵直，然后便听见他语气低沉地在她头顶吐出三个字："对不起。"

　　南禹衡从来没有对秦嫣说过这三个字，秦嫣的心跳骤然加快，连呼吸都变得一片冰凉，她问他："对不起什么？"

　　南禹衡只是把她拥得更紧，不管周围熙熙攘攘，车水马龙，观者如市，他就这样拥着她，回道："来晚了。"

　　秦嫣悬起的心这才稍稍落定，她抬起手环住他轻声说："来了就行。"

　　南禹衡松开她，将她额前的碎发拨弄到耳后，嘴角浮上笑意对她说："我马上要去运营基地，但是我不想丢下你。"

秦嫣斜睨着他："又想骗我陪你去工作吗？"

南禹衡将副驾驶侧的车门打开，浅笑道："正有此意。"

秦嫣故意哼了一声，跨上了车。

车子一路向着城外驶去，南禹衡将广播打开，调到一个比较热闹的频道，广播里两个主播互相调侃，不时传来大笑的声音。

秦嫣望着窗外熟悉的街道，却一点儿都笑不出来。南禹衡从来不会在车上放广播，即使放，也绝对不可能放这种毫无营养的搞笑电台，他在刻意掩饰什么，或者他此时此刻根本不想说话。

秦嫣用余光观察着南禹衡，他单手扶着方向盘，专注地盯着前方，眉宇间蕴含着一抹深沉。他向来喜欢在车上思考工作上的事，所以从他的表情看不出任何异样。

秦嫣却冷不丁地问了句："荣叔呢？怎么今天你自己开车来啊？"

南禹衡没有看她，只是轻描淡写地说："他还有其他事。"

一路上除了秦嫣问他几句，他简单地回答，便没再出过声。

车子开到东祥的运营基地已经将近九点，整个园区寂静无声，空气中透着初夏的凉爽。南禹衡将车子停在小楼前，楼内灯光大亮，他们还没进去，赖跃京和几人便从里面迎了出来。

南禹衡紧紧攥着秦嫣，大步流星往里走，眼神看向赖跃京："人都在吗？"

他长腿阔步走得很快，赖跃京跟在他身旁回道："都在会议室，就等你了。"

随后赖跃京朝秦嫣点了下头。秦嫣发现，今天就连赖跃京的神色都有点儿不太对劲，似乎比往常严肃许多。

几人走到电梯口，南禹衡对秦嫣说："你先回房休息会儿，我有个会要开，我让人送吃的过去，你先吃别管我。"

说完几人进了电梯，赖跃京向南禹衡汇报道："财务朱总那边已经紧急做了两套方案出来，他们那边的人今晚全部待命，要是……"

南禹衡抬了下手："开会再说吧。"

他适时打断了赖跃京的汇报，似乎不想在秦嫣面前谈论这些。电梯停在三楼，南禹衡回身对秦嫣说："累了先睡。"

秦嫣点点头："你安心忙吧。"

赖跃京他们已经出了电梯，南禹衡轻揉了下她的脑袋，也大步跨出电梯，电梯门随后合上，空荡的电梯里只余秦嫣一个人。

电梯徐徐上升，叮的一声停在顶楼，秦嫣却并没有走出电梯，而是再次按下"3F"按钮。电梯又开始下降。

秦嫣折返回三楼，电梯门打开便见到一个三十多岁的女人在忙碌地打印文件，看见秦嫣从电梯里走出来，忙站起身礼貌道："晚上好，南太太。"

秦嫣这两年偶尔会陪南禹衡来基地，这里空气好，环境优美又空旷，她每每来这里就当度假。

秦嫣对她扬起和善的微笑："他手机丢我这儿了，我拿来给他。"

职员忙走了出来说："要么给我吧，我来送。"

"没事，你忙吧，你告诉我在哪儿行。"

秦嫣得知了会议室的位置一路走过去，却发现几乎每间办公室都亮着灯。这个点了所有人还在加班，而且来去匆匆，个个神色紧张的样子。

会议室厚重的木门是关上的，她绕到后门，轻轻推开一道细缝，所有人都在看投影前站着的中年男人，没人注意到后门的方向。

秦嫣听见那个男人指着身后投放出来的一堆表格说道："所以初步预估，如果这时候拿出30%的股权，那么肯定会增加我们的财务负担，后期没有足够实力和海港周旋，我们会陷入进退两难的境地，拆分的方案风险较大……"

一直低着头的南禹衡似是感应到什么，忽而扭头朝后门望来，秦嫣赶忙退出走廊，心跳加速，快步离开。

夜色越来越浓，秦嫣洗完澡，躺在浴室里白色柔软的榻榻米上望着星空，心里始终有隐隐的担忧。

南禹衡散会的时候已经半夜十二点，他回到房中没有看见秦嫣便推开浴室的门，发现她在榻榻米上睡着了。

他本想将秦嫣抱回床上，但秦嫣睡得比较浅，南禹衡刚碰到她，她就睁开了眼。借着月光，南禹衡看见了她手指的伤，不禁捏住她的手腕问道："怎么弄的？"

秦嫣坐直了身子："没事，玻璃划的。"

南禹衡将她抱上了床，又找来创可贴给她把手指包好。

秦嫣望着他疲惫的双眼，问他："你打算在这儿待几天啊？"

南禹衡拉过毯子说："不知道，可能要几天吧。"

秦嫣皱了皱眉："可是我这两天还要回去，要放假了，我宿舍里还有东西要收拾。"

南禹衡站起身，背对着她脱掉衬衫"你要拿什么和芬姨说，让她跑一趟。"

秦嫣坐起身，牢牢盯着他："过几天放假大家都走了，本来还准备这几

276

天再聚一聚呢，以后大江南北的想聚都难了，我在这儿又没事干，不如……"

南禹衡依然没有回过身，只是淡淡地说："在这里陪我吧。"

说完，他拉开门去了浴室。秦嫣盯着那扇微微摇晃的门，眉头越皱越紧，南禹衡从来不是那种会把自己的女人捆绑在身边的男人，可这么重要的毕业聚会南禹衡却不肯放她回去……秦嫣抱着膝盖坐在床头越想越觉得不对劲儿，他为什么连夜把自己带来这里还不让她回去，甚至和赖跃京他们说话都有意无意地回避她？

南禹衡洗完澡回来的时候，秦嫣已经背过身睡着了。他上了床从她身后搂住她，将她揽进怀里，呼吸埋进她的发丝间。

大概五点多的时候，南禹衡的手机忽然振动了一下，他松开秦嫣，回身拿起手机看了眼，又回过头望了眼仍在熟睡的秦嫣，轻声下床走到外面回了个电话过去。

电话刚接通，他便问道："打点过了吗……嗯，还在睡，没告诉她……我尽快想办法。"

南禹衡匆匆说了几句便挂了电话，他没有立刻回房，而是站在窗边看着远方的机库，面色愈加凝重。

一会儿后，他走回房。

房间里漆黑一片，他却猛地发现秦嫣盘腿坐在床中央，身上的衣服已经穿好。

南禹衡顺手打开灯："怎么不睡了？"

静谧的夜，没有丝毫纷杂，空气缓缓滑过两人之间，秦嫣就这样平静地望着南禹衡，说："我要回去，现在。如果你不送我走，那我就自己回去。"

2

南禹衡做了最坏的打算，只是他没有料到，秦嫣反应的速度比他预想中还要快，他本以为可以再拖两天，然而天还没亮，秦嫣就毅然决然地要回去。

从基地回南城的路上，南禹衡本以为秦嫣会问他什么，他都想好了说辞，可她一路沉默，什么话也没说。

车子开回东海岸才早晨七点多，秦嫣连南家大门都没进就直接冲回了自己家。

当她从楼上走下来的时候，南禹衡正站在落地窗边看着窗外的花台。他记得林岩还在家的时候，花台里种满了各种花朵，林岩似乎很喜欢红色，就像红枫那样的红色，所以花台里的花多半以红色为主，每当春夏交替的时候，满满的花台群花盛放，美艳动人。

可自从秦嫣嫁人、林岩出国后，花台便再也无人照料，如今只余几朵破败的花苞和一些杂草。

南禹衡听见秦嫣下楼的脚步声，可他依然没有转身，就这么静静地伫立在窗边。

他清楚，事已至此，再瞒下去已经没有任何意义了。

秦嫣感觉很冷，六月底的天气却让她感觉像十二月的冰寒，她从来没有觉得家里像现在一样冷清。她走到南禹衡身后，对他说："带我去见他！"

南禹衡缓缓转过身，当看见秦嫣凄惘的表情时，他便知道他无法拒绝，如果他再说一个"不"字，秦嫣强撑了一路的坚强会瓦解。

一个小时后，秦嫣见到了秦文毅。

她这段时间忙着毕业的事，有大半个月没有回家了，秦嫣怎么也不会想到，再次见到爸爸会是在这样的环境中。

秦文毅穿着囚服，手上铐着手铐，被人带进封闭的小房间里。他一进房间，秦嫣便猛地站起身怔怔地盯着他，眼圈立刻就红了。

秦文毅虽然穿着囚服，但胸膛依然挺得笔直，神情并没有太颓败。

他在秦嫣面前坐了下来，抬头看着她，而后露出宽厚的笑容："站着干吗？坐。"

秦嫣垂眸坐下，双手放在膝盖上有些颤抖，身旁的南禹衡伸手紧紧握住她，仿佛是一道强大的力量在支撑着她。

秦嫣憋住眼泪出声问道："怎么回事？"

秦文毅双手放在空荡的桌子上，语气还算平淡地和秦嫣说，养老院有老人被查出食物中毒，现在那人联合其他家属把事情闹大了，目前媒体那边暂时压了下来还没曝光。上个星期老人去世了，所以他暂时要接受调查。

秦文毅让秦嫣不要担心，养老院开了这么多年，食物方面他一直很重视，他问心无愧，一定是什么环节出了问题，他相信法律会还他一个公道。

秦嫣待在南禹衡身边的这几年经历过太多波谲云诡的事。如果是以前的秦嫣或许还会听信爸爸这番宽慰的话，但如今的她很清楚，就算是中间环节出了问题，哪怕是源头供应商的问题，作为机构的负责人，事情变成这样，爸爸不可能脱得了干系。现在消息还没有被公众知道，一旦曝出去，光舆论就能将爸爸打趴下。

秦嫣瞬间闭上眼，手从南禹衡掌心抽出，捂住脸颊，肩膀不停地颤抖。

她不懂，她的爸爸一辈子为了家，为了企业，为了社会操劳，纵使他在

278

尔虞我诈的环境里摸爬滚打，钩心斗角，但他没有害过别人，为什么到了晚年会遇上这种事？

看着秦文毅消瘦的两颊，头发也好似在短短时间里白了大半，秦嫣再也控制不住自己的情绪。她无法接受爸爸本该安享晚年的年纪却要遭受牢狱之灾，对他、对整个家庭来说是多么沉重的打击。

秦文毅抬起双手，手铐发出冰冷的撞击声，他叹了一声说道："行了，这不是还在调查吗，什么结果还不一定呢。就算是最坏的结果，反正你爸我都这个岁数了……幸亏早把你妈送走了，只要你和你哥安安稳稳的，我待在哪儿都一样。"

秦嫣倏地从椅子上站起身，匆匆丢下句："我去下洗手间。"

她不想在秦文毅面前哭，因为她知道这会让爸爸更难过。她无法眼睁睁看着爸爸待在冰冷的牢房里，一刻也不想。

秦嫣忽然发现自己实在太渺小，面对现在这种情况，她一点儿办法都没有。

她不可能告诉那些警察和法官她爸爸是个正直的人，他不会克扣老人的食物，这些真相没有人会信。

秦嫣冲进洗手间用冷水不停冲刷着自己的脸，温热的眼泪融入冰凉的流水中，她强行让自己的大脑冷静下来。她不能失控，更不能崩溃，哥不在家，妈还在国外，爸只能指望她，她不能倒下，无论如何，她都不能倒下。

秦嫣猛然抬起头看着镜子中苍白的脸，狠狠抹了一把，往回走去。

秦嫣刚准备推门而入，突然听见房间里，秦文毅怒气冲冲地对南禹衡低吼道："不行！我不同意！"

秦嫣的手顿住，站在门边听见秦文毅说："我告诉你小子，你休想这么干！你还有个把月就要启动收购案了吧？

"我把女儿嫁给你是为了什么？就是相信你有能力让她过上安稳日子！我不求你大富大贵，只希望你别让她一辈子活在动荡中。

"你要想帮我，就帮我找个好点儿的律师，至于其他的，我不允许你为了我打乱自己的脚步，想都别想！"

南禹衡沉默了几秒，声音很沉地低着头说："我父亲走得早，十岁搬来东海岸，身边除了荣叔和芬姨没有长辈，您从小待我像亲人，我感激您当初在那样的情况下同意将秦嫣嫁给我，我早就把您当我爸了，您觉得我会只顾成功不顾亲人吗？

"我做不到……"

秦嫣的身体颓然地靠在墙上潸然泪下，屋内的秦文毅也红了双眼不停摇着头，再也说不出一个字来。

夏日的天气总是这么阴晴不定，早晨还烈日当头，下午却乌云密布。

他们再回到东海岸已是傍晚，路上，南禹衡和秦嫣说，秦文毅这几天在里面不会吃苦，饮食方面都让人关照了，让秦嫣不要担心。

秦嫣靠在汽车椅背上沉默地点了点头，什么话也没说。

秦文毅是在养老院被捕的，南禹衡是最先得知此事的人。他立刻将事情的扩散范围压到最小，除了荣叔帮他来回打点，南家其他人并不知情。

秦嫣近来都在准备毕业的事，有一段时间没回家了，芬姨特地做了丰盛的晚饭，但秦嫣和南禹衡都没什么胃口。

南禹衡简单吃了几口直接去了书房开始忙碌，大半个小时后，秦嫣推门而入，南禹衡的视线从电脑上抬了起来。

秦嫣洗过澡了，头发半干，穿着一条黑色的吊带裙，手里拿着棋盘。

她走到南禹衡对面将椅子抽开坐下，把棋盘摆在他的面前，眼睛直直地盯着他："忙吗？不忙来下局棋。"

南禹衡的视线落在棋盘上，合上电脑放在一边，秦嫣便把棋子全部倒了出来说："明棋。"

军旗有暗棋和明棋之分，顾名思义，暗棋就是看不见对方的棋子，所有排兵布阵只有自己清楚，玩的就是心理战；明棋是从一开始就能看见对方的棋子，所有排兵布阵尽在敌人眼底。

以前南禹衡和荣叔经常玩的就是暗棋，而今天，秦嫣一上来就直接提出玩明棋，双方必须在最坦荡的环境下对垒。

南禹衡抬眸扫了她一眼，没说话，接过棋子开始布阵。

南禹衡棋风稳健，运筹帷幄，他的布阵从来不单一，秦嫣清楚玩暗棋她不是南禹衡的对手，所以今天她要跟他明着来。

南禹衡刚开局就让一个旅长，秦嫣看见了，但她并没有动，而是轻笑了下，打头的司令空走了一步，说道："老狐狸，你以为我会上你的当吗？军旗战术第一条，不能开局就让司令，你说我都懂的道理，你为什么不懂呢？"

南禹衡长长的睫毛耷拉着，投下一片阴影："那得看换什么了，换来一个军长一个炸弹，我心甘情愿。"

秦嫣冷笑道："仗还没打就输掉军旗？这不是你的作风。"

南禹衡将炸弹收进营中："我该是什么作风？"

秦嫣的炸弹露在外面，她看见南禹衡的工兵蠢蠢欲动，毫不留情地用自己的工兵跟他同归于尽："能让你调动东祥的资源，我爸的事没那么简单吧？既然都下了明棋，还有什么不能放到台面上来说的？"

南禹衡若有所思地睨着她，秦嫣也干脆抬起头迎上他的目光："我不是南家的花瓶，你应该清楚，即使你不告诉我，我也有办法弄清楚的，何必浪费我的精力。"

南禹衡在她没有防备之际忽然猛烈进攻，声音却一派淡然："有时候我情愿你笨点儿。"

"抱歉，办不到。"秦嫣以退为进收回了司令，保存实力。

南禹衡望着她气势逼人的样子，开口说道："出事后你爸就开始调查养老机构的人，他怀疑出了内鬼，毕竟食材这些东西一般人动不了手脚，不过对方做事十分小心，没有留下蛛丝马迹。

"但是昨天，他公司那边几个常年合作的大客户突然跳单到另一家公司，对方明目张胆，根本没有遮掩，我转了几道关系和对方老总通了电话，那头嚣张得很。"

南禹衡虽然在说话，手下并没有停，他用司令对秦嫣的师长穷追不舍，秦嫣干脆将计就计，利用师长吊着他，看似耍得他团团转，试图将南禹衡的司令引诱到绝境，然而南禹衡却趁机卡了秦嫣一步，用炸弹果断杀死她的军长，目光深沉地说："调虎离山之计，用养老院牵制住你爸，再对他的企业下手，对方布局缜密，像是有备而来。"

秦嫣皱起眉问道："什么人？"

"越朗贸易。"

秦嫣看局势不妙，为了保住师长，用司令和南禹衡的司令对撞，选择同归于尽，她保存了两枚炸弹，而南禹衡只剩一枚了，虽然秦嫣失掉了军长，但情况还不算太差。

她抬起头继而问道："查过这个越朗贸易吗？爸怎么说？"

"以前打过几次价格战。"

"那就是同行恶意竞争了？"

南禹衡讳莫如深地望了她一眼，他的脸在半明半暗中，漆黑的眸像无尽的深渊，遮住黎明的光。

秦嫣直接拿出手机输入"越朗贸易"，很快该公司的注册资金和资质便弹了出来。

秦嫣转手将手机往桌上一拍，嘴角挂着冷意望向南禹衡，声音冷硬地说："这种规模的公司，谁给他的胆子？我要听实话！"

彼时，台面上的棋子已经所剩无几，南禹衡不再下手，而是靠在椅背上，目光暗沉沉地盯着棋盘："越朗贸易在三年前进行过一次融资，债权人是通达地产，这家公司的法人在变更前是王宇刚。"

说完，他抬起头看向秦嫣，阴恻恻地说："王宇刚是二刚的全名。"

轰的一声巨响仿佛在秦嫣脑中炸开，她紧紧握着手中那枚司令，好似要把它捏碎，声音颤抖地从齿缝中挤出两个字："钟藤！"

3

很多事情，很多人，很多羁绊，在很久以前就缠绕在一起，只是岁月将当年那些幼稚的、冲动的、狂热的执念变得更加复杂。

南禹衡的视线再次落回棋盘上，他的棋子所剩无几，面前最大的只有团长，就在秦嫣愣神之际，南禹衡的团长已经逼到她的家门口，直接吃了她的营长。

他声音低沉地说："在发现苗头不对后，我用了很多人力连夜对越朗贸易这家公司进行地毯式排查，包括他们历年来合作过的客户、供应商、合作单位。

"但即使将这家公司扒了个干净，也没有查到他们和蒋氏企业或者钟汇那边有过半点儿联系。

"如果说爸的事和钟藤有关，我们现在跟他当面对质，也没有任何立场。"

南禹衡的言下之意，这件事若真的是钟藤所为，只能说他做得太干净了，干净到丝毫无法把他跟这件事联系在一起。

秦嫣的脸色越来越阴沉，她毫不留情地用家门口的炸弹炸毁了南禹衡仅剩的团长。

她的手里剩下一个工兵和两个排长，再无炸弹，而南禹衡家里还有一枚连长，完全可以压制住她，这局棋从某种程度上来说，胜败已经注定。

南禹衡终于开始动用棋盘上最大的连长直逼秦嫣，接着说道："这件事还有个蹊跷的地方，食检部门将东西带回去检测，到现在迟迟未出检测结果，也就是你爸的案件始终被吊在这儿，越朗贸易却不停加大筹码疯狂挑衅，你看出什么了吗？"

秦嫣不再动任何一枚棋子，而是深深皱着眉盯着南禹衡面前的军旗，眼里的光越来越沉，瞳孔里瞬间折射出过去的种种画面：

景仁礼堂门口，一腔怒火的钟藤给了南禹衡一脚。

钟藤手下的人在景仁大肆造谣，各种脏水泼向南禹衡。

成年礼的舞会上，钟藤目光似火地叫南禹衡让开，南禹衡纹丝不动，质

282

问他有什么本事,叫他让开。钟藤抬手,拳头朝他砸去,南禹衡一掌握住他的拳,两人在所有东海岸人的目光中对峙。

钟家的酒窖,南禹衡得到秦文毅信任将秦嫣带走,而钟藤是那个所有人眼中十恶不赦甚至试图毁掉秦嫣的魔鬼。

阴暗的巷口,钟藤对着深巷抬起下巴,那些人便把南禹衡狠狠按在地上,一拳一脚悉数砸在他的身上!

∙∙∙∙∙∙∙∙∙∙

无数的画面从秦嫣脑中掠过,她忽然明白了。

结下的梁子太久了,太深了,终于到了彻底爆发的一天。躲不掉,避不开,终究是要来的。

钟藤真正的目标并不是秦文毅,而是南禹衡。

南禹衡和钟藤一样,从小不被东海岸的人看好,一个曾遭到整个东海岸的打压,一个曾遭到整个东海岸的抛弃。

可到头来,南禹衡却光明正大地走向高台,获得所有人的仰慕和臣服;而钟藤,注定不可能再回到这片红枫林,这个他曾经待了二十年之久的家,他又怎么可能甘心?

钟藤或许暂时动不了南禹衡,也或许不会动秦嫣,但他可以动秦文毅。南禹衡无父无母,和那些所谓有血缘关系的南家人也并不亲近,他唯一在乎的人就是秦嫣,只要南禹衡还在乎秦嫣,就不可能不管秦文毅。

一时间,秦嫣全想明白了,如果这件事真的是钟藤在背后操纵,那么他暂时吊着秦文毅,目的就是逼南禹衡亮出底牌。

钟藤赌的就是南禹衡手上肯定还有别人窥探不到的实力。

南禹衡在昨晚也的确去了东祥开始做预案,试图对越朗贸易动手。

秦嫣看见南禹衡的连长往她的军旗逼近,她将两个排长全部调了出来,送到南禹衡的面前选择送死,以此来拖住他的步数。

秦嫣想到昨晚她在会议室门口听到的内容,声音低低地问:"我现在要你告诉我实际情况,半点都不许隐瞒。如果从东祥抽调资源去打越朗,那你对付南家的胜算还剩多少?"

南禹衡不假思索地答道:"50%。"

他说完便吃了秦嫣一个排长。秦嫣忽然将藏在下面的工兵调出直接飞到对面,挖了南禹衡军旗右后方的地雷。

虽然南禹衡已经逼到秦嫣家门口,她看似注定要举白旗了,却一点儿没有慌乱,沉着冷静地分析道:"钟藤这步走得太高明了。我哥的智能传感器下个月就要投放，现在正是资金紧张的时候，如果要让我哥回来保我爸，我哥势必要放弃那片市场，天知道他这几年为了这一刻有多拼。

"如果这件事我瞒着我哥，不让我哥插手，那就势必要你动手，这样你的老底就全亮出来了。

"就算你手上还有50%的胜算，但是你要清楚，你打下的是越朗这家贸易公司，对钟藤没有半点影响，他顶多就是牺牲手下一员猛将来引蛇出洞，对他来说这笔买卖不亏，但对我们来说，一个不小心就会全军覆没，万一这时候南家那边再添把火，我们全家都完了。"

南禹衡不是没有意识到这点，正因为他早已把后面会发生的事情预料到了，这两天的神色才会如此凝重。

秦嫣将最后一枚排长送到南禹衡面前，再次挡了他一步，说道："所以这步棋，对方手上所剩棋子已经大过我们，这样下去根本就是死局。眼下的情况，我不能让我哥出手，更不能让你出手。

"南禹衡，我感谢你能第一时间站出来不惜一切代价保我爸。

"但是，我自己的爸爸，我会自己救！"

南禹衡的神情忽然一滞，抬起头，眉宇深锁地盯着一脸倔强的秦嫣，沉声问道："你要干吗？"

秦嫣白净的脸上浮现一抹妖艳鬼魅的笑意："不入虎穴，焉得虎子。我要直捣黄龙。"

在南禹衡蕴含着怒气的眼神中，秦嫣仅仅快了那么一步，用整个棋盘里最小的一枚工兵端了南禹衡的军旗，让一局死棋硬生生翻盘。

而此时的南禹衡已经猜到秦嫣想干吗，他没再管棋面，眼里浮现出怒意死死盯着她："我就是耗上整个东祥也绝对不会同意！"

秦嫣懒散地往椅背上一靠，曲线勾人的长腿微微跷起，露出她绝美的锁骨和圆润光滑的肩。这两年她变得更加迷人，已然褪去少女的青涩，像妖媚火红的玫瑰。

头顶吊灯的光镀在她莹白的肌肤上，她就这样回视着南禹衡，美得如此不真切，像幻化出的妖精。

秦嫣抬起下巴傲睨着棋盘，语气坚定地说："你看，不一定非要动用司令才能端了敌人的军旗，只是最不起眼的工兵就能让敌人俯首投降。

"你善于用最小的代价博得最大的胜利，怎么这一次非要犯糊涂？"

南禹衡一巴掌直接拍在桌子上，对秦嫣低吼道："这件事到此为止，我不希望你再提。"

秦嫣缓缓坐直了身子，修长的脖颈让她看上去充满不容侵犯的坚毅，她对南禹衡说道："我已经决定了！"

南禹衡漆黑的眼眸里透着不可遏制的怒火，他猛地掀翻了棋盘，棋子应声而落，撒了一地。

他站起身绕过桌子走到秦嫣面前，一把将她从椅子上拎了起来，不容置喙地狠声道："从今天开始，你休想离开我视线半步！"

秦嫣没有动，她攀上南禹衡的身体，目光笃定地说："你认为能困得住我？"

南禹衡看着她油盐不进的模样，直接提起她的腰将她按在书桌上，眼里瞬间掀起滔天巨浪："不要挑战我的底线！"

南禹衡从来没有在秦嫣面前发过如此大的火，怒到直接砸了棋盘。

秦嫣光滑柔软的身体像握不住的水蛇，在南禹衡身下转了一圈，灵活地从他臂弯里钻了出去，冷冷地丢下一句："我不想跟你吵，你先冷静一下想想这件事的利弊，现在不是感情用事的时候。"

说完她拉开书房的门径直走了出去。

芬姨和南虞听见动静跑了上来，怔怔地看着秦嫣，芬姨担忧地问："你们……"

秦嫣平静地回视着她们："没事。"

她说完便回了房间。

然而秦嫣刚进房，南禹衡就冲了进来把门摔上，拉过她的手臂将她抵在墙上，目光浓烈地盯着她："我不许你离开我！"

秦嫣光洁的背贴在冰冷的墙壁上，她低下了头，柔软的黑发遮住脸颊，别恨离愁的情绪全部倾泻而出。她再次抬起头的时候，南禹衡看见她眼里布满猩红的血丝，强大的恨意穿过窗户，盘旋在这片漆黑的红枫山。

窗外轰的一声响雷，一直阴沉的天气终于随着道道骤亮的闪电开始爆发。

秦嫣忽然缠上南禹衡，挂在他的腰间勾着他脖子，声音清晰地说："我这一辈子都不会忘记他强行让我眼睁睁看着巷子里的场景，我对他说过，他打在你身上的拳头，总有一天我会一个不少地还给他！"

南禹衡刚准备说话，秦嫣没有给他任何机会，柔软的唇瓣立即封住了他的唇。四瓣碰撞间，压抑的情感一点即燃，南禹衡很快反客为主，浓烈的情绪像一把大火灼烧着彼此，她美好的样子尽收眼底，让南禹衡的呼吸越来越急促。

秦嫣双手紧紧抱着他，伏在他耳边，呼吸温凉中带着无法阻挡的狠劲：

"在家人最困难的时候，我爸永远都在我们背后，无论是对我妈、我哥，还是我。他倾注了一辈子的精力来捍卫这个家，钟藤在动我爸的那一刻，就是在往我心脏上插刀子。

"他一再侵扰我的家人，我对他，只有恨！除此之外不会有半点儿仁慈！"

南禹衡紧紧拥着她，声音里透着可怕的阴沉："你让我怎么放心？他对你……恐怕根本没有断了念想，把你放在他身边，秦嫣，你是在往我心上捅刀子！"

秦嫣抬起头，目光果敢，眼里晶莹的泪光透着坚毅，直接射进南禹衡的内心深处。

她对他说："你要相信我！我不求其他的，我只求你信我一次！你大胆地往前走，其他的障碍交给我。无论发生什么事，你必须要相信我！"

"你必须要相信我"这句话逐字从秦嫣的口中发出，带着无法阻拦的尖锐之势，疯狂地压向南禹衡。

这是秦嫣在黎明前对南禹衡最后的祈求。

她的眼泪从猩红的眼角滑落，带着决裂的血色，细密的吻将这个男人坚硬的心脏一点点儿融化，泪水和诀意混乱地交织在一起，各种情感同时爆发，让她浑身战栗，身体里的每一个细胞都在感受着这个她深爱的男人，这个早已刻在她骨髓里的男人，这个与她同生共死的男人。

她的肌肤莹白如雪，眼角含泪的笑容凄美得如高空的残月。

南禹衡将秦嫣紧紧拥住，如此热烈，又如此珍惜地对待她。

夜越来越深，像浓重的墨水遮蔽了月光，无尽的黑暗压向整片东海岸。几道惊雷过后，闪电照亮了大地，然后便是压抑的沉寂，气压越来越低，演绎着暴风雨前最后的宁静。

4

那天半夜，东海岸一半的人都知道南家出事了，住在周围的住户都听见南家闹出了很大的动静。后来外面下了大雨，雨势越来越汹涌，周围邻居也只在窗边张望，没有人出去，都不清楚南家到底发生了什么事。

直到有人看见年轻漂亮的南太太冒着雨气势汹汹地冲出南家，南家的芬姨拿着雨伞追了出来，但是没有人看见南禹衡。

芬姨焦急地用伞罩住秦嫣，死死拽着她，恳求道："你听芬姨的话，别走，大晚上的，下这么大雨你走去哪儿？禹衡哪里惹你不开心了我回去说他，实在不行你先回自己家。"

秦嫣却甩开芬姨，迎着大雨吼道："我跟他过不下去了！他眼里只有自己，让他抱着东海岸过日子吧，我再也不要回来了！"

说完，她便冲进大雨中，很快消失在街道尽头……

南家。

南虞见秦嫣头也不回地冲了出去，着急地跑上楼推开南禹衡的房间。彼时南禹衡坐在窗边，窗帘半开，手里拿着一瓶洋酒，对身后的动静充耳不闻，眼神幽暗地盯着楼下。

南虞一马当先走到南禹衡面前，拿过他的酒瓶说道："禹衡啊，你怎么回事啊？你赶紧去把秦嫣喊回来，这大半夜闹成这样也不嫌丢人！"

南禹衡缓缓侧眸，眼里的冷意让南虞哆嗦了一下，他狠狠夺回酒瓶对她说："出去。"

南虞还想劝，他再次低吼道："出去！"

从半山腰的山路到山脚下的隧道口，正常开车需要十几分钟，秦嫣放慢脚步走的话，差不多半个小时才能走下山。她缩着胳膊仰头看了看根本停不下来的大雨，忽然有点儿后悔刚才没有接过芬姨手上的伞。

怎么感觉自己现在的画风如此凄惨呢？她长长叹了声，凄惨就凄惨吧，从心理学上来讲，越把自己置于弱势，越能降低对方的防范。

南禹衡查到通达地产的事除了秦嫣没人知道，大概连此时此刻的钟藤都不会想到他百密一疏，漏了这么一个多年前埋下的隐患。

既然如此，秦嫣便干脆装傻充愣，将这个游戏继续玩下去。

秦嫣抱着胳膊行走在漆黑的山道上，如果她预料得不错，她离开南家的消息应该已经传到了钟藤耳中，他只要和东海岸的人稍稍核实，就会知道南家今夜闹得有多凶。

如果秦文毅的事情和越朗贸易真是他在背后捣鬼，那么他一定比任何人都关注南家的情况。

所以如果真的是钟藤所为，他定不会放过这个大好的机会。

秦嫣记得第一次见到钟藤是她刚上初一的时候，在她的记忆中，虽然和钟藤交集并不多，但几乎都是不太愉快的回忆。

她一直有些排斥钟藤，因为她总能在钟藤身上看到一股阴暗的力量，这种力量经年累月不断积累，变得越来越强大，带着摧毁世事的危险。

人总是向往美好的，没人愿意去接近这样一个随时会带来灾难的男人。

甚至就在此时此刻，秦嫣想到接下来她需要走到他身边，在最危险的地方寻找生机，她就感到担忧和畏怯。可是秦文毅还被关在暗无天日的牢房里，南禹衡大战在即，她不能也不允许自己在此时退缩分毫。

秦嫣虽然讨厌钟藤，但从心底深处来说，她并不愿意真的和他拼得你死我活。他们都是东海岸的孩子，曾在一片天空下长大，钟藤也曾在蒋华珠的盛怒下将她保下。也许可怜之人必有可恨之处，她同样也觉得钟藤的人生无比悲哀。

她不希望事情朝着最坏的方向发展，可有些事情根本无法选择，挑战来了，必须迎战，否则只能被人挫骨扬灰。

不知不觉中秦嫣走到了山脚下，心情也越来越复杂。她情愿钟藤不会赶过来，她情愿他根本不关注南家的事，她情愿她白淋了一场大雨，再走回家告诉南禹衡或许他们猜错了，或许这一切只是巧合。

可是当她看见那辆飞驰而来的蓝色轿跑时，她不得不承认，决战开始了。

蓝色轿跑里的人很快发现了秦嫣落寞的身影，车子径直朝她开来，停在马路边落下车窗。

车里的男人穿着灰色短袖衫探头看向秦嫣。她浑身被雨水淋湿，正在试图伸手拦出租车，印花的连衣裙贴在身上包裹着她玲珑的曲线，一头长发湿漉漉地挡住两颊。

钟藤按了两下喇叭秦嫣才朝他转过身，随后有些怔怔地看着他。

钟藤直接将副驾驶侧的车门打开，对她说道："上车。"

秦嫣没有动，也没有拉车门，脸上的神情像这场大雨一样，透着苍白的无力感。

虽然秦嫣的目的就是上这辆车，可如若她就这么拉开车门，一切都会显得不太寻常，所以她缓缓直起身子，眼神里透着倔强，不理会钟藤，再次抬起手臂拦车。

钟藤干脆打开驾驶座的车门撑起雨伞，大步来到秦嫣面前为她遮住大雨，对她说："这个点儿车少，你先上车。"说完他再次拉开副驾驶一侧的车门。

秦嫣侧过头，用疏离的目光注视着他。如今的钟藤虽然少了些年少时的盛气凌人，但眉宇间的英气和微斜向上的浓眉依然让他整个人透出几分霸道的压迫感。

钟藤高大的身躯和手上那把大伞完全将秦嫣罩住，他从小就看不得这个女人羸弱柔软的样子，就仿佛在他心口浇上了温热的水流，他连目光都柔了几分，偏偏嘴角勾起一丝邪性："看什么？不敢上？怕我吃了你？"

秦嫣收回视线，低着头跨上车，随后钟藤将副驾驶一侧的门关上，又绕回驾驶座。

上车后他将纸巾扔给秦嫣，打开暖气后问她："你打算去哪儿？"

秦嫣依然低着头，情绪低落地说："回学校。"

钟藤发动了车子开上路，而秦嫣只是默默地擦着胳膊和脸上的雨水，一言不发，神情萧索。

窗外夜色混沌，雨帘让整个街道都变得朦胧不清，仿佛是人心，隔着千山万水，无法窥见，也难以触碰。

钟藤看了她几眼，终是没忍住，问道："你家南理事呢？这么晚让你一个人在外面淋雨？"

秦嫣抬起头看向窗外，车内的气氛一时间有些凝结。钟藤碰了下左手边的按钮，后视镜自动调节了方向，他看见秦嫣眼里噙着泪水，目光闪烁地盯着窗外。

这么多年过去了，所有人都变了，每个人都戴着不同的面具，或圆滑世故，或故作成熟，或道貌岸然，这些年轻人不知道在什么时候变成他们曾经最讨厌的样子。

可当钟藤看见秦嫣柔美的脸上透着一如当年的那种近乎脆弱的美，时光在这一刻暂停了，她仿佛还是十几岁时惹人心疼的小女生。

钟藤的呼吸有些紊乱，他敲了敲车上的时间："看看几点了，你去学校睡大操场？"

秦嫣故意瞄了眼时间，声音低低地问："你怎么会来东海岸？"

钟藤语气平淡道："路过。"

秦嫣再次转过头看向窗外："你把我丢在学校对面的宾馆。"

钟藤斜了她一眼："身份证带了吗？"

他看出了她的窘迫，秦嫣手上没有包，身上的连衣裙连个口袋都没有。

在听到钟藤这样问后，秦嫣忽然绝望地把脸埋在双手间。

钟藤收回视线，猛地掉转方向，车子向着另一条路开去。

秦嫣很快抬起头问他："这条路不到南城大学。"

钟藤不咸不淡地回了句："你还有地方去吗？"

秦嫣不说话了，抬手抹掉眼里湿润的水汽。

钟藤抽了几张纸巾递给她，冷淡地问道："吵架了？"

秦嫣吸了吸鼻子，语气不算好："你能别提他了吗？"

钟藤果真没再提，车子直接开到市中心附近的一栋公寓楼下，公寓周围环境还算好，但也并不是什么高档住宅。

到了地下车库，钟藤将车子停好，对她说："下车。"

秦嫣有些犹豫地问："这是哪儿？"

钟藤挑起眉掠了她一眼："我家。"

说完，他绕到副驾驶一侧拉开车门，有些懒散地将手搭在车门上："要我请你才肯下车？大小姐。"

秦嫣有些犹豫地看着他，他轻蔑地冷笑道："我对已婚妇女不感兴趣，看在老校友的分上收留你一晚。你要对我不放心，也可以现在就走，不过外面流浪汉可多了。"

秦嫣瞪了他一眼，气鼓鼓地下了车。钟藤漫不经心地转着手上的车钥匙走入电梯，秦嫣跟在他后面出了电梯，钟藤打开门，在鞋柜里拿了一双男式拖鞋扔给她。

秦嫣脱掉湿漉漉的凉鞋，白嫩好看的小脚放在男士拖鞋里像小孩穿大人鞋一样滑稽。钟藤扫了眼，嘴角不自觉上扬，秦嫣局促地缩了缩脚趾，瞪着他："笑什么！"

他随口问道："你脚多大？"

"36码，有问题吗？"她怼道。

钟藤无所谓地笑了笑，没说话。

走进玄关，秦嫣才看清这里是个挑高的小二层，下面是宽敞的客厅，台阶上面是敞开的空间，抬头直接能看见上面放着一张大床。

她不禁有些疑惑地左右瞧了瞧："你家就一个房间吗？"

或者准确来说二楼那个都不像是房间，哪有房间连个门都没有，楼梯上去就是床，这设计也太奔放了。

钟藤淡淡地回道："我一个人住，要那么多房间干吗？打扫不烦啊？"

"……"无法反驳。

秦嫣没想到钟藤会住在这么普通的单身公寓里，想起钟家以前跟庄园一样豪华的房子，落差的确太大了。

正在她四处打量的同时，钟藤已经上了楼，在衣柜里翻找什么。

秦嫣站在客厅中央抬头问他："你怎么想起来住这儿啊？"

钟藤拿出衣服关上衣柜："上班方便，早晨能多睡会儿。"

"……"没毛病。

他走下楼将手中的衣服扔给秦嫣，抬手一指："浴室，柜子里应该有新毛巾，你自便，我下楼一趟。"

说完他当真就走了。秦嫣心说这人心也真够大的，也不怕她把他家搬了。

十几分钟后。

钟藤刚进门，秦嫣正好洗完从浴室出来，她甩了甩他的长袖子："你不能找件短袖给我吗？这都能唱大戏了。"

钟藤瞥了她一眼，宽大的衣服套在她身上的确很滑稽。他笑道："穿着吧，这里冷气足，晚上冻死你。"

接着他从门口的购物袋里拿出一双粉红色的拖鞋扔到她脚边。

秦嫣愣愣地看着脚下："你特地下楼买的？"

他神色淡淡地说："买烟，顺便。"

秦嫣没再说什么，换上新拖鞋，正好合脚。

她说了声"谢谢"，又甩着袖子问他："有吹风机吗？"

钟藤看向镜子下面的柜子："你在那里面找找，可能有，我不怎么用那东西。"

然而秦嫣打开矮柜，发现里面乱七八糟什么东西都有，她不禁吐槽道："你不能收拾下吗？"

钟藤满不在乎地说："哪有时间搞这些。"

秦嫣打开吹风机吹头，拿着吹风机的食指费力地翘着，上面裹着创可贴。钟藤见状出声问道："手怎么破了？"

秦嫣冷淡地回："酒瓶碎渣卡鞋底了，拔的时候划到了。"

钟藤轻笑一声，夺过吹风机，然后温热的暖风就吹到了她的头顶："笨蛋。"

秦嫣从来没有被除了南禹衡以外的男人如此对待过，钟藤高大的身躯就立在她面前，秦嫣的脑袋前就是他的腹部，四周萦绕着陌生的男性气息，这样的气氛让秦嫣浑身不自在。

她抢过吹风机转身走到旁边，丢下一句："我自己来。"

钟藤回身看着她清冷的背影，眼眸暗淡。这个女人对他向来这么冷淡，自己稍微对她好点儿，立马就跟炸毛一样。

他对她说："床给你睡。"

"不用，我不睡你床。"

钟藤没再劝她，转身说道："随便你。"

钟藤洗完澡出来时，秦嫣已经平躺在沙发上。钟藤家的沙发很大，秦嫣当床睡绰绰有余，只是沙发是皮质的，睡着冰凉凉的。

秦嫣听见了浴室开门的动静，但是她没睁眼，直到感觉面前投下一道阴影，她才缓缓掀起眼皮，就看见头发湿漉漉的钟藤穿着宽大的篮球服，好像还是高中时的那个叛逆小孩儿。

钟藤手里拿着个创可贴，指了指她的手："换一个吧。"

秦嫣没有动，依然躺着，默默抬起右手伸给他。钟藤扫了她一眼，而后小心翼翼地揭掉了那个进了水的创可贴。

于是，钟藤扔掉了南禹衡亲手为秦嫣贴的创可贴，换上了个新的。

随后他一言不发地关掉楼下的灯，又从二楼扔了一条毯子下来，正好盖到秦嫣的身上。

秦嫣抬起眼皮，钟藤的脸就在她的正上方，她拉过毯子对他说："头发不吹干再睡吗？小心偏头痛。"

结果钟藤直接在二楼甩了甩湿漉漉的短发，将水珠甩到了楼下，秦嫣立马用毯子挡住脸抓狂地大叫"幼稚鬼"，然后没好气地翻身不理他了。

夜里，秦嫣躺在沙发上翻来覆去睡不着，她看着手指上新换的创可贴，眉宇渐渐皱起。她不知道现在南禹衡有没有睡着，是不是也和她一样心烦意乱，也不知道爸爸有没有好好吃饭，里面潮气大不大，睡的床硬不硬。

太多事情压在她的胸口，让她根本无法入眠。

钟藤也毫无睡意。他到现在都有点儿不敢相信秦嫣就睡在他家。这么多年他接触过形形色色的女人，不是没有比秦嫣漂亮的，但年少时的悸动总是让他魂牵梦萦，就像是心病，每次想到她都会发作。

第二十一章 / 按兵不动

她回不去了。

1

第二天一早，秦嫣是被厨房的声音惊醒的。她睁开眼后才发现身上多了一层薄被，怪不得昨晚睡着前还有些冷意，后来就不冷了，原来是钟藤把被子抱了下来。

不远处油锅的声音响了半个小时了，秦嫣实在忍无可忍，光着脚从沙发上弹了起来瞪着钟藤。

钟藤家的厨房是开放式的，他很快察觉到秦嫣幽怨的眼神，手忙脚乱地说："起来了？马上吃早饭。"

秦嫣洗漱完出来后看见他还在灶台前忙碌，满头大汗的样子，有些无语地走了过去："大哥，你弄了有四十分钟了吧？请问一大早有必要吃得这么复杂吗？"

然而话音刚落，秦嫣就被眼前的画面弄蒙了——垃圾桶里一堆煎焦的鸡蛋，再看平底锅里，秦嫣忽然就笑了，她一把推开钟藤："到旁边待着去，你还真是太子爷，煎蛋开那么大火，是打算烧烤吗？"

钟藤无辜地杵在一边，看着秦嫣把锅里的鸡蛋倒掉，将锅洗干净后，火调小，倒油，打蛋，然后将头发在脑袋后面转了一圈，抽了根干净的筷子往头发里一插，头发便盘了上去，这连贯利落的动作看得钟藤啧啧称奇。

秦嫣先煮了饭，然后开始烧菜，家里顿时有了烟火气。土豆烧肉的香味飘到钟藤鼻间，他喉间滚动了一下，站起身走到灶台对面坐在椅子上，巴巴地盯着锅里。

秦嫣切好芦笋，回头看见他那个眼神，还真像个等饭吃的大小孩儿。

她将土豆烧肉端到他面前，又将筷子递给他："你饿就先吃吧。"

钟藤低着头接过筷子,夹了一块肉放进嘴里。

秦嫣抬眸扫了他一眼,只见他又夹了一块土豆,一副真的饿惨了的模样。

秦嫣心里五味杂陈。如果这一切真是钟藤所为,他将她的爸爸弄入狱了,怎么还能心安理得吃着她做的菜?她不知道钟藤此时此刻在想什么,不过她被各种情绪搅得难受。

秦嫣没有掩饰,眼圈泛红地又炒了一个芦笋,然后将饭盛了出来。直到这时,钟藤才冷不丁地问了句:"你爸怎么了?"

秦嫣将锅放在水池里洗着,长发垂在颊边,没吭声。

"说话。"钟藤再次开了口。

秦嫣忽然关了水,将抹布往台面一拍,抬起头眼圈红红地盯着他:"和你说有什么用?"

钟藤右手拿着碗,低下头错开她的视线:"你不说怎么知道有没有用?"

秦嫣几步走到他面前,双手撑在台面上目光通红:"好,我跟你说!我爸被抓了,已经有阵子了,你能把他弄出来吗?能吗?"

钟藤低着头,夹了一块土豆默默放进嘴里,秦嫣立在他的对面,浑身笼罩着一层厚重的阴霾,带着无边的压抑,让整个室内的气压都降到让人无法呼吸的临界点。

钟藤在她的注视下一口口地吃着饭菜,直到碗里的饭吃光了,他才抬起头放下碗筷看着她,细长的眼像凶残的美洲豹,冰凉得没有任何温度,他淡淡地说:"我为什么要帮你?因为你的一顿饭?"

几分钟的对峙在钟藤的反问下结束了。秦嫣缓缓直起身子,钟藤再次漫不经心地说:"干吗不去求你男人?他不是本事滔天吗?商会理事长的位子都能坐稳,还有什么事办不到?"

秦嫣的身体忽然僵住,双拳紧握贴在身侧。钟藤点燃一根烟,屋内萦绕着淡淡的烟草味。

秦嫣声音沉得像低谷里的回响:"我还能怎么求?他都不愿意为了我拉下脸去找南家人帮忙,我求下去还有什么意义?"

钟藤慢悠悠地吐出一口烟:"这就是你们闹翻的原因?"

秦嫣没说话。

钟藤抬起头深吸了一口烟,那双狭长的眸子隐在烟雾之中,朦胧不清。

2

通过几天的相处,秦嫣发现钟藤这个人挺颠覆她的想象。以前她总觉得钟藤挺臭屁的，现在才发现他其实挺无聊的，甚至有点儿幼稚，比如经常深更半夜睡不着爬起来打游戏，一边打一边骂骂咧咧，恨不得钻进电脑里把对方打一顿。

虽然从小到大所有人都说钟藤这个人很暴躁，脾气不好，但秦嫣总是吐槽他是生活白痴、低能儿、手残，他却从来没有发过火，反而挺享受的。

后来秦嫣总结他这个人估计是太寂寞了，一个大男人常年独居，能被人骂都挺高兴的，也是奇葩。

自从秦嫣来了后，家里越来越有烟火气息，灶台永远一尘不染，冰箱里的东西整整齐齐，也不会再有过期食品，就连吧台上都被秦嫣放上了一个小花瓶。

秦嫣的确让钟藤感受到从未有过的温馨，可每当这时，他又会情不自禁地想，她在南禹衡身边是不是也这样，把南禹衡的生活照料得井井有条，无微不至。

每每想到这里，钟藤便堵得慌。

几天后的一个晚上，钟藤忽然打了个电话给秦嫣，说他车钥匙弄丢了，让秦嫣在他床头抽屉里找备用钥匙送给他。

秦嫣找到钥匙后打车前往钟藤发给她的地址，那是位于南城市中心一家私密性极高的会所，会所名字叫九尊，顶楼是露天酒吧，也是南城的富家子弟、权贵豪绅的日常聚集地。

秦嫣和接待的经理说来找钟藤，那个一身正装的经理立马对秦嫣客客气气的，亲自将她带到顶楼。

今天九尊的顶楼被钟藤包了场，从前在景仁关系较好的兄弟们难得聚在一起。当初那帮跟着钟藤混的兄弟，有好些已经成了南城叫得上名的老板，还有一些如今在钟藤手下的公司担任要职。

当电梯门打开，身着藏蓝色复古长裙的秦嫣走入大家的视野中时，所有人都惊了。

秦嫣万万没想到钟藤今天的这个局，来的人居然都是景仁的老相识，如果她事先知道，这把车钥匙她是不可能送来的。

看着钟藤眼神微眯地坐在最里面睨着她的样子，秦嫣便清楚，他是故意的，故意告诉所有人，她秦嫣现在和他沾着一星半点儿的关系，他在挑衅她，或者明目张胆地挑衅南禹衡。

秦嫣在愣了几秒后便踏着高跟鞋径直朝钟藤走去。

二刚发出一声惊叹，不可置信地盯着钟藤："老大，你说家里送钥匙来，说的就是秦嫣？"

　　钟藤面对七嘴八舌的逼问，淡漠地弹了弹烟灰，也就是这几句话之间，秦嫣已经走到了近前。

　　想当年，她一手长笛一手大提琴惊艳了整个景仁，自那以后秦嫣就成了很多人可望而不可即的存在。

　　上学时这群人是景仁最令人头疼的男孩，秦嫣那样的好学生在这群大男孩眼里就像完美无瑕的璞玉，谁都欣赏，但谁都知道这样优秀的女孩儿不会看他们一眼。

　　时光匆匆而过，当年那个让所有人惊艳的小女生蜕变成一个落落大方的美人，正一步步朝他们走来，仿佛从另一个圣洁的高台踏步而来，走入他们这个混浊不堪的圈子，让所有人都有些震惊。

　　有男人立马站起身对她说："哟，秦嫣啊，坐这儿坐这儿。"

　　还有人忙着给她倒酒。

　　因为秦嫣的到来，整个场子都热络起来。

　　这些男人身边的妹子不知道秦嫣是什么来头，纷纷打量着她。

　　秦嫣没有那些女人脸上的浓妆艳抹，也没有她们展露无遗的妖娆曲线，却让这些女人敏感地嗅到了一丝威胁的气息。秦嫣所受的教育和她的成长环境让她在众多美女之中是那么与众不同。

　　她没有去接那些酒，也没有理会那些寒暄，只是走到桌边将车钥匙往钟藤面前一扔，冷冷地丢下句："我走了。"

　　气氛瞬间有些尴尬，所有人转头去看钟藤。

　　钟藤望着那道冷漠的背影狠狠按灭了烟站起身，秦嫣刚走到电梯口，钟藤就一把拉住她，反手将她圈在天台的玻璃围栏上。

　　这里是二十八楼，可以俯瞰整个南城的夜景，下面是星星点点的车水马龙，绚丽糜烂。

　　整个天台上的人都停止了交谈，愕然地盯着他们。

　　那些压根儿不认识秦嫣的人更是震惊无比，因为他们从来没有看过钟藤对哪个女人流露出这种眼神，一种近乎疯狂的眼神，好似轻轻一推，秦嫣就会从二十八楼坠落。

　　所有人大气都不敢喘，和钟藤混过的兄弟都知道他这个人有多疯，他要真的发起狂来，什么事都干得出来。

　　秦嫣的半个身子已经探出了围栏外，可她并没有畏惧，反而眼神平静地盯着他："喝了多少？"

钟藤眼里透出一抹渴望的猩红色："很多。"

秦嫣瞳孔中浮上一层怒意，侧头扫了眼旁边的人，转而语气冰冷地说："有意思吗，钟藤？不给我留路了？"

钟藤的呼吸有些急促，不知道是不是喝了酒的缘故，他整个人变得极具攻击性。他朝秦嫣贴近一步，居高临下盯着她："你不是跟南禹衡闹掰了吗？怎么，你还怕传出去？你住在我那儿这么长时间他都没来找你，你还打算跟他和好？"

秦嫣紧紧咬了下牙关，抬起头恶狠狠地盯着他："这是两码事！我和他还存在婚姻关系，你这样搞我，是想把我往火坑里推！"

"那就离开他啊！"钟藤几乎咆哮出声，震耳的吼声让整个天台瞬间鸦雀无声。

钟藤无尽的羞辱终于让秦嫣忍无可忍，啪的一声，响亮的巴掌甩在钟藤的脸上。

他根本没有顾及她，今天把她喊过来就是在逼她离开南禹衡。

秦嫣今天一旦出现，不管她和钟藤是什么关系，在所有人眼中他们便只有一种关系。

以南禹衡如今的身份地位，在舆论的压迫下，最终会把她逼向无法回头的位置，这就是钟藤今天喊她来的目的。

钟藤被她这一巴掌打蒙了，他到这一刻才反应过来，他或许能用外界的影响力把秦嫣困在自己身边，但同时，他也毁了她的名声，东海岸女人最为在乎的名声，他十年前都没忍心毁掉的她的名声。

他突然意识到自己干了件多么荒唐的事，荒唐到面前这个女人已经完全不顾身旁的目光和他撕破脸。

钟藤忽然紧张地将秦嫣圈在臂弯间，对她说："离开他，你爸的事我来想办法。"

秦嫣狠狠推开他，用只有他们才能听见的声音狠声道："你把我当什么？"

这句话刺痛了钟藤的心脏。

秦嫣按下电梯按钮，头也不回地走了。钟藤慌乱得不知所措。电梯迟迟上不来，他便冲进安全通道，拼命往楼下冲。

3

夜晚的南城霓虹闪烁，群楼林立，高耸入云，像巨大的牢笼将人困在这座古老的城市里,朦胧的夜色下连街边的路灯都显得那么摇摇欲坠,脆弱不堪。

钟藤奔跑在人群中,像个迷路的人,不停地寻找那抹身影。他突然意识到他干了一件会让他肠子悔青的事,他践踏了秦嫣的自尊,把她推向了深渊。

他是想让南禹衡身败名裂,想让他名誉扫地,更想让他抬不起头做人,但他没有想过伤害秦嫣。

他忽然体会到一种似曾相识的感觉,曾经钟昌耀一脚蹬开他,他妈不顾他的哭闹将他丢进冰冷的库房,他哥趁家里没人将他扔进两米多深的泳池任由他自生自灭。

蒋华珠临终前怨恨的眼神,钟洋和钟昌耀戴上手铐彻底离开他的那一刻。

这种被人抛弃的感觉,再次排山倒海地朝他袭来。

所有的一切连同南城这低得可怕的气压一同压向他,钟藤站在广场最中央觉得天旋地转,他的世界摇摇欲坠,混沌中只有他一个人,从来就只有他一个人。

然而就在这时,他看见了她,就在喷泉池的另一头,她捂着胸口蹲在地上,表情痛苦不堪。

钟藤发了疯地朝她跑了过去,将秦嫣一把拉了起来紧紧拥着她,像好不容易抓住了救命稻草,就这样死死地抱着她,双眼布满血丝,声音哽咽甚至有些祈求地说:"我们回家好不好?我饿了,外面做的难吃死了……"

秦嫣拼命地拍打他,喊道:"放开我!快点儿!我呼吸不过来了!"

钟藤赶紧松开她,果不其然看见她脸色白得吓人,不停地捶打着胸口,唇上一点儿血色都没有。他惊慌地问:"你哪里不舒服?"

秦嫣摇摇头,气息虚弱地说:"不知道,突然头晕,呼吸困难。"

她从来没有这样过,她的身体素质一直很好,不知道为什么突然胸口这么难受。

"去医院,我带你去医院!"钟藤手忙脚乱地跑到路边拦车。

秦嫣拽住他:"不用去医院,可能有点儿贫血,这会儿好多了,你别闹我,让我缓缓。"

于是钟藤小心翼翼地和她拉开几步距离,让她呼吸顺畅。秦嫣坐在喷泉池边大口大口地喘着气,好半天脸色才恢复了一点儿。

她抬头看了眼钟藤,他跟犯了错的大男孩儿一样,还满脸的酒意。秦嫣突然就来了火,对他凶道:"你还是十八岁吗?整天就知道跟狐朋狗友混在一起!你做事能不能过过脑子?"

钟藤咬了咬牙,声音很低地说:"以后不跟他们来往了。"

秦嫣懒得跟他说话，干脆站起身："回去吧，这个地方打不到车，坐地铁。"

市中心上车的人很多，地铁里十分拥挤，钟藤看见秦嫣的脸色又开始不对劲了，他霸道地挤开一个哥们儿，把秦嫣拉到车门处，用身体圈出一块地方，而后担忧地问她："你还好吧？"

秦嫣瞪了他一眼："不好，被你气的！"

钟藤有些无赖地笑道："刚才我让你离开他，你要真答应了，我就要害怕了。"

秦嫣凉凉地看着他，他自顾自地说道："怕你对我'图谋不轨'。"

秦嫣背过身对着车门外不理他，钟藤干脆双臂撑在车门两边，低哑的声音落在秦嫣的身后："今天的事我没想那么多，你要是怕外面人嚼舌根，你跟他离了，我娶你，谁敢说你半句我撕烂那人的嘴，说到做到！"他大概真的喝了不少酒，又开始说胡话了。

透过地铁的玻璃，秦嫣看着钟藤执拗的眼神，忽然没来由的一阵心绞痛。她默默捂住心脏的位置，声音很轻地说："我爸公司出事了，他们公司的客户大量流向另一家同行公司，时间点太巧了，我不知道爸爸养老院出事和那家公司有没有关系，我能想到的是先逼退那家公司，看看能不能找到办法，但是南禹衡手上只有一些其他公司的股份，没有实际经营权，根本拿那家公司没办法。"

钟藤想到东海岸那些男人对秦嫣的非议，眼里刮过一阵劲风，像苍野的鹰，牢牢盯着玻璃倒映中的秦嫣："他真是空手套白狼。"

一句莫名其妙的话，却让秦嫣心头紧了紧。

钟藤从那天晚上接到她开始，就在不停打探南禹衡的情况，他最终的目的就是探清南禹衡的虚实，而秦嫣来到他身边的目的恰是不停放给他烟幕弹，为南禹衡争取最大的机会和最宽裕的时间。

她不敢保证钟藤完完全全相信她说的话，可最起码她待在他身边，多多少少能掌握他的动向。

果然，晚上秦嫣出现在钟藤派对上的事，仅一个晚上就已经传遍了景仁的同学圈，甚至整个东海岸，这一爆炸性的八卦就像瘟疫一样不停地蔓延。

第二天，秦嫣还在睡梦中就接到了陆凡的电话，她在手机那头惊吼道："怎么回事啊？我就睡了一觉，怎么现在全世界都说你和钟藤好上了？你快把我骂醒！"

由于陆凡的声音实在太大了，导致坐在餐桌上的钟藤都投来了异样的眼光。

秦嫣很平静地告诉她："没有那么夸张，但我的确暂时住在钟藤这里，你知道就行了，别外传。"

在陆凡一阵惊叫连连中，秦嫣只是平淡地回了几句便挂了电话，然后抬头瞪了眼钟藤："托你的福，现在所有人都知道了，我只祈祷我哥别下午坐飞机回来找我，幸亏我爸现在消息闭塞。"

见钟藤一副满不在乎的样子，秦嫣又怒了："你是怎么想的？就不怕外面人说三道四影响你名声吗？"

钟藤笑得人畜无害，一副天不怕地不怕的调调："我有什么名声？"

"疯子！"秦嫣走进浴室换了身衣服，而后说要去面试。钟藤跟到门口问她去哪儿，要送她。

两人走进电梯，汽车刚开出地下车库就看见一辆黑色轿车横在那儿，车门边站着一个男人，一袭深黑色的衬衫西裤，深沉而克制。

钟藤一脚刹车将蓝色轿跑停了下来，嘴角微斜："南禹衡！"

秦嫣看见南禹衡的那一刻，心脏剧烈跳动，眼里的光也跟着搅动。隔着一扇玻璃，他立在车子旁边，她坐在副驾驶座，不过半个月没见，他们之间仿佛隔着群山万壑。

钟藤干脆将车子熄火，掏出一根烟悠悠说道："我等你。"

秦嫣转头看了钟藤一眼，他细长的眼睛微微眯了起来，有些玩味地说："还是你坐着，我下去帮你处理？"

秦嫣默不作声地拉开车门走向南禹衡。南禹衡没有看她，而是盯着她身后的钟藤。钟藤落下车窗，挑衅地吐出烟雾，似笑非笑地迎上南禹衡的目光。

直到秦嫣走到南禹衡近前，他才收回视线落在她的脸上。秦嫣的脸色并不好，有些苍白的样子，身上穿着南禹衡从没见过的衣服，一切都变得有些陌生，南禹衡漆黑的眼底溅起丝丝阴沉。

他拉开车门，秦嫣坐了上去，一个坐在后排，一个坐在驾驶座。车门关上，阻隔了外面的空气，密闭的环境中，两人只能通过倒视镜凝望着彼此，眼里涌动着惊涛骇浪般的情绪，然而这一切只能化为深深的对视。

秦嫣声音有些低沉地说："我被他阴了。我也不知道他昨晚发什么疯，现在情况已经不受控制了。我的手机是他给我的，保险起见，我暂时不能跟我哥联系，你稳住我哥那边，逼不得已的话，我们先离婚吧。"

南禹衡骤然回头，深邃的黑眸落在她身上，像带电的刀子让秦嫣浑身战栗，他试图透过她苍白的脸看穿她："你说什么？"

秦嫣撇开视线，不忍看他："现在闹成这样，外面都知道了，我怕对你有影响，也怕他会起疑心。我到他家的第二天早晨，他就把家里的资料转移了，我到现在连单独碰他电脑的机会都没有，他家的保险箱好像也被清空了。

"他根本没有对我放下戒心，我们把钟藤想得太简单了，他很有可能在将计就计，他把我留下来，我怀疑他是想在关键的时候拿我牵制你，所以我的速度必须要赶在你全面收购之前，这样才能顺利脱身。

"时间紧迫，钟藤不是傻子。"

南禹衡的脸颊似乎更加消瘦了一些，整个轮廓变得锋利俊挺，眼里的光却暗沉得如苍茫无边的宇宙，向秦嫣压了过来："你想怎么做？"

秦嫣对上他极具压迫感的目光，低下头死死咬着唇："我会尽快想办法动手，再给我一个月好吗？"

南禹衡一拳捶在方向盘上："一个月！你让我怎么忍？"

汽车发出刺耳的鸣笛声，钟藤侧过头看着车中的两人，面色一个比一个难看。他眼里布着冷淡的光，面无表情地盯着他们。

秦嫣干脆直接拉开后座的车门走了出去，南禹衡也下了车，对她吼道："秦嫣！"

钟藤扔掉了烟，下车看着他们俩。

秦嫣刚走到钟藤的车门边，南禹衡便追了上来，可还没碰到她的手便被她一把甩开。她回过身决绝地说："没什么好谈的了，我决定了！我从东海岸走的那天晚上就对你说过了。"

四周起了狂风，吹起了三人的衣角，就连原本火辣的太阳都被大片乌云遮住阳光。

钟藤一步步走到秦嫣的面前，毫不示弱地平视着南禹衡，随后嘴角浮起一丝轻蔑的笑容，拉开副驾驶侧的车门。

秦嫣没再看南禹衡一眼，转身上了车。钟藤漫不经心地关上车门，立在南禹衡面前，眼里挂着志在必得的笑容："你的女人，你的东海岸，你现在的位子，都会是我的。"

南禹衡抬起拳头砸在了钟藤的脸上，钟藤也毫不客气弯起膝盖狠狠给了他一下，随即他上了车直接发动了车子。南禹衡跟跄了一下，靠在身后的车门上死死盯着秦嫣，秦嫣的手刚碰上门把手，钟藤狠戾的声音便在她耳边响起："你确定要下车？"

这句话狠狠捅进秦嫣的心脏，她扶住门的手越收越紧，最后冷漠地转过头："走吧。"

钟藤一脚油门，车子疯狂地朝着街道驶去，南禹衡的身影在倒车镜里越来越小，直到完完全全地消失。

秦嫣这才发现自己的手心全是汗，一颗心都在血淋淋地颤抖。

4

直到车子开出街道，钟藤不顾限速疯狂地奔驰，将车子开到空旷无人的湖边才猛地刹车。

他的颧骨微肿，让他看上去更加凶残。他眼神发直地盯着前方，声音透着冰寒刺骨的冷意："秦嫣，要是有一天让我发现你骗我，我不会放过你！"

秦嫣冷哼一声："骗你什么？你能保证你对我完全坦诚吗？"

钟藤忽然侧过身子向她压来，顺手放下椅背，将她死死困在座椅上。

秦嫣眼角的泪无声地滑落在湿润的唇瓣上，脆弱的美惊心动魄。在梦中，他曾无数次吻上那滴泪，当年浇灭的熊熊烈火终还是疯狂地燃烧了起来。

他对她说等她长大，为了这一天，他等了太长时间，忍耐太多时日，终于到了忍无可忍的时候。

秦嫣拼命挣扎，两人在车中扭打起来，这个女人的劲儿比钟藤想象中还要大，像一只完全控制不了的小猎豹。

他发怒地一口咬在她修长白皙的脖颈上，秦嫣只感觉到剧烈的刺痛，脖子上的血管仿佛都要被钟藤咬裂。秦嫣的瞳孔急剧收缩，身体突然弓起，用身体奋力将钟藤猛地甩回驾驶座，旋即手肘弯起对着他的胸口就是狠狠一下，想到他对南禹衡下的狠手，紧接着又是一下。

随后她拉开车门扬长而去……

当秦嫣出现在陆凡面前时，陆凡吓了一跳，秦嫣衣服和头发都很凌乱，脖子上还有一个清晰无比、带血的牙印。陆凡吓得脸都白了，问她到底怎么弄的，当听说是钟藤干的后，气得在咖啡店里直接砸了杯子，骂道："畜生！这人就是个没人性的畜生！当年小小的事情你忘了吗？你还跟他鬼混干吗？"

秦嫣看着陆凡手边的烟皱起眉："什么时候开始抽烟了？"

陆凡将烟收进口袋里："创作需要灵感。"

秦嫣有些烦躁地说："给我一根。"

陆凡诧异地盯着她："你不会吧？"

"快点。"

陆凡扔给她一根，然后便到楼上的商场帮秦嫣买了身衣服，回来叹了口气把衣服递给秦嫣："不适合的事情就不要逼自己去做，去把衣服换了。"

秦嫣站起身丢下句："人都有逼不得已的时候，比如小小离开东海岸，比如你必须结这个婚，比如我哥只能背井离乡，比如……生存和死亡。"

她的身影消失在走廊尽头。陆凡认识的秦嫣善解人意，识大体，她的身上有着东海岸女人的高贵和体面，也有被逼到绝境时的坚毅和决绝。

等秦嫣换上新衣服出来时，陆凡对她说："你手机一直在响。"

秦嫣看了眼，是钟藤打来的。她的目光刚落到屏幕上，一连串的信息就飞了过来。

一直到夜幕降临，她的手机还剩百分之一的电量，屏幕上显示有四十多个未接来电和三十几条信息，秦嫣这才拿起手机回了条：马上回去了。

回完信息手机自动关机。陆凡开车将她送到公寓楼下，一再叮嘱她有事记得打电话给她。

秦嫣淡淡地说："放心，死不了。"

陆凡看着她走到大楼前停顿了下，深吸一口气才大步迈了进去，始终有隐隐的担忧。

秦嫣刷开门回到了公寓，整个屋子里弥漫着一股烧焦的味道。她换了鞋子皱了皱眉，看见钟藤系着围裙，平板电脑立在一边显示着食谱，他正笨手笨脚地切着菜。

看见秦嫣进了家门，钟藤抬起头刚想说话，张了张口，又一脸不知所措的样子，一米八几的人，像个犯了错的大男孩，眼神随着秦嫣的身影从门口移到客厅。

秦嫣没有搭理他，直接走到沙发前背对着他，随意拨弄着遥控器换着电视频道，之后定格在一档无聊的家庭伦理剧上。

身后不时传来油锅的声音，秦嫣不用回头也知道那人肯定狼狈不堪，但是她今天心情极差，所以不打算帮他。

四十分钟过去后，油烟机的声音才停止，钟藤将菜端上桌，饭盛好，然后走到沙发边伸手碰了碰她。

秦嫣收回手当他是空气，眼神始终落在电视机上，钟藤干脆就地坐在地毯上，长腿没地方放，就那样难受地蜷着。他的头发短短的，又很硬，总是立在头顶，像一只炸毛的狮子，他身上套着宽宽大大的灰色短袖T恤，让他平添几分少年感。钟藤的眼睛不算大，有些细长，向下撇着时，眼神有点儿像可怜巴巴的大金毛。

他又往沙发面前凑了凑，眼神发直地看着秦嫣侧颈处那触目惊心的牙印，声音透着几许小心和试探："还疼吗？"

秦嫣侧过视线凉凉地睨着他："你是吸血鬼？"

他低下头，一脸无赖地笑着，毫无攻击性，一副没心没肺的样子，和上午他那副凶残的模样判若两人。

从前秦嫣几乎没有见过钟藤笑，他那时在景仁整天一副吃人的表情，所到之处，所有人都提心吊胆。

然而最近这几天钟藤却总是给秦嫣一种迷惘的错觉，就好像她之前认识的钟藤只是他刻意展露在外人面前的躯壳。

钟藤见她盯着自己，伸手拉了拉她的袖子："吃饭吧，要凉了。"

秦嫣不打算跟自己的胃过不去，她冷淡地从沙发上站起身，径直走向餐桌。

钟藤见她一直不说话，也清楚白天的事彻底把她惹毛了，于是走过去帮她拉开椅子。

秦嫣冷冷地斜了钟藤一眼，钟藤立马退到了旁边。

吃完饭，秦嫣将碗一推，又窝在沙发上。钟藤乖乖地把碗筷洗了，然后抱着一个透明的盒子走到沙发边蜷坐在地毯上，指着秦嫣的脖子："帮你贴个创可贴？"

秦嫣盘腿坐在沙发上低头看着他手里的医药盒，指着一个喷雾："你应该先帮我消毒，我怕得狂犬病。"

钟藤绷着脸，一脸的不痛快，还偏偏不敢发作。

秦嫣侧着脖子，钟藤撕开创可贴，小心翼翼地贴住伤口，看着秦嫣白净细腻的脖子上如此深的牙印，钟藤的手微微颤了下，连呼吸都变得粗重："我经常有种控制不住自己的感觉。"

屋内很安静，只余两人的呼吸声，秦嫣的目光看向窗外，漆黑的夜如期而至，月光倾泻在窗边，打碎了镜面的柔和，仿佛折射出细小而尖锐的光来。

秦嫣声音有些空洞地说："所以当年那样对小小，也是控制不住吗？"

钟藤的手猛然僵住，他轻轻按了按创可贴，然后重新坐回地毯上，表情透着从未有过的严肃："她？我没碰过她。"

秦嫣倏地转过头拧起眉，说："没碰她？那你把她喊上去看月亮？看两个小时？"

钟藤脸上突然又布满戾气，目光透着忍耐："我没必要撒谎。"

秦嫣看着他阴鸷的双眼，忽然怔住了。如果钟藤真的没有对范筱萧动手，为什么当年范筱萧会离开东海岸出国？

月光照亮深色墙纸上的不规则图案，似一幅捉摸不透的泼墨画，就像人性，复杂难懂。

可忽然之间，秦嫣想明白了，她全明白了。她明白了钟藤的用意和范筱萧的诀别。

他根本就不需要动范筱萧，在范筱萧当着那么多人的面走进那楼栋和钟藤独处时，她就已经毁了。

即使她告诉所有人，她只是和钟藤看月亮，也没有人会相信。在东海岸这个地方，你好的时候，你说的脏话都是香的；当你落魄时，你身上哪怕再小的污点都能被放大百倍千倍。

没有人能躲过东海岸的刀子，范筱萧不是不想解释，而是她知道钟藤的目的，所以她的解释在东海岸一文不值。

钟藤能轻易毁掉范筱萧，就像他现在能轻易毁掉秦嫣一样，当秦嫣出现在他的派对上时，钟藤已经断了她回东海岸的路，无论以后怎样，她都回不去了。

第二十二章 / 目的达成

出来混，迟早要还的。

1

在他们的"关系"彻底曝光后，秦嫣干脆也不藏着掖着了，钟藤有时候出席外面的活动会光明正大地带着她，秦嫣甚至偶尔还会陪钟藤去集团开会，外人都传她和南禹衡早就秘密离婚了。

虽然让人唏嘘，但大多数人又表示理解，毕竟之前南禹衡的身体一直不大好的样子，秦嫣这么年轻跟着他，多少也是有些委屈了。

所以没多久，秦嫣脑中就编织出一张复杂的关系网，她能过目不忘地记住钟藤身边出现过的任何一个人，通过零散的信息拼凑出对方的身份、来历以及和钟藤的交情深浅。

虽然钟藤从来不会让秦嫣去他开会的地方，也不会在他不在时让秦嫣进他办公室，看似秦嫣根本没有任何机会窥探到什么核心机密，不过南禹衡只让秦嫣把她接触到的信息告诉他，那么他就一定有他的办法。

那晚司机开着车，他们坐在后排，秦嫣看着窗外微微拧着眉，心事重重的样子。钟藤知道她白天去找了律师谈秦文毅的案子，虽然晚上还是答应陪他出来应酬，不过总是心不在焉。

直到开了一半路程，钟藤忍不住开了口："你上次说你爸的那个同行公司，我可以帮你把那家公司盘下来，但我又不是做慈善的，你总得给我个正大光明帮你的理由吧。"

秦嫣转过头再次看向窗外："我爸的事还不知道怎么说，我没心情和你谈这些。"

司机将他们送到公寓楼下，秦嫣刚准备进大楼，被钟藤一把拉住。她转过身看着他，他似乎经过一路的思想挣扎，开口对她说："好，那我先盘下

306

那家公司，尽我最大的努力，我只要你一个准信。"

秦嫣抬头望着他，苍白的月色照进他的瞳孔里，朦胧得不真实，让秦嫣看不清这双眼里几分真几分假。

夜风拂过她温婉的长发，良久，她才吐出几个字："我考虑下。"

秦嫣清楚，钟藤在逼她离婚，在逼她彻底和南禹衡断绝关系，他用了最大的诱饵来逼她。

秦嫣忽然感觉胸口又有那种闷闷的感觉，她扶着电梯里的扶手开始大口喘气，钟藤问她："怎么了？"

她拍了拍胸口说："你没觉得电梯里很闷吗？"

"没觉得啊。"

出了电梯，钟藤掏门卡，秦嫣感觉整个大脑都在发胀，一种极其难受的感觉不停从胸口涌上来。

钟藤刚打开门，她就推开他冲进厕所关上门。

钟藤被秦嫣的样子吓到了，他站在浴室门口不停敲门："你怎么了？"

秦嫣拼命捶打着自己的胸口，可依然无法抑制那种想干呕的冲动，她努力憋住，不让自己发出一丁点儿声音，眼里的泪溢了出来，她看着镜子中自己苍白的脸，死死咬着唇，害怕得全身发抖。

十分钟后，秦嫣打开门，钟藤就立在门口。他单手撑着门，面色发紧，目光幽暗地盯着她："怎么回事？"

秦嫣打开他的手云淡风轻地说："女人都会有的那几天。"

秦嫣走到沙发前，身后没有动静。她回过身对上钟藤，他依然站在原地，神色幽深地锁在她身上，冷不丁地说了句："你刚才吐了？"

秦嫣微微皱起眉："不能少抽点儿烟？整天让我吸二手烟。"

钟藤看了看手中刚点燃的烟，默不作声地灭了。

自从那晚以后，秦嫣总是感觉身体软绵绵的，一到下午就想睡觉，整个人越来越没精神。

钟藤干脆推掉了一些工作抽时间陪她，虽然秦嫣根本不需要他陪。大多时候，他们即使在家也是各忙各的，饶是这样，也能让钟藤感到心安。

这个世界上，秦嫣是第一个让钟藤感到安逸舒适的人，仿佛只要她在身边，他失控暴躁的脾气就会得到缓解，他喜欢偷偷看她，看她认真看书的样子，看她发丝垂在脸颊做菜的样子，看她蜷在沙发上睡觉的样子。

秦嫣每次躺在沙发都让人感觉柔软娇小，她睡觉不会乱动，可是会窝成一团，睡着了还会皱着眉，每每看得钟藤心疼得想把她抱在怀里，可自从上次那件事后，他不敢再对她做什么，他怕……她会离开他。

几天后，钟藤让秦嫣陪他参加一个晚宴，秦嫣不太想去，可钟藤说那个晚宴很正式，他需要一个女伴，别的女人没有资格站在他身边。

钟藤早有准备，连晚宴的礼服都为她准备好了，是一条纯黑色的长裙。

秦嫣拗不过他。她很少穿纯黑色礼服，当她换上身后，钟藤的神情完全变了。那件优雅性感的黑色礼服仿佛是为秦嫣量身定做的，右边一道长长的开衩延伸到膝盖上方，行走间白皙迷人的曲线仿若黑夜中绽放的诱惑。

秦嫣不太自在地说："这件会不会有点儿暴露啊？"

钟藤眼里透着掩饰不住的火热："你能驾驭。"

秦嫣将长发挽起，露出优美精致的锁骨，虽然脖子上没有华贵的珠宝，可当她和钟藤出现在那个慈善晚宴时，很多人的目光都朝他们投来。

钟藤剑眉英挺，五官立体，一袭浅灰色西装得体挺拔，而他身旁的女人，气场完全不输给他。他们刚踏入晚宴厅，秦嫣便看见了很多熟悉的面孔，东岸商会里的一些大佬，南城很多有头有脸的人物，端木翊……还有南禹衡。

秦嫣终于知道钟藤非要拉她来的目的了，他想告诉所有人他们的关系，在秦嫣说会考虑以后，他就迫不及待地想公开他们的关系，坐实那些谣言。

秦嫣的目光落在南禹衡身上。他穿着黑色的双排扣西装，沉稳的气场纵使在这么多人中依然出挑醒目。隔着很远的距离，两人视线交会。

一时间，很多人都将目光在南禹衡和他们俩之间徘徊，窃窃私语的声音此起彼伏。

钟藤此时弯起手臂侧头盯着秦嫣，无数道目光扫视而来，秦嫣的手腕突然就像灌了铅一样沉重，可她最终还是垂下眼帘，将纤细的手搭在钟藤的臂弯，从某种程度来讲，她默认了这种关系。

所有人又去看南禹衡，他只是转过视线，淡淡地和周边人交谈，没有再朝他们看一眼。

秦嫣压低声音说："看来你知道今天会遇上什么人。"

钟藤勾起唇角："不是迟早的事吗？"

他们走入聚光灯下，钟藤在恍惚中有一丝错觉，这觥筹交错的场景和十年前钟家成年礼上的舞会交织在一起，他的身边依然是这个女人。

不同的是，十年前她像一条灵活的鱼儿不停戏弄着他，从他身边溜走，而十年后的今天，她只能乖乖待在他的身边。

钟藤忽然心情大好，侧过身子不顾旁人的视线一把环住秦嫣的腰，俯身在她耳边亲昵地问道："想喝什么？"

秦嫣竭力忍住不自然的表情说道："随便吧。"

钟藤便拿了两杯香槟过来，刚走回秦嫣身边，他就看见端木翊从远处朝秦嫣走来。到了近前，端木翊还没说话，钟藤已经回到了秦嫣的身边。他将香槟交到秦嫣手中，顺势霸气地揽着她的腰迎向端木翊，似笑非笑地说："哟，端木总也对慈善感兴趣啊？"

端木翊面色不大好地扫了眼钟藤，直接无视他，对秦嫣说："我跟你聊聊。"

秦嫣看了眼钟藤，钟藤的手依然握住她的腰，没有丝毫放人的意思。

端木翊冷嗤一声，横扫向钟藤："钟总就这么不自信啊，怕秦嫣离开你几分钟就跑了？"

钟藤牙关紧了下松开手，秦嫣回头对他说："我一会儿去找你。"钟藤听见她清甜的声音才点点头，转过身走到一边。

秦嫣刚坐下来就把手中那杯香槟放下了，端木翊毫不客气地说："你怎么回事，你怎么会跟了钟藤？我想破脑袋都想不通……还有你哥是怎么回事，我这段时间找他怎么连电话都不回？"

秦嫣忽而狡黠一笑："你要变成好奇宝宝了，想知道吗？"

"废话！"

"那你帮我一个忙，而且这件事不要告诉第二个人。"

2

没一会儿，秦嫣回到钟藤身边。他问她："端木翊找你干吗？"

秦嫣耸耸肩："说他长得比你帅，我眼神有问题。"

没想到她一句玩笑还真把这位爷气得不轻，盯着端木翊的后背都要瞪出两个窟窿来。

这时主办方老总走了过来，先和钟藤寒暄了几句，然后眼眸转到秦嫣身上笑道："你是秦小姐吧？我们正好有个开场仪式，本来请了钢琴师，不过我刚才听他们聊到你，不知道你方不方便帮我们开个场，毕竟是慈善活动，就当尽一份力吧。"

对方老总是个人精，知道面前这个女人浑身都是话题，想用慈善的名义让秦嫣带动气氛。

秦嫣看了眼钟藤，钟藤本来以为她会拒绝，没想到她将手中的高脚杯递给他，提着黑色的礼服裙摆，落落大方地走到那架钢琴面前。

原本弹琴的小姐姐立马给她让了位置。秦嫣坐下去的那一刻，从容的气场便从周身散发出来，宴会厅的人陆续都围了过来。

大家窃窃私语议论着秦嫣，越来越多的人听说她是从东海岸走出来的，关于她的风流韵事更是让所有人提起了兴趣，毕竟能同时和南城两个年轻有为的男人沾上关系，着实是不简单。更关键的是，今天这两个男人都在场，简直就是修罗场。

然而当秦嫣落下手指的刹那，所有人对她的议论都停止了，眼中只有这个气质高雅出尘的女人手下那沁入人心的音符，交错的黑白键在她手指间仿若活了一般，丰富而生动，婉转而激昂。

曲毕，秦嫣优雅地站起身，黑色的礼服映衬着她的肌肤莹白如雪，她每走一步都绽放出特有的魅力。

当秦嫣再次走回钟藤身边时，所有人都朝着他们鼓起了掌。钟藤嘴角噙着笑，一脸怜爱地盯着秦嫣，而后直直地抬起头迎上南禹衡的视线，嘴角弯起挑衅的弧度。

南禹衡站在人群的最外围，面色暗沉地转身离去。

从头到尾，秦嫣没敢朝他的方向看一眼，可即使这样，她也能感受到南禹衡的气息消失在了这个大厅，她的心也空了一块。

之后，钟藤带着她应付前来攀谈的人，走到哪儿都带着她。钟藤成功吸引了所有人的目光，也成功告诉了所有人，身边这个女人从现在开始属于他钟藤。

秦嫣满足了他作为一个男人所有的虚荣心，也挣回了他十年前丢掉的面子。

不一会儿，秦嫣感觉有些不舒服，起身去了洗手间，可惜一楼洗手间里的人太多，别人告诉她三楼人少，她便坐电梯去了三楼，站在洗手间的窗边吹了会儿风，透完气才又坐电梯准备下去。

然而电梯门刚打开，秦嫣便看见了里面站着的男人。

南禹衡脱掉了外套，仅着白衬衫、黑西裤，身材挺括有型，浑身蕴含着不容侵犯的矜贵，冷白的皮肤让他更添几分清冷。

秦嫣怔在电梯门口不知进退，没来由的一阵慌乱，甚至有种想逃跑的冲动。

电梯门自动合上，南禹衡按住按钮，再次冷峻地盯着她。他不催她，就这样抵着门，秦嫣只能走入电梯。南禹衡直接按了二楼，电梯门合上了。

一个站在左边，一个站在右边，两人都没有开口说话。

秦嫣忽然感觉心里很乱，无数复杂的情绪交会在一起，她心里压着一个巨大的秘密，导致她无法像上一次那样直面南禹衡。他就站在她的身边，近得甚至能闻到他身上清幽的味道，秦嫣的心脏剧烈地跳动着。

电梯停在了二楼，秦嫣本以为南禹衡会下去，没想到他直接攥住她的手腕出了电梯。当他熟悉而温热的大手攥住她的那一刻，秦嫣忽然有种想哭的冲动。

长长的过道铺着柔软的地毯，刚出电梯，南禹衡拿起手机不知道拨给谁，对电话里的人说道："杨总，我是南禹衡，二楼找间房给我。"

南禹衡攥着秦嫣的手很用力，他长腿阔步地拉着她穿梭，直到停在一扇门前，他才拿出手机照着上面的数字输入一串密码。电子门打开了，南禹衡头也没回地直接拉着秦嫣走进房间。

那是一间不大但是很整洁的客房，秦嫣感觉出来南禹衡喝了酒，身上萦绕着淡淡的酒气，整个人都透着压抑。他扯开自己的衬衫回过身，直接提起秦嫣将她放在玄关处的台面上。面前是秦嫣最熟悉的男人，他的动作和气息贴了上来，秦嫣便知道他要干吗。

她按住南禹衡的手，急切地说："不行！"

南禹衡动作一滞，大掌握住她的后脑勺，将她掌控在手掌之间，目光沉沉地压向她："为什么？"

秦嫣眼圈微红地呢喃着："你先听我说。"

南禹衡的身体抵着她，声音蛊惑而沙哑："说。"

秦嫣双手抵他滚烫的胸膛，断断续续说道："钟汇集团的运营部总监包至伟，食品安全部张庆发，经全三把手汤静，是个女的，还有三方公司的……"

她胸口剧烈起伏："钟藤刚进钟汇不久，他之前没有参与过钟汇的经营，我有几个怀疑对象，这些人看样子和他不像是刚共事，你查下这几个人在蒋华珠去世那年的动向，只要找出当年那个内鬼，他就不敢不放我爸，否则董事会的人知道那件事，他这个位子……"

南禹衡一只手忽然擒住秦嫣的下巴，将她的目光牢牢锁在自己眼中，声音里是势不可当的霸气："我要的不仅仅是保出你爸，我会让他身败名裂，让他一辈子背负陷长兄、父亲于不仁不义的罪名，让他一无所有！

"我事先告诉你，你做好准备。"

秦嫣的手脚冰凉，她怔怔地看着南禹衡眼中的惊涛骇浪，神情恍惚了一下。

南禹衡在秦嫣的眼中看到了闪烁不定的光，他擒着她下巴的力道越发收紧，呼吸滚烫地落在她面前："你不忍心？"

黑暗逼仄的房间内，秦嫣眼里覆上了一层水色，她紧紧抿着唇没有说话，南禹衡却笑了，笑得阴冷冰寒。秦嫣不敢告诉南禹衡她这些天身体的变化，否则南禹衡会疯掉，他会立马把她拉回身边，不惜一切代价，那么钟藤更不会放过她。

秦嫣不能让自己有事。在爸爸没有出来前，在南禹衡没有成功前，她不能让自己出半点儿意外。

南禹衡塞给秦嫣一枚极小的U盘："你哥让我给你的，叫你想办法在他电脑开机的状态下将这个插上，尽量维持两个小时，程序跑完后把它交给你哥你就赶紧回来，能做到吗？"

秦嫣把U盘放入手包里，低头说："知道了。你手机给我。"

南禹衡将手机递给她，秦嫣翻出自己手机备忘录中的面试单位记录信息，她将那张复杂的关系网中的关键人物全藏在了这些面试单位的信息之中，当然也只有她自己能看懂。

秦嫣把关键信息提炼出来飞速地敲在南禹衡的手机上，而后将手机一锁，递还给南禹衡。

两人交换完东西后，抬眸之间四目相对，秦嫣抬起手点在他的额上，又滑到他轮廓分明的颊边，南禹衡是她看过最好看的男人，他有着完美的骨相，轮廓干净流畅，眼尾处的冷淡在面对她的时候，总会化成专属于她的温柔。

秦嫣不知道什么是一见钟情，可她知道三岁那年第一眼看见他时，那个温润清冷的少年便像天鹅王子一样，注定在她内心深处留下不可磨灭的痕迹。

她眼中透出一丝眷恋，对他说："你都瘦了，回去多吃点，不要熬到太晚。麻烦荣叔多跑几趟照看好我爸，你们不要担心我。"

南禹衡握住她柔软的手贴在脸颊："多长时间能完事？"

秦嫣略微思忖了一下："你什么时候开始行动？"

"下周。"

南禹衡似乎提早了进度。秦嫣嘴角勾起一抹鬼魅的笑意，在黑暗中透出危险的信号："那就下周。"

南禹衡深深凝望着她，他听懂了秦嫣的用意，无声的默契在两人之间蔓延。

秦嫣双手抬起勾住他的脖颈，声音埋在他的胸口对他说："我第一眼见到你的时候才三岁，我偷偷躲在院门口看你，你没有发现我。那时我觉得你像天鹅王子。

"后来我去波士顿，我住的地方后面有片湖，每次看见湖里的天鹅，我总会想到你。

"那里有个老人告诉我，天鹅是一种有灵性的动物，一旦选择了伴侣，眼里就不会再有别的天鹅。每年迁徙的时候，它们会被迫分开，跟随自己的队伍放弃厮守在一起的时间，经历漫长的考验，不过这种考验只是为了更长时间的厮守和相爱。"

南禹衡将她扯开，低头深望着她的脸："好好的，说这个干吗？"

秦嫣双手攥住他的衣领，将他拉到近前："就是想告诉你，我走了。"

她说完，松开他转身往大门走去。

南禹衡的心里浮上一种怪异的感觉，就像蓝天中消散的云，大海上隐没的浪，森林中吹散的雾，让他难以掌控。

他一把攥住她的手。秦嫣回头，看见他对她说："尽快。"

"好。"她一口答应，最后深看了他一眼，离开了房间。

3

秦嫣还没进电梯，钟藤的电话就追了过来，语气阴沉地问她："在哪儿？"

秦嫣淡淡地说在楼上，现在下来了。

电梯门一开，钟藤高大的身影就立在电梯口。他掐灭烟，眼神锐利地盯着秦嫣，那审视的目光仿若将她一览无余。秦嫣看见他的眼神便心间发凉，手心微微冒汗，却故作平静地走出电梯。

钟藤慢慢直起身朝她走来，声音中带着一丝不易察觉的质疑："你去了很长时间。"

秦嫣的心跳默默加快，他在等她的回答，可秦嫣从他细长的眼底看到一片冷意。这根本就是一道送命题，她无法摸清钟藤问她的用意，如果她撒了谎被他洞悉，那将会直接置自己于险境。

短短几秒之间，她已经有了决定。

秦嫣的眼神直视着他："我和南禹衡谈了会儿。"

当秦嫣看见钟藤双瞳浮上怒意，而并不是凶残的狠意时，稍稍松了口气。

一路上钟藤始终紧绷着脸，刚进家门他就砰地把门甩上，反手将秦嫣扔在大门上，整个人有些癫狂地掐住她的脖子，目光猩红："我在等你下来时就想过，你要是敢忽悠我，我一定不会饶了你。但你告诉我实话我更生气，答应我下次不许再见他！"

秦嫣没想到钟藤的情绪说失控就失控，完全像个定时炸弹。她的脖子被他死死掐住，整张脸变得惨白，钟藤没有丝毫松开她的打算，手上的力道越收越紧，对她狂吼道："你给我说话！"

秦嫣没有出声，也没有挣扎，她只是将眼睛闭上，身体无力地靠在门上，眼泪顺着眼角滑落。

晶莹温热的液体突然落在钟藤的手背上，他手掌猛地颤了下，快速松开了秦嫣。秦嫣弯下腰骤然呼了一口气，差点儿倒在地上。

钟藤怔怔地后退，看着自己的手，突然意识到他对她做了什么。

他慌乱地朝她伸出手，无措地唤着："秦嫣，秦嫣，我……"

然而他的手还没碰上秦嫣便被她狠狠打开。秦嫣捂着剧烈起伏的胸口，大步走到沙发正对面的吧台前，哗啦一下将酒格上的酒瓶全部砸在地上，从里面扯出一个微型摄像头直接扔在了钟藤的脸上，浑身颤抖地逼视着他："你当真以为我是傻子，不知道你在家里装这种东西监视我？

"我为什么不揭穿你？是我知道我现在的身份没有立场让你信任我。我爸的情况在那儿，我夹在两边里外不是人，被外面人质疑议论，把我说得不堪入耳，这一切是谁造成的？你还想让我怎么样？"

红酒碎裂一地，像殷红的血流淌在秦嫣的脚边，深黑色的礼服让她整个人透着绝望的气息。

钟藤看着砸到脚边的摄像头，面色变得阴鸷可怕，额头青筋暴出。

他露出狂怒的眼神死死盯着秦嫣："你让我怎么信你？我从小就看南禹衡不爽，凭什么他可以拥有这一切？你把自己完完整整交给我，你想得到的东西我都答应你，我甚至可以不再跟南禹衡针锋相对，只要你死心塌地待在我身边！"

他一只手死死掐住秦嫣的脸颊，另一只手又极其温柔地抚摸着她的头发，神情有些痴狂地说："想想看，你一个人能换来所有人的太平，秦嫣，没有第二个女人能从我这里得到这种待遇！"

他的每个字都在狠狠侮辱着她，秦嫣甚至在他轻蔑的眼神中只看到一种对战利品的渴望，深深刺痛着她的心脏。

她扭曲的脸上绽放出诡异的冷笑，从喉咙中一字一句地挤出："你不配！"

钟藤松开她，上去就给了她一巴掌。

秦嫣脸火辣辣地疼。她的头偏向一边，长发遮住了她的脸，她完全可以现在就提起钟藤将他狠狠摔在地上疯狂地反击，可当她感觉小腹间有一丝异样时，她将所有怒气压了下去。

钟藤的情绪已经完全失控，浑身透着狂怒和凶残，对她吼道："你看我配不配！"

他撕碎了这件他亲手为她准备的礼服，秦嫣自始至终没有挣扎一下，反常得让他感到一丝恐慌。

他用了狠劲，秦嫣的胳膊上被他掐得青紫，饶是如此，她依然空洞地望着天花板，平静地说："你再碰我一下，我保证你会彻底失去我。"

她的眼神慢慢有了聚焦，从天花板移到了钟藤的脸上，迫使他停下所有动作："从小到大我父母都没有打过我一下，跟了南禹衡后，他就是外面遇到再难的事都会把我照料好。你让我待在你身边，可你给了我什么？给了我名誉扫地，给了我无尽的羞辱，给了我巴掌，给了我一身伤。

"在你的眼中，我只不过是一个可以交易的物品，钟藤，我以为你对我还有一点儿良知。"

秦嫣的细语声把他濒临失控的理智又一点点儿拉了回来，他望着干净温柔的她，即使已经如此狼狈但神色依然霁月清风，衬得他更加龌龊不堪。

好像她从来都行走在光明中，而他注定躲在黑暗里。

他在她眼里看见了失望，那种眼神他太熟悉了，曾不止一次出现在蒋华珠的脸上。

望着秦嫣红肿的右脸，钟藤忽然感觉一口气卡在胸口，像刀子生生插进他的心脏，痛得他无法呼吸。

他踉跄着站了起来扯过毯子扔在秦嫣身上，什么话也没说，转身出了门……

钟藤刚离开没多久，秦嫣忽然感觉胃里翻江倒海。她冲进洗手间吐得撕心裂肺，痛苦得满脸是水汽，不知道是奔涌而出的眼泪还是汗水。

秦嫣蜷缩在地上无助地抱着膝盖，望着玻璃上倒映出的脸，脑中映出南禹衡温柔的眸子。她在他身边的时候，连一头长发都是他洗的，他总是像小时候那样宠她，手破了点儿皮他都会细心地照料她，不让她做任何事，他说这是艺术家的手，不能受伤……

秦嫣的眼泪止不住地流，她死死咬着手背，试图用疼痛逼自己清醒，她怕她会控制不住，控制不住回到南禹衡身边，她从来没有一刻感觉自己这么需要他。

钟藤半夜才回来。公寓里漆黑一片，寂静无声，他没有开灯，眼神落向沙发上那个蜷缩的女人身上。她闭着眼，安静得像温驯的小猫咪让人心疼，月光如银色的丝绸抚摸着她的肌肤，上面是斑斑点点被他掐出的印记。钟藤没有想到她的皮肤如此娇嫩，他竟然给她留下了那么多伤。

钟藤喝了酒，走路都有些摇晃。他一步步走到了秦嫣面前，坐在地毯上望着她，她右脸的痕迹在月光下更加触目惊心，钟藤紧紧抿着唇，双眼通红地抬起手，心疼得无以复加。他的指尖停在她的脸庞上方僵住了，他竟然不敢碰她，他甚至觉得自己没有脸再染指她。

在东海岸那个表面光鲜亮丽，实则污浊不堪的地方，秦嫣始终有自己的坚持，从小到大她越挫越勇，就像淤泥中一枝永远挺立的花，不染尘埃，坚贞不屈。

然而他却亲手毁了她的风骨，毁了她的前程，毁了她的名誉。

钟藤抬手揉掉眼里不忍的水光，站起身走回吧台边，将破碎的酒瓶渣和满地的酒渍清理干净。

4

接下来的几天，钟藤早出晚归。自从那天他失控对秦嫣动了手后，他就不知道该怎么和秦嫣相处了，甚至不敢面对她，不敢去看她的眼神。

而这几天，秦嫣的气色一直不大好，虽然脸上的痕迹逐渐消失了，心里的伤口却无法愈合。

有好几次，钟藤看见她安逸地坐在地毯上写琴谱，想走过去找她说话，哪怕就是一句无关紧要的废话，可看着秦嫣认真的脸庞像易碎的玻璃，让他不敢触碰，不忍打扰。

终于在第四天的晚上，钟藤刚回家就看见那个秦嫣从学校拿回来一直没碰过的大提琴盒被打开了，她一手拿着琴谱，另一只手有规律地敲打在茶几上，柔嫩精致的脸在半明半暗中像矜贵的艺术品，让钟藤看失了神。

他忽然从沙发上站起身从身后紧紧抱住秦嫣，呼吸粗重得仿若从荒蛮之地刮起的劲风，吹进秦嫣的耳中："原谅我，你想要什么我都给你，你爸的事我也会解决，我们以后好好的，可不可以？"

秦嫣的身体有些僵硬，她微微眨了下眼睛，声音极轻地说："钟藤，你从小跟你妈对着干，你妈也没将你撵出去，出了事还是帮你兜着；你对钟家做了那样的事，你爸也只是把你赶出东海岸，没有对你下手。

"这个世界上不是所有人都像你父母这样包容你，被你一次次伤害，还能对你一再忍让。"

她拉开环住她的手臂转过身看着他，嘴角难得浮起真诚的笑："也许我以后会原谅你吧，毕竟这个世上没有永远的仇恨，但不是现在。晚安，钟藤。"

她高雅的步姿让她像个强大的女王，襟怀坦白，从不妥协。

那一夜，钟藤失眠了。

初升的阳光溢进房间，钟藤听见了外面的动静，秦嫣应该起来了。他没有动，感觉脑袋很沉，整个人都很累，他强迫自己闭上眼，然而闭上眼全是阴暗的仓库和伸手不见五指的黑暗。

钟藤烦躁地起身冲了个澡走出房间。秦嫣已经用过早餐了，她穿着一件纯白色的针织中袖连衣裙坐在阳台上。

钟藤拉开门走了出去，秦嫣抬头掠了他一眼，而后低下头翻着琴谱说道："没睡好啊？"

钟藤懒洋洋地坐在她对面的软椅上，手撑着脑袋望着她："很明显吗？"

秦嫣撇了下嘴角："有点儿。"

钟藤看着她身前的大提琴，问道："下午要去表演？"

秦嫣摇了摇头："下午去看看舞台，然后参加排练，会和其他人合奏。"

"几点？我送你。"

秦嫣抬眸笑看着他："我要练几个小时，你跑去睡觉吗？"

钟藤无所谓地说："随便。"

秦嫣收回视线对他说："不用了，我把酒店地址给了他们，下午会有车来接我。"

自那夜后，钟藤每晚失眠，所以他干脆带着秦嫣住进了酒店。这家酒店沿着江岸线打造，苏城繁华的景致和历史的风韵尽收眼底，舒适宽敞的全景阳台放眼望去是宽阔的江岸线，对面高楼林立，在清晨的阳光中泛着璀璨熠熠的华彩。

有风撩起秦嫣的白色裙角，她整个人都染上一抹好看的光晕。钟藤忽然提出："能拉首曲子给我听听吗？"

秦嫣睨了他一眼，傲娇地说："我没有为谁单独拉过大提琴。"

钟藤有些诧异，随后又出声问："他也没有？"

秦嫣摇了摇头。钟藤心情舒畅地说："那我更要听了。"

秦嫣看着他霸道的样子，抬头问他："想听什么？"

钟藤随意摆了摆手："催眠曲吧。"

"……"

秦嫣将右手的弓放在弦上，微风轻拂，她的身姿与白色沙发融为一体，随后她闭上双眼，悠扬的琴声便温柔地倾泻而出，委婉低沉的音色透着淡淡的忧伤，就连钟藤这个不懂音乐的人都感受到一种无形的悲伤流淌在音符之间。

　　秦嫣拉的这首曲子是肖邦的《离别》，从伤心到绝望再到平静。曲毕，她猛地睁开眼，对上钟藤痴迷的眼神，忽然愣住。

　　钟藤问她："怎么了？"

　　秦嫣灵光一闪，说道："我终于知道哪里不流畅了，你带电脑了吗？我想重新调整下我的曲子，下午拿给他们打印。"

　　钟藤做足了长时间出行的准备，他当然不可能当真不管手头上的工作，所以理所当然带着电脑。

　　他进屋将笔记本递给秦嫣，随后她便坐在电脑前调整曲子。可有时候灵感就是一瞬间的事，钟藤看见她皱着眉的样子，又问她："怎么了？"

　　秦嫣回过头说："总感觉差一点儿，我得到阳台透透风，说不定待会儿感觉就来了。"

　　钟藤见她起身走上阳台伸了个懒腰，微微挑起眉，艺术家的灵感还真是捉摸不定，说来就来，说走就走。

　　他也起身跟了出去，电脑就这样开着，那枚小小的U盘此刻默默插在他的笔记本上，后台的程序远程启动了，最后的战役也即将结束。

　　秦嫣回过身看着他一脸倦容，她几步走到阳台的沙发上坐了下来，拍了拍自己的腿："过来，我帮你按一按，我以前也经常失眠，这招很管用的。"

　　钟藤饶有兴致地走过去，高大的身躯躺在沙发上，把头枕在秦嫣的腿上，睁着眼睛看着秦嫣的脸。她低下头命令道："闭眼，放松。"

　　他乖乖闭上了眼，秦嫣轻柔的手指按压在他的太阳穴，又移到他的头顶，每一次按压都很舒服，渐渐让钟藤放松下来，他听着远处江面传来的江鸥叫声，身体仿佛回归到最原始的状态。

　　良久，秦嫣都以为钟藤睡着了，才听见他突然开了口，声音低沉中有丝不易察觉的脆弱："你一岁多时有记忆吗？我要说我总能记起那时候的事你信吗？"

　　秦嫣不知道怎么回答，实际上幼儿园之前的记忆对她来说都挺模糊的，秦智就总跟她说他们搬来东海岸之前的家，可她已经不大记得了。

　　却听见钟藤接着说道："也不算记得很清楚吧，只是感觉很冷，每天都很冷，冬天夜里睡着后她会把我的被子拿走，我身体好不生病，她就把我泡在冷水里，直到把我弄发烧放在他面前。

　　"他要闹离婚，被外界舆论压着，本来就背着对不起她的罪名，可能怕我突然死了，这个罪名再也洗刷不掉了，所以不得不顾着我。

"我就成了原罪，他看见我就烦。我记得小时候不小心把玩具汽车开到他脚边，他突然就朝着我大发雷霆，把汽车砸了，让我滚蛋，呵……"

钟藤断断续续说了很多，秦嫣只是安静地听着，听着那些他从来没有告诉过别人的往事，那些烂在他心底最深处的痛苦，那些他这一辈子都无法摆脱的记忆。

直到他声音低哑地说："你们是不是认为我妈死后，蒋家的企业都归我所有了？其实我什么都没有。钟家人不认我，蒋家人也不可能真正接纳我一个外姓人。

"我只是和他们谈了些条件，握住了些东西，让他们答应送我坐上钟汇现在这个位子。钟汇刚经历一场磨难，内部一盘散沙，实力大不如从前。

"秦嫣，其实我什么都没有。"

秦嫣的手僵住，身体里的血液凝固，她震惊地低下头看着钟藤，难以置信他竟然将自己的底牌全部摊了出来。

钟藤感觉到秦嫣身体的僵硬，可他并没有动，而是伸手环住她的腰，声音带着一丝乞求："你说我不信任你，我把能说的都说了，秦嫣，我只有你。"

秦嫣鼻尖涌上一股酸涩，声音颤抖地问他："你爱我吗？"

钟藤毫不犹豫地说："爱。"

"不，你不爱我。钟藤，你知道什么是爱吗？你爱我，就不会把我当战利品一样拉到你的老同学面前炫耀，挽回你从前丢掉的面子；你爱我，就不会急于告诉所有人你赢得了南禹衡的女人；你爱我，就不会在我弹完钢琴曲时，骄傲地带着我满场显摆。

"你知道你为什么这么需要我吗？因为你在我身上找到了你丢掉的自尊。

"或许你是喜欢我的吧，但那绝对不是爱。"

几分钟后，钟藤有些迷惘地问："那什么是爱？"

秦嫣抬起头，将视线落向远方，缓缓叹了一声："爱是一场漫长的修行。从小到大没有人爱过你，所以你也不懂爱别人，如果有一天你遇到真正爱你的人，或许你就懂了吧。"

钟藤有些孩子气地说："为什么那个人不能是你？"

秦嫣笑着抚了抚他硬得扎手的发："谁知道呢？睡会儿吧。"

他们不再说话。江面有船掠过，溅起一道道波纹，秦嫣眯起眼睛，望着远处的货船陷入沉思。

十几分钟后，钟藤呼吸均匀，秦嫣将他轻轻地放在沙发上，又进屋拿了毯子给他盖好。

她刚离开阳台钟藤便睁开了眼，他默不作声地盯着她的身影，看见她徘徊到了电脑面前。钟藤眼神微凛，然而秦嫣并没有碰他的电脑，而是直接帮他把笔记本合上。

秦嫣已经快速拔掉了那枚小小的 U 盘握在掌心，随后她进了房，将证件全部塞进琴盒里，背着大提琴就往门口走去，却突然听见身后阳台的门被拉开了。

钟藤不知道什么时候醒了。秦嫣回身望着他说："怎么不再睡会儿？"

他几步走到秦嫣面前："待会儿进房睡。"

秦嫣点点头："那我走了。"

钟藤忽然伸手紧紧抱住她，声音低浅地落在她耳边："早点儿回来，我等你一起吃晚饭。"

秦嫣踮起脚弹了下他的额，笑着说："出来混迟早要还的，再见了。"

第二十三章 / 最终胜利

这一天，他等了整整二十年！

1

当初秋的第一缕微风吹上这片大地时，万物都在等待即将到来的严寒，和下一个复苏的季节。

四十分钟后，秦嫣已经抵达苏城国际机场，端木翊早早候在那里。他在机场将一个不大的行李箱交给秦嫣，并告诉她东西都在里面了。

端木翊陪秦嫣办好登机手续，寄存完行李，把她送到安检口，两人停下脚步。

秦嫣回过身望着他："东西你收好了，赶紧给我哥啊。"

端木翊从身上掏出一张机票："我票都订好了，送你进去后我亲自飞去芜茳把东西给他，放心吧。"

秦嫣如释重负地拍了拍他："这次真要谢谢你了端木哥，你下个月的婚礼我可能参加不了，以后有机会一定去看望嫂子。"

端木翊却拧着眉说："其实你没必要非跑去国外，你要怕钟藤找你麻烦的话，我找个地方安顿你。"

秦嫣叹了声："我不是没想过，只是不敢冒这个险。明天南禹衡正式对外宣布上任东祥集团董事长，也就等于正式和南家宣战，接下来他应该会和南港那边争夺淮龙仓的控制权，这场收购战我保守估计没一两年打不下来。

"如果我这时候回到南禹衡身边，所有人都会盯着我。他现在还需要东岸商会的支持，我要是回去，东岸商会的人肯定会闹，钟藤那边估计也不会消停，南家人说不定会趁火打劫，总之，我这时候肯定回不去的。

"如果钟藤发现我不见了，他所有的精力都会用来找我，这样，南禹衡那边的压力会小点。而且待在国内，我不敢保证他一定找不到我，我现在不比从前了，不能冒这个险留下来，因为……"

她脸上浮起一丝幸福的红晕，对端木翊招了招手，端木翊弯下腰，她悄悄在他耳边说了四个字，而后微笑地看着他："所以我也不好和南禹衡联系，我怕他冷静了一辈子，却在紧要关头乱了阵脚，你要帮我保密哦！"

端木翊震惊地低下头望着她，眼里涌动着复杂难受的神色："但是……但是你一个人出去……太艰难了。"

秦嫣深吸一口气，摸了摸肚子："谁说我是一个人的，你要是同情我呢，就多帮帮南禹衡，首富大人。"

她说完，回头望了眼时间："真的走了。"

端木翊紧紧绷着脸："保重，一定要保重。"

"会的。"

秋风扫落叶，落叶聚还散。

白云消散在蓝天中，浪花隐没在大海上，薄雾消失在森林里，她离开了这片生她养她的土地，祖国让她恋恋不舍，但也让她更加不惧未来。

因为"未来"终于要来了，她不再是一个人。

钟藤一觉醒来，天都黑了，可秦嫣还是没有回来。他拨通了她的电话，她的手机却在房间的另一头响了起来。钟藤赤着脚跑下床冲进她的房间，他买给她的衣服她一件都没有带走，连同那个躺在床头的手机。

钟藤忽然感觉大脑一阵眩晕，之后他跑去苏城艺术中心，可艺术中心的人却说最近根本没有邀请什么音乐家来表演。

直到那一刻他才知道，秦嫣走了，从此离开了他的世界，没有任何眷恋，就像不曾来过。

第二天，黎明如期而至，东祥航空集团公布了一则重磅消息。当钟藤通过视频看到意气风发的南禹衡时，他才知道，从头到尾，秦嫣都在模糊他的焦点，转移他的注意力，甚至拖他来苏城都是在为南禹衡争取最后的时间。

他从来没有赢过那个男人！

秦嫣走了以后，钟藤彻底陷入狂躁之中。他直接跑去找南禹衡要人，那时南禹衡才知道秦嫣离开了。

他不比钟藤好过，当下就派人去查秦嫣的行踪，最后赖跃京告诉他根据航班信息显示，秦嫣从苏城国际机场登机，中途转了三趟航班，最后落脚点在斯洛文尼亚，中欧南部的一个小国家，临近阿尔卑斯山脉，之后就再也查不到任何关于她的航班信息了。

当南禹衡得知秦嫣去了斯洛文尼亚时，便明白肯定有人帮着她离开，否则这些手续她不可能在短时间内搞定。秦嫣所有的行程都刻意避开了东祥的航班，就是不想让他知道。

第三天，南禹衡出现在了端木翊的办公室。端木翊如今已经全面接手端木明德的生意，成了南城首屈一指的富商。

当南禹衡坐在他面前时，端木翊并没有感到惊讶，只是淡笑道："知道你会来找我，但比我想象中早了很多，果真是南禹衡啊，总是能干出让人出乎意料的事。哎，我问你啊，你小时候身体是真不好还是假不好啊？你要假不好，我要跟你道歉，不应该喊了你那么多年病秧子，应该尊称你为影帝啊。"

南禹衡完全没有心情应付他的调侃，脸色沉得吓人，逼问道："秦嫣呢？"

端木翊终于等到南禹衡拿他没办法的时候，一副"我是大爷"的模样吊着他："我怎么知道，你老婆，你问我啊？"

自从知道秦嫣走了以后，几天来的折磨早已让南禹衡失去了耐心，他猛然站起身，直接提着端木翊的衣领狠声道："我再问你一次，秦嫣呢？"

端木翊轻哼一声："我不知道。怎么，你还能动得了我啊？"

南禹衡一把松开他，满脸煞气："你等着。"

他直起身子大步离开。端木翊看着他的背影，突然还真有点儿担心南禹衡冲冠一怒为红颜对他动手，只能干咳了一声。

南禹衡走到门口停住脚步回过头，端木翊对他说："我真不知道她最后会去哪儿，她也不肯跟我说，我唯一能告诉你的就是，她有必须离开的理由，我们都是从小认识她的，你应该清楚她不是一个冲动的人。

"秦嫣一直很独立，我觉得你与其担心她，不如抓紧做完手头的事。

"还有钟汇那边，你不用分心过来了，我和秦智来处理。"

南禹衡缓缓蹙起眉望着他，端木翊瞧见他质疑的眼神，笑骂道："我不是帮你，我是从小看钟藤不顺眼，早想弄他了！"

南禹衡没说话，拉门离开。

2

一个月后，斯洛文尼亚那边传来消息，境内没有一个叫秦嫣的华人。南禹衡接到这个消息后，让派去的人回了国。

他猜到秦嫣一下飞机就应该用其他陆地途径离开了斯洛文尼亚，她不傻，知道别人如何能找到她，也知道如何能让自己销声匿迹。

在竭尽全力地毯式搜寻都找不到秦嫣后，南禹衡反而没那么担心了，如果连他都找不到，那其他人更不可能找到她，起码她是安全的。

从那天开始，南禹衡彻底将自己的精力全面投入收购战中。

之后的一段时间里，钟汇集团的战略部署和新开展的工作步步遭到外界掣肘，就像有人能洞悉他们的每一步动作，第一时间做出反应，让他们应接不暇，损失惨重。

本来钟洋出事后钟汇集团就元气大伤，经过半年时间的耗损，钟汇相继关停了许多子公司。

后来集团内部终于有人反应过来事情不对，就是再巧，也不可能他们每走一步都能被人掌握动向。以前跟着钟昌耀的一个元老通过技术手段在董事会内部排查，最后目标锁定在钟藤身上，查出钟汇集团的战略部署基本上都是从他的电脑泄密出去的。

钟藤还没找到替自己洗白的方法，当年那个内鬼直接被南禹衡甩了出去，矛头直指钟藤，钟汇集团几次遇难都和钟藤有着扯不开的关系，消息一经传出，大家都瞠目结舌。

最后钟汇集团董事会为了保下最后的产业，决定以董事会的名义正式起诉钟藤，以此和钟藤撇清关系，将损失降到最低。

彼时的钟汇已经落魄潦倒，端木翊不费吹灰之力就吃下了钟汇，秦智也亲自飞回来看望了被捕的钟藤。秦智的条件很简单，钟藤出面澄清那些对秦文毅不利的伪证，他让端木翊想方设法把他的事件影响力降到最低。

这个交易钟藤根本没有拒绝的余地。

就在钟汇集团这边打得热火朝天之际，商界又一大传奇性的商战直接震惊了所有人。

南禹衡自从在东祥正式上位后，便高调地用南家岷派的名义和沱派达成了合作关系，他背后有整个东岸商会那么多企业的支持，又前瞻性地取得了北方商圈的合作资源，彼时的他火力全开，将雄厚的商业背景全部甩了出来。

南禹衡爷爷辈往来的合作商慢慢找到南禹衡接洽，所有和老南家有往来的客户走东祥货运，南禹衡一律开出极具诱惑力的条件。

南港越来越多的老客户开始倒戈，一方面看到了甜头，一方面垂涎南禹衡背后的商业资源，另外从传统上来讲，南禹衡的确是南家岷派现今唯一的嫡长系血脉，就凭他的出身，在情感上已经受到越来越多人的认可。

南禹衡赶在这时动手，因为南港那边开始对淮龙仓进行收购，这个动作对南港意义极其重大，不过这步棋早在南禹衡的预料之中，他对南家开战走的第一步就是淮龙仓项目。

一场精彩的收购与反收购让整个商界的人对南禹衡这个来势凶猛的年轻人肃然起敬。

也是在收购案结束没多久，南禹衡收到了消息，南家岷派和沱派的家主正式发话，邀请南禹衡去蓉城参与岷派家主之位的推选。

这一天，他等了整整二十年！

南禹衡这一年多从来没有停止寻找秦嫣，他始终想不到秦嫣到底能去哪儿。他找过波士顿她原来留学的地方，也找过林岩那边，但秦嫣压根儿就没去过这些地方。

直到有一天他无意中看见一个地球仪，脑中突然灵光一闪。

南禹衡曾经和秦嫣说过，在他五岁那年，从南振办公桌的地球仪上找到地中海，他八岁生日前夕，南振带着他和魏蓝向着他梦想中的地中海航行，目的地是西西里岛，可最终那场灾难淹没了他的人生，让他从此一片灰暗，直到他来到东海岸遇见了她。

他一次次推开她，她一次次用温暖的笑容将他融化，驱散他心底的孤独和挥之不去的沉痛。

可他最终没有完成那趟行程，那是他一生的痛，也是他一生的遗憾，从此，那片蓝色海洋成了他生命中无法触碰的禁地。

南禹衡突然意识到，秦嫣从来没有离开他，她只是……只是帮他完成了那趟未完的行程，在最终的目的地等他。

南禹衡冲出旧宅，仿佛血液都在燃烧。大地归春，万物齐放，儿时的期冀在他心底猛然复苏，带着无法抑制的激动，南禹衡拨通了赖跃京的电话，对他说："帮我查下飞往西西里岛的航班，我立刻动身！"

赖跃京十分诧异地问："你不是去蓉城了吗？怎么突然要去西西里岛啊？"

南禹衡迎着骄阳，眼里迸发出光，声音愉悦地说："去接我老婆回家。"

番外一

养娃日常

1

西西里岛位于意大利南部，是地中海最大的岛屿。秦嫣一路辗转抵达西西里的首府巴勒莫，这里是海洋气候，干净的空气总让人沉浸在舒适之中，碧蓝如洗的天空和漫长的海岸线让秦嫣很快将国内那些纷扰抛之脑后。

她托在美国认识的独立音乐经纪人劳恩斯帮她联系了一个环境不错的住所，位于巴勒莫北部的一个小镇。

秦嫣刚来这里的时候，也是她妊娠反应最大的时候，有大概两个月的时间，她几乎吃什么吐什么，气色也不大好。

起初的两个月她很少出门，因为没什么事，所以她开始自学意大利语。她专心做一件事的时候，效率总是很高。

不到半年的时间，秦嫣已经可以没有障碍地用意大利语和当地人交流。

孕吐反应消失后，在劳恩斯的介绍下，她认识了西西里音乐家慈善协会的会长，是一位个子不算高的中年意大利男人，名叫卡萨帕。通过他，秦嫣才知道这个协会创办很久了，有上千位来自世界各地的会员，包括作曲家、歌唱家、音乐教育家，等等。

他们定期举办音乐活动，募集的善款会捐到世界各地的战乱国家用于医疗和教育，卡萨帕还给她看了一些他们曾经亲自到捐赠地的照片。其中有一张照片，是卡萨帕他们在分发物资，照片的角落有个女人裹着头巾，脸上和手上都是黑乎乎的，衣服破败不堪，但依然能看出她挺着个大肚子，即将分娩，然而她眼里并没有对新生命的期待，反而全是绝望和恐惧。

卡萨帕告诉她，他们赶去时那个地区刚发生了爆炸，这个女人失去了丈夫和母亲，之后被转移到了安全区。

秦嫣听说了这件事后，感触很深，她仅仅思忖了一会儿就毅然决定加入这个协会，不是以会员的身份，而是以工作的名义。

　　卡萨帕很吃惊，他一再强调他们每周都有很多杂事，有活动的时候甚至周末都要赶去演出现场，而且因为是慈善协会，他们的款项大多用于慈善项目，工资并不丰厚，很多人也只是兼职，况且她还怀有身孕。

　　秦嫣却坚定地说，就是因为她怀孕，不像其他会员那么忙碌，所以有大量的时间可以来协会帮忙，而且这是她喜欢的音乐事业，所以对她来说并不算辛苦，起码不至于让她天天在家无所事事。至于工资，她笑着让卡萨帕看着给。

　　卡萨帕对于秦嫣的善举十分感动，而接下来的几个月，秦嫣的表现更是让他吃惊。

　　协会里需要经常和一些赞助商协调，这些赞助商都是厉害的人物，得罪不得，如果能拉来比较好的赞助，他们可以举办一场完美的音乐会，往往能筹集到更多善款。

　　卡萨帕是个标准的音乐人，他有着音乐人的风骨，一方面希望能从这些商人手中得到赞助，另一方面又自视清高，讨厌自己在这些满身铜臭的商人面前低人一等的感觉。

　　而相比卡萨的小心翼翼，秦嫣完全没有任何怯懦，也不会因为对方的身份就趋炎附势，始终不卑不亢。她身上的底气来自她的成长环境，她沉稳的气场、流畅的谈吐和商务谈判上的技巧，都让卡萨帕觉得自己找到了个"宝藏"。

　　他还特地致电给劳恩斯，劳恩斯只是打趣地调侃他："老兄，你有机会应该看看她在舞台上的表演再说这话。"

　　半年后，秦嫣对协会的贡献让她名正言顺地成了副会长。

　　只是临分娩前的半个月，卡萨帕给她放了假，他说她必须专心迎接她的宝宝了。秦嫣没有拒绝。

　　终于，在一个朝阳初升的清晨，秦嫣敲响了邻居马里诺的家门。她穿戴整齐，肩膀上挎着一个大包，恬静的脸上有一丝隐藏不住的兴奋，对马里诺太太说："我夜里三点多的时候隐约开始疼痛，我起来吃了点儿东西，然后收拾了一下，现在感觉越来越疼了，我想我可能要生了，我没有经历过，有点儿害怕。"她热切地握住马里诺太太的手，"不知道您有没有时间，可以陪陪我吗？"

　　那一天，秦嫣离开南禹衡整整八个月。她和南禹衡的儿子出生了。

虚弱中的秦嫣看见小家伙的第一眼就爱上了他，为了他的到来，她从大洋另一头不远万里来到西西里岛，就是为了给他一个安全的出生环境。这一年来的艰苦、隐忍、磨难，在看见小家伙的那一刻全部烟消云散，一切辛苦都是值得的。

秦嫣给他取了个意大利名字叫"Nico"，在意大利语中是"胜利"和"凯旋"的意思。对秦嫣来说，她终于胜利了，在那样大浪汹涌的环境中顺利将小 Nico 带到了世界上，这个新生命对她来说意义太重大了，连小镇上的人都能感觉到她的喜悦。

三个月后，小 Nico 越来越漂亮，只是眉眼间的神韵太像某人。每次趁他睡着，秦嫣总是含着微笑偷偷亲他，想着远在大洋另一头的男人，计算着时间。

秦嫣身体恢复后，依然没有放弃慈善协会的演出，坚持每个月至少配合卡萨帕参加一到两场。

2

便是在那样一个平凡的周末，卡萨帕激动地告诉他，有一个合作商找到他，说要做一场活动，届时会邀请很多巴勒莫大企业家和名流观看，费用不是问题，但需要高水准的表演。

秦嫣特地让劳恩斯前一天就从公寓赶到她家帮她照看小 Nico，她需要一大早就赶去协会协调工作。

秦嫣很早就到了演出厅亲自督促舞台效果、检查乐器、联系人员，因为秦嫣需要招呼前来的音乐家们，所以她的演奏放在了最后。

秦嫣换下了 T 恤和牛仔裤，套上了深蓝色抹胸礼服，裙摆的星空蓝设计仿若浩瀚的宇宙穿在了她的身上，每走一步，深邃的大片蓝色中光彩萦绕。

舞台的灯光暗了，聚光灯下只有一把大提琴靠在那儿，周围一片漆黑，所有人都将目光落向舞台。

黑暗中，一片星辰就这样洒进所有人的眼中，没人看清那一片璀璨夺目的繁星是什么，直到秦嫣优雅地步入聚光灯下，大家才看清她的容貌。

秦嫣如今已经是孩子的妈妈了，可她柔美清丽的脸庞一如从前，那一头如瀑的黑发自然垂落，她拿起大提琴对着舞台下额首微笑，圆润的肩和精致的锁骨还有那完美的天鹅颈让她头顶的聚光灯黯然失色，她美得那样惊心动魄，是从骨子里透出的超然洒脱。

秦嫣时而闭着眼微笑，时而睁开眼望着台下，不知道为什么，今天她总有种很奇怪的感觉，虽然她清楚根本不可能，但她依然在这个空间感受到了熟悉的气息。

一曲拉完，秦嫣缓缓起身，裙摆舞动之间，掌声雷动，灯光大亮。她微微鞠躬，抬起脖颈再次环视台下，眼角浮上不易察觉的失落，随后转身离去。

一下舞台，秦嫣就赶紧打电话给劳恩斯，问他家里怎么样了。劳恩斯让她别担心，小 Nico 刚刚睡着了。秦嫣松了口气，说她结束了，马上回来。

就在她挂了电话准备去换衣服时，卡萨帕带着两个工作人员急匆匆地跑来找她，说合作商想邀请她共进晚餐。秦嫣听到后有些诧异地说恐怕去不了，小 Nico 一天没看见她了，待会儿醒了肯定要找妈妈的，她现在得立马赶回家。

卡萨帕有些激动地说："Nan，你想想，再追加一场，我们绿芽项目的资金就不用愁了。"

秦嫣顿了下，将手边的 T 恤放下，拉起裙摆对卡萨帕说："那就拿下他！"

电梯门开了，助理将他们引到一个私人宴会厅的门前，有服务生为他们拉开那扇巴洛特风格的大门。

意大利男人侧身望向秦嫣，摆了个"请"的手势，秦嫣提起长长的裙摆踏入宴会厅内，然而让她讶异的是，偌大的宴会厅里并没有什么人，厅内放着一张很长的欧式餐桌，白色桌布华贵精致，桌上的鲜花点缀浪漫芬芳，烛台的光摇曳生姿，餐桌只有两头各放了一把椅子，看样子今天的主人并不打算招待除了秦嫣之外的第二个人。

秦嫣的视线从餐桌上迅速移开，落向窗边背对她站着的男人。那人穿着熨烫妥帖的条纹西装，后颈的线条流畅优雅，身姿挺拔利落，完美的骨架从背后看去像精贵的艺术品。他右手拿着一杯红酒，漫不经心地俯瞰着巴勒莫的夜景，仿佛等了很久，依然不急不躁，浑身透着沉稳内敛的气场。

在秦嫣看向他的同时，他转过头来，那双漆黑如墨的眼眸深深凝望着她，四目交会之间，日月如梭，星河骤亮。

他深沉克制的眼神直接射进秦嫣心底，让她感觉到一股惊人的热浪蔓延至全身，随后她唇角透出一丝不可捉摸的笑意，对着刚跟进来的卡萨帕一行说道："我单独赴宴吧，你们可以回去准备下一场活动了。"

卡萨帕看着秦嫣如此自信的表情，有些不确定地问："需要我们在外面等你吗？"

她昂起下巴朝场内走去，丢下一句："不需要，他不敢拿我怎么样。"

卡萨帕他们离开后，意大利男助理微笑着示意服务生可以将门关上，而后他便立在门边不再向前，偌大的晚宴厅内气氛庄重而严肃。

周围站着挺立的服务生，所有人都很安静，只有南禹衡精致的手工皮鞋踏在地面发出的声音。

他一步步走到桌尾，绅士地拉开椅子回身望着秦嫣，随后朝她伸出手。

餐桌上的烛光在水晶灯的折射下泛出七彩绚烂的光，又投影在纯白镂空的桌布上，铺在南禹衡的身后。

这一切让秦嫣想起很久以前她对他说的话。

"我的意中人是个盖世英雄，有一天他会踩着七色云彩亲手给我一个未来，我猜中了开头，也一定会等到结局！"

秦嫣低下头将唇边的笑意隐藏起来，抬起纤白的右手落在南禹衡温热的掌心。这一刻，仿佛有无声的电流漫过彼此的心间，南禹衡立即收紧了力道。他还没有完全握住这只柔软的手，秦嫣已经绕到座位前，指尖从他的掌心溜走。南禹衡眸色紧了下，不过他依然绅士地为她放好椅子，再稳步走到她的对面。

南禹衡坐定后，抬眸望着餐桌另一头的女人。他们有一年多没见了，即使是曾经最熟悉的人，如今面对面坐着，难免在对方身上看到几许似有若无的陌生感。

如果说原来的秦嫣坚韧果敢，现在的她眉眼里似乎少了些天不怕地不怕的韧性，多了些温柔如水的韵味，举手投足间的气韵显得更加迷人。

服务生拿着才开的红酒走到秦嫣身边，她礼貌地抬了下手表示拒绝，而后昂起脖颈望向南禹衡："不好意思南总，今天恐怕不能陪你喝了，你不介意吧？"

南禹衡微微挑眉，对服务生点了下头，服务生便又拿着红酒退下了。

秦嫣一声"南总"让南禹衡眸底蕴上了几许凉意："慈善事业做得不错，看来是打算长期在这儿发展了？"

秦嫣低头浅笑，随后拿起高脚杯朝南禹衡举了起来："说到慈善事业，还要感谢南总今天对我们的信任，我以水代酒敬你，希望我们接下来的合作更加愉快。"

秦嫣嘴角的笑容恰到好处，一丝破绽都找不出，话讲得更是圆滑漂亮，只不过南禹衡眼神颇冷地注视着她，并没有去碰手边的酒杯。

气氛僵持了十多秒，秦嫣莞尔一笑，干脆收回杯子自顾自地喝了口水，随后从容优雅地切着面前的黑鳕鱼。

南禹衡也拿起刀叉，语气深沉地接道："我要是不来，你就打算一直待在这儿了？"

秦嫣轻笑道："这话说的，好像你来了我就会跟你走一样。"

叮的一声，南禹衡放下餐具抬眸盯着她，就连站在门口的意大利助理和周围的服务生都感觉到南禹衡身上散发出的低气压，可神奇的是，餐桌上的女人在如此紧张的氛围中依然从容地用着餐，似乎根本没有受到任何影响。

这是秦嫣来到西西里这么长时间吃过的最特别的一顿晚餐，不过即便美食在前，她依然有些心急回去见小 Nico。

南禹衡见她已经盯着手腕上的表看了三次，终于忍不住问："你赶时间？"

秦嫣不置可否："有点儿，所以能不能吃快点儿？"

南禹衡兀自喝了口酒，俊朗的眉宇间显出一丝淡淡的不悦："你还有约？"

秦嫣抬头掠了他一眼，忽而调皮地笑了下："算是吧。"

在秦嫣第四次抬起手腕看时间后，她终于放下餐具，再次拿起酒杯看向南禹衡："谢谢南总今晚的招待，东西很好吃，但是我真的有点儿赶时间，抱歉。"

她巴掌大的脸蛋透着红润，气色似乎比从前在国内要好，明亮的眼瞳像黑橄榄一样诱人。

南禹衡骨节分明的手用力收紧，刚准备从椅子上站起身，清脆的高跟鞋声却戛然而止，秦嫣转过身来，灵动的眼眸慧黠地看向他："南总今天既然表现得这么绅士，只请我吃顿饭就算了吗？我以为你会送我呢。"

直到这一刻，南禹衡绷着的脸才终于有了丝温度。他扔下餐巾，站起身大步走到秦嫣身边，看见她眼眸中噙着几分要笑不笑的光，便毫不客气地去握她的手。

秦嫣不着痕迹地避开，轻描淡写地说道："楼下很多人看见我上来吃饭，我可不想被人认为我是那种用一顿饭就能骗走的女人，还请南总顾及我的名声。"

她看着南禹衡被她彻底惹怒的样子，憋着笑假装没看见，径直走出宴会厅。

3

意大利男助理将车子开到楼下。刚上车没多久，劳恩斯就来了电话，问她什么时候才能到家，小 Nico 一直在哭，他搞不定了，秦嫣和他说快了，已经在路上。

车厢内本就密闭，电话里男人特有的磁性嗓音轻易传到了南禹衡的耳中，虽然他听不清内容，但听语气，这个男人大概和秦嫣很熟。他眉峰略微蹙起。

秦嫣挂了电话就发现南禹衡在侧头盯着她，然后听他冷不丁冒了句："看

331

来没有我，你日子过得挺潇洒的。"

秦嫣听着他酸涩的话，嘴角勾起不太明显的弧度："你在生气？"

南禹衡紧绷着脸，视线移向窗外，嘴硬得一言不发。

车子终于停在了秦嫣的家门前。小镇的夜晚尤为寂静，街道上人不多，空气中透着微甜的味道。

秦嫣下了车，南禹衡也跟了下来。她探下身子特地和助理道了谢，然后直接忽视南禹衡打开了院子的门，就在院门刚开之际，南禹衡的身体突然挡在她的面前，高大的人影压了下来，幽深的目光如深渊，长臂搭在门边低头睨着她，堵住她进家的路。

"玩了一晚上了，还想折磨我多久？嗯？"

就在南禹衡话音刚落时，劳恩斯从屋里打开门喊道："Nan，是你吗？"

南禹衡环着秦嫣的手臂僵住，有些不可置信地回过头去。彼时秦嫣已经迫不及待绕过南禹衡推开院门。

劳恩斯看见秦嫣终于回来了，一脸委屈地走过去抱着她哭诉道："这不是人干的活，他醒了后就不受控制了，我要疯了！"

然而当劳恩斯越过秦嫣看见院门口站着的男人时，微微一愣，随即松开秦嫣。

南禹衡脸色泛白地走进院中，目光牢牢地落在劳恩斯的脸上，而后转向秦嫣，语气透着不善："他是谁？"

就在这时，屋内一声婴儿的啼哭彻底打破了三人之间的沉寂，南禹衡眼睁睁看着秦嫣和那个金发碧眼的男人同时往屋内跑去，他忽然感觉从头到脚被人泼了一盆冷水。

南禹衡跟着他们大步走进家，就看见秦嫣对着劳恩斯吼道："天！看看你干的好事，尿不湿垫在腰上，床都湿了，他能不哭吗？你真是天才！"

劳恩斯摊着手有些无辜的样子。秦嫣直接将高跟鞋蹬开，娴熟地将小Nico抱了起来，帮他脱掉小裤子，顺手指挥着劳恩斯："快把隔尿垫拿掉，白色柜子第三层拿个新的出来垫着。"说完回头睨着脸色铁青的南禹衡，"还站着干吗？赶紧进来帮忙！浴室里有个蓝色的盆，打热水出来，对了，小象图案的是Nico的毛巾。"

南禹衡眉宇深锁："Nico？"

秦嫣在忙碌中应着："啊，我儿子。"

南禹衡的声音提高了几个音调，质问道："你们都有儿子了？"

332

秦嫣愣了下，抱着 Nico 回头瞪了他一眼，怀中的小 Nico 那白花花胖嘟嘟的小屁屁便对着南禹衡。

秦嫣看着南禹衡那张明显受刺激过度的脸，在如此混乱的情况下她忽然不知道如何和他提起，干脆对他说："你要不要抱抱？"

说着，秦嫣便把光着屁股的小 Nico 递给南禹衡。

秦嫣本想着以南禹衡这么聪明的脑袋，看到小 Nico 的样子肯定就知道他不可能是混血儿了，可她忽略了一点，再理智的男人，在猛然看见如此场景也会理智全失。

南禹衡见秦嫣还要把小孩塞给他，终于怒了，看都没有看孩子一眼就怒不可遏地对她低吼道："你简直荒唐！你还知不知道自己是谁的老婆？"

他这一吼把小 Nico 吓得号啕大哭，小脸埋在妈妈的颈窝里一副受惊过度的样子。

秦嫣见好不容易哄消停的孩子又被南禹衡吓哭了，责怪地瞪了南禹衡一眼，南禹衡被她瞪得一肚子怨气。

劳恩斯听见声音，忙拿着隔尿垫站起身问秦嫣："他怎么了？"

秦嫣满脸幽怨地回："他以为孩子是你的。"

劳恩斯立马大笑着朝南禹衡走去，非常热情地扒着南禹衡的肩说道："兄弟，放轻松……"

还没接着说下去，南禹衡已经毫不客气地打开他的手冷冰冰地盯着他，一副要动手的表情。

秦嫣利落地给小 Nico 裹上干净的小毯子，把他放进婴儿床里，随后转身看着两个大男人，板着脸说："我进去把礼服换了，你们给我照看好 Nico，谁再敢大声凶人，立马从我家离开。"

说完，她用眼尾扫了眼脸色阴鸷的南禹衡，丝毫不打算向他解释，就这样把他晾在那儿，转身回了房。

秦嫣进屋后，的确没再听见屋外传来什么吵闹的声音。她平时一个人带小 Nico，做什么都跟打仗一样，精神没有一刻是放松的，就连夜里睡觉都会醒来好几次，去看看小 Nico 有没有蹬被子。

今天家里终于有了两个大男人，她突然感觉到前所未有的解放，所以她打算好好轻松一下。她脱下累赘的礼服，不急不慢地洗了个澡，又换上了舒服的棉质睡裙。再次走出房间的时候，家里出奇地安静，就连客厅的光线都被调暗了。

秦嫣感觉有些奇怪，她轻声走入客厅，入眼的便是如雾的柔光下背对着她站着的南禹衡。

他此时只穿了件黑色的衬衫，英挺的背脊将衬衫绷出道道性感的褶皱。明明如此高挑的大男人，此时却抱着一个极小的、软绵绵的家伙。他一直低着头专心地盯着他，那深邃的目光里是掩不住的激动、温柔还有一点点儿的好奇，一只大掌完全托住了小 Nico 的脑袋，将他稳稳地抱在怀里。

小 Nico 很少被如此安稳宽阔的手臂抱着，也好奇地盯着这个陌生的男人，不哭不闹。静谧的环境中，一大一小两个男人无声地对视，秦嫣悄无声息地在墙边站了好几分钟，他们几乎没有换过姿势，看彼此都像在研究什么极其深奥的存在。

直到秦嫣的脚步声打断了这两人的"深情对视"，南禹衡这才抬起头看向她，漆黑的目光中蕴上复杂难辨的神色，他对她沉声道："过来。"

秦嫣穿着浅蓝色的棉质睡裙，半干的头发落在肩膀上朝他走去，还没到近前，小 Nico 就伸出胳膊要秦嫣抱，秦嫣接过他问了句："劳恩斯呢？"

南禹衡的眼神始终落在孩子的身上，回了句："走了。"

秦嫣便知道大概劳恩斯都和南禹衡说了。

秦嫣刚接过小 Nico，他便开始调皮地拽她的长发。南禹衡轻轻蹙了下眉，绕到秦嫣身后将她的长发拢到背后，秦嫣便猝不及防地跌入身后男人的怀抱中。他的双臂将秦嫣和 Nico 圈住，呼吸温柔而炙热地落在秦嫣的头顶，声音是那么沉重："你竟然瞒了我这么久。"

短短几个字从南禹衡的喉间挤出来时已满是哽咽，他从没想过有一天她会为了自己遭受如此大的磨难。

他说完这句话后便再也说不出一个字来，只感觉此时此刻巨大的惊喜、激动和痛苦、内疚全部搅在一起，这是南禹衡从未体会过的情绪。他以为他从小经历生离死别、狂风恶浪，无论面对什么样的情况都能够云淡风轻，但直到这一刻他才知道，原来他的情绪也会在如此短的时间内溃不成军。

就在这时，小 Nico 忽然奶声奶气地哭了起来，秦嫣有些无奈地转过身干咳了一声，虽然现在的气氛不太合适，不过她也只能硬着头皮说："那个，他要喝奶了。"

南禹衡退后了一步，左右看了看："需要我做什么？"

秦嫣看着一向泰然自若的他此时无所适从的样子，不禁露出浅笑："需要你回避一下。"

南禹衡转过身走了两步，忽然又停了下来，回身挑了挑眉："有必要回避吗？"

秦嫣没说话，只是眯起眼睛凉凉地看着他。他佯装举了下手做投降状，颇为不悦地说："好，我回避。"

然后他便往房间走去，快到门口的时候，秦嫣对着他的背影说："浴室有新毛巾，你自己找。"

南禹衡嘴角微勾，意味深长地点点头："知道了。"

小 Nico 还没有断奶，总是黏妈妈，秦嫣喂饱他，他已经睡着了。她轻手轻脚将他放进婴儿床，然后推开房间的门。

南禹衡已经洗好了澡，大概因为没有他可以更换的衣服，此时他上半身赤裸着，只裹了条白色的浴巾站在阳台上。

秦嫣走过去问他："在看什么？"

他指着一个遥控飞机的盒子："我小时候也有一架，不过现在的手柄好像操作更复杂了。"

秦嫣背靠在阳台的栏杆上淡淡地"哦"了一声，随后不咸不淡地说："就是从前藏在你床底下的那一大箱宝贝？我碰下还被你撵出去喂蚊子的那些？"

南禹衡直起身子看向她，玩味地笑骂道："记性真好。"

秦嫣毫不客气地斜睨着他："我很记仇的。"

4

虽然两人有很多话想说，虽然彼此都有很多问题想问对方，虽然两人的思念还没有倾诉，不过这一切都不重要了，没有什么比这一刻的相拥更能让他们找回彼此。

秦嫣双手紧紧抱着他，脸在他胸前蹭了蹭，压在心口的阴霾全部烟消云散。她不再担心明天的太阳何时升起，因为她的男人已经攀上云峰，她可以心安理得地坐在他的肩膀上看见第一缕晨光，这种踏实的感觉是她来西西里后从未有过的。

秦嫣有半年时间没有睡过一个整觉，当妈以后每晚心里总有牵挂，可南禹衡来了后，她一直紧绷着的神经突然放松了。

一整个晚上，南禹衡都靠在婴儿床边的沙发上，不时盯着 Nico 的小眼睛小嘴巴发呆，就连 Nico 的小手在睡梦中无意识地抽动了一下，南禹衡都能看半天，他眼里流露出满满的父爱，嘴角是关不住的笑意。

直到天快亮，他才在沙发上合了一会儿眼，可没多久他便感觉一道视线一直落在他的脸上，他下意识睁开眼，正对上那双漆黑浑圆的大眼，小 Nico 不知道什么时候已经爬到婴儿床边，正好奇地盯着他。南禹衡顿时睡意全无，站起身走过去，睡饱后的小 Nico 立马露出讨喜的笑容，看得南禹衡心头一软。

他单手抱着 Nico 打开冰箱，看见里面有秦嫣存放的奶，不忍打扰还在熟睡的秦嫣，他自己摸索着热了奶给小 Nico 喝。

南禹衡一只手抱着小 Nico，另一只手翻找冰箱，熬上粥，热了三明治，然后把小 Nico 放在腿上，一边吃一边故意逗弄他。

他把三明治放在 Nico 嘴边，Nico 流着口水就把小嘴伸了过来，南禹衡再突然拿走，如此反复，像两个幼稚鬼，乐此不疲。

秦嫣难得睡了一个懒觉，浑身酸软，起来后看见早餐热好了，小 Nico 也喂饱了，就连昨天她和小 Nico 换下来的衣服也被洗干净了，而某人正和 Nico 在地毯上打滚。

秦嫣拉开餐桌边的椅子，喝着香喷喷的热粥，眼里尽是暖意，她已经很久没有享受过如此安逸的早餐。她弯起眼看着躺在地毯上的南禹衡，他双手撑在脑后，嘴角挂着浅笑，眼帘下垂，盯着趴在他胸前的小东西，名贵的黑色衬衫被 Nico 抓得皱巴巴的，还蹭了一摊口水，不过他丝毫不介意，眼里是关不住的爱意。

小 Nico 亲昵地爬到南禹衡的脸上亲他，痒痒的感觉让南禹衡发出愉悦的笑声，整个屋子都萦绕着甜甜的味道。

南禹衡宠溺地看着胸前的小家伙，出声问道："他没有中文名字？"

秦嫣低着头说："还没取。"说完她抬起头对上南禹衡探究的目光，眼里浮上笑意，"等你取。"

两人都没再说话，眼神在空气中无声的交会，就连 Nico 都能感觉到被幸福包围着，兴奋地傻笑起来。

秦嫣吃完早餐将碗端进厨房，可等她再出来时却发现南禹衡出奇地安静，小 Nico 自顾自地趴在他胸口扒拉他的衬衫扣子。

秦嫣赶忙走过去，发现刚刚还得意扬扬的人现在已经躺在地毯上去找周公约会了。

这半年来秦嫣没有睡过一个整觉，然而南禹衡的睡眠状况更差。他本就是心思重、睡眠浅的人，这一年多的筹谋耗费了他大量的心神，每当夜深人静闭上眼，他脑中总是秦嫣的身影，这让他时常在煎熬和焦虑中度过。他想过很多种可能，为什么秦嫣要不告而别，但他万万没想到，原因竟然是她怀孕了。

人在压力下，很难会去想到这么美好的事情，所以越折磨就越逼得他神经紧绷，不停地冲刺。

可他毕竟也是肉眼凡胎，长时间处在高压状态加上十几个小时的飞行和一夜激动过度的守候，终于让他累得不分地方就睡着了。

秦嫣抱来毯子替他盖上，轻柔的手指拂过他挺立的额，他就连睡着了都皱着眉，像装着一肚子烦心事。秦嫣低头轻轻吻了下，再抬起头时，看见那微皱的额终于渐渐舒展。

实际上打从南禹衡飞来西西里，国内一大摊的事情都被他暂时搁置了。

然而秦嫣的专辑制作已经接近尾声，虽然她的确牵挂爸妈和哥哥，但这个时候让她放下一切和南禹衡回国，对她来说牺牲也会很大。

她并没有和南禹衡提起这件事，不过南禹衡却从劳恩斯那里得知了情况。

当晚他就找秦嫣聊了此事。他的建议是秦嫣应该留下完成音乐录制工作，家人由他两头照料。

秦嫣没料到南禹衡在短短时间内已经作出了决定和安排，他的这个决定让秦嫣触动很大。她太清楚南禹衡如今承受的压力和如今的局势，如果还要花费精力两头兼顾，对他来说并不是一件容易的事情。

南禹衡却不停鼓励她，告诉她应该追求她热衷的事业，不是每个人都有这样的机会能把自己的喜好发展成事业，况且，他不希望成为秦嫣追求梦想的羁绊，她的才华应该被更多人赏识，她也完全有这个能力。

那晚下了小雨，雨滴打湿了阳台的地面，晚风微拂，轻薄的窗纱像曼妙的少女一样摇晃，床上的男人将心事重重的女人揽进怀里，声音低浅地说：“从前你成就了我的事业，是时候让我来成就你热衷的事业了。”

虽然南禹衡很想立刻就将秦嫣带回国，但他知道爱她不是把她圈养在身边，而是应该充分给予她营养，让她的人生更加绚烂多彩。

隔天，秦嫣把南禹衡送到院门口。夕阳西下，她抱着 Nico 望着他，余晖将小镇染成绯红一片。

车子开了一小段，南禹衡回头望见那抹浅蓝色的身影还有怀中肉嘟嘟的胖小子，忽然叫停了车子，拉开车门，向着秦嫣小跑回来。

南禹衡跑到近前，一把将秦嫣和孩子抱进怀里，喘着气激动地说：“等我，忙完就回来。”

秦嫣看着他火急火燎的样子，笑着说：“我们不急，哪儿也不去。”

让秦嫣万万没想到的是，一周后她刚起床就听见院门口有什么动静，她走出屋子打开院门，那个仿佛才离开的男人又回来了，而且还带着芬姨。

芬姨听南禹衡说秦嫣生了个儿子后，激动得整晚睡不着，想到秦嫣一个人在国外生孩子，哭了一晚，第二天一早非要南禹衡给她办手续订机票，她要飞去照顾秦嫣、照看孩子，一天都等不了。

芬姨的到来给了秦嫣莫大的安慰，她于秦嫣来说是至亲的人，能在此时来到她身边，她别提多开心了。芬姨看到孩子的第一眼就泪眼婆娑地说和南禹衡小时候长得一样，激动地抱着孩子不肯撒手。

于是，芬姨便暂时在西西里住了下来，秦嫣也终于可以安心地做自己的事了。

接下来的半年里，南禹衡几乎都是这样往返于两国之间，最夸张的一次，秦嫣早晨出门前南禹衡走了，下午她飞去罗马参加一个活动，等三天后她回到西西里的时候，南禹衡已经在家和孩子滚成了一团，让秦嫣有种错觉，好似他根本没有回去。

小镇上的人经常看见南禹衡穿着T恤修缮院中的栅栏，或者爬到很高的地方打理葡萄藤，甚至一大早起来把小家伙的衣服晒成一排，还总能看见他坐在院中给Nico做小木椅、小玩具。

终于有一天，小镇上不知道谁翻到一本杂志看见了关于南禹衡的一篇报道，才赫然发现他居然是一个航空集团的董事长。

想到那个经常拿个破锯子坐在院子里捣鼓木头的男人居然是个实力雄厚的企业家，所有人都大跌眼镜。

番外二
崭新未来

1

　　秦文毅虽然恢复了自由，但是事业遭受重创，难免深受打击。那时秦嫣在国外，南禹衡的事业发展也处于关键时刻，他们没法儿陪在秦文毅的身边，只得知秦智回来了一趟。后来不知道发生了什么事，秦文毅突然决定关停公司，直接飞去了新西兰。

　　虽然南禹衡一再劝他没必要走到这一步，困难大家可以一起挺过去，他会帮他想办法，但秦文毅向来说一不二，南禹衡猜测他的决定大概和秦智有关。他委婉地问过秦文毅，只不过秦文毅始终闭口不提，人家父子俩的事南禹衡也不好再多插手，只能将这些都告诉秦嫣。

　　秦嫣始终心存疑虑，担心爸爸是跟哥哥怄气才关了公司，一怒之下飞去新西兰，只不过她打电话给林岩，林岩叫她不用担心，她爸爸做事向来有他的主意。

　　秦嫣听见妈妈这样说，才稍稍心安。

　　半年后，秦嫣专辑录制完毕，决定回国完成后续工作。于是小 Nico 一岁的时候，他们终于要离开这片蔚蓝的大海。

　　在离开前，秦嫣想去一趟新西兰，虽然这个决定有些突然，不过南禹衡能理解她的心情。

　　他们直接订了去皇后镇的机票，而芬姨提早一步回到国内，张罗置办小 Nico 的房间。

　　秦嫣在小 Nico 出生后，唯一告诉的人就是林岩。那时她还躺在医院，她实在太需要倾诉心中的喜悦，所以偷偷发给林岩一张 Nico 睡觉时的照片。林岩的电话很快追了过来，秦嫣接通后就听见林岩激动而哽咽的声音。

那时林岩要飞来照顾秦嫣，可当时大局未定，秦嫣不想让生子的消息传到国内，加上林岩本身身体就不好，于是她拒绝了妈妈的提议，但是会经常把小 Nico 的动态传给林岩。

不过她们都很有默契地瞒着秦文毅。她们清楚，以秦文毅的脾气，要是知道秦嫣吃了这么大的苦，秦文毅肯定会闹到南家找南禹衡兴师问罪。

只不过有些事情在风平浪静后，她和南禹衡终是要去面对的。

飞机起飞，盘旋在那片蓝色的地中海上空，小 Nico 坐在南禹衡的腿上好奇地盯着窗外，秦嫣靠在他的肩膀上盯着小 Nico，南禹衡的声音从她头顶传来："我想好了。"

秦嫣把下巴搭在他宽阔的肩膀上，眨巴着眼问："想好什么了？"

"南钊，就叫南钊吧。"

秦嫣挽着他的胳膊绕着 Nico 的小手："南钊，听见了吗，爸爸给你取了新名字哦。"

飞机终于离开那片岛屿，南禹衡告诉秦嫣，这半年来，每次飞机降落他都归心似箭，可机场到小镇要横穿巴勒莫，偏偏巴勒莫的交通状况十分糟糕，有一次他在路上堵了将近两个小时。远途的航行没有打倒他，内心只有即将见到老婆孩子的欣喜。

于是他果断提着箱子下了车。那一天他从下午一直走到日落，巴勒莫当天气温将近 40℃，他热得汗流浃背。

他始终忘不了那天他站在阿亚钊大道那个大大的红色牌子下的场景，远处是即将西沉的红日，一面是悬崖，一面临大海，同时撞入他的眼底，从此，那个画面便在他脑中久久无法散去，就像凯旋的胜景。

在一次次漫长的旅途中，阿亚钊大道的那块牌子成了他胜利的里程碑，而他和秦嫣之间，南钊便是他们爱情长跑的里程碑，虽然他离开了那个地方，然而西西里对他们来说意义太重大了，这是他们携手奋战的终点，也是他们人生新的起点。

南禹衡将这段美好永远赠予了南钊，永不磨灭。

皇后镇坐落在南阿尔卑斯山脉，纯净的小镇就像诗中的花园，满眼苍翠，仿若梦境一样美，肆意盛开的繁花和冰雪消融的湖水，宁静安逸得像来到了另一个世界。

林岩住在瓦卡蒂普湖畔一栋漂亮清爽的二层小楼，他们抵达那座乳白色的小房子，屋前还停着一辆 SUV。

秦嫣抱着南钊，拽了拽南禹衡的袖子："看来爸爸在家。"

她眼睛下撇的表情还像小时候害怕心虚的模样，看得南禹衡觉得好笑，他勾起嘴角，偏过头在她耳边教她使坏："待会儿你看爸脸色不对，就把南钊丢给他。"

秦嫣灵光一闪，觉得这个方法甚好，于是她抱着孩子躲在南禹衡身后。南禹衡大步走上前敲了敲门，本以为开门的会是林岩，谁知道怕什么来什么。

秦文毅打开门看见南禹衡的时候，一下子都没反应过来，而后看见从南禹衡背后探出头的秦嫣才爽朗地笑出声："你们两个怎么突然跑过来了，电话也不打。"

话音刚落，南钊的小脑袋也从他爸爸背后探了出来，眨巴着浑圆的大眼好奇地盯着外公瞧。

秦文毅的笑容在看见这个小家伙时僵住了。

果不其然，秦文毅的反应正如秦嫣所料，或者比秦嫣预想得还要严重，他让林岩把孩子抱走，板着脸让秦嫣和南禹衡跟他去楼上。

进屋后，秦文毅兀自往沙发上一坐，也不开口招呼他俩，于是这两个刚进门的大小孩儿就这样站在秦文毅面前，跟犯了错一样。

其间只要南禹衡一开口，秦文毅就瞪着他："你别说，让她说。"

秦文毅从小到大很少凶秦嫣，但凡凶起来，秦嫣总是有些害怕的。她快速地眨了几下眼，南禹衡握住她的手，她只能把和钟藤周旋的事情一五一十地交代了。

秦文毅听完，大骂道："简直就是胡闹！你还直捣黄龙，你这叫以身犯险！"

秦嫣的头低到尘埃里，她没有说话，也没有顶嘴，她知道爸爸此时心里肯定不好受。秦文毅护了儿女一辈子，为了秦智的未来，他劝走于桐；为了秦嫣，不惜和整个东海岸为敌也要阻挠钟家。不知不觉中，他的头上早已爬上银丝，很多事情都让他心力交瘁。他低下头抚着额，屋内顿时陷入可怕的寂静，南禹衡的拇指轻抚着秦嫣的手背，无声地安慰着她。

秦文毅虽然因为秦嫣的擅作主张而生气，但更多的是担心她待在钟藤身边有没有受苦。

2

晚饭的时候，林岩做了一桌子菜。家里多了个小人，明显热闹许多，一大家子围着南钊逗弄，只有秦文毅稳如泰山地坐在椅子上，看似漠不关心，实则余光就没从小家伙身上移开过，南钊一笑，他嘴角也控制不住地上扬。

后来林岩让他抱抱，他还一副不知道跟谁赌气的样子说不抱，说他们连孩子出生都瞒着他，以后也别指望他这个外公抱他。

话说得挺硬气，结果第二天一大早，南禹衡和秦嫣还在睡觉，秦文毅就偷偷抱着孩子出去遛弯了，逢人就说这是他的小外孙。南钊也很给他面子，遇见人就笑，别人都说孩子讨喜可爱，长得像外公，这让秦文毅骄傲得不得了。

秦嫣离开祖国太久，有点儿迫不及待回到那片土地，于是他们仅在皇后镇待了几天便暂时和父母告了别。

飞机降落在南城国际机场，这是小南钊出生后第一次回到国内，一切对他来说都有些陌生，他瞪着一双浑圆的眼，好奇地到处张望。

南禹衡让秦嫣带着他在休息区等等，他去取行李，于是秦嫣就把南钊放在沙发上。

没过一会儿，秦嫣就发现小南钊不停地往另一边爬，都要越过他们这边的沙发扶手爬到隔壁了，秦嫣把他抱回来几次，南钊还是非常执着地往那头爬去，秦嫣终于忍不住站起身，想看看那边究竟有什么这么吸引南钊，就看见一个衣着讲究的中年女人戴着一副大墨镜，正拿着一个毛绒挂件不停逗南钊。被秦嫣发现后，中年女人露出一丝尴尬却不失高雅的笑，缓缓收起毛绒挂件，清了清嗓子。

随后她抬起头仔仔细细地盯着秦嫣，缓缓将脸上的大墨镜拿了下来。此时秦嫣才发现墨镜后面是一张精致漂亮的脸，虽然不再年轻，但依然让人惊艳，只不过这张脸对秦嫣来说是陌生的。

只见那个女人从沙发上站起身，先是从头到脚打量了一番秦嫣，然后冷不丁地走上前，激动地将她一把抱住，惊得秦嫣当场石化。

女人在秦嫣还没有反应过来时已经松开她，回身一把抱起小南钊，眉开眼笑。秦嫣望着她似曾相识的眉眼，有些不确定地问："南，南佳姑妈？"

面前的女人立即亲了南钊一口，笑着看向秦嫣："没把我当人贩子啊？"

秦嫣欣喜地说："人贩子哪有您这般气质。"

南佳立即露出开朗的笑容，再次朝秦嫣张开手臂，这下秦嫣也激动地伸出手。虽然两人从来没见过，但那种奇妙的默契瞬间打破了彼此之间的陌生，因为这个女人是南禹衡在这个世上最亲的家人。

只是秦嫣有些好奇地问："姑妈怎么一眼认出我的？"

南佳抱着南钊笑道："阿衡以前给我看过你小时候的照片。"

"……"好眼力。

南禹衡虽然知道这两天南佳姑妈会回来，但是没想到这么巧会在机场碰见，当他回去找秦嫣，看见两人热络地聊着天时，一时有些恍惚。

秦嫣没有问过南禹衡南佳姑妈怎么突然回来了，不过她心里清楚，南佳姑妈能在这时候回来，大概是大局已定了。

3

秦嫣回国后并没有停下脚步，她在国内配合音乐公司那边完成专辑的后续工作，然后便是巡回演出，这对她来说是一场新的冒险，也是一个全新的挑战。

只不过她忙起来时经常顾不上儿子，所以南禹衡干脆去哪儿都带着南钊，例如光明正大地带南钊参加东祥的会议，带着他去南港视察，偶尔还会带去商会处理事务。

南钊在上幼儿园之前，每天的作息和爸爸一样，早起穿戴好然后在门口等爸爸一起上班，所以人们经常会看见南禹衡气宇轩昂地走在园区内和同事商议工作上的事情，他的后面跟着一个小版的他，和他一样浓眉大眼走路带风，姿势都一模一样。

南禹衡会在工作间隙偷偷带他坐直升机，或者带他去大船上待上一整天，所以对于小小的南钊来说，和爸爸上班每天都充满刺激和期待。

只不过到底是小孩子，经常到了下午就开始打瞌睡。有时候南禹衡要开会，他就把南钊放在角落让他一个人画画。下午的暖阳总是让人困顿，好多次南禹衡看见小南钊趴在板凳上睡着了，他便让会议暂停十分钟，抱着儿子回房，把他安顿好了再继续工作。

在小南钊的记忆中，爸爸在外面很少抱他，可他并不知道，他每次累了以后，南禹衡都会将他抱起来，有时候还在室外考察，南钊说睡就睡，南禹衡便一直抱着他，就为了能让他睡得安稳。

秦嫣和南禹衡提过几次，说他可以把孩子放在家里，或者可以再请个保姆，没必要天天带着孩子，这样他太辛苦。可南禹衡却坚持自己带，带在自己身边，无论在哪儿，无论再忙，起码心里是踏实的。

当一向清冷的南禹衡对南钊露出父爱的笑容，当这个小东西可以毫无顾忌地趴在他的胸口闹他，当那张越来越像南禹衡的小脸出现在所有人的视线中，当大家看见南禹衡对这个孩子无微不至的关爱时，没人再去怀疑南钊的身世。

即使秦嫣活得坦荡，从来不在乎那些人对她的非议，但南禹衡在乎。他的女人付出了那么多来保全他，他自然也不愿意她再遭受半点儿委屈。

所以在南钊两岁之前，南禹衡做了一个轰动整个南城的决定，他同意签署对红枫山保护区的改造项目，这意味着一旦立项，整个东海岸将在不久后被全面拆除，南城从此再无东海岸。

秦嫣得知这件事的时候还在外地参加演出，她当即搭乘最近的航班回到东海岸。

让她没想到的是，家里乱成一锅粥，南禹衡穿着藏青色的针织衫带着小南钊坐在杂物堆里，家里所有东西都被他们翻了出来，整个家就跟被洗劫了一样。

秦嫣怔怔地看着躺在玩具堆里的南禹衡，瞳孔骤然放大，说："你到底在干吗？"

南禹衡慵懒地站起身，伸了个懒腰，随即捞起小南钊对她浅笑道："没干吗。他们总是说我老婆，我就干脆让他们全部从这里消失。"

秦嫣一步步走到他面前，声音颤抖地问："南禹衡，你知道自己在做什么吗？"

他轻轻耸了耸肩："我没那么贪心，东海岸和你之间，我选你。"

秦嫣眼里的水汽氤氲而生，小南钊奶声奶气地说："妈妈不哭，南钊抱。"

秦嫣接过南钊，头埋进南禹衡的胸口，将眼泪揉进他的怀里："别人肯定都认为你疯了。"

"我克制了一辈子，疯一回又何妨。"

于是，红枫蔓延的季节，他们离开了东海岸，全家搬去了海边的大房子，门前是细软的私家沙滩，不远处有一艘装饰用的大船，船身漆有三个大字——南秦号。

4

秋风四起，红枫曼舞，渲染了大地，燃烧了群山。

第二年枫叶红透的季节，东海岸拆除项目正式动工。那天，秦嫣起得很早，把全家的早饭都做好了，披上衣服漫步在沙滩边。

南禹衡打开门，看见远处的朝阳从海平线探出头来，海风吹起秦嫣柔软的长发，她坐在沙滩边上眺望着那轮初升的太阳，背影有些落寞。

秦嫣身边细软的沙子动了动，她侧头望去，南禹衡走到她身旁与她并肩而坐，秦嫣便靠在他的肩上，两人静静地看着太阳浮上海面，驱走最后一丝黑暗，将光芒带来大地，浅浅的金色在海面泛起耀眼璀璨的星星点点，南禹衡终于缓缓开口，打破了寂静："想回去看看吗？"

秦嫣抬起头望着他，他们在彼此眼中看见只有他们才能读懂的情怀。

于是他们赶在动工之前抵达了东海岸，将车子停在红枫山脚下，徒步走进这片红色的枫树林。

漫山的枫叶红如火，映入秦嫣的瞳孔内，再逐渐放大，这是填满她整个青春年华的颜色。

秦嫣挽着南禹衡，望着熟悉的景色，有些动容地说："我爸以前告诉我，我妈最喜欢枫叶，从前她每年都会去很远的宁山赏红枫。他本来以为我妈会很喜欢这片红枫，但搬来没多久我妈就出去工作了，每年秋天一直到年底枫叶落了她才会回来。后来她身体不好，即使在家，我也从来没见她出门赏过枫叶，再到后来又出了国。

"其实我一直在想，也许爸错了，妈根本不喜欢红枫，或者以前喜欢，后来不喜欢了吧……"

南禹衡若有所思地睨了她一眼。秦嫣将脑袋靠在他的肩膀上，轻轻吐出两个字："谢谢。"

南禹衡似笑非笑地说："谢我什么？"

"不知道，谢很多吧，为了我，为了我爸妈，为了我们一家能团圆。"

不知不觉，他们走到那座爬满藤茎植物的黑色房子，驻足在房前，南禹衡将秦嫣揽进怀中，左边是秦嫣的家，右边曾是最热闹的范家，上山区辉煌的建筑从这里依稀可见。秦嫣抬起头问南禹衡："会不会觉得可惜？"

南禹衡深吸一口气，眺望着红枫山顶的薄雾："我八岁那年就应该搬过来了，因为我爸妈突然遇难，所以我整整迟了两年才到这个地方。我第一次来这儿看着这座房子就在想，如果我爸妈没出事，我们应该是一家三人一起走进新家，但那天却只有我一个。

"东海岸本来就是我爸为了抗衡南家对他的威胁所建的屏障，二十多年来这里产生了巨大的商业价值，同样也带来了太多的商业斗争。

"盛极必衰，物极必反，任何时代的崛起都会有衰亡的一天，你要问我可不可惜，我只会告诉你值不值得。"

远处有工程车开了上来，工头并不认识他们，告诉他们这里的房子今天拆除，让他们赶紧下山。

秦嫣最后望了眼这个她长大的地方，南禹衡紧紧牵着她的手。太阳升至高空，他们徒步往山下走去。

东海岸到处是看不见的刀光剑影，秦嫣和南禹衡共同见证了太多的无奈和心酸，他们的家人、曾经的朋友都遭受过无辜的牵连。

当这些刀子刺向秦嫣时，南禹衡已经产生了放弃它的念头。

东海岸势力越来越大，已经撼动了整片南城大地，继续发展只会招致更艰难的境地。

正如南禹衡所说，他不是个贪心的人，如今的他早已在整个商圈站稳脚跟，他对局势的洞察力和敏锐的判断力让他选择适时放手，削弱自己的影响力。他永远懂得树大招风的道理。

所以无论是为了秦嫣，为了林岩和秦文毅，还是为了他们的将来，东海岸终要走向这么一天，只是迟早的事，起码它完成了建立之初的使命。

很远的山间传来轰隆的声音，两人同时回头望去，不知道哪家的房子被拆除倒塌了。

南禹衡紧了紧秦嫣的手，将秦嫣拢进怀中叹了一声，对她说："走吧。"

秦嫣抬起头，望着他问道："你叹什么气啊？"

南禹衡沉默了几秒，收回视线故意皱着眉头说："没什么，感觉东海岸拆了，就像失去了一个情人。"

秦嫣认真地盯着他，而后一步跨到他面前拽着他两只耳朵："你还真敢讲，情人都出来了，不过你听过一句话吗，有失必有得，你失去了一个情人，上天一定会还给你一个情人。"

南禹衡挑了挑眉梢："什么意思？"

秦嫣松开他，退后一步，阳光照在她明媚的脸上，她嘴角扬起狡黠的笑容，摸了摸小腹，随后双手一背，优哉游哉地往山脚下走去。

南禹衡愣了两秒，忽然反应过来，猛地转身喊道："你给我回来！你到底什么意思？"

秦嫣迈着轻快的步子笑着说："你们秘密基地的电动小火车得再加一个座位啦。"

金色的阳光跃在南禹衡长长的睫毛上，光华四溢，他大步追上前面的女人，将她打横抱起，迈向他们崭新的未来。

（全文完）